KB008627

code name, sweet

작전명 스위트

단글

작전명 스위트 2

초판 1쇄 인쇄 2017년 6월 23일
초판 1쇄 발행 2017년 6월 30일

지은이 백묘
발행인 오영배
기획 박성인
책임편집 심지은
디자인 권지연
제작 조하늬

펴낸 곳 (주)삼양출판사 · 단글
주소 서울시 강북구 도봉로 173
대표 전화 02-980-2112 **팩스** / 02-983-0660
편집부 전화 02-980-2116 **팩스** / 02-983-8201
블로그 blog.naver.com/dan_gul
출판등록 1999년 3월 11일 제9-00046호

ISBN 979-11-283-9180-4 (04810) / 979-11-283-9178-1 (세트)

+ 이 도서의 국립중앙도서관 출판시도서목록(CIP)은 서지정보유통지원시스템홈페이지(http://seoji.nl.go.kr)와 국가자료공동목록시스템(http://www.nl.go.kr/kolisnet)에서 이용하실 수 있습니다. (CIP제어번호: 2017013176)

단글 은 (주)삼양출판사의 로맨스 문학 브랜드입니다.

code name, sweet

작전명 스위트

2

백묘 장편소설

단글

Café
Café

차례

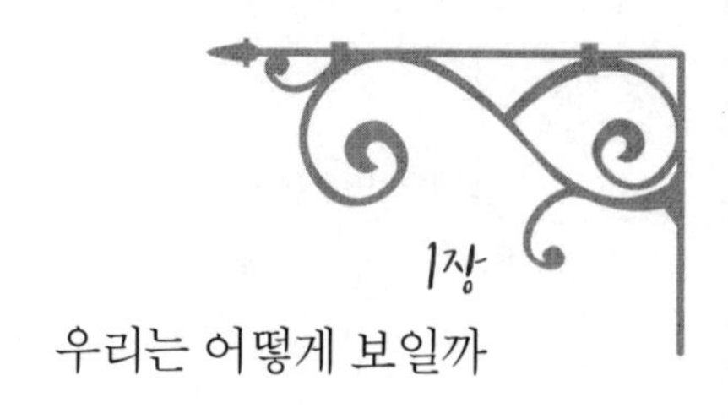

1장
우리는 어떻게 보일까

홍 사장 일가의 저녁 식사 자리에는 홍 사장과 김 여사, 그리고 란희와 윤성. 이렇게 네 명이 모였다. 서연이 별채에 살 때도 저녁 식사에 서연이 끼는 일은 거의 없었다.

"아빠, 서연이 쫓아냈다면서요?"

란희가 물었다.

"그래."

"왜? 그렇게 쫓아내 달라고 할 땐 안 쫓아내시더니. 걔가 뭐 실수했어요?"

"제 주제를 모르고 기어오르기에 살짝 본때를 보여 주려고 내보냈을 뿐이야. 돈 떨어지고 기댈 곳 없어지면 고개 숙이고 돌아오겠지."

"그때 되면 받아 주게?"

"내버릴 순 없으니까."

"걔는 그냥 윤성이가 소개시켜 준 사람이랑 잘 만나서 결혼이나 할 것이지, 왜 그리 욕심을 부려 가지고 사람 속을 썩이는지 모르겠네."

김 여사가 끼어들었다.

"왜? 게임 그만두라고 했는데 계속하겠대?"

"그런가 보더라. 네 아버지도 화가 나실 만하지. 좋은 집안에 시집가라고 곱게 키워 놨더니, 은혜를 모르고 설쳐대니까."

"걔가 좀 설친다고 뭘 해낼 수 있는 것도 아니잖아요. 가게 운영이 생각처럼 쉬운 것도 아니고. 그냥 놔둬도 알아서 돈만 까먹다가 망했을 거예요, 아버지."

윤성이 말했다.

"그렇게 우습게 생각할 일이 아니다."

홍진탁이 한 톤 낮은 음성으로 말했다. 아직도 호랑이 같았던 서연의 눈빛이 뇌리에서 떠나질 않았다. 만약 서연이 제 어미의 성격을 고스란히 물려받았다면, 그리 쉽게 무너지지는 않을 것이다.

'그럴 리는 없다고 생각하지만.'

서연이 발톱을 드러내지 않게 하기 위해, 서연을 키우는 내내 많은 것을 차단했다. 세상과 접촉하지 못하도록 했고, 대학 전공도 홍진탁이 정했다. 서연은 그야말로 아무것도 모르는 온실 속의 공주님처럼 자랐다.

"서연이는 뭘 해낼 수 없겠지만, 회장님은 달라. 나는 아직 회장님의 의도를 모르겠다."

"말 그대로의 의도인 것 같던데. 경영 센스가 얼마나 뛰어난지 확인하기 위해서 이 게임을 하시는 거잖아요. 가게만 잘 꾸려 나가고 단골을 만들어 놓고 최대 수익을 건으면, 수치로 확인해서 결정하지 않을까요?"

"그야 그렇겠지."

윤성은 홍진탁이 서연을 신경 쓰는 이유를 알 수가 없었다. 서연은 아무것도 모르는 순둥이일 뿐이었다. 윤성의 위협에 몸을 움츠리는 겁쟁이. 그런 바보가 무엇을 할 수 있겠는가.

'아니, 아버지는 조심성이 많으니까 혹시나 하는 상황에 대비를 하고 싶은 것일지도.'

저녁 식사가 끝난 후, 윤성은 방으로 들어갔다. 독립을 했지만, 본가에는 여전히 윤성의 방이 남아 있었다. 들어가자마자 최민기에게 전화를 걸었다.

"너, 요새 서연이 만나냐?"

[가끔. 사건 하나 터져서 좀 바쁘거든.]

"서연이 마음에 든다고 했지?"

[어, 뭐. 나쁘지 않아.]

"야, 그럼 빨리 날 잡게 뭐라도 좀 해 봐."

[뭘 그렇게 서둘러? 만난 지 얼마 되지도 않았는데.]

"서연이 나이가 벌써 25살이야. 지금부터 얘기 진행해서 날을 잡는대도 내년에 해야 하는데, 너무 늦잖아. 여자는 나이가 생명이라고."

[란희도 결혼 안 했잖아.]

"란희 그 계집애는 집에서 내놨고. 서연이야말로 우리 집 꽃이지, 꽃. 너, 그렇게 뭉그적거리다가 우리 막내 놓치고 후회하지 마라."

민기가 작게 웃는 소리가 들렸다.

[알겠어. 꽃을 놓치고 후회할 수는 없지. 힘내 볼게. 고맙다, 친구야. 내 걱정해 주는 건 너밖에 없어.]

전화를 끊고 윤성은 비릿하게 웃었다. 친구는 개뿔. 그저 이용해 먹기 좋기에 곁에 두었을 뿐이다.

'멍청하기는 해도 여자 육체에는 지대한 관심이 있는 놈이니까 머지않아 소식 들을 수 있겠지.'

* * *

서연이 가게에 들어갔을 때는 직원들이 한창 접시 나르는 교육을 받고 있을 때였다. 서연은 양손에 쇼핑백을 들고 있었다.

"사장님, 짐이 있으면 부르지 그랬어요?"

태민이 다가오며 말했다.

"별로 안 무거워서 괜찮아요. 유니폼 가지고 왔어요."

"오오, 유니폼! 기대 많이 했는데."

선명이 관심을 보이며 다가왔다. 희미와 영진도 다가왔지만, 준아는 불퉁한 표정으로 서 있었다.

"여자 옷이랑 남자 옷이랑 거의 똑같네요. 둘 다 바지고."

선명이 옷을 꺼내 요리조리 살펴보며 말했다.

"네, 여성용에는 허리 라인이 조금 들어가 있기는 한데, 거의 비슷해요.”

“난 치마가 좋은데.”

아무도 자신을 불러 주지 않자 입을 삐쭉거리며 다가온 준아가 말했다.

“가게 콘셉트 때문에 혹시라도 손님들이 오해할까 봐 바지로 통일했어요.”

“뭐야, 그럼 치마 입으면 싸 보인다는 소리예요?”

“아뇨, 그런 뜻으로 한 말은 아니에요. 오해할 수도 있다는 거죠.”

“좀 그렇다. 그건 완전 치마 입어서 성폭행 당한다는 말이랑 마찬가지잖아요.”

말꼬리를 잡는 준아를, 서연은 가만히 응시했다. 가게 오픈이 내일로 다가왔다. 합숙소에서 지내는 며칠간 종업원들과 조금은 편한 사이가 되었다. 가게에도 자주 들러서, 함께 합숙을 하지 않는 희미와도 친해졌다.

하지만 준아와는 그런 사이가 될 수 없었다. 굳이 사이가 긴밀해야 하는 것은 아니지만, 그렇다고 해서 나쁜 사이이고 싶지는 않았다. 하지만 준아는 서연을 무척 싫어하는 것 같았다.

‘내가 뭐 실수한 게 있나?’

몇 번이나 생각을 해 봤지만 떠오르는 게 없었다. 그도 그럴 것이, 준아와는 실수를 할 만한 관계조차 맺지 않았기 때문이었다.

“준아, 너…….”

“난 준아 씨한테 나쁜 감정 없어요. 준아 씨는 내 말 한마디, 한마디에 날카롭게 반응해야 할 만큼 나한테 나쁜 감정이 있나요?”

한 소리하려는 태민의 말을 끊고, 서연이 말했다. 매번 태민의 도움을 받을 수는 없었다. 서연이 강하게 나오자 준아의 눈동자가 당황한 듯 흔들렸다. 곧 고집스럽게 표정을 바꾼 준아가 말했다.

"뭐야, 난 내 의견도 말 못 해요? 그냥 난 그렇다는 거예요. 그렇게 생각한다고요. 무서워서 말도 못 하겠네, 진짜."

분위기가 차갑게 가라앉았다.

"어, 이 옷은 뭐예요?"

희미가 분위기를 바꾸려는 듯, 다른 쇼핑백에 있던 옷을 꺼내들었다. 서연과 태민의 유니폼이었다. 하늘색으로 포인트를 준, 마치 커플룩 같은 유니폼. 그걸 본 준아의 얼굴에 짜증이 섞였다.

"아, 이건 내 옷이에요. 이건 바리스타인 태민 씨가 입을 옷이고요."

준아의 표정을 보지 못한 서연이 희미에게 설명했다.

"뭐야, 이건 치마네."

준아가 빼앗듯 사장 유니폼을 가지고 가서 이리저리 돌려보며 말했다.

"우리는 치마도 못 입게 하면서 사장님은 치마 입는 거예요? 이건 너무 이중적이다. 나도 예쁜 옷 입고 싶은데."

"맞아요. 난 이중적이에요."

서연이 부드럽게 말했다.

"네?"

"준아 씨 말대로 나, 이중적이라고요. 나만 치마 입고 싶었어요. 내 가게니까 내 멋대로 해도 될 것 같았고요. 무슨 문제 있나요?"

준아의 눈이 커졌다. 지켜보던 다른 종업원들과 태민의 눈도 커졌다. 서연은 누가 봐도 초식동물 같은 이미지였다. 괴롭힘을 당해도 말 한마디 못 하는, 연약한 난초 같은 사람.

하지만 바른 자세로 서서 흔들림 없는 목소리로 부드럽게 대응하는 서연은, 초식동물이 아니었다. 서연은 준아의 손에 들린 사장 유니폼을 가져가 개켜서 쇼핑백에 집어넣으며 말했다.

"준아 씨가 탐나요. 예쁘고 말도 잘하고 옷도 센스 있게 입고. 아마 손님들 중에선 준아 씨를 보려고 한 번 더 이 가게를 찾는 사람들도 있겠죠. 그래서 준아 씨를 이 가게의 종업원으로 쓰고 싶어요. 하지만."

옷을 다 집어넣은 서연이 준아를 똑바로 응시했다.

"내 방식이 마음에 안 든다면 붙잡지 않을게요. 준아 씨 한 사람을 위해서, 이 가게의 방식을 바꿀 생각은 없거든요."

모두의 시선이 준아에게로 향했다. 준아가 어떤 선택을 할지 궁금한 것이리라. 준아는 서연에게 밀리는 게 싫은 듯했지만 결국은,

"누가 그만둔다고 했나, 뭐. 그냥 말이 그렇다는 거지."

라고 중얼거리는 걸로 끝났다. 높은 시급에 좋은 합숙소까지 제공되는 아르바이트는 쉽게 구할 수 없으니, 쉽게 그만둘 수도 없는 것이리라.

한 풀 꺾인 준아를 보며, 태민은 속으로 웃었다. 준아가 서연에게 선을 넘는 행동을 한다는 건 알고 있었다. 하지만 여자들 싸움에 남자가 끼어들어서 좋은 결과가 나오는 일은 없기에, 꾹 참고 있었다.

그런데 이런 모습을 보게 될 줄이야. 집에서 쫓겨난 후, 서연은

알을 깨고 나온 것처럼 달라졌다. 아마 앞으로 더 많이 달라지겠지.

—그럼 당신을 살게요. 시간당 만 원. 그 최고의 능력으로 이 가게를, 여자들에게 가장 인기 좋은 가게로 만들어 주세요.

서연이 그 말을 할 때의 눈빛을, 태민은 똑똑히 기억하고 있었다. 그 눈빛 때문에 태민이 여기까지 오게 되었다.

지금까지는 아주 가끔씩만 보여 주었던 그 눈빛을 앞으로는 더 자주 보게 되리라는 것을, 태민은 믿어 의심치 않았다.

* * *

검은 정장을 입은 남자가 서연의 앞을 막아선 것은, 서연이 케이크를 거래하기로 한 업체에 가려고 나왔을 때였다.

검은 정장의 남자는 서연이 혼자가 되기를 기다렸던 것 같았다. 가게에서도 상당히 떨어진 위치였다. 서연은 고개를 들어 검은 정장의 남자를 올려다봤다. 서연을 빤히 응시하던 남자가 입을 열었다.

"저랑 같이 좀 가셔야겠습니다."

넓은 거실을 걸어가며 서연은 한숨을 내쉬었다. 당분간은 오고 싶지 않았는데. 그곳은 홍 회장의 저택이었다.

검은 정장의 남자가 서연을 응접실로 안내했다. 소파에 앉아 주위를 둘러봤다. 이곳은 가끔 오는 곳인데도 도통 익숙해지지 않는다.

'이런 넓은 집에서 혼자 사시면 외롭지 않으실까?'

홍 회장에게는 아들이 세 명 있었지만, 지금은 한 명으로 줄었다. 그리고 그 한 명마저도 홍 회장과 함께 살고 있지 않았다. 최고의 부를 가지고 있지만 가족은 아무도 남아 있지 않은 이런 삶이 과연 행복할까?

응접실 문이 열렸다. 홍 회장이 들어오자 서연은 자리에서 일어났다.

"안녕하세요, 할아버지."

"그래, 잘 지냈니?"

"네, 덕분에 잘 지내고 있습니다."

홍 회장이 맞은편 자리에 앉자 서연도 앉아서 허벅지 위에 두 손을 가지런히 올려놓았다. 홍 회장은 예리한 시선으로 서연을 응시했다. 서연은 허벅지 위의 두 손을 꽉 움켜쥐었다.

홍 회장의 속은 도통 알 수가 없었다. 돌아가신 어머니는 홍 회장을 좋아하는 편이었지만, 서연은 얼굴도 잘 마주치지 못하는 홍 회장에게 좋다, 싫다의 감정을 느낄 수가 없었다. 단지 어머니가,

"다른 사람들은 모두 회장님이라고 부르더라도 너는 할아버지라고 불러. 네 할아버지니까."

라고 말했기에, 할아버지라고 부르고 있을 뿐이었다.

"거짓말쟁이구나, 내 손녀는."

홍 회장의 말에 서연은 눈을 동그랗게 떴다.

"네?"

"돈 한 푼 없이 쫓겨났다고 들었는데, 잘 지냈다고?"

홍 회장이 장난스러운 미소를 지었다. 이런 표정을 짓는 건 처음 봤다. 서연은 놀라운 기분으로 홍 회장을 멍하니 응시하다가 퍼뜩 정신을 차렸다.

"쫓겨난 게 아니라 때가 되어 독립을 했다고 표현하고 싶어요. 저도 이제 성인이니까요."

"허허. 그래, 독립. 성인이 되면 독립을 해야지. 허나 한 푼도 없이 쫓아낸 건 좀 너무하다 싶구나."

"아버지가 무섭다는 이유로 제대로 준비를 하지 못한 제 잘못이에요."

"아버지가 무섭다고?"

"네, 할아버지. 전 아버지가 무서웠어요."

서연은 홍 회장의 눈을 똑바로 응시하며 말했다. 이런 이야기를 홍 회장에게 해도 괜찮을지 알 수 없었다.

부전자전이란 말이 있다. 서연은 지금껏 홍 회장 역시 홍 사장과 비슷할 것이라고 생각해 왔다. 그렇기에 홍 사장의 만행을 알면서도 눈을 감아 준 것이라고 여겼다.

하지만 방금 전, 홍 회장의 장난스런 미소를 본 서연은 도박을 해 보기로 했다. 홍 회장의 눈동자가 아주 잠깐 흔들리는 것을, 서연은 똑똑히 목격했다.

'할아버지도 알고 계시는구나.'

그럴 줄 알았다. 홍 회장이 모르는 게 있을 리 없지.

하지만 왜일까. 홍 회장의 성향이 홍 사장과 비슷할 것이란 생각은 들지 않았다. 그저 아들을 향한 사랑 때문에 모르는 척 눈감아 주고 있었을 뿐이라고 생각하는 건, 내가 너무 좋게만 해석하는 걸까?

"아버지가 무서웠었다는 건 과거형이구나. 이제는 아버지가 안 무섭고?"

홍 회장이 원래의 표정으로 돌아가 부드럽게 물었다.

"내 생각과 마음이 없이 안전하게 살아가는 것과 비명횡사할지도 모르는 자유 중 하나를 선택해야 한다는 걸 알게 되었어요. 저는 그중 하나를 선택했고요."

서연의 대답에 홍 회장이 옅은 미소를 지었다.

"내 손녀가 비명횡사하는 일은 없을 게다."

나직하지만 단호한 목소리였다. 도박을 해 보길 잘했다.

홍 회장이 무슨 생각을 하는지 알 수 없는 건 여전하지만, 적어도 서연을 손녀로 인정하고 있다는 것만은 확신할 수 있었다. 그리고 서연의 선택을 지지한다는 것도.

"내가 오늘 부른 이유는."

홍 회장이 품에서 신용카드를 하나 꺼내 서연의 앞에 내려놓았다.

"할아비가 손녀 용돈이나 좀 줄까 해서다. 그걸로 필요한 게 있으면 사거라. 집을 사도 좋고."

서연은 반짝거리는 새 카드를 가만히 응시하다가 고개를 들었다.

"하지만 이건 게임의 규칙에 어긋나지 않나요?"

"응?"

"할아버지께서 게임을 시작하셨고, 그 게임 때문에 집에서 쫓겨났어요. 게임 도중의 장애물을 넘는 데에 재양의 도움을 받는 건,

게임 규칙에서 어긋나는 게 아닌가 싶어서요."

"하지만 란희나 윤성이는 이미 제 아버지에게 도움을 받고 있을 텐데."

"아버지의 사랑을 받는 것도 능력이라면 능력이겠지요. 저는 언니나 오빠처럼 아버지의 애정을 받을 능력이 없는 거고요."

"그래서 내가 널 도와주려는 거라면?"

"할아버지는 게임의 심판이시잖아요. 심판의 도움을 받을 수는 없어요. 반칙이에요."

서연이 고집스럽게 말했다.

"아버지의 도움은 괜찮다, 하지만 나의 도움은 안 된다, 그거냐?"

"네, 심판이시니까요. 저는 아버지께는 아니지만 다른 분들의 도움을 받고 있어요. 그러니까 결국 란희 언니나 윤성 오빠와 마찬가지 상황이지 않을까요?"

홍 회장이 미소를 지었다.

"그래, 그렇겠구나. 이 할아비가 생각이 짧았다."

돌아가는 길에는 대중교통을 이용했다. 버스 정류장까지 검은 정장의 남자가 차로 데려다주었다. 버스를 탄 서연은 차창 밖에 시선을 두고 생각에 잠겼다.

'할아버지는 대체 어디까지 알고 계시는 걸까?'

* * *

서연은 케이크 업체에서 맛있어 보이는 케이크 몇 개를 주문했다. 케이크는 내일 오전 9시에 배달이 될 거라고 했다.

'드디어 내일이구나.'

건물 밖으로 나온 서연은 고개를 들어 하늘을 올려다봤다. 이런 식으로 하늘을 올려다보는 게 오랜만이란 생각이 들었다. 하늘은 구름 한 점 없이 맑았다. 내일도 맑을 거란 일기 예보가 있었다.

얼마나 그렇게 하늘을 보고 있었을까. 손에 들고 있던 휴대폰이 진동했다.

[정태민]

액정에 뜬 이름에 살포시 미소를 지었다가 서둘러 지웠다. 그의 이름을 볼 때마다 저도 모르게 미소를 짓게 된다. 이런 건 옳지 않다. 그를 향한 마음을 거둬야 하는데.

"네, 홍서연입니다."

일부러 딱딱한 목소리로 전화를 받았다.

[하하하하.]

태민의 웃음소리가 들려왔다.

"왜, 왜 웃어요?"

[아니, 전화를 너무 사무적으로 받는 게 웃겨서요.]

"태민 씨 웃으라고 이렇게 받은 거 아니거든요."

[네, 네. 알겠습니다, 어린 사장님.]

태민이 어린 사장님이라고 부르는 건 오랜만에 들었다. 다른 종업원들 앞에서는 서연을 '어린 사장님'이라고 부르지 않았다. 아마도 종업원들이 서연을 우습게 볼까 봐 배려하는 것이리라.

[너무 늦기에 걱정돼서 전화했어요. 어디에요?]

"아, 이제 케이크 주문 끝내고 나왔어요. 가게로 갈게요."

[아니, 가게 일은 끝났어요. 거기 있으면 데리러 갈게요.]

"괜찮……."

[갈게요. 이따 봐요.]

서연이 거절하기 전에 태민이 멋대로 말하고는 전화를 끊었다.

"어휴."

서연은 한숨을 내쉬며 끊긴 휴대폰을 내려다봤다. 태민은 때때로 사람을 난처하게 만든다. 하지만 그 난처함이 싫지 않다.

서연은 뭘 하면서 기다릴까 고민하다가 다시 케이크 가게로 들어갔다. 예쁜 케이크가 진열된 진열장 안을 둘러보다가 자그마한 생크림 케이크를 하나 골랐다. 달콤해 보이는 케이크를 상자 안에 담아 들고, 가게에서 나왔다.

거리에 서서 조금 더 기다렸을 때, 서연의 앞에 자동차 한 대가 멈췄다. 흰색 자동차였다. 조수석 쪽 차창이 내려갔다.

"서연아."

열린 창문으로 태민의 음성이 흘러나와, 심장이 두근, 가볍게 움직였다. 서연은 허리를 굽히고 창문 안을 들여다봤다. 태민이 운전석에 앉아 있었다.

"타. 드라이브 가자."

서연은 누군가 자신을 태우러 오면 늘 그랬듯이 자연스럽게 뒷좌석 문을 열었다. 그러다가 문득 '뒷좌석은 상석'이라던 누군가의 말을 떠올렸다. 그래서 뒷좌석에는 케이크 상자만 내려놓고 문을 닫았다.

조수석에 앉는 건 처음이었다. 시야가 확 트인 조수석에 앉아 안전벨트를 맸다. 태민이 차를 출발시켰다.

"웬 차예요?"

"놀랍게도 나에게는 차가 있거든."

"아아, 그렇구나. 몰랐어요."

"원래 잘 안 끌고 다녀. 서울은 주차할 곳이 마땅치가 않아서. 길도 막히고."

"오늘은 어쩐 일로 끌고 나오셨대요?"

"너랑 드라이브하려고."

당연한 걸 묻느냐는 듯 태민이 대답했다. 서연은 고개를 돌려 태민을 응시했다. 한 손으로 운전대를 잡고 능숙하게 운전하는 태민의 모습이 시야를 가득 채웠다. 누군가 운전을 하는 걸 조수석에 앉아 지켜보는 건 처음이었다.

그래서 이런 마음이 드는 걸까? 정면을 응시하며 여유롭게 운전하는 모습이 무척이나 멋졌다. 언뜻 보이는 굵은 팔뚝도, 때가 되면 방향 지시등을 내리거나 올리는 모습도, 한 손으로 능숙하게 핸들을 조작하는 것도. 무엇 하나 빼놓지 않고 멋져서, 눈을 뗄 수가 없었다.

"부끄러운데."

문득 태민이 중얼거렸다.

"네?"

마침 자동차가 신호에 걸렸다. 태민이 고개를 돌려 서연과 눈을 맞췄다.

"너무 그렇게 보면 쑥스러워."

"아……."

서연은 얼굴을 붉혔다. 너무 뚫어져라 보고 있다는 것을 자각하지 못하고 있었다. 황급히 시선을 정면으로 돌렸다. 보지 않고도 태민이 미소 짓고 있다는 걸 알 수 있었다. 그의 달콤한 미소가 생생하게 그려졌다.

"운전하는 게 신기해서 본 거예요."

변명하듯 말했다.

"흐응. 허구한 날 택시 타고 다녔었잖아."

"조수석에 앉은 건 처음이니까요."

"공주님이었네."

"네, 맞아요. 공주님이었어요. 내 손으로는 아무것도 할 수 없는 공주님. 그런데 지금은…… 공주님도 아닌데 나 혼자 할 수 있는 게 없어요. 바보 같아."

서연이 자조적으로 말하자 태민이 작게 웃었다.

"무슨 말이야, 공주님이 아니라니. 지금도 사장님은 공주님이야."

"돈 한 푼 없는데 무슨 공주님이에요."

"백설공주가 한 푼도 없이 성에서 쫓겨나 난쟁이들과 같이 살게 되었다고 해서, 공주가 아니었던 건 아니잖아. 어디에 있든, 뭘 갖고 있든, 한 번 공주는 영원한 공주야."

*　*　*

한강 주차장에 차를 세웠다. 서연은 뒷좌석에서 케이크 상자를 꺼냈다.

"웬 케이크야?"

"내일이 오픈이잖아요. 오픈 축하 파티를 하고 싶어서요."

"와, 나랑 둘이 하는 거야? 영광인걸."

사실은 합숙소에 돌아가 종업원들과 다 같이 파티를 할 생각이었다. 하지만 태민이 기뻐하는 모습을 보니, 굳이 그 이야기는 하지 않아도 될 것 같았다.

"한강에 오는 거 처음이에요."

나란히 걸으며 말했다.

"사장님은 처음도 많네."

"그러게요. 서울에 살면서도 가 본 곳이 별로 없는 것 같아요."

학교, 집, 학교, 집. 그렇게 지냈다.

"그럼 사장님이랑 데이트를 할 때는 내가 가이드가 되어야겠네."

"지금 이거 데이트 아닌데요."

"데이트야."

"아니에요."

"그럼 뭔데?"

"음. 으음."

"거봐, 데이트지?"

"아니에요. 이건…… 마라톤……?"

"응?"

"한강 고수부지 정복 마라톤."

생각지도 못한 대답인지, 태민이 인상을 찌푸렸다가 하하하 웃었다. 그러더니 갑자기 달릴 자세를 취했다.

"알겠어, 사장님. 그렇다면 목표는 저쪽에 있는 저 계단까지. 사장님이 먼저 도착하면 마라톤이라고 해 줄게. 하지만 내가 먼저 도착하면, 이건 데이트야."

"네?"

"준비. 시작!"

태민이 달리기 시작했다. 서연은 멍하니 태민의 뒷모습을 응시했다. 어느새 계단 앞에 도착한 태민이 서연을 향해 씩 웃으며 브이자를 그렸다. 멀리 보이는 태민의 웃는 얼굴이 가슴 시리도록 근사했다.

서연은 터벅터벅 걸어가 태민의 앞에 멈췄다.

"내가 이겼어."

태민이 자랑스럽다는 듯 말했다.

"전 가끔 태민 씨가 어떤 사람인지 모르겠어요."

"왜?"

"이런 행동 안 할 것 같은 사람이었는데."

"그럼 어떤 행동을 할 것 같은데?"

"좀 더 냉정하고 차갑고 여유롭고……. 아무튼 이렇게 갑자기 달리거나 그런 행동은 안 할 줄 알았어요."

"냉정하고 차갑고 여유롭고……. 그런 말을 들어 보기는 했어. 하지만 지금은."

태민이 서연의 손에 들린 케이크 상자를 가지고 가며 말했다.

"여유로울 수 있을 리가 없잖아. 내가 사랑하는 여자가 내 진심을 안 믿어 주는데."

심장이 쿵 내려앉았다. 서연은 그가 눈치채지 못하도록 심호흡을 했다.

'믿으면 안 돼. 정태민 씨는 장난으로 날 꼬시기 위해서 키스까지 할 수 있었던 사람이야. 그러니까 이런 말쯤.'

태민과 눈이 마주쳤다. 서연은 황급히 시선을 옆으로 피했다. 깊고 검은 눈동자를 똑바로 응시하는 건 위험하다. 진심이라고 믿어 버리게 될지도 모른다. 태민의 눈동자가 무척이나 맑고 투명해서, 흔들림이 없어서, 그가 하는 모든 말들이 진심이라고, 거짓이 없다고, 그렇게 믿어 버릴지도 모른다.

"내가 이겼으니까 데이트야."

태민이 서연을 향해 손을 내밀었다.

"가자, 사장님. 가이드 해 줄게."

서연은 태민의 손을 잡고 싶었다. 큼지막한 손은 무척이나 유혹적이었다. 저 손은 굉장히 따뜻하고 다정할 것이다. 서연의 손을 꼭 쥐고 체온을 나눠 주겠지.

하지만 서연은 그의 손을 잡는 대신 먼저 걸음을 옮겼다.

태민은 가이드를 해 주겠다는 말대로, 다리를 건너가며 서연에게 설명했다.

"이 다리에서 이어진 곳은 선유도 공원이야. 양화대교 건널 때 옆에 보이는 섬 같은 거 있지? 거기야."

"아아, 여기가 거기구나."

"응. 옛날에는 정수장이었대. 그걸 개조해서 만든 우리나라 최초의 환경재생 생태공원이라더라. 물의 공원이라고도 불려."

낮고 느릿한 태민의 설명을 듣는 게 즐거웠다. 그와의 거리를 의식하지 않아서, 걷다가 문득문득 손등이 스쳤다. 그럴 때면 그 잠깐의 순간 생겨난 달콤함이 전신으로 퍼졌다.

'믿고 싶어. 언젠가 상처를 받더라도, 태민 씨의 말을 믿고 싶어.'

하지만.

―그럴 줄 알았으면 그냥 진심이라고 할걸.

그 말이 방패처럼 서연의 생각을 가로막았다. 다리를 완전히 건너 선유도 공원에 접어들었다. 날씨가 좋아서 그런지 놀러 나온 커플과 가족들이 많았다. 다들 즐거운 표정으로 사진을 찍거나 앉아서 도란도란 대화를 나누고 있었다.

'우리도 커플로 보일까?'

서연은 태민을 올려다봤다. 마침 태민도 서연을 내려다보고 있었다. 태민이 빙그레 웃었다.

"우리도 커플로 보일 것 같지 않아?"

태민도 같은 생각을 하고 있다는 사실에 깜짝 놀랐다.

"아뇨. 우린 누가 봐도 사장과 종업원 사이일 거예요."

서연은 두근거림을 감추고 딱딱하게 말했다. 태민의 표정이 잠시 굳어졌다가 원래대로 돌아왔다.

"알겠어, 사장님. 그렇게 뾰족하게 말하지 마. 아프다."

* * *

서연은 멍하니 케이크 진열장을 응시했다. 드디어 가게를 오픈했다.

오전 10시 오픈, 오후 11시 오프. 그렇게 시간을 정했다.

이른 아침부터 나와서 오픈 준비를 하고 문을 연 지 벌써 2시간이 지났다. 점심시간이 다가오는데 손님은 한 명도 오지 않았다.

"이렇게 안 올 수도 있나?"

선명이 중얼거리는 소리에 뜨끔했다.

"보통 카페에 아침부터 오는 사람은 많지 않으니까. 아침부터 카페 가는 사람들은 대부분 공부하거나 일하려는 사람들인데, 이 카페는 그런 분위기가 아니잖아. 게다가 오늘이 오픈이고."

영진이 말했다.

"그래도 너무 없는데? 사실 여기가 입지가 좋은 편은 아니잖아. 이러다가 망하는 거 아냐?"

"준아 넌 말을 진짜 안 예쁘게 하더라. 어떻게 뽑혔냐?"

"최선명, 너도 마찬가지거든?"

종업원들의 대화를 들으며, 서연은 다시 케이크 진열장으로 시선을 돌렸다. 조각케이크를 잘 진열해 놓은 투명한 유리 진열장. 케이크 중에는 생크림 케이크도 있었다. 눈처럼 하얀 생크림 케이크를 보다 보니 어제의 일이 떠올랐다.

태민과 함께 선유도 공원 산책로를 따라 걷다 보니 날이 저물었다. 산책로 가장자리에 있는 벤치에 앉았다. 가로등 옆에 있는 벤치였다.

한들한들 불어오는 바람에 흙냄새와 물 냄새가 섞여 있었다. 부드럽게 머리카락을 스치고 지나가는 바람이 기분 좋았다.

"와, 저것 봐."

태민의 목소리에 정신을 차렸다. 태민이 손가락으로 어딘가를 가리키고 있었다. 쭉 뻗은 그의 손가락을 눈으로 좇았다. 그가 가리킨 곳에는 토끼 두 마리가 있었다.

"우와, 토끼다."

토끼들이 깡총깡총, 두리번두리번, 쫑긋쫑긋거리는 모습이 귀여웠다.

"완전 귀여워요. 어디서 나온 토끼지? 선유도 공원에서는 토끼도 키우는 거예요? 아니면 누가 데리고 온 건가?"

사람을 무서워하지 않는지 서연과 태민이 앉아 있는 벤치 앞을, 두 토끼가 깡총깡총 지나갔다. 정신없이 토끼를 지켜보던 서연은 문득 시선을 느꼈다. 돌아보지 않고도 태민이 자신의 얼굴을 보고 있다는 걸 알 수 있었다.

'자의식 과잉일 거야. 날 보고 있을 리 없어.'

그렇게 생각하면서도 태민 쪽으로 시선을 돌릴 수가 없었다. 이럴 때 재희였다면, "뭘 그렇게 봐? 얼굴 뚫어지겠네, 진짜."라고 당당히 말했을 텐데. 그렇게 못 하고 심장만 콩닥콩닥, 숨만 새근새근 간신히 내뱉는 자신이 바보 같았다.

얼마나 그러고 있었을까.

"케이크, 안 불어?"

태민의 음성이 고요한 공기를 울렸다.

"아, 케이크. 해야죠."

서연은 애써 아무렇지도 않은 척 옆으로 고개를 돌렸다. 태민은 두 사람 사이에 놔둔 케이크 상자를 내려다보고 있었다.

'그래, 날 쳐다봤을 리 없지.'

서연은 케이크 상자를 열었다. 새하얀 생크림 케이크는 어스레한 가로등 불빛 아래에서도 맛있어 보였다. 달콤한 향기가 코끝을 간질였다.

서연은 초를 하나 꺼내 케이크 중앙에 꽂았다. 성냥을 들고, 서연은 고개를 들어 태민을 똑바로 응시했다. 케이크를 내려다보고 있던 태민이 시선을 느낀 듯 고개를 들었다.

태민의 새까만 눈동자를 똑바로 보고 있으면, 숨이 턱 막히는 기분이 든다. 하지만 지금은 시선을 피하지 말자고 생각했다.

"태민 씨한테 아주 고마워요. 태민 씨가 있어서 여기까지 올 수 있었어요. 아르바이트 구인글을 보고 가장 먼저 찾아와 준 사람이 태민 씨여서, 정말 다행이라고 생각해요. 저는 작전명 스위트가 제 가게라고 생각하지 않아요. 작전명 스위트는 우리 가게예요, 태민 씨."

서연의 말에 태민의 눈이 커졌다.

"아, 그렇다고 태민 씨한테 부담을 주려는 건 아니에요. 태민 씨가 그만두고 싶을 땐 얼마든지 그만둬도 괜찮아요. 아니, 그렇다고 해서 그만두라는 건 아니고. 아, 진짜. 내가 무슨 말을 하는 거지?"

야무지게 말하고 싶었는데 바보처럼 굴고 말았다. 얼굴이 확 달아올라서 얼른 고개를 숙였다. 태민이 작게 웃는 소리가 들려왔다.

"부담되지 않아. 나도 내가 그 구인글을 발견해서 다행이라고 생각하고 있어. 가게는 잘될 거야. 네가 원하는 만큼, 손님들을 행복하게 해 줄 거야, 어린 사장님."

달래듯 부드럽게 말하는 태민의 음성은 생크림 케이크의 향기보다 달콤했다. 그래서 서연은 더더욱 고개를 들 수 없어졌다.

이 남자는 어쩌면 이렇게나 다정한 음성을 지니고 있을까. 언제부터 이렇게 다정했을까. 태어날 때부터?

그런 생각을 하고 있는데, 태민이 생크림을 손가락으로 쿡 찍어 서연의 입술에 묻혔다. 서연은 화들짝 놀라 고개를 들었다.

"뭐, 뭐하는 거예요?"

입술에 생크림을 묻힌 채로 항변했다. 태민이 부드럽게 웃으며 서연 쪽으로 상체를 기울였다. 순식간에 얼굴과 얼굴이 가까워졌다.

숨결이 섞였다. 그 농밀한 공기에 서연은 정신을 차릴 수가 없었다. 그의 입술이 닿을락 말락. 피해야 한다는 생각은 없었다. 태민은 그런 남자였다. 눈빛으로 사로잡고 향기로 생각할 힘마저 빼앗는, 그런 남자.

이윽고 서연의 입술에 무언가 닿았지만, 그것은 태민의 입술이 아니었다. 태민의 손가락이었다. 태민은 엄지로 서연의 입술에 묻은 생크림을 가볍게 닦아 냈다.

"뭐하는 거냐 하면."

태민이 엄지 끝에 묻은 생크림을 혀로 할짝 핥으며 서연에게서 떨어졌다.

"키스하고 싶어져서 키스할 이유를 만들었는데 안 되겠어."

태민이 피식 웃으며 서연이 손에 꽉 쥐고 있는 성냥을 가져가 케이크의 초에 불을 붙였다.

"도저히 못 하겠어."

'도저히 못 하겠다니.'

케이크의 초를 켜고 후 불어서 끄고, 앞으로 가게가 잘됐으면 좋겠네, 잘될 거야 등의 말을 주고받았다. 포크가 없어서 손으로 집어 조금씩 맛을 본 후에, 아, 맛있어, 이 케이크 잘 팔리겠다 등의 이야기도 했다.

그렇게 평범하게 대화를 주고받고 합숙소로 돌아왔고, 씻고, 침대에 누웠다.

—도저히 못 하겠어.

하지만 태민의 목소리가 귓가를 떠나지 않았다. 그 말을 들은 후, 심장이 쿵 내려앉았는데 그 심장이 제자리로 돌아올 생각을 하지 않았다.

'도저히 못 하겠다니? 대체 뭘? ……뭐긴 뭐야, 키스 얘기겠지.'

그와 키스를 하고 싶었던 건 아니다. 오히려 그가 키스를 하면 이쪽이 곤란해진다. 태민을 향한 마음을 조금씩이라도 접어 가야 하는 이때에, 키스처럼 달콤하고 농밀한 접촉은 마음을 더 크게 만들 뿐이다.

그가 키스를 하지 못하겠다고 한다면, 두 팔을 들고 만세를 부를 일이다. 걷다가 그의 손등이 닿는 것도, 간혹 가까이에 서 있을 때 체온이 전해지는 것도, 이 가슴을 설레게 하는데. 키스까지 마구잡이로 해대면 심장은 남아나지 않을 게 분명했다.

그런데 왜 그 말이 이토록 큰 충격으로 다가온 걸까?

'오히려 사귀지 않는 사이에 키스를 하는 게 이상한 일인 건데. 나 진짜 왜 이러지?'

생크림 케이크를 보면 '도저히 못 하겠어.'라는 태민의 목소리가 더 생생하게 들려왔다.

'도저히 못 하겠어. 도저히 못 하겠어. 도저히 못 하겠어.'

귀에서 메아리치는 그의 음성을 잡을 수만 있다면 콱 붙잡아, 그의 앞에 패대기쳐 주고 싶었다.

'그래도 너무하잖아! 내가 괴물도 아니고, 도저히 못 하겠다니!'

그래, 이런 기분이 드는 건 단지 태민에게 거절당했다는 것 때문이 아니라, '도저히 키스할 기분이 안 되는 여자'로 취급을 당했기 때문이다.

'내가 해 달라고 한 것도 아닌데 자기 멋대로 키스를 하려고 하고, 그러다가 도저히 못 하겠다고 밀어내고. 너무해.'

서연은 고개를 획 돌려, 바 안에 서 있는 태민을 노려봤다. 유니폼을 입은 태민은 숨이 막히도록 멋있었다.

'하나도 안 멋있어! 너무해! 정말 너무한 남자야!'

"왜 그렇게 노려보세요, 사장님. 제 복장이 마음에 안 드십니까?"

남의 속도 모르고, 태민이 은은한 미소를 지으며 물었다.

"아니에요, 그런 거."

"그럼요? 배고파요? 뭐 만들어 줄까요?"

"아니에요, 안 배고파요."

"그런데 왜 그렇게 노려보실까. 설레게스리."

"오빠."

준아가 끼어들었다.

"아, 맞다. 오빠가 아니라 매니저님이지."

준아가 귀엽게 한쪽 눈을 찡긋하며 한 손으로 입가를 가렸다.

"매니저님, 손님도 없는데 저 커피 만드는 것 좀 가르쳐 주시면 안 돼요?"

"커피 만드는 거? 관심 있어?"

"네, 관심 있죠. 나중에 졸업하면 아빠가 가게 열어 주신다고 했는데, 그때 손님들한테 제가 직접 대접하고 싶어서요."

"아아, 그래. 그럼 이쪽으로 와. 일단 기계 작동법부터 알려 줄게."

태민은 준아에게도 상냥했다. 서연은 두 사람에게서 시선을 떼었다.

태민이 단지 준아에게만 상냥한 것은 아니었다. 다른 종업원들에게도, 태민은 똑같이 행동했다. 그런데도 준아와 대화할 때 유독 가슴이 따끔거리는 이유는, 아마도 질투 때문이리라.

'난 정말 욕심 많은 여자구나.'

태민을 사랑하면서 몰랐던 사실을 많이 알게 되는 것 같다. 경험해 보지 못한 감정이 밀물처럼 쏟아져 나와 당혹스러울 때도 있다.

그래서인가 보다. 사랑을 하면 성숙해진다는 말이 있는 이유는.

딸랑—

2시가 조금 지난 시간, 첫 번째 손님이 왔다. 여자 3명으로, 대학생인 듯했다.

"와, 여기 카페 됐네? 옛날엔 우동집이었던 것 같은데."

"으으, 그때 그 우동집 진짜 맛없었잖아. 에어컨도 잘 안 나와서 덥고. 망할 줄 알았어."

"카페 예쁘다."

재잘재잘 떠들며 들어오던 여대생들은,

"어서 오세요."

정중하게 인사하는 태민의 모습에 깜짝 놀란 듯 입을 다물었다. 다른 종업원들도 인사를 했지만, 여대생들의 눈동자는 태민에게 고정되어 있었다.

"창가 자리로 안내해 드릴까요?"

영진이 그들에게 다가가 싹싹하게 물었을 때에야, 그들은 현실로 돌아왔다.

"아, 네. 시원한 자리로요."

"밖에 너무 더워요."

"그런데 가게 진짜 예쁘다."

"유니폼도 예뻐요."

재잘재잘 떠드는 여대생들의 목소리가 듣기 좋았다. 서연은 빙그레 미소를 지으며 그들을 지켜봤다.

영진은 교육을 받은 대로 한쪽 무릎을 굽히고 앉아, 테이블에 메뉴판을 펼쳤다.

"고르신 후에 테이블 옆에 벨을 눌러 주세요. 오픈 기념 서비스로 한 달간, 음료에 케이크가 포함되어 나가니 케이크도 함께 골라 주시면 감사하겠습니다."

"와, 케이크."

"웬일, 웬일. 요새 케이크 같이 주는 데 별로 없는데."

"뭐 시키지?"

여대생들이 메뉴를 고르는 동안, 영진이 자리로 돌아왔다.

"저, 잘했어요?"

영진이 태민을 돌아보며 걱정스러운 듯 물었다.

"응, 잘했어. 그렇게만 하면 돼."

첫 손님들은 아이스 아메리카노와 아이스 라떼, 그리고 키위 주스를 시켰다. 케이크는 생크림 케이크 하나와 치즈 케이크 두 개.

태민이 커피를 만들기 시작했다. 서연은 능숙하게 움직이는 태민을 물끄러미 응시하다가, 문득 가게 안의 모든 사람들이 자신과 같다는 것을 깨달았다.

'참 굉장한 사람이야.'

태민은 정말이지, 모두의 시선을 한 몸에 받는 놀라운 사람이다. 그리고 주목을 받으면서도 담담하게 행동하는 굉장한 사람. 저런 사람으로 살아가는 건 어떤 기분일까?

오픈 후 2개월간, 손님들에게는 카페 홍보 자료를 함께 건네기로 했다. 홍보 자료는 자그마한 수첩으로, 표지에 예쁜 일러스트가 들어가 있었다. 수첩의 맨 뒷장 몇 페이지를 카페 홍보용으로 할애했다. 카페 홈페이지와 VIP 고객 제도, 그리고 할인 쿠폰 몇 장과 나뭇잎 모양의 예쁜 책갈피. 음료와 함께 카페 수첩을 건네자,

"와, 예쁘다."

"귀여워."

라는 감탄사가 흘러나왔다. 마음에 들어 해서 다행이다.

손님들은 1시간 정도 머물렀다.

"다음에 또 올게요."

"카페 마음에 들어요."

"홍보 많이 할게요."

손님들이 떠난 후, 선명이 말했다.

"당분간 오전에는 손님이 많지 않을 것 같은데, 나가서 홍보하는 건 어때요? 두 명씩 번갈아 나가서 이 수첩 나눠 주면, 꽤 괜찮을 것 같은데."

"밖에 나가는 건 좀 그래. 덥잖아. 자외선도 강하고."

준아가 투덜거렸다.

"오전에 할 일도 없이 가게에만 앉아 있긴 좀 그렇잖아."

"그럼 그런 건 남자들이 하면 되잖아. 어차피 여자 손님들이 많이 올 텐데."

"카페 이용 고객으로 여성이 많긴 하지만, 이 카페가 여성 위주로

만든 카페는 아니잖아. 그래서 여자 종업원도 뽑은 거고. 희미야, 너도 싫어?"

"난 상관없어. 여기 앉아만 있는 것보다는 나가서 수첩 돌리는 게 나을 것 같기도 해."

"거봐, 희미는 괜찮다잖아."

"그럼 희미랑 나가든가."

"매니저님 생각은 어때요?"

답이 안 나올 것 같았는지 선명이 태민을 돌아보며 물었다. 바에 기대서 종업원들의 이야기를 듣던 태민이 빙그레 웃었다.

"좋은 생각이야. 안 그래도 다음 주부터는 수첩 돌리자고 하려고 했거든."

준아는 태민의 말에는 반박할 수 없는지 뚱한 표정으로 입을 다물었다.

"한 주 앞당겨서 시작하는 것도 괜찮겠지. 내일부터는 오전 중에 남자, 여자 짝지어 나가서 수첩 돌리자. 준아 씨, 괜찮지?"

"네, 괜찮아요."

전혀 괜찮지 않다는 표정으로, 준아가 대답했다.

그 후에도 간간이 손님이 있었다. 좌석이 전부 차지는 않았지만 3, 4좌석은 계속 유지가 되었다. 다들 나갈 때의 표정이 밝아서 안심했다.

딸랑—

현영이 온 건, 오후 7시가 조금 넘었을 때였다. 언제나 그렇듯 근사한 정장 차림의 현영은 혼자가 아니었다. 현영의 뒤로 10명쯤 되는 사람들이 따라 들어왔다. 다들 현영과 비슷한 분위기였다.

"내가 이 가게 홍보해 주려고 애네들한테 밥도 샀어. 엄청 고맙지 않아?"

가게로 들어온 현영이 가게 안을 쭉 둘러보며 말했다. 현영의 친구들은,

"가게 괜찮네."

"나쁘지 않아."

라는 말을 하며 자리를 찾아가서 앉았다.

"가게 오픈 축하해. 화환 보낼까 하다가 매상 올려 주는 게 나을 것 같아서, 이 근처 사는 친구들 불러서 데리고 왔어."

현영이 서연에게 말했다.

"고마워요, 언니."

"그 옷, 정말 잘 어울린다. 평소에도 이렇게 좀 입고 다니면 좋을 텐데. 안 그래?"

현영이 태민에게 물었다. 태민이 싱긋 웃었다.

"난 사장님이 뭘 입든 상관없어."

'상관없다니!'

쿵—

서연은 충격을 받았다.

'도저히 못 하겠어.'에 이어 '상관없다.'는 말까지 들었다. 역시 여자로서 최악이라는 뜻일까? 이제는 꼬실 가치도 못 느끼겠다는 걸까?

'아니, 기뻐할 일이야. 이젠 태민 씨가 나한테 그런 이상한 스킨십들을 안 하겠다는 거잖아. 충격 받을 일이 아냐!'

그렇게 생각하려고 노력했지만, 충격이 쉬이 가시지 않았다. 서연이 충격에서 벗어나려고 노력하는 동안, 현영은 바를 사이에 두고 태민과 다정하게 대화를 나눴다.

그리고 그런 두 사람의 모습을, 준아가 마음에 안 든다는 듯 노려보고 있었다.

'저 여잔 뭔데 저렇게 태민 오빠랑 친한 척 구는 거지?'

태민과 현영의 친밀한 모습에, 준아는 짜증이 났다. H라인 치마 정장을 입고 바에 양쪽 팔꿈치를 기댄 모습이, 모델처럼 근사해서 속이 부글부글 끓었다.

여자 손님들에게는 남자 종업원이 가기로 했기 때문에, 준아는 입구 옆에서 대기하고 있었다. 흘끗 희미를 돌아봤더니, 희미는 멍한 표정으로 가게 안에 시선을 두고 있었다. 무슨 생각을 하는지 알 수 없는 애였다.

"사장님."

카운터에 앉아 있는 서연을 불렀다. 서연이 고개를 돌렸다.

"네?"

"저래도 돼요?"

"네?"

"저 손님이요, 저렇게 바에서 계속 매니저님이랑 얘기하는데, 저래도 되는 거예요? 매니저님은 손님 상대 안 하기로 한 거잖아요."

"아아, 저분은 태민 씨 지인이에요."

"아무리 지인이라도요. 이거 좀 영업 방해인 것 같은데."

서연이 난처하다는 듯 눈썹 끝을 내렸다.

“좀 아는 사이라고 해서 특혜를 주면 다른 손님들은 기분이 나쁠 것 같아요. 다들 자기가 원하는 사람이랑 대화를 나누고 싶을 텐데. 이런 건 좀 주의해야 하지 않을까요?”

준아가 다다다 쏘아붙이듯 말했다. 서연은 난감하다는 표정으로 준아를 빤히 응시하다가 고개를 끄덕였다.

“알겠어요. 기다려 봐요.”

서연이 카운터를 벗어나 현영에게 다가갔다. 서연이 현영에게 무어라고 말하자, 현영이 이쪽을 돌아봤다.

현영과 준아의 눈이 마주쳤다. 현영은 평가하듯 준아를 위아래로 훑어보고는 피식 웃었다. 조롱하는 듯한 미소였다.

‘사장이 대체 뭐라고 말한 거야? 내 욕했나? 내가 질투한다고? 하지만 난 질투 같은 걸 한 게 아냐. 가게를 위해서라고!’

준아의 생각과 달리, 서연은 준아의 이름조차 꺼내지 않았었다.

“언니, 이제 그만 자리로 가서 앉으시는 게 좋을 것 같아요.”

“왜? 질투나?”

“에이, 그런 거 아니에요. 친구분들도 기다리고 계시고, 또…….”

“재가 시켰니?”

“네?”

“아까부터 날 째려보던 애. 재가 시켰지?”

그런 대화가 오간 후, 현영이 준아를 돌아보고 비웃은 것이다.

“재, 인상이 별로야. 네가 뽑았어?”

“내가 뽑았어.”

태민이 끼어들었다.

"너, 진짜 보는 눈 없다. 왜 저런 애를 뽑았어?"

"면접에서는 괜찮아 보였거든. 여자들은 내 앞에서 늘 잘 보이려고 하니까."

"자기 입으로 그런 말을 하는 것도 재수가 없네. 저 앤 분명 문제를 일으킬 거야. 저렇게 열등감과 패배감으로 가득 찬 애들이 하는 행동은 빤하거든. 얼른 잘라 버려."

"계약서를 작성한 데다가 아직 손님들이랑은 특별히 문제를 일으키지 않았거든. 손님들한테는 곧잘 해."

"흐응. 넌 후회할 거야, 정태민."

"어이구, 무서워라."

"농담 아냐. 정말로 후회할 거야."

그렇게 말한 현영은 허리를 꼿꼿이 세우고, 친구들이 있는 자리로 도도하게 걸어갔다. 서연은 한숨을 내쉬며 다시 카운터로 돌아가서 앉았다. 준아가 불만스러운 표정으로 서연을 노려봤다.

"사장님, 저 여자한테 제 욕했죠?"

"네?"

"절 째려보면서 웃던데요. 무슨 얘기한 거예요?"

"욕 안 했어요, 준아 씨."

"안 하긴. 진짜 여자들은 왜 이러는지 몰라. 난 이래서 여자가 불편해. 꼭 나만 미워하고, 질투하고. 남자들한테 인기 많은 게 내 탓도 아닌데."

서연은 준아가 무슨 소리를 하는 건지 알 수 없었다. 역시 준아는 너무 불편하다. 사람들과 어울린 적이 많지 않은 서연은, 준아

같은 종류의 사람이 처음이었다. 이런 사람은 어떤 식으로 대해야 좋을지 몰라 가슴이 답답했다. 이왕이면 종업원들과 잘 지내보고 싶었는데.

'불편하고 어려워도, 내가 확실히 해야 하는 거겠지.'

일은 마감 후에 터졌다.

현영의 지인들은 먼저 돌아가고, 현영은 가게에 남아 있었다. 태민, 서연과 맥주를 마시러 가기로 했기 때문이었다.

가게 마감을 하는 동안, 현영은 한쪽 테이블을 차지하고 앉아 종업원들이 일하는 걸 지켜보고 있었다. 빗자루로 바닥을 쓸던 준아가 현영이 앉아 있는 테이블 앞에 멈췄다.

"저기요, 좀 비켜 주실래요?"

다른 종업원들이 놀라서 돌아볼 만큼, 명백히 시비를 거는 듯한 어조였다. 현영은 다리를 꼰 채로 천천히 고개를 들어 준아를 응시했다.

"안 들리세요? 비켜 달라고요."

"여긴 아까 저 친구가 치웠는데."

현영이 선명을 가리키며 말했다. 선명이 고개를 끄덕였다.

"어, 거기 내가 치웠어."

"치웠어도 아줌마가 앉아서 다시 지저분해졌잖아요. 얼른 치우고 마감하게 좀 비켜 봐요."

보다 못한 태민이 바에서 나오려고 하는데, 현영이 피식 웃으며 말했다.

"그쪽 같은 애들, 잘 알아요. 남자한테 관심을 갖기 시작하면 그 남자 외의 모든 사람이 적이 되죠. 그 남자를 사수하기 위해서라면, 자기 행동이 주변에 누를 끼친다는 것도 모르고 제멋대로 행동해요. 그 행동이 다른 사람들에게 어떻게 비칠지는 생각하지 못하죠. 생각이 짧거든요."

"저기요, 아줌마. 아줌마가 뭔데 날 평가해요?"

현영이 느릿하게 일어났다.

"난 자기 노력으로 예뻐진 사람을 아주 좋아해요. 살을 빼고 성형을 하고 피부 관리를 하고. 그거 다 노력이라서 아주 좋게 봐요. 하지만 못났던 과거에 갇혀서, 자기 마음에 조금이라도 안 드는 사람에게 총구를 겨누고 예민하게 구는 사람은 질색이에요."

"나는 성형 같은 거……."

"예뻐지고 나니 옛날이랑 다르게 몇몇 남자들이 관심을 보여 줬겠죠. 그러다 보니 세상 모든 남자가 내 뜻대로 움직여 줄 것 같았고. 그런데 살다 보면 내 뜻대로 움직이지 않는 남자도 있고, 나보다 더 나은 여자도 있는 거거든. 그러면 어쩐지 내 남자가 내 뜻대로 움직이지 않는 이유가, 다 나보다 나은 저 여자 탓인 것 같고, 그래서 화가 나고. 그럴수록 자기가 비참해진다는 건 모르는 채 남 탓만 하고."

부들부들 떨던 준아가 손을 들어 올렸다. 현영은 이 순간을 기다렸다는 듯 미소를 지었다.

찰싹—

내리친 손바닥이 닿은 곳은 현영의 뺨이 아니었다. 서연이었다.

"서연아."

현영이 당황해서 비틀거리는 서연의 어깨를 부축했다. 서연은 두 발로 똑바로 버티고 섰다. 서연의 하얀 뺨이 금세 발갛게 부어올랐다.

태민이 분노에 찬 표정으로 다가오려는 것을, 서연이 한 손을 들어 멈추게 했다. 서연은 한 손을 들어 올린 그 자세로 준아를 가만히 응시했다.

“왜, 왜요? 이 여자가 먼저 날 모욕했어요. 사장님도 들었잖아요.”

“윤준아 씨. 나는 즐겁고 행복한 가게를 만들고 싶어요. 그런데 종업원인 준아 씨가 이런 식으로 행동하면 곤란해요.”

“내가 뭘 어쨌는데요? 이 여자가 먼저 매니저님한테 꼬리치고, 자기가 뭐라도 되는 것처럼 행동했잖아요. 마감하고 있는데도 테이블 하나 차지하고 앉아서 청소도 못 하게 하고. 사장님이랑 아는 사람이라고 편드는 거예요, 지금?”

“편을 드는 게 아니에요. 누가 먼저 문제를 일으켰는지에 대해서 이야기를 하는 거예요. 태민 씨는 여자 친구가 많아요. 어쩌면 태민 씨를 보기 위해 오는 여자 손님들이 많을 수도 있죠. 그럴 때마다 이런 식으로 행동하면 가게에 문제가 될 거예요.”

“그래서요? 그만두라는 거예요, 지금? 나한테?”

“그만두라는 말을 하는 게 아니에요. 준아 씨가 조금만 더 마음을 넓게 가지고 행동해 줬으면 하는 거예요. 하지만 그렇게 하지 못하겠다면 지금 그만두는 게 좋을 것 같아요. 다음번에도 좋게 넘어가기는 힘들 것 같으니까.”

“하?”

준아가 기가 막힌다는 듯 코웃음을 치며 태민을 돌아봤다.

"오빠, 오빠도 그렇게 생각해요?"

태민이 빙그레 웃었다.

"응."

"하? 어이가 없네, 진짜. 뭐야, 다들. 지들끼리 똘똘 뭉쳐서. 아, 이딴 가게 내가 때려치우고 만다. 여기 아니면 일할 곳이 없는 것도 아니고. 진짜 더러워서. 관둔다, 관둬."

준아가 팩 쏘아붙이고는 직원실로 향했다.

몇 분 후 옷을 갈아입고 나온 준아는, 들고 나온 유니폼을 서연에게 집어던졌다.

"너같이 착한 척하는 년이 젤 싫어. 이 가게, 망할걸? 작전명 스위트는 지랄. 이게 카페야? 호스트바지. 윤락 업소로 신고할 거야. 두고 봐."

준아가 거칠게 문을 열고 가게를 나갔다. 가게 안에 무거운 침묵이 내려앉았다. 서연은 자신의 얼굴에 맞고 떨어진 유니폼을 집어 들었다. 그리고 옅은 미소를 지으며 종업원들을 돌아봤다.

"자, 다들 얼른 정리하고 퇴근해요."

* * *

"그런 일이 있었어요?"

'맥주 한 잔' 모임에 뒤늦게 합류한 재원이 놀랍다는 듯 중얼거렸다.

서연, 태민, 현영. 이렇게 세 사람만 하려던 맥주 한 잔 모임은 준아 사건 때문에 자리가 커져서, 다른 종업원들도 함께 있었다.

"네, 형. 난 걔 처음부터 마음에 안 들었다니까요. 그럴 줄 알았어요."

선명이 말했다.

"맞은 데는 괜찮아?"

재원이 서연을 돌아보며 걱정스러운 듯 물었다.

"응, 괜찮아. 세게 맞은 것도 아닌데, 뭘."

"세게 맞은 게 아니긴. 어마어마한 소리가 났는데. 미안해, 서연아. 나 때문에."

"아니에요, 언니."

"그냥 날 때리게 놔두지 그랬어? 누가 맞든 마찬가지였는데."

"언니가 맞았으면 고소했을 거잖아요. 일이 너무 커지는 건 싫었어요."

"어머, 고소하려고 했다는 걸 어떻게 알았지?"

"언니가 일부러 자극적인 말만 골라서 하는 것처럼 보였거든요."

"의외로 예리한 구석이 있네. 사실 네가 무슨 일 터져도 해고를 못 할 것 같아서, 극단적인 방법을 사용해야겠다고 생각했었어. 그런데 너, 변했다?"

"제가요?"

"예전 같으면 이런 일로 그만두라는 말 안 했을 것 같은데."

"했을걸. 우리 어린 사장님은 의외로 단호한 부분이 있거든."

태민이 서연을 대신해서 말했다. 오징어를 씹으며 그 모습을 지켜보던 영진이 입을 열었다.

"저기, 그런데 전부터 궁금한 게 있는데요. 재원이 형이랑 사장님은 친구 사이잖아요. 그럼 태민이 형이랑 사장님은 무슨 사이예요?"

심장이 철렁 내려앉은 이유는, 태민과 자신의 사이를 규정할 만한 단어를 찾을 수 없었기 때문이다. '고용주와 고용인 사이'라고 말하면 그만인데, 그 순간에는 그것도 떠오르지 않았다.

모두의 시선이 서연에게로 향했다. 태민보다는 서연의 생각이 알고 싶다는 듯이. 심지어 재원과 태민까지도 서연을 빤히 보고 있었다.

'어떡하지?'

머릿속이 하얗게 비었다.

'뭐라고 해야 하지?'

종업원들에게 '고백했다가 차인 사이예요.'라는 말을 할 수는 없었다. 그래서 망설이는데, 가만히 지켜보던 태민이 말했다.

"아무 사이도 아니야."

쿵—

또 한 번 심장이 떨어졌다. 아무 사이도 아니라니.

'도저히 못 하겠어.'와 '상관없어.'에 이어 '아무 사이도 아니야.'라는 삼 연타를 맞은 서연은 정신을 차릴 수가 없었다.

"아무 사이도 아닌 건 아닌 것 같은데."

선명의 말에 태민이 어깨를 으쓱했다.

"정말이야. 아무 사이도 아냐. 그렇죠, 사장님?"

그래요, 라고 대답하면 되는데 왜 목소리가 나오질 않는 걸까?

서연은 이런 자신이 한심스러워서 견딜 수가 없었다. '도저히 못 하겠어'든, '상관없어.'든, '아무 사이도 아니야.'든. 서연이 충격 받을 이유는 없었다.

하지만 이렇게나 충격을 받는 건, 아마도 여전히 태민을 사랑하기 때문이리라. 이 가슴 안의 감정을 오롯이 그에게 쏟아붓고 있기 때문이리라.

서연은 맥주잔을 잡은 손에 힘을 줬다.

"맞아요."

간신히 말했다.

"아무 사이도 아니에요, 우린."

내 표정, 괜찮을까? 이 흔들리는 마음이 겉으로 드러나지는 않았을까. 서연은 걱정스러웠다.

"그런데요. 우리 여직원 다시 뽑을 거예요?"

다행히도 희미가 침묵을 깨뜨렸다.

"아, 여직원. 뽑긴 뽑아야 하는데. 사장님, 어쩔까요?"

태민이 서연에게 물었다. 다행이다. 속마음을 겉으로 드러내진 않은 모양이다.

"여직원은 조금 더 시간을 두고 뽑는 게 좋겠어요. 이번 같은 실수를 하면 안 되니까."

* * *

"데려다줄게."

호프집에서 나왔을 때, 태민이 현영에게 말했다.

"웬일로 이렇게 매너가 좋아지셨대."

"난 원래 매너가 좋아."

"그래? 전혀 몰랐네."

현영이 먼저 걸음을 옮겼다. 태민이 묵묵히 현영을 따라왔다.

"나한테 할 말 있어서 데려다준다고 한 거 아냐?"

침묵을 견디다 못한 현영이 입을 열었다.

"할 말? 아니, 별로 없는데. 밤길 위험해서 데려다준다고 한 거야."

"너의 어린 사장님은 어쩌고?"

"다들 같이 가니까 괜찮겠지."

"한시도 떨어지기 싫은 거 아니었어? 게다가 거기에 라이벌도 있잖아. 신재원."

"라이벌도 아냐. 사장님은 내 마음 안 믿어 주거든. 재원이 마음은 믿어 주지만."

"그거야 당연하지. 너는 온 세계 여자를 다 만나고 다닌 놈팡이고, 재원이는 한 여자만 사랑한 지고지순한 남자니까. 나 같아도 재원이 마음을 믿겠다."

"그러게."

태민이 작게 한숨을 내쉬었다. 현영은 태민이 고민하는 모습을 보는 게 즐거웠다. 이 남자는 당해도 싸다. 매번 여자의 마음을 가지고 놀다가 상처를 줬으니, 본인도 그 상처가 얼마나 아픈 건지 알아야만 한다.

현영은 서연의 두껍고 높은 철벽에 손뼉을 쳐 주고 싶었다.

"아무 사이도 아니야, 라는 말은 하지 말았어야 했어."

하지만 옛정이 있어서인지 계속 한숨만 쉬는 모습을 보는 게 안쓰러워서 한마디 했다.

"나도 그런 말은 하고 싶지 않았는데."

태민의 음성이 낮게 가라앉아 있었다.

"내가 진심을 말하면 서연이는 내 가슴에 비수를 꽂아. 서연이가 날 밀어내려고 하는 말이 아파서, 진심을 말하는 게 무섭다, 이젠."

"겁쟁이네."

"그러게, 난 겁쟁이지."

"하지만 결국은 인과응보 아니겠어? 네가 서연이한테 한 짓을 생각해 봐. 다른 여자들에게 한 짓도 생각해 보고. 그리고 나한테 한 말과 행동도. 넌 지금 그 반의반도 대가를 치르지 못했어."

"그래, 맞아. 난 죽일 놈이지."

"응, 넌 죽일 놈이야."

"그럼 어떻게 해야 살아도 될 놈이 될까?"

"글쎄. 그걸 알면 내가 널 바꿔서 내 옆에 뒀겠지."

큰길에 나와 둘은 나란히 서서 택시를 기다렸다.

"너한테는 정말 미안하다, 현영아."

문득 태민이 말했다. 태민의 사과를 받는 날이 올 줄은 몰랐다. 현영은 고개를 돌려 태민의 옆모습을 올려다봤다. 태민도 현영 쪽으로 고개를 돌렸다. 태민의 깊은 눈동자에 진심이 담겨 있었다.

"미안해, 현영아."

짙은 울림을 지닌 태민의 사과에, 어쩐 일인지 눈물이 날 것 같았다. 현영은 고개를 휙 돌려 정면을 노려봤다. 눈에 힘을 콱 주지 않으면 눈물이 흐를 것만 같았다. 태민에게 우는 모습을 보이고 싶지 않았다.

왜 이렇게 가슴이 콱 조여 오는지, 현영은 알 수 있었다. 너무나 나쁜 남자라서 인정하지 않으려고 했는데, 너무나 처참한 기억이라서 머릿속에서 지우려 했는데, 사실은.

"첫사랑이었어, 넌."

그랬다. 태민은 현영의 첫사랑이었다.

현영은 어릴 때부터 인기가 많았다. 심심치 않게 고백을 받았고, 사귀기도 했다. 하지만 사랑이란 감정을 느낀 건, 태민이 처음이었다. 그리고 첫사랑의 남자는 지독히도 못된 말로 가슴에 깊은 상처를 남겼다.

그 후로 현영은 누구를 만나든 마음을 열 수가 없었다. 사랑하는 순간, 잔혹한 말이 심장에 박힐 거란 두려움에서 벗어나기 힘들었다.

"넌 내 첫사랑이었고, 내가 처음으로 증오한 남자였어. 넌 정말 나쁜 남자야."

택시 한 대가 두 사람 앞에 멈췄다. 하지만 둘은 그 택시를 그냥 보냈다.

"그래, 알아. 그걸 너무 늦게 알게 됐어. 미안해."

"사랑 참 대단하다. 그 정태빈이 여자에게 사과를 하게 만들다니. 너란 놈은 평생 여자를 장난감처럼 생각하면서 가지고 놀다가 버릴 줄 알았는데. 그러다가 말년에 모두에게 버림받고 비참하게 살다 죽을 줄 알았는데."

"하하하. 그러게."

"웃지 마. 웃으라고 한 말 아니니까."

"응, 안 웃을게."

"사과는 안 받아 줄 거야. 네 마음 편한 꼴 못 봐."

"그래."

"평생 나한테 미안해해. 널 진심으로 사랑했던 여자들한테도 미안해해. 널 그저 액세서리로 여긴 여자들도 있겠지만, 진심으로 사랑한 여자들도 있었을 거야. 넌 그 여자들에게 지옥을 보여 준 남자인 거야."

"응, 맞아."

"그러니까 난 너도 지옥을 맛봤으면 좋겠어. 너도 그 끔찍한 기분을 느꼈으면 좋겠어. 서연이가 평생 네 마음 믿지 않고, 결국 다른 남자를 사랑하게 돼서 네 가슴에 비수를 꽂았으면 좋겠어."

현영의 눈앞이 뿌옇게 흐려졌다. 현영은 눈을 깜빡거려 눈물을 지우고 다시 태민을 노려봤다. 그리고 두 손으로 그의 멱살을 잡았다.

"그런 표정 짓지 마, 정태민. 그렇게 불쌍한 표정 짓지 마. 난 네 사랑이 어떻게 되든 동정 안 해."

"그래."

"네 마음 믿어 주지 않는 서연이를 나쁜 여자로 만들지 마. 서연이는 응당 상처 받은 사람들이 하는 행동을 하고 있을 뿐이야. 네가 서연이를 그렇게 만들었어."

"응, 알아."

"그러니까 서연이가 무슨 말을 하든 다 받아들이고 이 가슴에 채워 넣고 괴로워해. 그렇게 괴로워하면서도 실컷 사랑하다가."

현영은 먹살을 놔주고 다시 큰길 쪽으로 시선을 보냈다.

"행복해져, 태민아."

"현영아……."

"네가 행복해야 네가 사랑하는 사람을 행복하게 해 줄 수 있는 거야. 갈게."

현영은 태민이 잡기 전, 서둘러 택시를 잡아탔다. 간신히 참고 있던 눈물이 볼을 타고 흘러내렸다. 아문 줄 알았던 첫 실연의 상처가, 태민의 미안하다는 한마디에 다시 헤집어졌다. 그날로 돌아간 느낌이었다.

'상처는 아문 적이 없었던 거야. 자존심 때문에 아문 척하고 있었던 거지.'

하지만 이젠 정말로 상처가 아물어 갈 것이라고, 내일이 되고 또 내일이 지나면, 이보다 훨씬 멋진 기분이 들 것이라고, 현영은 생각했다.

* * *

현영이 태민 때문에 그토록 깊은 상처를 받고 있었을 줄은 몰랐다. 눈물이 그렁그렁 매달려 있지만, 울지 않으려고 노력하는 현영의 모습에 가슴이 아렸다.

사랑하는 사람의 한마디 때문에 심장에 이는 고통을, 이제는 태민도 알게 되었다. 오래전, 생각 없이 내뱉은 그 말이 날카로운 송곳이 되어 현영의 심장에 박혀 있었을 것이다. 그리고.

—진심이라고 할 걸 그랬네.

서연의 가슴에도 현영과 같은 송곳이 박혀 있겠지.

'난 최악이야.'

사람들의 가슴에 사정없이 송곳을 찔러 넣고, 내 가슴에 작은 상처가 아프다고 엄살을 부리는 자신이 한심스러웠다.

태민은 합숙소 앞까지 왔지만 들어가지 않고 대문 앞에 앉았다.

'내가 행복해져야 다른 사람을 행복하게 해 줄 수 있다고?'

태민은 두 손을 펼치고 손바닥을 내려다봤다.

'나는 지금 행복한가?'

행복하다, 행복하지 않다에 대해 생각해 본 적이 없었다.

—지긋지긋하고 구질구질해. 저 남자도, 너도.

8살 때.

그 여자의 냉랭한 시선을 마주한 이후. 행복이라는 단어는 태민의 머릿속에서 사라졌다. 살아 있기에, 그저 살아왔을 뿐이다. 이것이 좋은지, 싫은지 깨닫지도 못한 채로.

'행복이라는 게 뭐지? 어떤 기분을 느껴야 행복하다고 하는 거지?'

혼란스러웠다. 태민을 만났던 대부분의 여자들이 태민과 함께 있을 때면, 황홀한 표정으로 말하곤 했다. "아아, 행복해."라고.

태민은 무엇이 그녀들의 표정을 그렇게 만들어 주는지, 그런 감탄사를 흘러나오게 해 주는지 알 수 없었다. 아니, 그때는 아는 줄 알았는데, 이제 와서 생각해 보니 그렇지 않았다.

아무것도 모르겠다. 내 어떤 행동에 그녀들이 기뻐했는지, 내가 무슨 말을 했을 때 그녀들이 좋아했는지. 떠오르는 거라고는 딱 하나.

—진심이라고 할 걸 그랬네.

그 말을 했을 때 서연이 지었던 표정. 동그랗고 사랑스러운 눈동자가 처참하게 흔들리고, 서글픈 물기가 눈가를 붉게 물들였던 그 절망스러운 표정.

만나는 여자들에게 했던 말과 행동은 서연에게 통하지 않았다. 그녀들에게 했던 대로 서연에게 해 주어 봐야, 서연은 불쾌한 듯, 두려운 듯 몸을 움츠렸다.

그래서 태민은 아무것도 알 수 없었다. 행복이 무엇인지, 그녀들이 무엇에 그렇게 기뻐했는지.

달칵—

그때, 현관문이 열리는 소리가 들렸다.

타박타박—

발자국 소리.

어째서일까. 돌아보지 않고도 서연이라는 것을 알 수 있었다. 서연이 태민의 뒤에 멈췄다.

"태민 씨, 안 들어오고 뭐 하세요?"

태민은 고개를 뒤로 젖혔다. 서연의 얼굴이 태민의 시야를 가득 채웠다. 걱정이 담뿍 담긴 그녀의 사랑스러운 눈동자를 보자, 알 수 없는 감동이 가슴을 채웠다. 커다란 구멍이 뚫려 텅 비어 있던 가슴에 따뜻한 무언가가 가득 차오르며, 하나의 문장을 만들어 냈다.

'아아, 행복해.'

그저 목소리를 들은 것만으로도, 얼굴을 본 것만으로도 행복하다는 생각이 들 수 있는 걸까? 대체 행복이라는 게 어떤 건데? 지금 난 왜 행복하다고 생각한 거지?

"서연아."

고개를 뒤로 젖혀 서연을 올려다보며, 그녀의 이름을 입에 담았다. 그저 이름을 불렀을 뿐인데도, 또다시 뭉클해졌다. 왜일까?

"넌 행복하니?"

생각지도 못한 질문이었나 보다. 서연의 가지런한 눈썹 끝이 아래로 축 처졌다. 고민을 할 때, 난처할 때, 생각해야 할 때, 서연은 눈썹 끝을 아래로 늘어뜨리곤 했다.

서연의 그런 버릇을 알고 있다는 사실이 행복했고, 태민은 왜 자신이 그런 일에 행복감을 느끼게 되는지 알 수 없었다. 타인의 버릇을 알게 되는 건 어렵지 않은 일인데, 지금껏 늘 해 온 일인데, 왜 유독 서연의 버릇을 알게 된 지금 행복하다 느끼게 되는 걸까?

"태민 씨."

잠시 고민하던 서연은 대답을 하는 대신, 태민의 이마에 조심스럽게 손가락을 가져다 댔다. 손가락 끝이 이마 위를 살짝 스치는 느낌에, 태민은 또다시 행복해졌다.

"무슨 일 있어요?"

그녀의 걱정스런 목소리에 행복했고, 머리카락을 쓸어 넘겨주는 손길에 행복했다. 그래서 문득 눈물이 나올 것 같았는데, 태민은 그 이유 역시 알 수 없었다.

행복이란 게 눈물을 동반하는 감정인가? 아니면 내가 미쳐 가는 걸까?

태민은 서연을 향해 손을 들어 올렸다. 그녀를 만지고 싶었다. 그녀가 허상이 아니라는 것을 확인하고 싶었다.

하지만 태민의 손은 서연의 볼에 닿기 전 멈췄다. 혹여 서연이 난처한 듯 손길을 피하면, 이 가슴에 찢기는 듯한 아픔이 일어날 것 같았기 때문이었다.

'나 진짜 겁쟁이구나.'

살면서 한 번도 해 보지 못한 생각을, 이제 와서 하게 되는 이유는 '사랑'이라는 것을 하게 되었기 때문일까? 사랑을 하기에 겁쟁이가 되고, 사랑을 하기에 감정이 이토록 흔들린다면. 사람은 왜 사랑이라는 걸 하는 걸까?

"아무 일도 없어."

태민은 손을 내리고, 뒤로 젖혔던 머리를 똑바로 하며 말했다.

"정말요?"

"응, 정말."

서연이 더 이상 묻지 않고 들어갔으면 하는 마음과 옆에 앉아 주었으면 하는 마음이 공존했다.

사랑은 모순된 감정을 불러일으키는 것일까? 난 왜 이렇게 궁금한 게 많아진 거지? 왜 이렇게 모르는 게 많아진 거지?

쓰게 웃는 태민의 옆에, 서연이 살포시 앉았다. 그녀가 그냥 들어가 버리지 않았다는 사실이 기뻤다. 그러면서도 입으로는,

"피곤할 텐데, 들어가 봐."

라는, 마음에도 없는 소리를 내뱉었다.

'나, 정말 왜 이러는 걸까? 미쳤나?'

서연이 고개를 도리도리 저었다.

"고집은."

"태민 씨도 고집부리잖아요."

"내가 언제?"

"항상."

"그런 적 없어."

"늘 그래요. 그러니까 이럴 땐 나도 고집부릴래요."

"이럴 때가 어떨 때인데?"

서연이 고개를 돌려 태민을 응시했다. 그녀의 시선이 얼굴 옆으로 느껴지지만, 그녀를 향해 고개를 돌릴 수가 없었다.

서연의 얼굴을 정면으로 보면, 그 맑은 눈동자를 마주하면, 이 터질 것 같은 마음을 주체하지 못하고 입 맞추게 될 것만 같았다.

"태민 씨한테 무슨 일이 있는 것 같을 때."

"나 진짜로 아무 일 없어. 현영이 데려다주고 온 건데, 그사이에

무슨 일이 있었겠어?"

"그럼 아무 일도 없다고 쳐요."

"그래. 그러니까 들어가 봐."

"아무 일 없어도 여기 있을래요. 그냥 여기 앉아 있고 싶어졌어요."

"어린 사장님은 정말 고집쟁이네. 고집은 하나도 없는 줄 알았더니."

"저도 고집부릴 땐 부리거든요."

"그래, 그래."

침묵에도 여러 종류가 있다는 것을, 태민은 이제야 알게 되었다. 지금 두 사람 사이를 채운 침묵은 포근한 침묵이었다.

기분 좋다.

"행복해요."

나란히 앉아 정면을 응시한 채로, 얼마나 그러고 있었을까. 문득 서연의 목소리가 들려왔다.

"응?"

"아까 물어봤잖아요. 행복하냐고. 나는 지금 행복해요."

"그래?"

"네. 태민 씨는요?"

"나는, 글쎄."

태민은 다시 두 손을 펼쳐 손바닥을 응시했다.

"잘 모르겠어. 내가 지금 느끼는 이게 행복인지 아닌지. 어떨 때 행복이라고 하고, 어떤 기분일 때 불행이라고 하는 건지. 그런 감정이 뭔지 잘 모르겠어."

'그리고 내가 왜 이런 말을 늘어놓는지도 모르겠어.'라고, 태민은 생각했다. 남에게 약한 소리를 한 적이 없었다. 특히 여자 앞에서는 결코 속마음을 드러내지 않았다.

그런데 왜 하필이면 서연의 앞에서 입술이 제멋대로 움직이는 걸까? 서연에게는 이 약한 마음, 습기 없이 메마른 마음, 보여 주고 싶지 않은데. 이 처절한 증오와 원망, 바보 같은 슬픔을 알리고 싶지 않은데.

"아버지는 작은 중소기업의 사장이었어. 재벌은 아니지만 중산층 수준에는 들었지. 건설업이었는데, 어느 대기업과 거래를 하고 있었어. 그런데 그때, 한 기업이 시장을 장악하기 위해 아버지가 거래하던 기업을 무너뜨리기로 한 거지. 그래서 그 업체와 거래 중인 중소업체들에게 거래를 끊도록 종용하고 압박하기 시작했어."

그때는 어려서 잘 몰랐지만, 나이가 들어 제대로 조사를 시작한 후 알게 되었다. 그 '기업'이 얼마나 비열한 짓을 했는지.

"아버지는 끝까지 버텼어. 그리고 망했지. 거기까진 괜찮았어. 돈을 못 번다고 가족이 조각나서 흩어지는 건 아니잖아. 얼마든지 살아남을 수 있잖아. 그런데 어머니는 생각이 달랐나 봐. 그 여자에게 가장 중요한 건 가족이나 애정 같은 게 아니라 돈이었나 봐."

—지긋지긋하고 구질구질해. 저 남자도, 너도.

어머니가 그렇게 말하며 집을 나간 것은, 아버지의 사업이 망하고 1년이 지났을 때였다. 어머니가 집을 나갔던 그날, 아버지는 아파서 누워 있었다. 힘겹게 꾸려 온 사업이 망했다는 충격과 과로가 덮쳐 쓰러졌던 것이다. 학교에서 돌아온 8살의 태민을 냉랭한 눈으로 내려다보며, 어머니는 말했다.

—지긋지긋하고 구질구질해. 저 남자도, 너도.

그게 끝이었다. 어머니는 뒤도 돌아보지 않고 집을 나갔다. 두 번 다시 연락을 해 오는 일도 없었다. 아버지가 돌아가셨을 때도, 짐 덩어리를 맡고 싶지 않은 친척들이 장례식장에서 서로 다툴 때도. 어머니의 모습은 볼 수 없었다.

“어릴 때의 일을 기억하고 있어. 돈이 부족하지 않았던 그 시절. 어머니는 나에게 결혼식 사진을 보여 주면서 행복한 듯이 웃곤 했지. 네 아빠와 이렇게 만났다, 이렇게 프러포즈를 받았다, 그런 이야기들을 했었어. 사랑을 했으니 결혼을 했겠지. 정략결혼을 할 만큼 아버지가 부자는 아니었으니까. 그래, 남들처럼 똑같이 사랑을 하고, 연애를 하고, 영원히 사랑하자, 평생 함께하자, 그따위 헛소리를 하면서 결혼식을 했을 거야.”

서연은 조용히 태민의 이야기를 듣고 있었다. 그녀가 딱히 대단한 위로의 말을 해 주는 것도 아닌데, 이상하게도 위로를 받는 기분이 들었다. 그녀가 잠자코 들어 주고 있음이, 큰 위안이 되었다.

“나에게 사랑은 그런 거였어. 영원이라든가, 평생이라든가, 그런 거짓말로 포장하는, 언젠가는 쉬이 사라질 감정. 많은 여자들이 내게 사랑한다 말하고, 나와 함께해서 행복하다 하지만. 아주 사소한 이유 하나로 쉽사리 깨지고 흩어져, 보이지 않게 사라질 그런 감정. 나는 사랑이 그런 거라고 생각할 수밖에 없었어. 어떻게 믿을 수 있겠어? 사랑을. 그 허무한 감정을."

"지금도…… 그래요?"

서연이 조심스럽게 물었다.

"모르겠어, 서연아."

"……."

"널 사랑해. 그래서 지금은 평생 널 지켜 주고 아껴 줄 수 있다는 기분이 들어. 하지만…… 나도 모르겠어. 자신할 수가 없어. 언젠가 아주 사소한 이유로 이 감정이 사라지지 않을까? 그런 생각이 들어. 그러니까 네가 내 진심을 믿지 않고, 내 사랑을 받아 주지 않은 건, 너에게 아주 잘된 일이야. 잘하고 있어."

하아—

하고, 바람처럼 흘러나오는 한숨이 제 것인지, 서연의 것인지 알 수 없었다.

이번 침묵은 무거웠다. 한없이 무겁고 어두워서, 그 깊은 늪에 빠져 헤어 나올 수 없게 될 것만 같았다.

"아버님은."

문득 서연이 입을 열었다.

"병으로 돌아가신 거예요?"

자신의 감정에 빠져, 태민은 서연의 낯빛을 살피지 못했다. 아까부터 서연의 얼굴은 하얗게 질려 있었다.

"아니."

태민은 말했다.

"살해당했어. 재양건설 홍진탁 사장에게."

태민의 모습이 심상치 않아 걱정이 됐을 뿐이었다. 현관문 앞에 쭈그리고 앉아 있는 그의 어깨가 평소보다 좁아 보여, 안아 주고 싶었을 뿐이었다. 그런데 이런 이야기들을 듣게 될 줄은 몰랐다.

'한 기업이 시장을 장악하기 위해 비열한 짓을 한다.'는 이야기를 들을 때부터 가슴이 답답해지기 시작했다.

설마, 설마, 설마.

아닐 거야, 아닐 거야, 아닐 거야.

스멀스멀 번진 불길한 예감은 맞아떨어졌다.

"살해당했어. 재양건설 홍진탁 사장에게."

태민의 입술 사이로 흘러나온 그 말을 듣는 순간, 서연은 하마터면 비명을 지를 뻔했다. 허벅지 위에 올려 둔 손을 꽉 움켜쥐었다. 몸이 덜덜 떨렸다.

안 돼. 비명을 지르면 안 돼.

"사업이 망한 후, 아버지는 재양건설의 비리를 파헤치려고 했어. 그래서 과로로 쓰러졌던 거고. 어머니가 떠난 후에도 아버지는 계속 노력했어. 아마 어느 정도는 알아내셨겠지. 그런 아버지가 홍진탁에게는 거슬리는 날파리로 보였을 거야. 그래서 그렇게 쉽게 죽일 수 있었던 거겠지."

태민은 서연의 동요를 눈치채지 못한 듯 담담히 말했다.

"사고사로 위장했어. 하지만 난 사고 따위가 아니라는 걸 알아.

그날 아버지는 홍진탁을 만나러 간다고 하고 나가셨거든. 경찰도 제대로 수사를 하지 않았지. 돈을 받은 건지, 귀찮았던 건지는 모르겠지만."

비록 담담하게 말하고는 있지만, 서연은 태민이 무척 슬퍼하고 있다는 것을 알 수 있었다. 태민을 위로해 주고 안아 주고 싶었다.

하지만 그럴 수가 없었다.

'내 아버지가 태민 씨 아버지를 죽였어.'

오해일 거란 생각은 들지 않았다. 홍진탁은 그런 사람이니까. 자신의 앞길을 방해하는 자가 있으면, 손에 피 묻히는 걸 망설이지 않는 자니까. 그래서 무서웠던 거니까.

그런 인간이 아버지이기에, 서연은 태민을 안아 줄 수 없었다. 태민의 삶을 어둠으로 밀어 넣은 인간의 딸이기에, 서연은 그 어떤 위로의 말도 건넬 수 없었다.

심장이 콱 죄어 왔다. 호흡을 하는 것조차 힘들었다.

'어떡하지?'

서연은 무엇을 해야 할지 알 수 없었다. 머릿속이 새하얗게 비었다. 그저 "살해당했어. 재양건설 홍진탁 사장에게."라는 목소리만 가득했다.

"이런 얘기, 남한테 한 적 별로 없는데. 어두운 얘기해서 미안해, 사장님."

태민이 서연을 돌아보며 말하다가 깜짝 놀라 눈을 크게 떴다.

"사장님, 울어?"

서연은 눈물이 흐르는 것조차 깨닫지 못하고 있었다. 주먹을 꽉 쥐고 아플 정도로 고개를 저었다. 태민을 위해 눈물을 흘려 줄 자격 따위, 나에게는 없다. 나는 그 남자의 딸이니까.

"울지 마, 사장님."

태민이 서연의 볼에 흐르는 눈물을 엄지로 닦아 냈다.

"울지 마. 사장님 울리려고 한 이야기 아니야. 미안해."

서연은 귀를 틀어막고 싶었다. 지금 사과를 할 사람은 태민이 아니었다.

'사과하지 말아요, 태민 씨. 나한테 사과하지 말아요. 그렇게 다정하게 말하지도 말아요. 나는…… 내가…… 그 사람의 딸이에요.'

하지만 말할 수가 없었다. 무언가 목에 걸린 듯 목소리가 나오지 않았다. 숨이 막혔다.

홍진탁의 딸이라는 것을 태민이 알게 된다면, 태민은 어떤 표정을 지을까?

이 다정한 눈빛도, 미소도, 체온도. 두 번 다시는 못 느끼게 되겠지. 늘 상냥했던 눈동자가 원망과 증오로 바뀌고, 달콤한 미소는 경멸과 조소로 덮이겠지. 욕을 하고 침을 뱉을지도 몰라. 조롱할지도 몰라. 내가 지금껏 누린 모든 것은, 네 아버지가 많은 사람들의 피를 빨아 만들어 낸 것이라고 비난할지도 몰라.

하지만.

서연은 눈을 감았다.

'가장 두려운 건 그런 게 아니야.'

가장 무서운 건. 태민을 두 번 다시 볼 수 없게 될지도 모른다는 것.

그거 하나. 오로지 그거 하나뿐.

* * *

어떻게 방으로 들어왔는지 모르겠다. 정신을 차려 보니 침대에 멍하니 앉아 있었다.

고개를 숙여 허벅지 위에 놓인 손을 응시했다. 손가락 끝이 여전히 덜덜 떨리고 있었다. 추운 것도 아닌데 떨림이 멎지 않았다. 서연은 두 팔로 몸을 감싸듯 안았다.

"으으……."

신음이 흘러나왔다. 태민에게 차였을 때보다 더 아팠다. 태민이 다른 여자들에게 잘해 줄 때보다 더 괴로웠다. 그런 것을 질투하고, 태민을 원할 자격조차 없다는 것을 알게 되었다.

태민에게 사랑 타령을 하는 것조차 사치였다. 그의 상냥한 체온과 달콤한 미소에 기뻐했던 자신을, 그의 친절과 도움에 기대려 했던 자신을 원망했다.

그리고. 마지막 순간까지 태민에게 '내가 홍진탁의 딸.'이라고 밝히지 못한 자신을 경멸했다.

'난 비겁해.'

말해야만 했었다. 내가 그 남자의 딸이라고, 미안하다고, 정말 미안하다고. 태민에게 고백하고 사죄해야만 했다.

하지만 그럴 수가 없었다. 진짜로 태민을 잃게 될지도 모른다는 두려움에, 아무 말도 할 수 없었다.

'나는 정말 비겁해. 최악이야.'

얼마나 그러고 있었을까. 휴대폰이 울렸다. 서연은 떨리는 손을 뻗어 누군지 확인하지도 않고 전화를 받았다.

"네."

목소리가 제 것 같지 않았다.

[서연 씨, 저 최민깁니다.]

"아아, 네."

[오늘 가게 오픈이었을 텐데 연락도 못 한 것 같아서 전화했어요.]

"아아, 네."

[내일 방문할까 하는데 어떠세요?]

"아아, 네."

[서연 씨?]

"아, 죄송해요. 뭐라고 하셨죠?"

기계적으로 대답하다가 정신을 차렸다. 여전히 호흡이 곤란해서 숨이 가빴다.

[무슨 일 있어요?]

"아뇨, 아무것도 아니에요."

[내일 가게 오픈 축하 겸 가게에 들르겠다고 말했습니다.]

"죄송해요, 최 검사님. 가게로 오시는 건 안 될 것 같아요. 오늘 지인이 방문한 것 때문에 조금 문제가 생겨서요."

[흐음, 그래요? 그럼 가게 오픈 후에 잠깐 만나죠. 할 이야기도 있고.]

다른 때라면 바쁘다고 거절했을 것이다. 하지만 서연은 도망치고 싶었다. 잠시라도 정태민으로 이루어진 세계에서 벗어나고 싶었다.

"오프 후는 너무 늦은 시간이니까, 6시쯤 봬요."

[그래요, 내일 봐요.]

전화가 끊겼다. 그러자 또다시 검은 덩어리가 서연을 짓눌렀다. 빠져나오고 싶은데 빠져나올 수가 없었다. 허우적거릴 힘조차 없어, 서연은 그대로 침대에 드러누웠다.

내일부터 태민을 어떻게 대해야 할까?

* * *

첫날보다 손님이 많았다. 종업원 한 명이 그만뒀지만 특별히 더 바빠지지는 않았다. 애초에 손님에 비해 종업원 수가 많기는 했다.

케이크도 잘 팔렸고, 음료에 대한 평가도 좋았다. 기쁜 일인데 기쁘다는 생각이 들지 않았다. 가슴에 낀 먹구름이 점점 짙어지기만 했다.

기계적으로 미소를 짓고, 대화를 하고, 점심을 먹고. 그러다 보니 민기와 만날 시간이 가까워졌다.

"저, 오늘은 먼저 들어가 볼게요."

서연은 손님들에게 들리지 않도록 작은 목소리로 태민에게 말했다. 태민을 똑바로 볼 수가 없어서, 시선은 바에 둔 채였다.

"약속 있어요?"

"네, 먼저 가서 미안해요. 마감 부탁해요."

대답을 듣지도 않고 휙 돌아서서 도망치듯 가게를 나왔다.

태민을 볼 낯이 없었다. 내 아버지가 그의 아버지를 죽였는데, 그는 나를 위해 가게 일을 열심히 해 주고 있다. 이 얼마나 지독한 상황이란 말인가.

'난 정말 최악이야. 비겁해.'

그 생각을 거둘 수가 없었다. 홍대입구역 9번 출구 앞에 멍하니 서 있노라니, 누군가 어깨를 톡톡 건드렸다.

"서연 씨."

민기였다.

"무슨 생각을 하기에 사람이 온 줄도 몰라요?"

"아아. 가게 일 때문에."

"가게는 어때요?"

"아직은 잘 모르겠어요."

"스타일이 변했네요."

"아. 이게 가게 유니폼이에요."

정신이 없어서 가게 유니폼을 입은 채로 나오고 말았다. 민기는 늘 그렇듯 서연을 위아래로 훑어보고는 피식 웃었다.

"전에 입고 다니던 옷보다는 낫군요."

평가하는 듯한 민기의 말에 기분 나쁘다고 느껴질 여력도 없었다. 민기가 무슨 말을 하든, '내 아버지가 태민의 아버지를 죽였다.'는 사실보다 아픈 건 없을 테니까.

'나는 지금 최민기 씨를 만나는 중이야.'

그렇게 생각하며 민기에게 집중하려고 해도, 생각의 방향이 자꾸 태민에게로 향하는 건 어쩔 수 없었다.

"뭐 먹을래요?"

민기가 서연의 앞으로 메뉴판을 돌려 주며 물었다.

"아무거나요."

이런 불쾌한 기분으로 무언가를 먹을 생각이 들 리 없다.

"나는 자기 생각이 너무 없는 여자는 싫습니다. 적어도 메뉴 정도는 본인이 고르도록 하세요."

민기가 명령하듯 말했다. 서연은 메뉴판을 대충 훑어보고 말했다.

"쉬림프 스테이크요."

민기가 종업원에게 쉬림프 스테이크 두 개와 샐러드 하나를 주문했다. 음식이 나올 때까지 두 사람 사이에는 대화가 없었다. 침묵 속에서, 민기는 가만히 서연을 살피고 있었다. 하지만 서연은 그조차 깨닫지 못할 정도로 상념에 잠겨 있었다.

요리가 나오고, 포크와 나이프를 이용해 기계적으로 고기를 썰었다.

"슬슬 서연 씨 부모님께 인사를 드리고 싶군요. 시간을 잡았으면 좋겠는데, 언제가 괜찮겠습니까?"

민기의 느닷없는 말에, 포크를 멈추고 고개를 들었다. 민기는 뻔뻔한 표정으로 서연의 대답을 기다리고 있었다.

"우리 부모님께 인사를 드리고 싶다고요?"

"그래요. 우리, 지금 결혼 전제로 만나고 있으니까요. 서연 씨 부모님을 뵙고 난 후에, 우리 부모님께 인사드리도록 하죠. 결혼은 내년 초쯤으로 생각하고 있습니다."

서연은 민기를 빤히 응시하다가 포크를 내려놨다.

"난 최 검사님과 결혼할 생각 없습니다."

"그래요? 이유가 뭐죠?"

민기는 기분 상한 기색도 없이 물었다.

"이유가 뭐냐고요? 그걸 말해야 아나요?"

"집안은 문제될 게 없고, 내 직업도 괜찮죠. 건강에도 이상이 없고요. 결혼하지 않으려는 이유를 못 찾겠는데요."

"결혼은……."

"아, 맞다."

민기가 서연의 말을 끊었다.

"우리, 사랑 타령은 하지 맙시다. 우리쯤 되는 사람들이 사랑 때문에 결혼을 하진 않잖아요. 그렇게까지 어리석은 망상에 젖어서 사는 여자라고 생각하고 싶진 않군요. 날 실망시키지 말아요, 홍서연 씨."

서연은 인상을 찌푸렸다. 하지만 곧 인상을 풀고 우아한 미소를 지었다.

"나에 대해 오해가 깊으신 것 같아요, 최 검사님. 난 최 검사님 같은 사람이 아니에요. 나는 사랑이 있어야 결혼해요. 그게 망상이라면 망상 속에서 살 거고요."

"흐음."

민기도 포크를 내려놨다.

"그런 생각이라면 윤성이한테 알릴 수밖에 없겠는데요."

"얼마든지 알리세요. 그들이 내게 무슨 짓을 하든, 내 생각은 변하지 않으니까요."

"그들이라……."

"내 인생이고 내 삶이에요. 죽음이 두려워서 숨죽이는 짓, 이제는 안 해요."

그 인간이 내 사랑하는 남자의 아버지를 죽였다. 지금까지는 몰랐지만 이제 알게 되었다. 내 사랑하는 남자의 아버지를 죽인 인간. 그 인간의 말을 따른다는 건, 결국 태민을 배신하는 것과 마찬가지였다.

태민이 알아주지 않더라도 상관없었다. 이제 두 번 다시 그들의 손아귀에 잡히는 일은 없을 것이다. 그들이 나를 인형으로 생각하든, 살아 숨 쉬는 인간으로 생각하든. 이제 그것은 중요치 않았다.

내가 숨 쉬는 인간이라는 것을, 내 소중한 사람들이 알아주는 것만으로 족하다.

"죽음이라…… 대체 누가 서연 씨를 죽이겠습니까?"

민기가 어이없다는 듯 중얼거렸다.

"그러게요."

"그래요, 결혼에 대해서는 좀 더 시간을 두고 이야기해 보죠."

"아니요. 시간을 둬도 최 검사님과 이야기할 일은 없을 거예요. 나는 사랑하는 사람이 있어요."

"아아, 사귀고 있습니까?"

"그런 건 아니지만……."

"짝사랑이군요."

"하지만 그 사람을 사랑해요. 평생 사랑할 거고요."

"평생이라…… 그런 걸 믿어요?"

"믿어요, 난."

"어리군요."

"사랑을 믿고 영원을 믿는 게 어린 거라면, 난 평생 어리게 살 거예요."

"사랑하는 남자가 서연 씨 마음을 받아 주지 않는다면? 그래도 평생 사랑할 겁니까?"

그러지 않을 거라고 결심했었다. 태민을 향한 마음을 접을 거라고, 그에게 거절당한 날 다짐했었다.

하지만 이제는 아니다. 이제 두 번 다시 이 마음을 태민에게 알리지는 않을 테지만, 사랑은 할 것이다. 내 마음이 아프고 고되다고, 그를 향한 애정을 억누르진 않을 것이다.

마음껏 사랑하고 사랑을 주고, 그러다가 태민이 내 아버지에 대해 알게 되어 경멸의 시선을 보내게 되면. 그런 날이 오면.

'그래도 사랑할 거야. 이 마음은 사라지지 않을 거야.'

그것을 방금 깨달았다. 태민을 깊이 사랑한다는 걸, 그 무엇보다도 태민을 행복하게 해 주고 싶다는 걸, 내가 그들의 손에 죽더라도 태민만큼은 웃게 해 주고 싶다는 걸, 알게 되었다.

그리고 지금 이 순간 게임의 목표가 변했다. 지금까지는 그들에게 내가 인간이라는 것을 알리고 싶어서 시작한 게임이었다면, 이제는 오로지 태민을 위해. 태민에게 재앙을 부술 기회를 주기 위해.

사랑을 위해 모든 것을 버릴 각오가 되어 있는 자신이 한심하다고 생각되지 않았다. 비웃을 테면 비웃으라지. 이게 내 사랑이고, 내 삶이니까. 사랑에 내 모든 것을 던질 수 있는 게, 나의 인생이니까.

그리고. 내가 할 수 있는 유일한 속죄니까.

"그래요."

서연의 눈동자가 차갑게 빛났다. 민기는 마른침을 꿀꺽 삼켰다. 지금까지와 다르게 빛나는 서연의 눈동자를 똑바로 보기 힘들었다.

하지만 눈을 뗄 수도 없었다. 맹수 앞에 놓인 초식동물처럼, 꼼짝도 할 수가 없었다. 자칫 잘못하다가는 그 눈동자에 사로잡힐 것만 같았다.

그런 민기를 빤히 응시하며, 서연은 말했다.

"그래도 나는 평생 사랑할 거예요."

*　　*　　*

"조만간 전화하겠습니다."

헤어지기 전, 민기가 말했다.

"전화, 안 하셨으면 좋겠는데요."

서연의 말에 민기가 빙긋 웃었다.

"아니요, 합니다. 이래 봬도 집요해서요."

"최 검사님이 아무리 그러셔도……."

"압니다, 서연 씨한테 '짝'사랑하는 사람이 있다는 거. 하지만 상관없어요. 나는 홍서연 씨가 마음에 들거든요. 또 만나죠."

정말이지 말이 안 통하는 사람이다. 서연은 아랫입술을 깨물고 민기를 노려봤다. 민기가 웃었다.

"그렇게 노려봐도 안 무섭습니다."

"어쩌면 이렇게 집요하실 수가 있죠?"

민기는 대답하지 않았고 서연 역시 대답을 원하고 던진 질문은 아니기에, 획 돌아섰다. 서연은 고개를 똑바로 들고 천천히 걸어가다가 문득 뒤를 돌아봤다.

민기는 그 자리에 서서 서연을 지켜보고 있었다. 멀리에서도 민기의 예리한 시선이 느껴졌다. 역시 불편한 사람이라고 생각하며, 서연은 다시 걸었다.

민기와의 만남은 늘 마음을 어렵게 만들었지만, 오늘은 그렇지도 않았다. 민기와 대화를 하는 중에, 태민을 어떻게 대해야 할지 알게 되었다.

—내가 지금 느끼는 이게 행복인지 아닌지. 어떨 때 행복이라고 하고, 어떤 기분일 때 불행이라고 하는 건지. 그런 감정이 뭔지 잘 모르겠어.

태민의 담담한 목소리를 떠올렸다. 행복이 무엇인지 모르겠노라고, 그는 말했다.

'내 힘으로는 부족하겠지만 그래도 행복하게 해 주고 싶어. 언젠가 내가 아버지의 딸이라는 걸 알게 되고, 날 원망하게 되는 날이

오겠지만…… 그때까지만이라도.'

서연은 가게 앞에 멈춰서 커다란 창문 안을 들여다봤다. 바 안쪽에서 느긋한 표정으로 커피를 만드는 태민의 모습이 보였다.

'그때까지만이라도 힘껏 웃게 해 줄 거야.'

* * *

대학에 오면 친구가 생길 줄 알았다. 수희는 벤치에 멍하니 앉아 하늘을 올려다봤다.

'놀러 가기 딱 좋은 날씨라는 게 이런 날씨겠지.'

6월 중순의 하늘은 무척이나 푸르렀다. 새파란 하늘에 점점이 뜬 흰 구름이 폭신해 보였다.

이제 한 시간 후에 보는 시험만 끝나면 여름방학이다.

'다들 놀러 가겠지?'

소심한 성격 탓에 친구를 사귀지 못했다. 중, 고등학교 때도 '친구'라고 부를 만한 사람이 없었다. 점심시간 때면 다들 삼삼오오 모여서 식사를 했지만, 수희는 혼자서 밥을 먹었다. 쉬는 시간에도 할 일이 없어, 책상에 엎드려 있거나 책을 읽곤 했다.

재미없는 애.

어두운 애.

그게 수희를 따라다니는 수식이었다. 학교에서뿐만이 아니라 가족들도, 친척들도 수희를 그렇게 말했다.

재미없고 어두운 아이.

'나도 재미있고 싶은데. 친구만 있으면 나도 밝아질 수 있는데.'

대학에 가면 달라질 거라고 생각했다. 대학에 입학하면 용기를 내서 친구를 사귀고 예쁘게 꾸미고 연애도 할 거라고, 그렇게 다짐했다.

대학 생활에 대해 여러 상상을 했다. 어떻게 친구를 사귈까, 뭐라고 말을 걸면 될까, 무슨 옷을 입고 갈까. 대화할 주제가 있어야 할 테니 TV도 많이 보고, 잡지도 봐야지.

원하는 대학에 한 번에 붙지는 않았다. 예비 번호를 받았고 조금 늦게 추가 합격 통보가 왔다. 그때는 이미 신입생 오리엔테이션이 끝난 시점이었다. 신입생 오리엔테이션에 참가한 학생들은 이미 무리를 이루고 있었다. 첫 강의인데도 서로 아는 듯 이름을 부르고 인사를 하는 그들에게, 수희는 다가갈 수가 없었다.

그래서 수희는 고등학교 때와 같은 생활을 하게 되었다. 차라리 고등학교 때가 더 낫다 싶을 때가 있었다. 모든 것을 정해 주고 같은 수업을 받아야만 하는 고등학교와 달리, 대학은 다른 수업을 듣기도 하고, 공강 시간도 존재했다.

고등학교가 밀집된 공간이라면 대학은 더 넓은 공간이었다. 고등학교 때는 적어도 같은 반 아이들의 이름과 얼굴 정도는 알 수 있었고, 그들도 수희의 존재를 알아주기는 했다. 하지만 대학은 아니었다. 나서지 않으면 이름조차 알릴 수 없었다.

그렇게 하루가 가고, 또 하루가 가고, 결국 친구 한 명 사귀지 못한 채로 여름방학을 맞이했다.

"방학 때 뭐해?"

옆 벤치에 네 명의 여학생들이 모여 있었다. 다들 아는 얼굴. 수희와 같은 과 학생들이었지만, 수희를 몰라보는 듯 자기들끼리 대화를 했다.

"나 해외 나간당! 고등학교 때 친구들이랑 일본 가기로 했어."

"오오, 좋겠다. 난 그냥 바다 가는데. 넌 어디 안 가?"

"난 그냥 집. 에어컨 틀어 놓고 쉬는 게 제일 좋아."

스스럼없이 오가는 대화가 부러웠다. 친구와 저렇게 대화하는 건 어떤 기분일까?

그런 생각을 하며 우두커니 앉아 있는데, 수희가 앉은 벤치의 반대편 가장자리에 누군가가 앉았다. 아무 생각 없이 고개를 돌린 수희는, 그곳에 앉는 남자를 보는 순간 숨을 멈췄다.

아는 남자였다. 물론 저쪽은 날 모르겠지만.

'신재원 선배.'

학교에서 유명한 선배였다. '복학생은 아저씨지.'라고들 하지만, 재원에 대한 평가는 달랐다.

강의실에 앉아 있다 보면 여러 가지 이야기를 들을 수 있는데, 그 중에 재원에 대한 이야기도 많았다. 잘생겼다는 둥, 친절하다는 둥, 여자한테 관심이 없는 것 같다는 둥.

언젠가 신입생 중 예쁘다고 소문난 누구누구가 재원에게 고백을 했다가 거절당했다는 이야기도 들었다. 공부를 잘해서 늘 장학금을 받는다고도 했다. 과 선배들이 신입생들에게 자주 밥을 사 주는데, 재원이 그 자리에 낀 적은 없다고도 들었다.

수희에게 재원은 꿈결 같은 사람이었다. 멀리서만 가끔 볼 수 있었던, 그 꿈결 같은 사람이 지금 수희가 앉은 벤치에 나란히 앉아 있었다. 물론 멀찌감치 떨어져서 앉아 있기는 하지만.

재원은 피곤한 표정으로 다리를 꼬고 팔짱을 낀 채, 벤치에 등을 기대고 눈을 감고 있었다. 시험 기간이라 잠을 제대로 못 자서 쉬러 온 모양이었다.

"아, 오늘 시험 끝나면 홍대 갈래?"

옆 벤치 여대생들의 대화가 다시 들려왔다.

"홍대? 왜?"

"진짜 예쁜 카페 발견했어."

"카페? 새로 생긴 거?"

"응. 오픈한 지 얼마 안 됐나 봐. 요새 오픈 서비스로 음료 시키면 케이크 무료로 주더라. 맛있어."

"뭐야, 너. 공부 안 하고 놀러만 다니냐?"

"기분 전환하러 갔었지. 사진도 찍었다? 볼래?"

"어디 봐 봐. 카페 이름이 뭔데?"

"작전명 스위트."

"이름 특이하네."

"그치? 근데 예뻐."

"오, 진짜 예쁘게 꾸몄다."

"알바생들도 진짜 잘생겼어. 그리고 커피 만들어 주는 사람, 그거 뭐라고 하지?"

"바리스타?"

"맞아, 맞아. 그거. 바리스타도 진짜 잘생겼어. 나 정말 태어나서 그렇게 잘생긴 사람 처음 봐."

"재원 오빠보다?"

"응, 재원 오빠보다."

그들은 재원이 이곳에 앉아 있다는 걸 모르는 것 같았다.

'재원 선배가 들었으면 어쩌지?'

수희는 자기가 재원의 이름을 꺼낸 것도 아닌데 괜히 불안해졌다.

"이 카페 홈페이지 가입하면 무료 음료 쿠폰 준대. 난 가입해서 쿠폰 받았어."

"그럼 나도 해야지."

"그런데 이 VIP 고객은 뭐야? 돈 받는 거 같은데?"

"이걸로 가입하면 뭔가 재미있는 게 있나 봐. 혼자인 사람들을 위한 시스템이라는데, 우린 이런 거 안 해도 되잖아."

"으아, 너무 비싸네. 한 달에 10만 원은 너무했다."

"뭐, 어차피 우린 가입도 안 할 텐데. 이런 거 가입하는 사람도 있으려나?"

"누가 하겠어? 아, 케이크 얘기하니까 배고프다. 우리 식당 가서 뭐라도 먹자."

여대생들이 벤치에서 일어나서 수희가 앉아 있는 벤치 쪽으로 걸어왔다. 수희는 얼른 고개를 숙였다. 그들의 발이 벤치 앞에서 멈추는 게 보였다.

'설마 나한테 인사하려고?'

두근두근한 마음으로 고개를 드는데,

"오빠, 자요?"

그들은 재원에게 말을 걸었다. 수희를 눈치채지도 못했다는 듯이, 그들의 시선은 재원에게로 향해 있었다. 괜한 기대를 품은 자신이 부끄러워 얼굴이 화끈거렸다.

"응, 자."

"아하하하. 자면서 어떻게 대답해요?"

"몽유병 있거든."

"우리 뭐 먹으러 갈 건데 같이 가요. 맛있는 거 사 주세요."

"싫어. 잘 거야. 피곤해."

"오빠앙."

"잘래."

재원은 눈을 감은 채로 입술만 움직여 말했다.

"치사해."

"너무해."

여대생들이 재잘거리며 자리를 떠났다.

'나도 일어나야겠다.'라고 생각할 때였다.

"수희야."

재원이 팔짱을 끼고 눈을 감은 자세 그대로 수희의 이름을 불렀다.

"넵!"

생각지도 못한 부름에 깜짝 놀라, 벌떡 일어나서 대답했다. 재원이 슬쩍 눈을 뜨고 피식 웃었다.

"뭘 그렇게 군기가 바짝 들어 있어?"

"아, 아니요. 저기…… 절 아세요?"

"우리 과 1학년이잖아."

"아, 네. 그렇긴 한데……."

"오늘 시험이 끝이지?"

"네."

"끝나고 뭐해?"

"아, 저…… 그게…… 아무것도 안 해요."

수희는 기어들어 가는 목소리로 말했다.

"내가 카페에서 아르바이트 중이거든."

재원이 품에서 무언가를 꺼냈다. 연두색 명함이었다. 재원은 명함에 뭔가를 써서 수희에게 내밀었다.

"놀러 와."

수희는 그걸 받지 못하고 가만히 서 있었다.

"아, 저는…… 카페는 좀……."

"같이 갈 친구가 없어?"

아픈 곳을 찔렸다. 얼굴이 붉게 달아올랐다. 동경하는 선배에게 친구가 없다는 걸 들켰다. 눈물이 날 것만 같았다.

"그냥 와. 거기 가면 친구가 있을 거야."

"하지만……."

"팔 아픈데, 명함 좀 받아 주면 안 될까?"

재원은 계속 명함을 내밀고 있었다. 수희는 황급히 두 손으로 명함을 받아 들었다. 연두색 명함에는 예쁜 필기체로 '작전명 스위트'라고 쓰여 있었다. 아까 과 아이들이 말하던 카페였다.

"이거 그…… 아까 애들이…… VIP……."

말을 정리해서 할 수가 없었다.

'이러니까 애들이 날 어둡다고 하는 거야.'

"아아, VIP 고객 서비스 말이지. 월 10만 원짜리."

재원의 말에 수희는 고개를 끄덕였다.

"10만 원도 오픈 기념 할인해서 10만 원인 거야. 나중엔 더 비싸질걸."

"전 돈이……."

"오늘은 가입 안 해도 돼. 그거 보여 주면 즐거운 시간을 보낼 수 있을 거야."

재원이 일어나서 수희의 앞에 마주 보고 섰다. 수희는 고개를 들지 못하고 애꿎은 명함만 응시했다. 재원의 손이 수희의 어깨를 가볍게 두드렸다.

"꼭 와."

그렇게 말하고 재원은 돌아섰다. 재원이 떠난 후에야 수희는 한숨 돌리며 다시 벤치에 앉았다. 앉아서 차분하게 명함을 살펴봤다.

[작전명 스위트.
행복한 시간을 만들어 드립니다.
홈페이지 주소]

그리고 그 아래에 재원의 글씨로 '선명아, 부탁해.'라는, 의미 불명의 문장이 쓰여 있었다. 수희는 명함을 두 손으로 꽉 움켜쥐었다.

'어떡하지?'

*　　　*　　　*

휴대폰을 끊고 고개를 드니, 태민이 바에 팔꿈치를 괴고 이쪽을 보고 있었다.

"재원이 전화예요?"

태민이 물었다.

"네."

서연은 가게를 둘러봤다. 지금 일어날 것 같은 손님들이 없기에, 서연은 바 앞에 가서 섰다.

"재원이, 오늘 온답니까?"

"오늘은 잠 좀 자고 내일부터 일하겠대요. 아, 그리고 손님 한 명이 올 거래요."

"손님?"

"VIP 고객처럼 모셔 달래요."

"하라는 공부는 안 하고 영업을 하고 다니나 보네요."

"그러게 말이에요."

태민이 서연의 얼굴을 향해 손을 뻗었다. 그의 손가락이 서연의 이마에 흘러내린 머리카락을 쓸어 위로 넘겼다.

"이제 내가 만져도 안 피하네요."

"네, 태민 씨가 만져 주는 거 좋으니까요."

"……."

당연히 여유로운 대답이 들려올 줄 알았는데, 대답이 없었다. 태민의 가슴팍에 두고 있던 시선을 올렸더니, 태민의 얼굴이 붉어져 있었다.

'뭐지?'

태민의 붉어진 얼굴을 보자 서연도 괜히 얼굴이 화끈 달아올라서 고개를 숙였다.

'태민 씨가 왜 얼굴을 붉히지? 설마…… 진짜로 날 사랑하는 건 아니겠지?'

심장이 콩닥콩닥 뛰었다. 그러고 보면 언제부터인가 태민이 얼굴을 붉히는 것 같다는 생각이 들 때가 있었다. 늘 눈의 착각이라고 넘겨 버렸는데, 만약 그게 착각이 아니라면.

'아니야, 그럴 리 없어. 진심일 리 없어.'

"내가 만져 주는 건 좋지만 내 마음은 안 믿고?"

이윽고 태민이 중얼거리듯 말했다.

"네, 안 믿어요."

자신에게 확신을 주듯, 서연이 말했다.

"고집스럽긴."

"제가 한 고집하거든요."

"몰랐는데 난 고집스러운 여자가 내 취향인가 봐요. 사장님이 고집부리는 모습을 봐도 심장이 벌렁거리는 걸 보면. 아, 물론 사장님은 이런 내 말을 믿어 주지 않는다는 거 알아요."

태민이 장난스럽게 말했다. 그제야 서연도 안심하고 고개를 들었다. 태민의 낯빛은 언제 그랬냐는 듯 원래대로 돌아와 있었다.

"그러고 보니 사장님 요새 전화 자주 오던데, 누구 전화예요?"

태민이 아무렇지도 않은 척 물었다.

"소개팅했던 분 전화요."

민기를 마지막으로 만나고 나서 거의 2주가 지났다. 전화하겠다고 한 민기는 '내 고집은 황소고집'이라는 걸 증명하려는 듯, 매일 전화를 걸어왔다. 전화를 거는 시간은 일정치가 않았고, 통화하는 시간도 일정치 않았다.

밥 먹었느냐라는 대화만 하다가 끊은 적도 있고, 가끔은 자기가 맡은 사건 이야기를 길게 늘어놓을 때도 있었다.

사람은 역시 적응의 동물인가 보다. 처음에는 민기의 전화가 부담스럽기만 했는데 최근에는 그렇지도 않았다. 민기는 자기 이야기를 많이 했지만, 서연이 이야기를 하면 조용히 들어 주었다. 전처럼 날카롭게 꼬집는 듯한 말을 할 때도 있기는 하지만, 이젠 그게 그리 아프게 느껴지지 않는다.

"그 사람이랑 잘돼 가는 중인 거예요?"

태민이 인상을 찌푸리고 물었다.

"왜요? 질투해요?"

"네, 질투합니다. 몰랐는데 난 질투가 많은 남자거든요."

"재희가 그러는데 질투 많은 남자는 매력 없대요."

"그래서? 내가 싫어요?"

"아니요, 좋아요. 질투가 많아도 사랑스러워요."

태민의 얼굴이 다시 붉어졌다. 그래서 서연도 덩달아 얼굴을 붉히고 고개를 숙였다.

대기석에 나란히 앉아서 둘의 모습을 지켜보던 선명이 희미의 옆구리를 쿡 찔렀다.

"아니, 저 두 사람은 아무리 봐도 연애를 하는 건데, 왜 자꾸 사귀는 사이가 아니라고 그러는 거야?"

"우리들은 모르는 어른들의 사정이겠지."

"우리랑 뭐 몇 살이나 차이 난다고. 게다가 저 얼굴 빨개진 거 봐. 어른들이 저렇게 사랑하냐?"

"못 할 것도 없지."

"넌 세상에 관심이 없냐?"

"응, 난 호기심이 없거든. 그러는 넌 세상에 관심이 많은가 보다?"

"어, 난 호기심이 많아서."

그때, 손님이 계산을 하기 위해 카운터로 향했고, 서연은 얼른 카운터로 돌아갔다. 그런 와중에도 태민은 서연에게서 눈을 떼지 못했다. 옅은 미소를 머금은 태민을 보며, 선명은 생각했다.

'진짜 행복해 보이네.'

* * *

수희는 명함을 꽉 쥐고 침을 꼴깍꼴깍 삼켰다. 손에 땀이 나 명함이 축축하게 젖었지만 그조차 깨닫지 못했다.

카페 작전명 스위트 앞에 도착한 지 30분이 지났다.

'난 왜 여기까지 온 거지?'

커다란 창문으로 가게 안이 보였다. 예쁘게 꾸며진 가게에는 손님이 꽤 많았다. 하지만 혼자 온 손님은 보이지 않았다.

—그냥 와. 거기 가면 친구가 있을 거야.

재원의 말을 떠올렸다. 재원의 입가에 묻은 옅은 미소는 수희를 놀리려는 조롱 같은 게 아니었다. 하지만 의심할 수밖에 없었다. 어릴 때도 이런 식으로 놀림을 받은 적이 있었기 때문이었다.

중학교 2학년 때였나? 반 아이들이 토요일에 영화를 보러 간다고 했다. 한 아이가 수희에게도 같이 보러 가자고 했다. 표현은 못 했지만 뛸 듯이 기뻤다. 금요일에 학교가 끝나자마자 엄마를 졸라 옷을 사러 갔다. 토요일에는 이른 아침부터 일어나 옷을 입어 보고 머리도 모양을 내 보고. 그렇게 설레는 마음으로 집을 나섰다.

약속 시간보다 30분이나 일찍 도착했다. 영화관 앞에서 친구들을 기다리고, 또 기다렸다. 약속 시간이 되었고, 약속 시간이 지나갔지만 친구들은 오지 않았다.

수희의 휴대폰에, 친구들의 번호는 없었다. 그렇게 몇 시간을 기다리다가 집으로 돌아간 수희는, 영화 재미있게 봤느냐는 엄마의 질문에 애써 웃으며, 재미있었어, 라고 대답하는 수밖에 없었다.

그다음 주 월요일 학교에서, 친구들은 아무 일도 없었다는 듯 웃고 떠들었다. 지난 주 토요일의 일에 대해 얘기를 꺼내는 아이는 아무도 없었다. 그리고 수희는 그들에게, "왜 토요일에 안 나왔어?"라고 물어볼 용기가 없었다.

'재원 선배가 그런 애들 같은 짓은 안 하겠지만, 그래도…….'

카페 안의 사람들은 즐거워 보였다. 손님들뿐 아니라 종업원들도. 수희가 들어갈 수 없는 세계의 사람들처럼 보여서, 수희는 발을 뗄 수가 없었다.

'그러고 보니 오늘 과 애들도 올 거라고 했지. 혼자 있는 모습을 들키고 싶지 않아. 그냥 돌아가자.'

결국 포기하고 돌아서려 할 때였다. 가게 문이 열리고 누군가가 나왔다. 연하늘색 원피스를 입은, 토끼처럼 사랑스럽게 생긴 여자였다. 키가 작은 것도 아닌데 무척이나 자그마하게 느껴졌다. 안으면 포근하겠지, 라는 생각이 저절로 들었다. 여자는 눈을 동그랗게 뜨고 수희를 향해 쫑쫑쫑 걸어왔다.

'귀엽다. 나도 이렇게 생겼으면 좋았을 텐데.'라는 생각을 하는데, 여자가 입을 열었다.

"저희 가게에 오신 건가요?"

"네? 아, 아니. 저기……."

수희는 망설이다가 꽉 쥐고 있던 명함을 내밀었다. 명함을 받아 들고 확인한 여자가 환하게 웃었다. 웃는 얼굴이 얼마나 해사한지, 눈이 부시다는 생각이 들 정도였다.

'어쩌면 이렇게 예쁘게 웃을 수 있을까. 아마 이 사람은 엄청 사랑을 받고 자랐겠지. 친구도 많을 거야.'

"들어오세요. 안내해 드릴게요."

여자가 손으로 카페를 가리키며 말했다. 수희는 머뭇거리다가 여자의 뒤를 따라갔다. 카페에 들어가고 싶었기 때문이 아니라, 도망칠 용기조차 없었기 때문이었다.

두 사람이 들어가자, 종업원들의 시선이 이쪽으로 쏠렸다. 수희는 주목 받는 것에 익숙하지 않았기에, 황급히 고개를 숙였다.

'창피해!'

"자, 이쪽으로 오세요."

여자가 부드럽게 말하며 수희의 팔에 팔짱을 끼었다. 편안한 태도였기에 바짝 얼어붙은 마음이 조금 편안해졌다.

안으로 들어가자 커튼이 드리워진 테이블이 몇 개 있었다. 바깥에서 창문으로 볼 때는 안 보이던 자리였다. 커튼을 옆으로 치자 2인용 작은 테이블이 보였다.

"여기 잠시만 앉아 계세요."

"네에……."

커튼이 내려졌다. 밖이 희미하게 비치는 얇은 커튼이기는 하지만, 사람들과의 사이를 차단해 주는 막이 있다는 사실에 안도했다. 완전히 훤히 드러난 자리에 혼자 앉아 있었으면 몸 둘 바를 몰랐을 텐데.

몇 분 지나지 않아 커튼이 젖혔다.

"수희, 오래 기다렸지?"

낯선 목소리가 이름을 부르는 통에, 수희는 눈을 크게 뜨고 고개를 번쩍 들었다.

창문으로 봤던 카페 종업원이었다. 투블럭 컷이 잘 어울리는, 곱상한 외모의 남자. 나이는 수희와 비슷한 20대 초반으로 보였다. 유니폼 가슴 쪽에 명찰이 붙어 있었다.

[최선명]

"아, 진짜 많이 더워졌다. 뭐 먹을래?"

선명이 수희를 향해 메뉴판을 펼쳐서 내밀며 물었다. 수희는 지금 이게 무슨 상황인지 몰라, 눈만 동그랗게 뜨고 굳어 있었다. 그런 수희의 모습에 선명이 씩 웃었다.

"뭐야? 왜 그렇게 놀라고 그래? 얼른 골라. 목말라 죽겠다, 야."

"아, 아, 네에."

목말라 죽겠다고 하니, 일단 메뉴를 고르기로 했다.

'대체 뭐 하는 거지?'

당혹스러운 기분으로 레모네이드를 골랐다.

"레모네이드? 케이크는 뭐 먹을래? 그 뭐더라. 블루베리 치즈케이크, 그거 맛있더라."

"아, 그럼 그걸로."

"응, 그럼 잠깐만 기다려. 주문하고 올게. 아, 조립하는 거 좋아해?"

"조, 조립이요?"

"응, 레고 같은 거 있잖아."

"아, 저…… 모르겠어요……."

"그래? 그럼 한번 해 보자. 기다려."

선명이 커튼 밖으로 사라졌다. 수희는 침을 꼴깍 삼켰다. 너무 긴장해서 온몸에 힘이 들어가 있었다.

'어떻게 된 거지?'

문득 재원이 했던 말이 떠올랐다.

—거기 가면 친구가 있을 거야.

그게 이런 걸 말하는 거였나? 선명은 수희가 오랜 친구라도 되는 듯 행동하고 있었다.

'그럼 나도 그렇게 해야 하는 건가? 어쩌지? 나 말하는 거 잘 못하는데. 재미없다고 생각하면 어떻게 해. 무슨 얘기를 해야 하지? 그냥 집에 가고 싶어. 혼자 있고 싶어.'

그런 생각을 하고 있는데, 선명이 다시 돌아왔다. 수희는 울고 싶어졌다. 그런 수희에게, 선명이 상자를 내밀었다.

"이거 요새 유행이야. 나노블록."

"나노……블록……"

"상자에 그림 있잖아. 그거 완성시키면 그런 모양 되거든. 나는 파란 펭귄, 넌 분홍 펭귄."

"아……."

"우리 누가 더 빨리 만드나 내기하자."

수희는 작은 상자를 뜯었다. 상자 안에는 조립 설명서와 작은 블록들이 들어 있었다. 할 것이 있어서 다행이었다. 아무것도 없이 마주 앉아 있으면 숨이 막혔을 텐데.

조금 날카로운 인상의 남자 종업원이 음료 두 잔과 케이크 하나를 가지고 커튼을 열었다. 음료는 각각 한 잔씩, 케이크는 테이블 중앙에 놓였다.

종업원이 돌아간 후, 선명이 자신의 음료를 빨대로 쪽쪽 빨면서 말했다.

"요새 시험 기간이지?"

"아니, 끝났어요. 오늘."

"아, 그래? 잘 봤어?"

"그럭저럭. 나쁘지는 않은 것 같아요."

"장학금은? 탈 수 있을 것 같아?"

"그 정도는 아니고요."

블록을 맞추느라 정신이 없어서, 대화할 때 그리 긴장이 되지 않았다. 온 신경이 작은 블록으로 향해 있기 때문일 것이다.

문득 정신을 차리고 고개를 들었다. 선명이 팔꿈치를 테이블에 괴고 손에 턱을 댄 자세로 비스듬히 앉아 수희를 보고 있었다. 그제야 앞에 낯선 남자가 앉아 있다는 걸 자각했다.

"되게 열심히 한다, 너. 그렇게 날 이기고 싶어?"

"아니, 그런 게 아니라……."

"많이 했네. 난 이것밖에 못 했는데."

선명의 블록은 딱 세 개만 끼워져 있었다.

"이건 한 게 아니라 그냥 아무것도 안 한 것 같은데……."

수희는 중얼거리다가 아차 싶었다. 비난하는 것처럼 들리지는 않았을까?

"아하하하. 내가 원래 이렇게 세밀한 작업을 잘 못하거든."

선명은 기분 상한 기색 없이 유쾌하게 말했다.

"넌 진짜 꼼꼼한가 보다. 꼼꼼하다는 말 자주 듣지?"

"어릴 때 친척들이 그런 말을 하긴 했었어요."

"어릴 때만?"

"네, 요샌 별로……."

"하긴. 나도 어릴 땐 신동이란 소리를 들었었지. 요샌 바보라고들 하더라."

침묵이 흐를까 걱정스러웠던 마음은 사라졌다. 선명은 계속해서 질문을 했고, 농담을 했다. 선명의 말에 대답을 하다 보니 긴장이 풀렸다.

처음에는 묻는 말에 단답만 했지만, 나중에는 신이 나서 묻지도 않은 말까지 했다. 그러면 선명은 열심히 귀 기울여 들어 주었다. 내 이야기를 누군가가 귀담아 들어 주고 있다는 사실이 기뻤다.

시간의 흐름조차 잊고, 부드러운 음악이 들리는 커튼 안의 공간에서 마법 같은 시간을 보냈다.

얼마나 시간이 흘렀을까.

"이제 그만 일어날까?"

선명이 말했다. 아까는 그저 도망치고 싶기만 했는데, 이 시간이 끝나는 게 아쉬웠다. 마법에서 풀려난 기분이었다.

"아, 그 분홍 펭귄은 선물이야. 파란 펭귄도 만들어 주고 싶었는데, 내가 손재주가 없어서."

"아니에요. 감사합니다. 정말 재미있었어요."

"에이, 우리 사이에 감사는 무슨. 나도 즐거웠어. 다음에 또 놀자."

선명은 나가지 않고 그대로 앉아 있었다. 먼저 일어나도 괜찮은 건지 몰라서 머뭇거리고 있는데, 선명이 말했다.

"응, 먼저 일어나. 난 여기 좀 앉아 있다가 갈게."

혼자 남겨지는 기분을 느끼지 않게 하기 위한 배려인 모양이다. 수희는 일어나서 아쉬운 마음으로 커튼을 젖혔다.

어쩌면 다들 이쪽을 구경하고 있을지도 모른다고 걱정했는데, 예상과 달리 이곳에 주의를 기울이는 사람은 아무도 없었다. 종업원들은 자기 할 일을 하고 있었고, 손님들은 일행과 대화를 나누느라 여념이 없었다. 저 커튼 안은 수희와 선명만의 공간이었던 것이다.

가게 안을 둘러보던 시선이 바 쪽에서 멈췄다. 바 안쪽에 종업원들과는 다른 옷을 입은 한 남자가 서 있었다. 그 남자를 보는 순간, 벤치 옆자리 여대생들이 말하던 바리스타라는 걸 알 수 있었다.

잘생긴 바리스타. 그 남자는 팔짱을 끼고 서서 한곳을 응시하고 있었다. 그 시선을 따라가자 카운터에 앉아 있는, 아까 본 토끼 아가씨가 있었다.

'아아.'

보는 순간 알 수 있었다.

'저 바리스타가 저 사람을 좋아하는구나.'

저렇게 노골적으로 사랑에 빠진 눈빛을 보는 건 처음이었다. 한 남자에게 저런 눈빛을 받는 건 어떤 기분일까?

카운터로 걸어가자 여자가 미소를 지었다.

"즐거우셨어요?"

"네."

"다행이에요. 다음에 심심하시면 또 오세요."

"네에. 저, 그런데 계산은……?"

"오늘은 신재원 할인 서비스예요."

"아, 감사합니다. 그런데 재원 선배님도 여기서 일하신다고 들었는데."

"내일부터 나올 거예요."

"아, 그렇구나. 저, 그럼 가 볼게요."

"네, 조심히 가세요. 감사합니다."

수희는 가게에서 나왔다. 몇 발자국 걸어가다가 가게를 돌아봤다.

카페 작전명 스위트. 그 주위에만 마법이 걸려 있는 느낌이었다.

'홈페이지, 한 번 들어가 봐야겠다.'

* * *

한숨 자고 일어났지만 피곤은 가시지 않았다. 재원은 좀비처럼 흐느적흐느적 주방으로 향했다. 뭔가 먹으면 기운이 날지도 모른다는 생각으로 냉장고 문을 열었다. 맥주밖에 없었다.

'이 사람들은 진짜.'

합숙소 생활은 생각보다 괜찮았다. 준아가 나간 후, 준아와 서연 사이에 흐르던 묘한 긴장감이 사라져서 훨씬 편한 분위기가 되었다. 이런 걸 두고 가족 같은 분위기라고 하는 거겠지.

'맥주에도 영양분이 있겠지.'라고 생각하며 맥주를 한 캔 꺼내 와 식탁에 앉았다. 맥주 캔을 딸 힘도 없어서 손에 쥐고 식탁에 엎드렸다. 그리고 까무룩 잠이 들었다.

머리카락을 살짝 만지는 느낌에 정신을 차렸다.

"재원아, 왜 여기서 자?"

서연의 목소리였다. 손에 든 맥주가 미지근해진 걸로 봐서, 시간이 꽤 지난 모양이다. 엎드린 채로 고개만 돌렸다. 서연의 얼굴이 눈에 들어왔다.

빙그레 웃는 서연을 보자, 중학교 때로 돌아간 기분이 들었다. 자그마하고 귀여운 얼굴은, 그때와 달라진 게 없었다. 재원이 책상에 엎드려 있노라면, 가끔 서연이 찾아와 이렇게 깨우곤 했다.

—재원아, 자? 점심시간이야. 재희가 불러오래.

사실은 자고 있지 않았지만, 그 목소리가 듣고 싶어서 자는 척을 하고 있을 때가 많았다.

머리카락을 스치는 손길, 작고 부드러운 목소리. 그 모든 것이 좋아서, 재원은 학창 시절을 사랑할 수밖에 없었다.

"피곤하지?"

서연이 걱정스러운 듯 물었다.

"응, 졸려."

"시험 잘 봤어?"

"그럭저럭."

"매번 그럭저럭이라고 하면서 장학금 타고 그러잖아."

"머리가 좋으니까."

"아하하하. 잘난 척쟁이."

서연이 밝게 웃는 모습을 보면 신이 났다. 그건 고백을 하고 차인 지금도 마찬가지다. 그녀를 웃게 해 주는 사람이고 싶다.

집에서 쫓겨난 후, 서연은 변했다. 무엇이 변했느냐고 물어보면 콕 집어서 말하기는 힘들다. 무언가 변했는데, 그게 나쁘지 않은 방향이라고는 말할 수 있었다.

'하지만 내 심장에는 나쁜 방향이야.'

태민을 대하는 서연의 행동도 바뀌었다. 훨씬 부드럽고 자연스럽게, 그리고 다정하게. 태민도 느끼고 있을지는 모르겠지만, 재원은 확실하게 알 수 있었다. 서연이 최선을 다해서 태민에게 잘해 주고 있다는 걸.

그런 모습을 볼 때마다 가슴이 지끈, 지끈, 지끈. 그 고통을 드러내지 않는 것이 이토록 힘든 일일 줄은 몰랐다. 나라는 사람은 생각보다 참을성이 없다는 것을 매번 깨닫게 된다.

"오늘 네가 말한 친구가 왔었어."

"아아, 수희."

"친한 후배야?"

"아니. 오늘 처음 얘기해 봤어. 늘 혼자 있는 것 같더라고."

"넌 참 다정한 사람이야."

"그래?"

"늘 혼자 있는 사람도 챙겨 주잖아. 나한테도 그랬고."

그건 내가 널 사랑하니까, 너는 특별하니까, 라는 말은 하지 않았다. 간신히 되돌린 이 평화로운 분위기를 깨고 싶지 않았다. 서연의 얼굴이 난처하게 굳어져 가는 모습을, 이제는 보고 싶지 않았다. 내 마음이, 이 오래된 사랑이, 그녀에게 난처함만 안겨 준다는 사실이 아프고 슬펐다.

“가게는 어때? 잘돼?”

“응, 손님이 많아졌어. 홈페이지 회원도 꽤 늘었고. 낮에 나가서 홍보물 돌리는 게, 의외로 반응이 좋아.”

“수첩 예쁘니까.”

“응.”

“태민이 형이 일러스트 그린 거지?”

“응. 대단한 사람이야. 어쩜 그렇게 잘하는 게 많지?”

“그러게. 부러워.”

“뭐가 부러워. 너도 잘하는 거 많으면서.”

“그런가?”

“응, 엄청.”

서연이 힘주어 말했다.

“잘하는 게 없는 건 나야. 패션디자인학과를 나왔는데 패션 센스가 없고, 경영학을 부전공했는데 막상 시작할 땐 태민 씨랑 네가 많이 도와줘서 할 수 있었던 거잖아. 두 사람이 없었으면 나는 아버지가 계획한 대로 아무것도 못 하고…….”

거기까지 말한 서연이 갑자기 입을 다물었다.

왜일까?

서연의 커다란 눈에 눈물이 고였다. 서연은 눈물을 흘리지 않으려고 노력하며 괴로운 듯 인상을 찌푸렸다.

지금껏 서연이 이토록 비참한 표정을 짓는 걸 보는 게 처음이라,

재원은 심장이 덜컥 내려앉았다. 단지 누군가에게 고백을 하고 차이고, 그런 문제 때문이 아니라는 걸 확신했다.

"서연아."

재원은 상체를 바로 세우고 서연의 손목을 붙잡았다.

"너, 무슨 일 있구나?"

마음이 흔들렸다. 서연은 말하고 싶었다. 이 답답한 마음을, 이 지독한 비밀을 누구에게든 말하고 싶었다. 걱정스레 응시하는 재원을 보자, 재원에게 다 털어놓고 싶어졌다.

있잖아, 재원아.

내 아버지가 태민 씨 아버지를 죽였대. 내가 왜 집에 가는 걸 싫어했는지 알아? 내가 왜 그 집을 싫어하면서도 하라는 대로 하고 숨죽여 살았는지 알아? 내가 왜 그 집에서 도망치지 못했는지 알아? 내 아버지는 뜻대로 되지 않으면 죽이거든. 타인의 목숨을 파리로 여기는, 그런 사람이거든.

있잖아, 재원아.

내 아버지가 죽인 사람은 태민 씨 아버지뿐이 아니야. 내 어머니도 죽였어.

머릿속에서 맴도는 수많은 말을, 서연은 할 수 없었다. 재원 역시 자신과 같은 위험 속에 끌어들일 수는 없었다. 이 고통을, 이 두려운 지옥을 함께 걸어가게 할 수는 없었다.

"아무 일 없어."

"아무 일도 없는 게 아닌데. 무슨 일이야?"

재원은 대답을 듣기 전에는 놔주지 않겠다는 듯 서연을 가만히 응시했다.

아무것도 아니야, 라는 말로는 재원을 떨쳐 낼 수 없을 것 같았다. 그렇다고 해서 진실을 이야기할 수도 없었다.

그때였다.

"어, 사장님이다."

"사장님, 뭐하세요?"

선명과 영진이 주방으로 들어왔다. 둘 다 씻은 후인지 비누 향기가 났다. 선명은 아직 머리가 촉촉하게 젖어 있었다.

"엇, 재원이 형도 있었네."

선명이 친근한 어조로 말하며 다가오자, 재원은 서연의 손목을 놔주었다.

다행이다, 라고 생각하며, 서연은 안도의 한숨을 내쉬었다.

"너넨 왜 나왔어?"

재원의 질문에 영진이 씩 웃었다.

"맥주 한잔하고 자려고요. 형도 마시고 있던 거 아니에요?"

"아직 아니야. 냉장고에 맥주만 있더라."

아무 일도 없었다는 듯이 재원이 일어나서 냉장고로 향했다. 서연은 방으로 돌아가려 했는데, 선명이 자연스럽게 팔짱을 끼었다.

"어디 가세요, 사장님. 같이 마셔요."

"난 술을 잘 못 마셔서."

"그럼 주스 드세요, 주스. 사이다도 있던데."

그렇게 말하며, 선명이 서연을 의자에 앉혔다. 영진이 찬장을 열어 과자와 라면을 꺼냈다.

금세 식탁 위에 간단한 술자리가 차려졌다. 생라면을 부숴서 스프를 살짝 뿌려 만든 안주를 보는 건 처음이었다. 술안주라면 고급 햄이나 치즈일 거라고만 알고 있던 서연에게는 신세계였다. 신기한 기분으로 안주들을 내려다보고 있는데, 선명이 말했다.

"그런데 일 안 할 때는 누나라고 불러도 돼요?"

자신에게 하는 말인 줄을 모르고 가만히 안주를 보고 있었다.

"사장님?"

선명이 콕 집어서 불렀을 때에야 눈을 동그랗게 뜨고 선명을 돌아봤다. 선명이 웃었다.

"아, 사장님은 누나가 아니라 여동생 같아. 정말 25살 맞아요?"

"응, 맞아요. 그리고 일 안 할 때는 누나라고 불러도 돼요."

"우와, 그럼 누나도 말씀 편하게 하세요. 제가 세 살이나 어린데."

"네, 나중에 그렇게 할게요."

말을 놓는 건 익숙지가 않았다. 사실 누나라고 불리는 것도 어색하긴 했다. 하지만 어색한 것도, 익숙지 않은 것도 이제부터는 받아들이고 익힐 생각이었다. 아버지의 그늘 안에서 숨죽여 살던 날들은 이제 지나갔다. 아직 아버지가 무섭기는 하지만 변하고 싶었다.

"아, 다들 여기 있었네."

도란도란 대화를 나누고 있는데, 뒤에서 태민의 목소리가 들려왔다. 태민은 노트북을 들고 주방으로 들어와, 식탁 위에 노트북을 내려놓으며 말했다.

"우리들의 첫 번째 VIP 고객이 생겼어."

*　　*　　*

7월 초의 더위에 숨이 막히는 날 오후. 하준은 큰 충격에 빠진 채 모니터를 노려보고 있었다.

큰 의미가 있어서 한 행동은 아니었다. 작업을 하다가 잘 풀리지 않아서, 인터넷으로 이런저런 이름을 넣어 검색을 하고 있었다. 자기 이름도 넣어 보고, 정태민이라는 이름도 넣어 보고, 신재원이라는 이름도 넣어 보고.

그렇게 검색을 하다가 '홍란희'라는 이름도 넣었다. 란희는 페이스북을 하고 있었다. 페이스북에 들어가서 구경을 하는데, 사진 한 장이 눈에 띄었다.

홍 씨 일가가 어느 자선 파티에 참가했을 때의 사진이었다. 홍란희의 셀카 사진이 있었는데, 그 뒤로 아는 얼굴이 보였다. 흐릿한 배경에 섞여 있는 전신사진. 척 보기에도 촌스러운 원피스를 입은 모습. '설마…….'라고 생각하며 사진을 크게 키웠다. 해상도를 조절해서 실눈을 뜨고 살펴보았다.

서연이었다. 흐릿하고 배경 속에 작게 찍혀 알아보기 힘든 모습이었지만, 해상도를 바꿔서 크게 보면 알 수 있었다.

사진을 올린 날짜는 3년 전이었다. 그때에 서연이 란희와 같은 공간에 있었다. 게다가.

'분명 토끼 씨 성이 홍 씨였지.'

홍서연. 홍란희.

세상에 홍 씨는 무수히 많다. 두 사람의 이름이 비슷하지도 않고,

외모 역시 비슷한 구석이 없었다. 때문에 같은 홍 씨이기는 해도, 서연과 란희를 묶어서 생각하지 못했다. 그건 태민도 마찬가지이리라. 그저 성이 같다는 이유만으로 어떠한 관계가 있을 거라고 생각하지는 않으니까.

하지만 같은 홍 씨의 여자들이 일반인에게 공개되지 않는 자선 파티에 함께 있을 때는 의미가 달라진다.

둘은 관계가 있다.

재양 그룹 운영진의 가족들은 다른 대기업들에 비해 크게 다뤄지지 않았다. 재양 그룹 측에서 가족 이야기를 다루는 건 달가워하지 않는다고 들었다. 홍 회장이나 홍 사장의 사진은 검색할 수 있지만, 기업 경영에 참가하지 않는 다른 가족들의 사진은 공개되어 있지 않았다.

태민이 란희가 재양 그룹 홍 사장의 딸이라는 것을 알게 된 것도, 그녀가 떠벌린 데다가 홍 사장과 다정하게 찍은 사진까지 보여 주며 인증했기 때문이었다.

'홍서연.'

무슨 관계일까? 사촌이나 그런 걸까?

'아니, 홍 사장에게 형제는 없어. 홍 회장도 마찬가지고. 게다가 내가 알기로 홍 사장은 1남2녀야. 그럼…… 토끼 씨가 홍란희 동생이라는 건가?'

자신의 문제가 아닌데도 심장이 철렁 내려앉았다. 태민이 재양 그룹의 홍 씨 일가를 얼마나 증오하는지, 하준은 알고 있었다. 란희가 홍진탁의 딸이라는 걸 알게 되었을 때, 태민이 얼마나 잔혹한 미소를 지었는지도 기억했다.

—그 여자가 잘못한 건 없잖아. 홍진탁이 잘못한 거지.

하준이 그렇게 말했을 때.

—자기 아버지가 타인의 피를 빨아서 번 돈으로 잘 먹고 잘 살았으니 죗값을 치러야 하는 거 아니겠어? 가족인데 제 아버지가 무슨 짓을 하고 다니는지, 아주 모르고 있진 않았을 거 아냐.

태민은 그렇게 대꾸했다. 태민에게 있어서는 남의 피를 빨아 돈을 번 홍진탁이나, 그 돈으로 편한 생활을 누린 그의 자식들이나 다 마찬가지였다.

'태민이는 아직 모르겠지.'

만약 서연이 홍진탁의 딸이라는 걸 알면 태민은 어떻게 반응할까? 홍란희에게 그렇듯 홍서연도 복수의 도구로만 생각하게 될까?

서연과 함께 있을 때 태민의 표정과 행동이 떠올랐다. 이제 막 첫사랑을 시작한 사춘기 소년처럼, 얼굴을 붉히기도 하고 시선을 피하기도 했던, 그 달콤하고 폭신폭신한 모습이 떠올랐다. 심장이 죄었다.

—신기한 얘기 하나 해 줄까?

서연이 집에서 쫓겨나 이 집에서 잠을 자던 날, PC방에서 함께 게임을 하던 태민이 담담하게 입을 열었다.

—뭔데?

—맛있었어.

—뭐가?

—어린 사장님이랑 처음으로 먹은 게, 자주 가던 카페의 브런치거든.

—어.

—늘 먹던 건데, 그날 처음으로 맛있다는 걸 알았어.

모니터에 두고 있던 시선을 흘끗 태민 쪽으로 돌렸을 때, 하준은 똑똑히 목격했다. 태민의 얼굴을 가득 채운 솜사탕 맛의 미소를. 보는 사람의 온몸에 닭살이 돋을 만큼, 태민은 다디단 미소를 짓고 있었다.

그래서 '아아, 이 친구는 토끼 씨 생각만 해도 웃음이 나올 정도로 사랑에 빠졌구나.'라고 생각했었다.

그랬었는데. 그래서 다행이라고 생각했었는데.

'이걸 어쩐다.'

내 친구의 사랑하는 여자가 사실은 내 친구가 증오해야만 할 대상일 때는 어떻게 행동해야 하는 걸까? 이런 상황에 빠질 줄은 상상도 못 했기에, 하준은 무척이나 난처하고 안쓰러웠다.

눈이 뻐근할 정도로 모니터를 노려보다가, 결국은 컴퓨터를 끄고 벌떡 일어났다.

일단 태민을 만나자. 만나고 나면 어떻게 해야 할지, 자연스럽게 답이 나오겠지.

*　　*　　*

가게에는 의외로 손님이 많았다. 하준이 들어가자 손님들의 시선이 모여들었다. 남자 혼자 카페를 찾은 게 신기한 모양이다. 손님들은 대부분 여자였다.

"오빠, 오셨어요?"

카운터에 앉아 있던 서연이 환하게 미소를 지었다. 전에 봤을 때보다 훨씬 밝아진 표정을 보니 만감이 교차했다.

이 애는 알고 있을까? 자신의 아버지가 태민의 아버지를 죽였다는 걸? 만약 알게 되면 어떤 표정을 지을까? 복잡한 마음으로 애써 미소를 지었다.

"응, 토끼 씨. 가게 잘되네."

"네, 생각보다 훨씬 잘돼서 다행이에요. VIP 고객도 몇 명 생겼어요."

"오오, 그래? 잘됐다. 아무 데나 앉으면 되는 거지?"

"네, VIP 고객 시스템 해 보실래요?"

"아니, 괜찮아."

그렇게 대답하다가 바 안쪽에 서 있는 태민을 발견했다. 태민은 커피를 만드느라 하준이 온 걸 모르는 듯 보였다. 하준은 생각을 바꾸고 말했다.

"아니, 그래. 한 번 해 볼래."

"네, 그럼 이쪽으로 오세요."

서연이 직접 하준을 커튼석으로 안내했다. 나풀나풀 흔들리는 커튼 안에는 편한 자리가 마련되어 있었다.

"잠시만 기다리세요."

서연이 커튼을 닫고 자리를 떠났다.

마음이 싱숭생숭했다. 하준은 자신에게 사람 보는 눈이 있다고 확신하고 있었다.

서연은 좋은 여자였다. 20대 중반이라고는 생각할 수 없는 순수함이 남아 있는, 따뜻하고 사랑스러운 사람. 홍진탁의 딸이라고는 믿을 수가 없었다.

'정말 홍진탁의 딸일까? 그냥 그 자리에 있다가 찍힌 거 아닐까?'

현실을 부정하고 싶었다. 하지만 그런 자선 파티에 아무 관계도 없는 사람이 참가할 리 없었다. 게다가 서연은 돌아다니는 걸 즐기는 것처럼 보이지도 않았다. 그런 사람이 이유도 없이 자선 파티에 참가했을 리가 없다. 또한 홍 씨는 그리 흔치 않은 성 씨였다.

고민에 빠져 있는데 누군가의 손이 커튼을 열었다. 20대 초반으로 보이는 여자였다. 유니폼에 [김희미]라는 명찰이 달려 있었다. 태민이 들어올 줄 알았기 때문에, 희미의 등장에 당황했다.

"오빠, 뭐 마실래?"

희미가 메뉴판을 펼치며 물었다.

"아, 나는 아메리카노."

"아이스?"

"응."

"케이크는?"

"단 건 별로. 그냥 커피만 마실래."

"오케이. 잠깐만."

희미가 잠시 자리를 떠났다가 돌아왔다. 희미는 조금 차가운 느낌이 드는 미녀였지만, 미소를 지으면 인상이 달라졌다.

"밖에 덥지? 뭐 타고 왔어?"

"전철 타고 왔지. 너, 이런 데서 알바해?"

"알바는 무슨. 오빠 만나러 온 건데. 오빠, 태민 오빠랑 친구라면서? 태민 오빠 만나러 온 거야?"

"아니, 그런 건 아니고."

그때, 남자 종업원이 커피 두 잔을 가지고 왔다. 차가운 아메리카노는 태민이 종종 집에서 타 주는 그 맛이었다.

커피를 마시면서 희미와 대화를 나눴다. 처음 만나는 상대라는 생각이 들지 않을 만큼 편하고 유쾌한 자리였다. 태민이 종업원을 잘 뽑긴 했다고, 속으로 감탄했다. 희미는 여러 가지 주제로 대화를 이끌었다. 어색한 침묵이 내려앉는 일은 없었다. 이 가게는 성공할 것이란 예감이 들었다.

"희미야. 하나만 물어볼게."

"응."

"태민이랑 토끼 씨 사이는 어때?"

"응?"

"아, 태민이랑 사장님 사이는 어때?"

"어떻긴. 좋아 죽지."

"좋아 죽어?"

"응. 좋아 죽어, 두 사람. 사귀는 사이 아니라고는 하는데, 우리가 보기엔 완전 사귀는 사이거든. 그 두 사람, 사귀는 거 맞지?"

오히려 희미가 되물었다.

"아니, 그건 아닌데."

"그래? 왜 안 사귀는지 모르겠네. 가게에서 일할 때 우리가 자리에 대기하고 있다 보면, 태민 오빠가 사장님을 지켜보는 게 보여. 눈에서 꿀을 뚝뚝 떨어뜨리면서 지켜본다? 그러다가 사장님이 태민 오빠를 돌아보면, 태민 오빠는 딴청 부리고, 사장님은 그런 태민 오빠를 꿀 떨어지는 눈으로 지켜봐."

듣기만 해도 어떤 광경일지 눈에 선했다.

"둘 다 일하는 내내 그러고 있어. 아마 처음 오는 손님들도, 둘 사이에 뭔가 있다는 걸 눈치챌걸."

"그렇구나."

가게에 오면 답을 찾을 수 있을 줄 알았는데, 가슴이 더 답답해졌다.

괜찮은 걸까? 이대로 내버려 둬도?

태민은 처음으로 한 여자를 사랑하게 되었다. 그러면서 처음으로 맛을 느끼고 즐거움을 알고, 행복이란 걸 체험하고 있었다.

태민을 그렇게 만들어 준 사람이 사실은 태민을 지옥에 떨어뜨린 남자의 딸이라는 걸 알게 되면, 태민은 전보다 더 엉망으로 무너질지도 모른다.

'평생 비밀로 할 수는 없을 거야. 조만간 태민이도 알게 되겠지.'

그렇다면 태민의 마음이 더 깊어지기 전에, 태민에게 알려 주는 게 좋지 않을까? 서연은 좋은 사람이지만, 하준은 서연보다 태민이 더 소중했다. 친구의 마음에 깊은 상처가 생기는 걸 원치 않았다.

현재 태민과 서연은 사귀는 사이가 아니었다. 서연은 태민을 사랑하지만 태민의 진심을 믿지 못해 밀어내고 있었다. 하지만 지금 상태를 보면, 서연이 닫힌 마음을 열고 태민을 받아들일 날이 멀지 않은 것 같다.

두 사람의 사이에 '고용주와 고용인' 이외의 이름이 붙기 전에, 진실을 알려 주는 편이 좋지 않을까? 둘 사이에 새로운 이름이 붙어, 서로가 없는 삶은 상상할 수 없다는 생각이 들기 전에.

'그래, 늦기 전에 알려 주는 편이 낫겠어.'

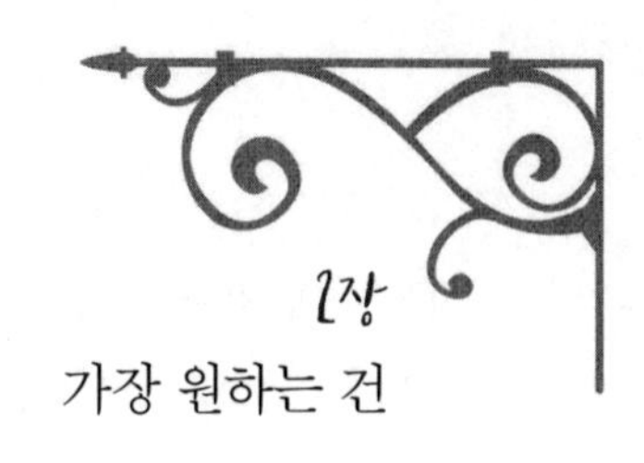

2장 가장 원하는 건

하준은 결심을 굳혔다.

"이제 슬슬 일어날까?"

희미의 말에, 하준은 고개를 끄덕였다.

"오빠 먼저 일어나. 조심해서 들어가."

"그래, 나중에 보자."

하준은 건성으로 대꾸하고 커튼 밖으로 나왔다.

태민에게 말하자. 늦기 전에. 그렇게 다짐하고 커튼 밖으로 나온 하준은, 심장이 덜컥 내려앉았다.

서연이 태민을 보고 있었다. 태민은 몸을 돌리고 커피를 만드는 중이었다. 그런 태민의 뒷모습을, 서연은 미소 띤 얼굴로 지켜보고 있었다.

자그마한 얼굴 가득히 달콤하고도 행복한 미소에, 가슴이 지끈지끈 아파 왔다. 애정이 가득 담긴, 반짝반짝 빛나는 눈빛에 숨이 턱 막혔다. 보고 또 보아도, 아무리 보아도 좋다는 듯, 서연의 눈동자는 태민의 모습을 좇고 있었다.

'제길.'

보지 말아야 할 장면을 보고 말았다. 하준이 나온 걸 깨달은 서연이 이쪽으로 시선을 돌렸다. 서연의 얼굴에 예쁜 미소가 떠올랐다. 하준은 정신을 차리고 카운터로 걸어갔다.

"오빠, 즐거우셨어요?"

"응, 즐거웠어."

"다행이다."

저도 모르게 손을 뻗어 쓰다듬어 주고 싶어질 만큼, 서연은 사랑스러웠다.

'아, 모르겠다.'

하준은 계산을 하고 나오며, 다시 뒤를 돌아봤다.

이번에는 태민이 서연을 보고 있었다.

'에이 씨.'

문을 닫다가 태민과 눈이 마주쳤다. 태민이 잘 가라는 듯 눈인사를 했다. 하준도 고개를 살짝 움직여 대답하고는 문을 닫았다.

'에라, 모르겠다. 자기들이 알아서 하겠지.'

자고로 남의 연애에는 끼어드는 거 아니랬다.

사랑도, 미움도, 두 사람이 알아서 할 일이다. 후에 태민이 이 진실을 알게 되어 상처 받는다면, 그때 위로해 주면 그만이다. 그게 친구의 역할이다.

그렇게 결정하고 나자 마음이 편해졌다. 하준은 원래 남의 일에 크게 신경 쓰지 않는 성격이었다.

* * *

작전명 스위트는 순조롭게 진행되고 있었다.

처음에는 밖에서 나눠 주는 홍보물을 보고 찾아오는 사람들이 대부분이었는데, 최근에는 인터넷에 올라온 글을 보고 오는 사람들도 있었다. 한 번 방문했던 손님들이 인터넷에 좋은 평을 올려 줬던 것이다.

사실 재원은 VIP 고객으로 등록하는 사람이 있을까 걱정스러웠는데, 의외로 가입자 수가 늘어나고 있었다. 다만 VIP 고객 중에서 진짜로 카페에 찾아온 손님은 많지 않았다. 아마도 용기가 나지 않아서 오지 못하는 사람들이 대부분이리라.

직원들끼리도 사이가 좋아서, 문제는 아무것도 없는 듯 느껴졌다. 하지만 재원은 마음 한구석에 들러붙은 미묘한 불안함을 완전히 무시할 수가 없었다.

'정말 괜찮은 거 맞나?'

서연 때문이었다. 서연은 즐거워 보였다. 하지만 가끔 남몰래 한숨을 쉴 때가 있었다. 그럴 때의 서연은 금방이라도 울음을 터뜨릴 것만 같았다. 물론 한숨을 내쉰 후에는 다시 미소를 지었지만.

'아니, 괜찮지 않은 거야.'

며칠 전 서연에게 무슨 일 있느냐고 물었을 때, 서연은 할 말이 있는 것처럼 보였다. 그 후로는 아무렇지도 않게 행동을 하는 바람에 물어볼 기회를 얻을 수가 없었다.

재희에게 이야기했더니,

"너, 그거 과보호야. 적당히 해. 질척거리는 남자는 짜증나니까."

라는 소리를 들었다.

확실히 현재 서연에게는 문제될 만한 일이 없다. 집에서 쫓겨났지만 살 곳이 생겼고, 가게도 잘 되어 가고 있고, 아직은 윤성과 란희의 방해도 없다.

다만 하나. 서연의 걱정거리라면 태민을 향한 자신의 마음일 테지만, 과연 그 때문에 저렇게 울 것 같은 표정을 지을까?

재원은 합숙소 주방의 식탁 앞에 앉아, 손가락으로 식탁을 톡톡톡 두드렸다. 이틀 후면 서연의 생일이다. 이 가게에서 그걸 아는 사람은 재원뿐일 것이다. 서연을 축하해 줄 많은 계획을 세워 놨다. 이미 선물도 준비했다.

'하지만.'

그 선물을 받는다 해도 서연의 어둠은 가시지 않을 것이다.

'태민이 형이 챙겨 주면 더 좋아하겠지. 내가 해 주는 것보다.'

사랑하지 않을 거야, 그 사람의 마음을 믿지는 않아, 라고 서연은 말한다. 하지만 재원은 알고 있었다. 그런 식으로 다짐한다고 해서 될 일이 아니라는 걸. 어쩔 수 없이 사랑할 수밖에 없고, 사랑하기에 믿을 수밖에 없다는 걸.

'그래, 내가 해 주는 것보다는 낫겠지. 이왕이면 내가 챙겨 주고

싶지만.'

선물을 받으면, 서연은 분명 사랑스러운 미소를 지을 것이다. 그 미소를 간절히 원했다. 하지만.

'욕심 부리지 말자.'

재원은 휴대폰을 꺼냈다. 태민의 연락처를 띄운 재원은 인상을 찌푸렸다. 태민은 가게 문을 닫자마자 갈 곳이 있다며 어디론가 사라졌다. 아마도 여자를 만나러 갔으리라. 서연을 좋아하는 게 눈에 빤히 보이는데, 다른 여자 만나는 걸 포기하지 않는 태민에게 화가 났다.

'어쩌지?'

재원은 휴대폰을 노려보며 생각에 잠겼다.

* * *

란희를 만나는 것에 대한 죄책감은 없었다. 란희를 여자로 보는 것도 아니고, 서연과 사귀는 사이도 아니니까. 그래서 태민은 아무 부담감 없이 란희를 만나러 나올 수 있었다.

약속 장소인 커피숍에, 란희는 나와 있지 않았다. 란희는 늘 약속 시간보다 10분에서 20분 정도 늦게 왔다. 아마도 남자를 기다리게 하는 것이 여자의 자존심이라고 생각하는 모양이었다. 태민이 만났던 여자들 중 간혹 그런 여자들이 있었지만, 태민은 그걸 애교 정도로 생각해 주었다.

그래, 날 기다리게 할 자존심은 있어야 재미있지. 그게 옛날의 태민이 갖고 있던 생각이었다.

하지만 지금은 다르다. 재미있지 않다. 여자를 만나러 나오는 것도, 여자를 기다려 주는 것도.

태민은 다리를 꼬고 앉아, 테이블을 지그시 응시했다.

'난 여기서 뭘 하고 있는 거지?'

란희가 재양 그룹 홍진탁의 딸이라는 걸 알게 되었을 때, 복수를 결심했다. 그녀의 마음을 얻어 결혼을 하고, 홍진탁의 사위가 되어 그가 가진 것들을 야금야금 먹어 치울 계획이었다. 홍진탁이 저지른 비리, 범죄 같은 것들을 알아내어, 무너뜨리겠다고 다짐했다.

신분의 차이 때문에 반대에 부딪치겠지만, 자식 이기는 부모는 없다고 했다. 란희가 이 남자 아니면 죽겠다고 고집을 부리면, 그쪽에서도 어쩔 수 없이 태민을 받아들일 수밖에 없을 것이다. 태민은 란희의 마음을 다 가져갈 자신이 있었다. 그 생각은 지금도 변함이 없다.

다만.

'부질없어.'라는 생각이 들었다.

홍진탁의 허물어진 표정을 보기 위해서라면 인생을 다 걸 수 있다고 생각했었다. 어차피 대단할 것 없는 삶이니, 홍진탁의 사위로 살아가며 복수의 기회를 노리는 삶도 나쁘지 않다고 여겼었다. 불과 몇 달 전까지만 해도 그랬다.

하지만 지금은 그 모든 계획이 부질없게 느껴졌다. 홍진탁의 절망한 표정 따위는 아무래도 좋았다. 이 순간 태민이 가장 보고 싶은 건, 간절히 보길 원하는 건, 서연의 행복한 표정이었다. 그녀가 환하게 웃고 즐거워하는 모습을 볼 수 있으면, 그걸로 충분하다는 생각이 들었다. 이 삶 전부를, 서연의 미소만을 위해 사용해도 좋았다.

"얼굴 보기 힘들어, 정말."

문득 들려오는 목소리에 고개를 들었다. 란희가 맞은편에 앉으려 하고 있었다. 늦은 데 대한 미안하다는 말도 없었다.

"요새 뭘 하느라 그렇게 바쁜 거야?"

책망하듯 말하는 란희를 향해 미소를 지었다.

"여행은 잘 다녀왔어?"

"응, 뭐. 좀 탔어."

"그래서 유독 섹시해 보였나?"

"말은 잘한다니까."

란희는 투덜거렸지만 싫은 기색은 아니었다.

"그런데 왜 커피숍이야? 술 한잔하고 싶었는데."

술을 한 잔 하고, 두 잔 하고. 그러다 보면 란희는 필요 이상으로 태민에게 치근거렸다. 취한 척하는 게 빤히 보이는데도, 태민과 밤을 함께 보내기 위해 애썼다. 전에는 그게 싫지 않았지만, 지금은 그런 란희의 행동을 받아 줄 기분이 들지 않았다.

"커피 마시고 싶어서. 그런데 가게 비우고 나와도 되는 거야?"

"일하는 애를 따로 둬서 괜찮아."

"가게가 잘되나 보네?"

"뭐, 그렇기도 하고. 아빠가 용돈을 두둑하게 주기도 하고."

"사람 한 명 고용할 정도로 돈을 준단 말이야?"

"뭘 그렇게 놀라? 내 한 달 용돈이 얼만 줄 알면 숨넘어가겠네.

난 에스프레소 마실게."

란희가 피식 웃으며 말했다. 태민은 한 손을 들어 종업원을 불러 주문을 했다. 커피가 나올 때까지, 란희는 얼마 전에 다녀온 괌 여행이 얼마나 즐거웠는지, 얼마나 값비싼 곳에서 묵었는지에 대해 떠들어 댔다.

"거기서 어떤 남자가 내 번호를 따 갔는데, 알고 보니 제우물산 사장 아들이더라. 제우물산 알지?"

"당연히 알지."

"32살인데 집에서 슬슬 결혼하라고 압박을 넣는다나 봐. 나한테 결혼을 전제로 사귀고 싶대."

"흐응, 그래?"

"뭐, 키도 크고 얼굴도 그 정도면 나쁘지 않고. 제우물산 사장 아들이면 집에서도 허락할 것 같고. 그렇더라고."

"흐음."

"어쩔까?"

란희가 도발하듯 태민을 똑바로 응시하며 물었다. 란희의 속셈은 빤했다. 태민이 질투하면서 사귀자는 말을 꺼내기를 바라는 것이다.

만약 몇 달 전이었다면, 태민은 그랬을지도 모르겠다. 사귀자, 행복하게 해 줄게, 평생 지켜 줄게. 그런 거짓말쯤은 아무렇지도 않게 할 수 있었다.

하지만 지금은 그 말을 할 수가 없었다. 그런 말까지 해 가며 남은 평생을 복수를 위해 살고 싶지 않았다. 복수 따위보다 더 하고 싶은 게 생겼으니까.

"그 사람이 마음에 든다면 만나 봐야지. 네 말대로 제우물산이라면 너희 집안과도 잘 어울릴 것 같고."

원하는 대답이 나오지 않자, 란희의 표정이 굳었다.

"만나 보라고? 진심이야?"

란희의 목소리가 날카로워졌다. 태민은 옅은 미소를 지으며 란희와 눈을 똑바로 맞췄다.

"진심이 아닌 것 같아?"

란희가 인상을 찌푸렸다. 하지만 곧 표정을 풀더니 다리를 꼬았다.

"뭐야, 오빠. 삐쳤어?"

"응?"

"내가 다른 남자 만나서 질투하는 거야?"

"그래 보여?"

"딱 봐도 그런 것 같네. 하지만 오빠, 이 부분은 오빠가 이해를 해야 돼. 나, 매력적이잖아. 게다가 집안도 좋고 능력까지 있어. 남자들이 꼬일 수밖에 없는 입장이야."

태민은 란희가 제멋대로 말하도록 내버려 두었다. 란희는 자신의 말에 도취된 듯 계속해서 말했다.

"오빠도 인기 많으니까 알 거야. 들러붙는 남자들을 일일이 거절하는 것도 곤욕이라는 거. 나도 마음은 한 남자에게 집중하고 싶지. 그런데 날 내버려 두지 않는 걸 어떻게 하겠어. 이런 부분은 오빠가 좀 이해해 주면 좋겠어."

"그래, 이해해."

"정말?"

"응, 정말. 네가 누구를 만나든 내가 터치할 부분이 아니라는 거잖아. 실제로 내가 터치한 적이 있었나?"

"물론 그런 적이 없긴 하지만……. 지금 삐쳤잖아."

란희는 태민이 자신에게 관심을 주지 않는다는 점을 받아들일 수 없는 것 같았다. 태민은 란희가 제멋대로 오해하도록 내버려 두었다. 굳이 그녀의 오해를 풀어 줘야 할 이유가 없었다.

그때, 태민이 주머니 안에 넣어 두었던 휴대폰이 진동했다. 최근에는 이런 시간에 전화를 하는 여자들이 거의 없었기 때문에, 태민은 의아한 마음으로 휴대폰을 꺼냈다.

전화가 아닌 문자였다. 보낸 사람은 재원이었다.

[7월 13일이 서연이 생일이에요.]

내용은 딱 그뿐이었다.

'왜 이런 문자를 보낸 거지?'

재원은 여전히 서연을 사랑하고 있었다. 라이벌인 태민에게 이런 고급 정보를 제공해 준 이유가 뭘까?

다른 사람이었다면 골탕 먹이기 위해 가짜 정보를 줬다고 생각하겠지만, 재원은 바보 같을 정도로 올곧은 남자였다. 이런 걸로 장난을 칠 리가 없다.

"누구한테 온 문자야?"

란희가 고개를 내밀어 휴대폰을 넘겨보려는 자세를 취하며 물었다. 태민은 휴대폰을 주머니에 집어넣었다.

"아무것도 아냐."

"아무것도 아닌 게 아닌데. 또 여자야?"

"질투해?"

"흥. 내가 그런 걸로 질투할 것 같아? 연락 오는 여자 한 명 없는 남자는 매력 없어."

고집스럽게 말하는 란희를 보며, 태민은 빙그레 미소를 지었다. 얼굴 전면에 번지는 해사한 미소에, 란희가 얼굴을 붉혔다.

"왜, 왜 웃어?"

"그냥."

"흥, 별꼴이야."

란희가 입술을 비쭉거렸다. 하지만 태민이 자신을 보고 미소 지어 주는 게 싫지는 않은 눈치였다.

"아, 오빠. 내일 오후에 뭐 해?"

"왜?"

"내일 우리 오빠랑 같이 점심 먹기로 했거든. 소개시켜 주고 싶어서."

"흐음."

"우리 오빠 알아 두면, 오빠한테도 좋을 거야. 아빠 뒤를 이을 사람이니까."

"아, 그래. 생각해 줘서 고마워."

몇 달 전이었다면 이 제안에 진심으로 감사했을 것이다. 란희뿐 아니라, 란희의 오빠도 내 편으로 만들 자신이 있었다. 란희와 란희의 오빠까지 내 편에 세우면, 홍 사장은 꼼짝도 하지 못할 것이다.

"그런데 내일은 할 일이 있어."

란희가 잠깐 인상을 찌푸렸다가 곧 표정을 풀고 아무렇지도 않은 척 말했다.

"그럼 내일모레는?"

"모레도."

란희의 표정이 어두워졌다.

"지금 날 거절하는 거야?"

"그럴 리가. 정말로 바빠서 그래. 하는 일이 있거든."

"무슨 일을 하는데?"

"카페 매니저."

"뭐?"

"카페에서 근무하고 있어. 오전부터 밤까지 풀타임으로."

"오빠가 왜 그런 일을 해?"

"재미있거든."

"말도 안 돼. 오빠는 그런 일이나 할 사람이 아니잖아. 컴퓨터 쪽 일하는 거 아니었어? 거기 전망이 안 좋아? 일이 별로 없어?"

"그런 건 아냐."

"자존심 부리지 말고. 만약 그런 거라면 나한테 얘기해. 아빠한테 말해서 한자리 내줄 테니까."

"정말로 그런 거 아냐."

내가 왜 이 여자 앞에서 이런 말을 늘어놓고 있어야 하는 걸까? 태민은 슬슬 지겨워지기 시작했다.

'이제 얘도 잘라 내야겠군.'

정말로 복수 따위는 아무래도 좋아졌다. 이런 곳에서 무의미한 대화를 하며 시간 낭비를 하기는 싫었다. 이럴 시간에 서연의 생일 축하 파티를 고민하는 게 낫다. 서연에게 뭘 해 줄지 생각하며 시간을 보내는 건, 무척이나 즐거울 것이다.

"어디서 일하는데?"

"응?"

"카페, 어디에 있는 카페냐고."

"홍대."

"홍대? 홍대 어디?"

"작전명 스위트."

순간 란희의 눈동자가 싸늘하게 식었다. 하지만 태민은 서연의 생일에 대해 생각하느라, 그걸 눈치채지 못했다.

"언제 한 번 놀러와. 예쁜 카페니까. 이제 그만 일어나 봐야겠다."

붙잡을 줄 알았던 란희는 태민을 붙잡지 않았다. 의아하게 생각하면서도, 태민은 먼저 자리에서 일어났다.

"가 볼게."

라고 말하고 돌아선 태민의 뒷모습을, 란희가 차가운 눈으로 노려보고 있었다.

* * *

작전명 스위트.

란희는 태민이 나간 문을 노려보며 생각에 빠졌다.

'작전명 스위트라고? 설마.'

며칠 전, 작전명 스위트라는 이름을 들었다. 저녁 식사 자리에서, 홍 사장이 꺼낸 이름이었다.

—서연이가 가게를 오픈했더구나. 이름이 작전명 스위트라던데, 한 번쯤 살펴봐 둬라.

윤성은 무슨 이름을 그따위로 지었느냐며 깔깔 웃었고, 란희도 함께 조롱하며 웃었다. 살펴볼 생각 따위는 없었다. 제대로 된 대학도 못 다닌 계집애가 한 푼도 없이 쫓겨나서 서둘러 오픈한 가게 따위, 별 볼 일 없을 게 분명하니까.

홍 회장이 게임에 사용하라고 제공한 자금은 10억.

하지만 윤성과 란희는 홍 사장에게 은밀하게 지원을 받고 있었다. 서연이 그런 두 사람을 이길 수 있을 리가 없었다.

결국 사업은 투자한 만큼 벌어들이는 법이다. 오픈 초반에는 적자가 계속될 테니, '작전명 스위트' 따위 소리 소문 없이 문을 닫을 게 뻔했다.

그래서 그 이름을 새까맣게 잊고 있었다. 태민의 입에서 그 이름이 나올 때까지는.

'태민 오빠가 어떻게 거길 아는 거지? 정말로 거기서 일하는 거야? 대체 왜? 설마 서연이 그 계집애가 마음에 들어서?'

거기까지 생각하다가 피식 웃고 말았다.

'설마. 태민 오빠가 그렇게 촌스런 계집애를 마음에 들어 할 리가

없지. 그럼 홍서연이 재양 그룹 운운하면서 태민 오빠를 꼬셨나?'

그럴 수도 있겠다는 생각이 들었다. 태민은 누구라도 갖고 싶어 하는 남자니까. 수많은 남자들에게 떠받들어지며 살아온 란희도, 태민을 보는 순간 그를 갖고 싶어서 견딜 수가 없어졌다. 어떻게든 그의 마음을 손에 넣고 싶어서, 다른 남자들에게는 안 하는 행동까지도 하게 되었다.

서연이 순진하다고는 해도 여자는 여자. 태민을 갖고 싶다는 마음이 생겨나는 게 당연했다. 아마도 우연히 만났다가 홀딱 반해서, 여우처럼 꼬리를 쳐 댄 거겠지. 태민은 상냥하니까 온 힘을 다해 꼬리치는 서연을 거절할 수 없었을 테고.

'아니지. 홍서연이 재양 그룹 얘기를 꺼냈다면, 태민 오빠가 나한테 그걸 물어봤을 텐데. 서연이를 아느냐고. 태민 오빠는 전혀 모르는 눈치였어. 그렇다면…… 왜?'

다시 처음의 질문으로 돌아갔다. 태민이 왜 카페 매니저 따위를 하고 있는 걸까?

아무리 생각해도 '이거다!' 싶은 답을 찾아낼 수가 없었다. 알아보려면 작전명 스위트에 가 보는 수밖에 없었다.

하지만 작전명 스위트에 직접 찾아가면, 서연은 란희가 자신을 경계해서 찾아왔다고 생각할 것이다. 그 계집애가 그런 생각을 품는 건 싫었다.

'굳이 내가 갈 필요는 없겠지.'

란희는 휴대폰을 꺼내 번호를 눌렀다. 늦은 시간이었지만 상대는 곧바로 전화를 받았다.

[네, 아가씨.]

"뒷조사를 좀 해 줘야겠어요."

* * *

서연은 침대에 앉아 책을 읽다가 고개를 들었다. 불편한 자세로 앉아 있었더니 목이 뻐근했다. 새벽 2시를 훌쩍 넘긴 시간이었다. 그런데도 잠이 오지 않았다.

최근 제대로 잘 수가 없다. 아마 알고 싶지 않은 진실을 알게 된 이후부터인 것 같다.

내 아버지가 태민의 아버지를 죽였다. 그걸 알게 되었는데 속 편히 잘 수 있을 리가 없다.

"하아."

서연은 한숨을 내쉬었다. 사람들 앞에서는 내색하지 않으려고 노력하지만, 혼자 있을 때는 어김없이 한숨이 나왔다. 하루 종일 참고 있었던 한숨을 한꺼번에 몰아쉬게 된다. 책을 읽으면서도 몇 번이나 깊은 숨을 내뱉었는지 모르겠다.

'한숨 많이 쉬면 수명이 줄어든다는 말을 들었던 것 같은데.'

중학교 때였나. 반 아이들이 떠들 때 그런 이야기를 들었었다.

—야, 너 웬 한숨이야? 한숨 많이 쉬면 빨리 죽는 거 몰라?

그때는 한숨이라는 게 폐에 무리를 줘서 그런가, 라고 생각했었다. 이제 와 생각해 보면 '한숨'이라는 건 결국 '근심, 걱정'이 있다는 뜻이고, 근심과 걱정이 많으니 오래 살긴 글렀다는 말일지도 모르겠다.

몸은 피곤한데 잠을 잘 수가 없어서 괴로웠다. 잠을 잘 수 없다기보다는, 자는 게 무섭다는 말이 정답일 것이다.

잠드는 게 두렵다. 잠을 자면 꿈을 꾸고, 그 꿈은 악몽으로 변한다. 칼을 든 아버지가 태민의 앞에서 잔혹한 미소를 짓는, 지독한 꿈을 꾸게 된다.

그런 꿈은 꾸고 싶지 않다. 악몽 속의 아버지는 서연을 질책하는 것 같았다.

너, 이래도 이 남자를 사랑해? 너에게 이 남자를 사랑할 자격이 있는 것 같아? 이 남자를 행복하게 해 주겠다고? 네가? 넌 이 남자를 불행하게 할 뿐이야. 네가 내 딸이라는 걸 아는 순간, 이 남자는 널 증오하고 경멸하겠지. 너의 그 사랑까지도 끔찍하게 여길 거야.

홍 사장의 목소리가 채찍처럼 온몸의 살을 찢어 놓았다. 하지만 육체의 고통보다 마음의 아픔이 더 컸다. 꿈에서는 육체의 고통을 느끼지 못한다고 하지만, 가슴에 느껴지는 통증은 지독히도 생생하게 느껴졌다.

그래서 자고 싶지 않다.

똑똑—

다시 책을 읽으려는데, 노크 소리가 들려왔다. 조심스럽게 두드리는 듯 아주 작은 소리였다. 잘못 들었나 싶어서 방문을 응시하고 있는데,

"자나?"

태민이 중얼거리는 목소리가 들려왔다. 태민의 목소리를 듣자마자 반사적으로 벌떡 일어나서 외쳤다.

"아, 저기. 안 자요!"

후다닥 침대에서 내려와, 벌컥, 방문을 열었다. 허둥지둥 서두른 것이 태민에게도 전해졌는지, 그는 눈을 휘둥그레 뜨고 있었다.

"뭐가 그렇게 급해?"

"아뇨, 그냥."

얼굴이 화끈거렸다. 방금 전까지만 해도 태민을 사랑할 자격에 대해 고민한 주제에, 목소리가 들린 것만으로도 이렇게 허겁지겁 문을 열어젖히다니.

난 정말 바보야.

"문틈으로 불빛이 보이더라고. 아직 깨어 있나 싶어서. 안 잤어?"

"네, 아직. 태민 씨는 지금 들어오는 거예요?"

"응. 뭐 하고 있었어?"

"책을 좀 읽고 있었어요."

"안 피곤해?"

"네, 괜찮아요."

웅얼웅얼 대답하는 서연을 가만히 내려다보던 태민이, 서연의 눈가로 손을 뻗었다. 그의 긴 손가락이 서연의 눈가에 닿았다.

"우리 어린 사장님은 괜찮다는 말이 습관인가?"

"네?"

"피곤해 보여. 눈가가 빨개."

"아아."

"무슨 고민 있어?"

태민이 걱정스러운 어조로 물었다. 태민의 진지한 눈동자를 마주하자 왈칵 눈물이 터져 나올 뻔했다.

'전 당신의 걱정을 받을 자격이 없어요. 당신의 다정함을 누릴 자격도 없고요.'

태민의 검고 깊은 눈동자를 똑바로 마주할 용기가 없었다. 그러나 고개를 숙일 수도 없는 이유는, 눈가에 닿은 그의 손가락이 좋아서. 그 작은 부위에서 번지는 온기를 놓치고 싶지 않아서였다.

"책을 너무 열심히 읽어서 눈이 시린가 봐요."

서연은 간신히 대답했다.

"대체 무슨 책인데?"

"여행 책을 봤어요. 세계 각지의 카페를 돌아다니면서 쓴 거래요. 재미있는 카페들이 많이 있더라고요."

"그렇구나."

눈가에 닿아 있던 태민의 손가락이 떨어져 나갔다. 이제 대화를 마무리 지으려는 모양이다.

서연은 아쉬웠다. 그와 조금 더 대화를 나누고 싶었다. 큰 욕심이라는 걸 알고 있었다. 하지만 태민과 더 많은 시간을 공유하고 싶었다. 이 간절한 마음이 전해진 걸까?

"잠 안 오면 차 한잔할래?"

태민이 말했다.

다들 자고 있는지 합숙소 안은 고요했다. 태민과 서연은 조용히 계단을 내려가 주방으로 향했다.

"주방에 문을 하나 달아 둘까 봐. 새벽에 야식 먹고 싶은 애들이 문 닫고 쓸 수 있게."

태민이 전기포트에 물을 받으며 말했다. 합숙소 안에 있는 물품 중 대부분은 태민이 자비를 들여서 산 것이었다. 합숙소에서 생활하며 필요한 게 생길 때마다 태민이 구입을 했다. 이런 건 가게 운영비에서 사용해도 된다고 했지만, 태민은 흑자를 낼 때까지는 돈을 아껴 보자고 했다.

얼마 전에 재원에게 들어서 알게 된 건데, 홈페이지를 운영하는 데도 돈이 필요하다고 했다. 하지만 태민은 서연에게 그런 말을 해 준 적이 없었다. 태민에게 첫 월급을 지불하기는 했지만, 이 모든 것을 구입하기에는 터무니없이 부족한 금액이었다.

태민은 어디서 돈이 생기는 걸까? 프리랜서로 하는 일이 이렇게 돈을 펑펑 쓸 만큼 잘되는 걸까? 그리고 왜 이렇게 이 가게의 일에 아끼지 않고 돈을 쓰는 걸까?

돈을 벌기 위해 아르바이트를 하는 걸 텐데, 오히려 돈을 더 쓰고 있다.

그럼 왜 여기서 일을 하는 거지? 시간 낭비에 돈 낭비일 뿐일 텐데.

차를 끓이는 태민의 뒷모습을 보며 이런저런 생각을 했다. 태민에 대해 알고 싶은 게 많았다. 그의 생각을, 그의 마음을 알고 싶었다.

홍차 향기가 주방을 채웠다. 태민이 서연의 앞에 찻잔을 내려놓고 맞은편에 앉았다.

"다음 주부터 장마래."

태민이 말했다.

"아아, 그래서 공기가 이렇게 꿉꿉하구나."

"장마 끝나고 나면 본격적으로 더워질 텐데. 휴가 때 바다에 갈래?"

"바다요?"

"응. 동해나 남해 쪽에 가자. 일하는 애들도 시간 된다고 하면 다 같이."

"와아. 좋아요. 바다는 어릴 때 딱 한 번 가 보고 안 가 봤는데."

서연의 말에 태민의 눈이 커졌다.

"바다를 한 번밖에 안 가 봤다고?"

"네. 엄마 살아 계실 때 처음이자 마지막으로 갔던 여행지가 동해바다였어요. 그것도 겨울에."

"엄마…… 살아 계실 때라고?"

태민의 표정이 어두워졌다.

"아, 미안해요. 무거운 얘기를 하려는 게 아니었는데. 아무튼 8월에는 그럼 휴가를……."

"아무튼이 아니야, 서연아."

태민이 서연의 손목을 붙잡고 눈을 맞췄다. 그는 미소를 지운 채 진지한 표정으로 서연을 응시하고 있었다.

"너는 왜 늘 그런 식이지?"

"네?"

"힘든 게 있고, 고민이 있고, 슬픈 게 있을 거야. 그런데 왜 매번 괜찮다고, 아무것도 아니라고 하면서 넘겨 버리는 거지? 아, 내가 못 미더워서 그러나?"

태민의 손에서 힘이 빠졌다.

"그래, 나처럼 가벼운 남자한테 네 속마음을 말하고 싶지는 않겠지. 미안."

"아뇨, 태민 씨. 그런 거 아니에요."

그런 이유가 아니었다. 그저 누군가에게 속마음을 털어놓는 게, 우는 소리를 하는 게 익숙하지 않을 뿐이었다.

게다가 상대가 태민일 때는 더욱 그랬다. 전에는 사랑했기 때문에, 그리고 지금은 미안해서. 그래서 그에게 덩달아 무거운 기분을 느끼게 하고 싶지 않았다.

"정말로 그런 이유 때문이 아니에요. 저는 그저……."

어머니와의 마지막 여행이 떠올랐다.

그날, 병색이 완연한 어머니는 무척이나 쓸쓸한 표정으로 바다를 응시하고 있었다. 아주 어릴 때의 일인데도, 그 광경이 생생하게 떠올랐다. 그리고 그날, 어머니가 했던 말도.

—너무 늦게 깨달았어. 이런 일이 있을지도 모른다고 생각했지만, 우리 공주님이 너무 사랑스러워서 잠깐 넋을 놓고 있었지 뭐야. 이번엔 내가 졌어.

그때는 어머니의 말을 이해할 수가 없었다. 하지만 이제는 그 말의 의미를 알고 있다. 알기 때문에, 그 추억은 누구에게도 말할 수 없었다.

오히려 태민은 재희나 재원보다도 많은 걸 알고 있었다. 어머니와의 바다 여행에 대해 이야기한 건 태민이 처음이었다. 태민과 바다를 간다는 생각에 들떠서, 하지 말아야 할 말을 하고 말았다.

어떻게 변명해야 할지 몰라 입술만 달싹이는데, 태민이 벌떡 일어났다. 화가 나서 가 버리려는 건 줄 알았는데, 태민은 서연의 옆으로 걸어왔다. 그리고 서연의 어깨를 보듬어 자신에게 안기게 만들었다. 태민은 서 있고, 서연은 앉아 있기 때문에 서연의 얼굴이 그의 단단한 배에 묻혔다. 그 상태로 태민은 서연의 머리를 쓰다듬었다.

"미안해, 서연아. 널 곤란하게 만들려고 이런 소리를 한 게 아니야."

뭐가 미안하다는 걸까. 미안해해야 하는 건 이쪽인데.

"분명 말해 주지 않는 이유가 있겠지. 나는 그냥……. 그래, 내 욕심이야. 욕심을 부리느라 네 입장을 생각 못 했다."

태민의 음성은 다정했다.

"너에 대해 궁금한 게 많아. 이렇게 함께 시간을 보내지만, 그래도 알고 싶은 것투성이야. 왜 웃는지, 왜 하품을 하는지, 그런 이유들까지도 궁금해져. 눈가가 빨간 건 무슨 이유 때문인지, 만약 고민이 있는 거라면 내가 해결해 줄 수 있을지. 그런 생각이 머리를 가득 채워서, 오히려 네 입장을 생각 못 했어."

담담하게 흘러나오는 말은 사랑 고백보다 달콤했다.

"믿어 주지 않아도 돼. 나는 널 사랑해. 그래서 너에 대한 모든 것이 궁금해. 네가 화장실을 간 그 잠깐의 순간까지도, 네가 궁금하고 그리워져. 나는 놀 만큼 놀고 썩을 만큼 썩었지만 이런 경험은 처음이라서, 가끔 어떻게 행동해야 할지 알 수 없게 돼. 초조할 때도 있고, 불안할 때도 있어."

진심이었구나.

"그래서 나도 모르게 바보 같은 행동을 하게 돼. 여유가 없어져. 느긋하고 멋진 모습을 보여 주고 싶은데, 네 앞에선 그게 안 된다."

태민 씨 마음은 진심이었구나. 이제 서연은 그의 말을 믿을 수가 있었다.

—진심이라고 할 걸 그랬네.

그렇게 말했던 태민은 흐릿하게 지워졌다. 그의 사랑 고백이, 그리고 지금 말해 주는 이 모든 것이 진심이라는 걸, 서연은 믿을 수 있었다. 서연이 태민에게 품고 있는 마음과 똑같았기 때문이다.

기뻐할 일인데 이렇게 가슴이 아픈 이유는, 아마도 받아 줄 수 없기 때문일 것이다. 한 달 전에 알았더라면 두 팔 벌려 환호하며 기뻐했을지도 모르겠다. 하지만 지금은.

'내 아버지가 태민 씨 아버지를 죽였어.'

기뻐할 수가 없었다. 태민이 서연을 사랑하는 건, 모르기 때문이다. 서연의 아버지가 무슨 짓을 했는지 모르기에, 태민은 서연을 사랑할 수 있는 것이다.

진실을 알게 되었을 때에도 지금의 마음과 같을까?

그렇지 않으리라고, 서연은 확신했다. 지금 이 순간 고마워요, 사랑해요, 라고 말한다면, 아주 짧은 시간은 행복하겠지. 하지만 진실을 알게 된 태민은, 서연을 원망하고 증오하게 될 것이다. 서연은 꿀꺽, 입안에 맴도는 말을 삼켰다.

하지만 태민을 밀어내지는 못했다. 그의 품에 안겨 있는 것이 좋았다. 머리를 쓰다듬는 그의 손길이, 얼굴에 전해지는 그의 체온이 몹시도 좋아서, 그것만큼은 도저히 밀어낼 수가 없었다.

코끝을 간질이는 그의 향기에 흠뻑 취한 이 시간이 지독히도 아름답고 고통스러운 마법의 시간 같았다. 가슴이 아프지만, 그래도 그의 품에 안겨 있을 수만 있다면.

'시간이 멈췄으면 좋겠어.'

한참이 지나도 서연은 미동이 없었다.

"서연아?"

태민은 조심스럽게 서연의 이름을 불렀다. 대답이 없었다. 가만히 서연을 내려다보다가, 고른 숨소리를 듣고 나서야 그녀가 잠들었다는 걸 깨달았다.

이런 자세로 잠이 들다니.

피식, 웃음이 나왔다.

'그래, 피곤해 보이더라.'

언제부터 잠이 든 걸까? 내가 한 말을 듣기는 했을까?

'못 들었어도 상관없어.'

이렇게 무방비하게 잠이 들었다는 건, 그만큼 태민이 편해졌다는 뜻이다. 그거면 됐다.

'뭐, 내 좋을 대로 해석하는 걸지도 모르겠지만.'

마음 같아서는 이대로 있고 싶었다. 서연의 베개가 되어 하루 종일이라도 서 있을 수 있는 기분이었다.

하지만 이런 자세로 자면, 내일 일어난 서연이 근육통에 시달릴지도 모른다. 태민은 조심스럽게 팔을 뻗어 서연을 지탱하고 자세를 취한 후, 안아 들었다.

기절이라도 한 것처럼, 서연은 미동조차 없었다. 품에 안겨 축 늘어진 서연을 가만히 내려다봤다. 살포시 감긴 눈에 길게 드리워진 속눈썹이 예뻤다. 후우, 하고 바람을 불었더니 서연이 눈을 찡그렸다.

'죽은 건 아니군.'

동그랗고 예쁜 이마에서 쭉 뻗어 내려오는 오뚝한 코. 분홍빛 볼은 한입 깨물면 단물이 배어날 것처럼 탱글탱글했다. 그리고 입술은…….

꿀꺽—

태민은 마른침을 삼키며 얼른 시선을 떼었다.

위험했다. 하마터면 이성을 잃을 뻔했다.

태민은 서연을 안아 들고 계단을 올라갔다. 서연의 방문은 꽉 닫히지 않은 채였다. 쉽게 문을 열고 들어가 침대 앞에 섰다. 서연을 침대에게 넘겨주기가 아쉬웠다.

하지만 계속 안고 있으면 아까부터 스멀스멀 피어오르는 욕망을 자제하기 힘들 것이다. 조심스레 서연을 내려놓고 이불을 덮어 주었다. 서연의 긴 머리카락이 베개에 흐트러져 있었다. 깨어 있을 때는 참으로 사랑스럽고 귀여운데, 침대에 흐트러져 있는 모습은 무섭도록 요염했다.

'아니, 아니. 내 눈에만 그런 거야.'

태민은 고개를 절레절레 저었다. 아무래도 잠든 여자와 단둘이 있는 건 위험하다. 아니, 여자가 아니라 홍서연. 서연이 날 위험하게 만든다.

서연의 어떤 점이 이 마음을 이리도 술렁이게 하는 걸까? 이 세상에서 제일 예쁜 눈? 이 세상에서 제일 예쁜 코? 아니면 이 세상에서 제일 예쁜 입술?

'그래, 이 세상에서 제일 예쁘니까 술렁거리지. 내가 아무 여자한테나 발정 나는 놈은 아니니까.'

이제 그만 서연의 방에서 나가야 한다는 걸 아는데, 서연에게서 눈을 뗄 수가 없었다. 이 세상에서 가장 재미있는 영화도 이렇게까지 태민의 시선을 잡아끌지는 못할 것이다.

그저 눈을 감고 숨을 새근새근 내쉬며 자고 있을 뿐인데, 아무리 보아도 질리지가 않았다. 서연이 자는 모습만을 보며 며칠이라도 보낼 수 있는 기분이었다.

꿈을 꾸는지, 서연이 입술을 오물거렸다. 도톰하고 촉촉한 입술이 움직이는 걸 보자, 뱃속에서 무언가 끓어올랐다. 서연의 얼굴을 향해, 저도 모르게 허리를 굽혔다.

입술이 닿기 전, 간신히 정신을 차리고 정지했다. 입술이 닿을락 말락. 공기를 타고 서연의 체온이 전해졌다. 입 맞추기 직전인데도 키스를 하고 있는 기분이었다.

심장이 두근. 두근. 두근.

'미치겠네.'

키스를 하지도 않았는데 이렇게 심장이 뛰다니. 태민을 아는 사람들이 본다면 배를 잡고 비웃을 것이다.

'나, 진짜 심각하군.'

태민은 힘겹게 허리를 똑바로 폈다. 서연의 유혹을(물론 그녀는 유혹할 생각 없이 잠만 쿨쿨 자고 있지만) 뿌리치는 건 쉬운 일이 아니었다. 침대 옆을 떠나는 게 아쉬워서 조금 더 서연을 지켜보다가, 망설이다가, 결국은 허리를 굽혔다.

태민의 입술이 서연의 이마 위에 가볍게 닿았다가 떨어졌다. 태민은 미소를 지으며 서연의 머리를 쓰다듬어 주고 돌아섰다.

"잘 자."

* * *

'난 바보 멍청이야!'

아침 햇살을 받으며 잠에서 깨어난 서연은, 속으로 절규했다. 어제 태민이 했던 이야기들, 그때에 품었던 감정, 그리고 시간이 멈추었으면 좋겠다고 생각한 것까지 전부 기억이 났다. 다만 그 이후의 기억이 없었다.

'잠이 들다니!'

피곤해서 그대로 잠이 든 모양이다.

최악이다. 태민에게 미안해하며 사죄해도 모자랄 판에, 그를 베개 삼아서 잠들고 말았다.

깨어 보니 침대 위였다. 아마도 태민이 안아서 데려다가 눕혀 주었으리라. 남의 말을 듣다가 잠들어 버리는, 되먹지 못한 여자로 볼까 봐 걱정이 됐다.

그렇다고 이제 와서, '태민 씨가 했던 말들 다 들었어요. 그 말에 대해 생각하다가 잠든 것뿐이에요.'라고 변명을 하는 것도 우습다. 정신을 바짝 차리고 있었어야 했는데, 그의 품이 너무 편안했던 게 탈이었다.

'태민 씨는 왜 그렇게 편안하고 따뜻한 품을 가지고 있는 거야!'

괜히 태민을 원망하며 침대에서 내려왔다.

대충 샤워를 한 후에 1층으로 내려갔다. 주방에서 도란도란 대화를 나누는 소리가 들려왔는데, 서연의 기척이 느껴지자 뚝 끊겼다. 주방에는 종업원들이 전부 모여 있었다. 어쩐지 눈치가 심상치 않았다.

"누나, 잘 잤어요?"

선명이 웃으며 손을 흔들었다. 서연이 등장하자 입을 다물었다고 느낀 건, 아마도 착각이었나 보다. 어젯밤 태민에게 지은 죄가 있어서 그렇게 느낀 것 같다. 생각해 보면, 태민이 그런 일로 서연의 욕을 하고 다닐 사람은 아니었다. 서연의 앞에서 직접 놀려 대면 놀려 댔지.

태민과 눈이 마주쳤다. 태민이 빙그레 미소를 지었다. 새삼스럽게 심장이 두근거렸다. 어젯밤 태민이 달콤하게 속삭였던 이야기들이 떠올랐다. 그 감미로운 언어들이 구름이 되어 서연을 감쌌다. 그의 고백을 마냥 기뻐할 수는 없지만, 그래도 좋다는 마음이 생기는 건 어쩔 수 없었다.

그의 말과 행동이 진심이라서, 서연은 기뻤다.

서연이 물을 마시고 나서 출근 준비를 하겠다고 2층으로 올라가자마자, 종업원들은 다시 머리를 모았다.

"그럼 오늘 밤에 가게 오프하고 하는 거죠? 가게에서 할 거예요?"

선명이 물었다.

"아니, 특별한 날이잖아. 호텔 스위트룸을 빌렸어. 가게 오프하고 바로 출발하면 거의 12시쯤 되겠다. 내일로 넘어갈 때 짠, 하고 축하를 해 주는 거지."

태민의 말에 영진이 인상을 찌푸렸다.

"전부터 궁금한 건데. 형, 대체 뭐하는 사람이에요? 왜 그렇게 돈이 많아? 혹시 작전명 스위트, 진짜 사장은 형인 거 아니에요?"

"그럴 리가."

하하하 웃는 태민을, 재원은 빤히 응시했다. 서연의 생일을 가르쳐 주면, 태민 혼자서 서연을 챙겨 줄 거라고 생각했다. 사랑하는 여자와 로맨틱한 시간을 보낼 수 있는 기회니까. 하지만 태민은,

"축하해 주는 사람이 많을수록 좋잖아."

라며, 종업원들을 전부 끌어들였다. 재희도 초대하라고 했다.

'나는.'

즐거운 표정으로 축하 계획을 짜는 태민의 모습을 보니 쓴웃음

이 나왔다.

'이 형을 못 이기겠다.'

태민은 서연과 단둘이 로맨틱한 시간을 갖는 것보다, 서연을 기쁘게 만들어 줄 생각으로 머릿속이 가득했다. 두 사람의 사이를 진척시킬 기회가 아닌, 서연을 즐겁게 해 줄 기회라고만 생각하고 있었다.

'나 혼자서 서연이를 축하해 줄 거야.'라는 생각을 갖고 있었던 나는, 이 남자를 이길 수 없겠다고, 재원은 생각했다.

* * *

저 멀리 '작전명 스위트'라는 간판이 보였다. 민기는 골목길 중간에서 걸음을 멈추고 크게 한숨을 내쉬었다. 서연을 만나고 나면, 민기는 딱 한 가지 생각을 했다.

아, 쪽팔려.

그 '쪽팔리는' 짓을, 오늘은 서연의 앞에서뿐만 아니라 다른 사람들 앞에서도 해야 한다고 생각하니, 머릿속이 하얗게 비었다.

'이제 슬슬 이런 행동은 그만둬도 되지 않나?'

'윤성의 친구'처럼 보이기 위해 시작한 행동이었다. 윤성이 자기 동생을 소개시켜 주겠다고 했을 때, 란희를 소개받을 줄 알았다. 하지만 윤성이 소개시켜 준 건 서연이었다.

그래도 어차피 란희나 서연이나 비슷한 수준의 여자일 거라고 생각했다. 배다른 동생이라고는 하지만, 그런 집안에서 자랐으니 비슷한 사상과 성격을 가졌을 거라고 짐작했다.

일단은 서연이 민기를 '윤성과 가장 친한 친구'라고 생각하게 만드는 게 중요했기 때문에, 그런 행동을 할 수밖에 없었다. 목적이 있어서 하는 행동이기는 하지만, 그래도 자신이 서연에게 했던 말들과 행동을 생각하면 창피해서 죽을 것만 같다.

서연을 만나지 않는 날에도, 가끔 그 생각이 나면 이불을 뻥뻥 차곤 한다.

'아무래도 홍서연은 그 집에서 유일하게 정상인 것 같아. 나에 대해 알게 되어도 문제가 되진 않겠어. 그래, 이제 슬슬 멍청한 연기는 관두자.'

그렇게 결심을 하니 마음이 조금 편해졌다. 오늘 찾아온 이유는, 내일이 서연의 생일이기 때문이었다. 생일은 소중한 사람들과 함께 보내고 싶을 테니, 하루 전에 미리 만나 축하해 줄 예정이었다. 이게 아무리 필요해서 하는 연기이더라도 서연의 생일까지 망치고 싶진 않았다.

아무튼 오늘까지는 '제멋대로에 여자 마음은 하나도 모르는 윤성의 친구' 역할을 하기로 했기에, 단단히 결심하고 걸음을 옮겼다.

딸랑—

가게 문이 열리고 들어온 사람의 모습에, 서연은 눈을 크게 떴다.

민기였다. 민기는 가게 안을 둘러보다가 어딘가에 시선을 멈추고는 인상을 찌푸렸다. 그러더니 아무 일도 없었다는 듯 서연을 향해 저벅저벅 걸어왔다. 민기의 손에는 커다란 꽃다발이 있었다. 새

빨간 장미 꽃다발이었다.

“생일 축하합니다, 서연 씨. 내일은 시간이 나지 않을 것 같아서 오늘 왔어요. 내가 제일 먼저 축하해 주고 싶기도 했고.”

“아……. 네에. 감사합니다.”

서연은 두 손으로 꽃다발을 받아 들었다. 생각지 못한 민기의 방문에 당황했고, 태민이 이 모습을 보고 있을 것 같아서 신경 쓰였다.

“가게도 한번 둘러보고 싶었습니다. 앞으로 내 아내가 될 사람이 운영하는 가게가 정상적으로 굴러가는지는 확인해야 하니까요.”

갑자기 또 왜 이러는 거지? 서연은 황당했다.

최근에 민기는 결혼 얘기를 꺼내지 않게 되었다. 처음 만났을 때보다 훨씬 정중해져서, 전화가 걸려 와도 부담스럽지 않았다.

그런데 지금 민기는 가게 사람들에게 들으라는 듯 큰 목소리로 말하고 있었다. 설마 이렇게 하기 위해서 그동안 서연을 안심시켰던 걸까?

‘아니, 굳이 날 안심시킬 필요는 없잖아. 어차피 제멋대로 행동할 텐데.’

민기의 생각을 종잡을 수가 없었다. 종업원들은 민기의 ‘내 아내 될 사람’이라는 말에 충격을 받은 표정으로 이쪽을 보고 있었다. 재원이 다가왔다.

“손님, 여기서 소란 피우시면 안 됩니다.”

미소 띤 얼굴로 부드럽게 말하는 재원을, 민기는 가만히 응시하다가 피식 웃었다.

"고용인이면 고용인답게 굴어. 상황 판단할 머리가 없어? 나, 너네 사장 남편 될 사람이야. 손님이 아니라."

"사장님 남편이 되실지는 모르겠습니다만, 어쨌든 가게 안에서는 조금만 목소리를 낮춰 주셨으면 좋겠습니다."

"하여간 이래서 없는 것들은 상대하기가 힘들어. 주제도 모르고 기어오르지. 서연 씨, 이런 것들은 해고하는 게 좋겠습니다. 가게에 도움이 안 될 거예요."

"사장님까지 끌어들이지는 마시고요, 손님. 일단 밖으로 나가시죠."

"네가 뭔데 이래라저래라야? 몇 번을 말해야 알아들어? 나, 너네 사장 남편 될 사람이야. 날짜 잡았다는 거 못 들었어?"

생각지도 못한 일이 벌어져서 멍하니 있던 서연은 얼른 정신을 차렸다. 그리고 한 소리 하려는데, 어느새 이쪽으로 온 태민이 민기의 팔을 붙들었다.

"나가시죠, 손님."

태민은 미소를 짓고 있었지만 눈은 웃고 있지 않았다. 이대로 놔두면 큰일 날 것 같았다.

"저, 매니저님. 제 손님이시니까 제가……."

서연이 말리려 했지만.

"아니요, 사장님. 사장님은 우아하게 앉아 계세요. 제가 처리하겠습니다."

태민이 단호하게 말하고는 민기의 팔을 잡아끌었다. 민기가 버럭 성을 내며 뿌리칠 줄 알았는데, 의외로 순순히 태민에게 끌려 나갔다.

두 사람이 나간 후, 재원이 서연을 돌아봤다.

"저거 뭐야?"

서연은 쓴웃음을 지으며 답했다.

"저번에 소개 받은, 윤성 오빠 친구."

"저런 놈이었어? 그런데 왜 지금까지 만나는 거야?"

"거절을 했는데도 계속 연락이 왔었거든. 그런데…… 오늘은 좀 이상하네. 그동안은 괜찮았었는데."

"괜찮긴 뭐가 괜찮아? 완전 미쳤구만."

"맞아요, 사장님."

영진이 끼어들었다.

"저 사람, 진짜 완전 미쳤는데요. 혹시 진짜로 저 사람이랑 결혼하시는 거예요? 정말로 그런 사이세요?"

"아니에요, 그런 거."

"그쵸? 사장님은 매니저님이랑 그렇고 그런 사이잖아요."

영진이 말했다. 서연은 얼굴을 붉혔다.

다른 사람들 눈에는 그렇게 보이는 걸까? 그렇다면 태민에게 실례가 되는 일이다. 태민은 아직 진실을 모르고 있으니까, 그런 오해를 받아서는 안 된다.

"매니저님이랑도 그런 거 아니에요. 소란이 일어나게 해서 미안해요. 다들 자리로 돌아가세요."

서연은 단호하게 말하고 카운터로 돌아가서 앉았다. 안 그래도 오늘 태민에게 진실을 이야기하자고 결심해서 마음이 싱숭생숭한데, 민기 때문에 더 불안해졌다.

민기의 등장이, 태민에게 진실을 밝혔을 때 어떤 결과를 가져올지 알려 주는 것만 같았다. 진실을 밝히기 두렵다.

'하지만…….'

서연은 크게 심호흡했다.

'그래도 말해야 돼. 언제까지고 감출 수는 없어. 내가 먼저 용기를 내서 말하고, 어떤 비난이 돌아와도 감당해야 하는 거야. 그래, 내가 해야 하는 일이야.'

*　　*　　*

태민은 앞만 보고 빠르게 걸었다. 민기의 팔을 잡은 손에서는 힘을 빼지 않고 걸었다. 민기도 말없이 태민을 따라 걸었다.

한참을 걸어가 가게가 보이지 않게 되자, 태민은 사람이 다니지 않는 골목에 민기를 밀어 넣었다.

턱—

민기의 등이 벽에 부딪쳤다. 태민은 무시무시한 눈으로 민기를 노려봤다. 민기도 그런 태민을 가만히 올려다봤다. 눈을 깜빡이지도 않고 민기를 쏘아보던 태민이, 이윽고 입을 열었다.

"최겸, 네가 왜 여기에 온 거야?"

"그건 내가 묻고 싶은 말이야. 네가 왜 여기서 커피를 만들고 있는데? 할 일이 없어? 아니면 너, 복수하려고 이러는 거야?"

"뭐?"

"관둬. 너 혼자서 어떻게 할 수 있는 상대가 아냐. 내가 알아서 할 테니까 넌 빠져. 괜히 건드려서 일을 망치지 말고."

"무슨 말을 하는 거야, 지금? 여기서 복수가 왜 나와? 난 지금 네가 왜 우리 사장님한테 이상한 행동을 하고 있는지 묻는 거야."

"아주 그냥 반말 쓰는 게 입에 붙었구나, 너? 형이라고 하랬지?"

민기가 태민의 한쪽 볼을 세게 꼬집었다.

"아파. 아, 그리고 지금 그게 문제가 아니잖아. 너, 왜 우리 사장님한테 질척거려? 아까 기절하는 줄 알았어. 대체 그 행동은 뭐야? 미쳤어? 뭐 잘못 먹은 거야?"

"어쩔 수 없었어. 홍서연이 어떤 인물인지 파악해야 돼서, 일단 최악을 연기하기로 했거든."

태민의 표정이 굳었다.

"최검, 최검이 뭔데 우리 사장님을 파악해? 파악해서 어쩔 건데?"

"어쩌긴 뭘 어째. 홍진탁을 무너뜨릴 증거를 찾는 데 쓸 만한지 알아보려는 거지."

"잠깐, 최검. 여기서 홍진탁이 왜 나와?"

"뭐?"

이번에는 민기가 황당하다는 표정을 지었다.

태민은 돌아가는 상황을 이해할 수가 없었다. 늘 냉정하고 정중한 민기가 느닷없이 가게에 찾아와서 서연에게 남편 타령, 없는 것들 타령을 하는 것도 놀라웠는데, 갑자기 '홍진탁'이라는 이름까지 나왔다. 이걸 어떻게 받아들여야 하는 건지 모르겠다. 심장이 불쾌하게 뛰었다.

민기가 생각을 정리하는 듯 인상을 찌푸리고 있었다.

도망쳐야 돼.

태민은 생각했다.

아무 말도 들으면 안 돼. 민기의 입에서 나오는 말을 들으면 큰 일이 벌어질 거라는 확신이 생겼다.

"너, 알고 홍서연한테 접근한 거 아니었냐?"

이윽고 민기가 입을 열었다.

"홍서연, 홍진탁 딸이잖아."

쩌억—

무언가 쪼개지는 소리가 들렸다. 태민은 고개를 들었다. 어디서 들려오는 소리인지 찾아볼 생각이었다. 그러다가 문득 깨달았다.

이건 내 심장이 쪼개지는 소리다.

"말도 안 돼."

태민의 입술 사이로 쉿소리가 나왔다. 내 목소리 같지가 않았다. 누가 말하고 있는 걸까.

"말도 안 돼. 우리 어린 사장님이 홍진탁 딸이라고? 그럴 리 없어."

"뭐가 말도 안 돼? 너, 진짜로 몰랐던 거야? 홍 씨에, 딱 봐도 재벌가의 공주님이잖아. 재양이랑 연결시켜서 생각이 안 되든?"

"우리 사장님은 정말 순진하고 착해. 게다가 세상에서 제일 사랑스럽고. 홍진탁의 딸일 리가 없지. 게다가 내가 저번에 홍진탁이 내 아버지를 죽였다는 얘기도 했어. 그때 우리 사장님은 아무 말도 안 했어. 자기 아버지가 내 아버지를 죽였는데, 내 앞에서 그렇게 웃을 수 있을 리가 없잖아. 안 그래?"

혼란에 빠진 듯한 태민의 모습에, 민기는 말문이 막혔다.

'이 녀석이 왜 이러지?'

태민을 오랫동안 알아왔지만, 이런 모습을 보는 건 처음이었다. 태민은 늘 무심하고 담담했다. 그 어떤 것들도 태민에게 영향을 줄 수 없는 듯, 아무것도 느끼지 못하는 안드로이드처럼 살았다.

그런데 지금 태민은.

세상이 멸망한 것처럼 굴고 있다. 눈동자가 흔들리고 목소리가 떨린다. 민기가 알아온 정태민이 아닌 것 같다.

그러다가 쾅.

머리를 얻어맞은 듯 깨달음을 얻었다.

'설마…….'

서연의 목소리가 떠올랐다.

—사랑하는 사람이 있어요.

흔들림 없었던 서연의 눈동자. 서연은 평생 짝사랑일 테지만, 그래도 사랑한다고 말했다.

그 상대가 태민이었던 걸까? 그리고 어쩌면 태민도.

"태민아, 너."

뒷말을 이을 수가 없었다. 묻지 않아도 알 수 있었다. 태민이 서연에게 푹 빠졌다는 건, 물어봐야 알 수 있는 일이 아니었다. 태민은 온몸으로 그녀에 대한 사랑을 드러내고 있었다.

"우리 어린 사장님이."

태민이 중얼거렸다.

"홍서연이."

태민이 고개를 들어 민기와 눈을 맞췄다. 어둠에 침잠된 검은 눈동자를, 민기는 똑바로 볼 수가 없었다.

"홍진탁 딸이야?"

"태민아, 그게……."

"그렇군."

태민이 웃었다. 섬뜩한 미소였다.

"홍서연이 홍진탁 딸이었군."

"내 말 들어봐, 태민아."

민기가 태민의 손목을 붙잡았다. 일이 이렇게 흘러가도록 놔둘 수는 없었다.

서연은 좋은 여자였다. 그동안 만나온 결과 그런 결론을 얻었다. 태민이 말한 대로, 서연은 순진하고 착하고 세상에서 제일 사랑스러울지도 모르겠다.

게다가 서연은 그 집을 끔찍이도 싫어하고 있었다. 그걸 태민에게 알려 줘야만 했다. 홍진탁의 딸인 것은 아무 문제도 되지 않는다고. 홍서연이 홍진탁의 딸로 태어나고 싶어서 태어난 게 아니라고. 아버지의 죄가 딸의 죄가 되지는 않는다고.

하지만 태민은 차갑게 민기의 손을 뿌리쳤다. 그리고 말했다.

"알려 줘서 고마워, 최검."

태민의 목소리는 더 이상 떨리지 않았다.

"하마터면 평생 속을 뻔했네."

다만 그 음성에는 전에 없던 차가운 냉기가 흐르고 있었다.

* * *

태민이 돌아오지 않는다.

민기를 끌고 나간 지 두 시간이 넘게 지났다. 그런데 태민은 돌아올 생각을 하지 않았다. 그동안에도 손님이 왔기 때문에, 재원이 임시로 바 안에 들어가 음료를 만들었다.

"전화를 해 봐야 할 것 같은데."

어설프게 음료를 만들던 재원이 작은 목소리로 말했다. 서연은 가게 안을 한 번 둘러본 후, 휴대폰을 꺼냈다. 아까부터 심장이 불쾌하게 뛰고 있었다. 두근, 두근 번지는 심장박동이 어지러웠다.

왜 이렇게 불안한 걸까? 민기가 태민에게 나쁜 짓을 하지는 않을 텐데.

태민의 번호를 눌렀다. 휴대폰이 꺼져 있었다. 곧바로 민기에게 전화를 했다. 민기는 전화를 받았다.

[네, 서연 씨.]

"저기, 최 검사님. 혹시 태민 씨랑 아직 같이 있나요?"

[아니요. 헤어진 지 꽤 됐습니다.]

"언제 헤어지셨어요?"

[가게에서 나와서 잠깐 대화 나누고 바로 헤어졌는데요.]

"아, 그러세요. 그럼 태민 씨가 어디로 갔는지 아시나요?"

[……난 헤어지고 바로 돌아와서 그것까진 모르겠군요. 일 때문

에 끊어야 할 것 같습니다. 실례하겠습니다.」

민기가 딱딱하게 말하고는 전화를 끊었다.

기분 탓일까? 어쩐지 민기가 대화를 피한다는 생각이 들었다. 하지만 잘 생각해 보면, 민기가 태민의 출처에 대해 거짓말을 할 이유가 없었다.

게다가 이러니저러니 해도 민기는 검사였다. 많은 사람이 태민과 민기가 함께 나가는 걸 봤는데, 태민에게 해코지를 했을 리 없다.

'그렇다면 태민 씨가 그냥 사라졌다는 건데. 대체 왜?'

이유를 짐작조차 할 수가 없었다.

혹시 민기가 태민에게 못된 소리를 한 걸까? 그것 때문에 충격을 받아서 돌아오지 않는 걸까? 하지만 태민은 그런 이유로 자기 일을 내팽개칠 사람이 아니었다.

"연락 안 돼?"

재원이 카운터 옆에 와서 걱정스럽게 물었다.

"응, 전화기가 아예 꺼져 있어. 최 검사님이랑은 아까 나가자마자 바로 헤어졌다고 하고."

"그래? 그런데 왜 안 돌아오는 거지? 무슨 일 생겼나? 잠깐 기다려 봐, 하준이 형한테 전화해 볼게."

재원이 하준과 통화를 하는 동안, 서연의 머릿속에는 또 다른 가능성이 떠올랐다.

'어쩌면.'

민기는 서연이 재양 그룹 홍진탁의 딸이라는 걸 알고 있었다.

'대화하는 중에 그 이야기가 나왔을지도 몰라.'

거기에 생각이 미치자 심장이 덜컥 내려앉았다. 순간 주위의 공기가 사라진 것 같았다. 호흡을 하는 것도 힘들어서, 고개를 숙이고 천천히 숨을 들이마셨다.

'그래, 분명 최 검사님이 재양 그룹 이야기를 한 걸 거야. 내가 재양 그룹의 핏줄이라고.'

다른 이유를 생각할 수가 없었다.

"하준이 형도 모르겠다는데."

통화를 끝낸 재원이 말했다. 뭐든 대답을 해야 하는데, 서연은 아무 말도 할 수가 없었다. 숨을 쉬는 것만으로도 힘이 부쳤다.

"서연아?"

서연이 고개를 숙인 채 아무 말이 없자, 재원이 미간을 좁히고 더 가까이 다가왔다.

"왜 그래? 괜찮아?"

괜찮아, 난 괜찮아.

대답을 해야만 했다. 하지만 목소리가 나오지 않았다. 보이지 않는 손이 심장을 콱 움켜쥐고 있었다.

"걱정 마, 서연아. 태민이 형, 별일 없을 거야. 워낙 자유로운 사람이라서, 그냥 갑자기 바람 쐬고 싶어져서 사라진 걸지도 몰라. 가게 끝날 때쯤엔 돌아올 거야."

재원이 위로하듯 말했다. 하지만 서연은 그렇지 않다는 걸 알고 있었다.

태민은 돌아오지 않을 것이다. 그렇게 확신했다. 서연이 증오하는 남자의 딸이라는 걸 알게 된 태민이 이 가게에 돌아오는 일은 없을 것이다.

*　　*　　*

테이블 위에 놓인 케이크를 보며, 서연은 어떤 표정을 지어야 할지 알 수 없었다.

가게가 끝난 후, 종업원들이 서로 눈치를 보다가 서연이 옷을 갈아입으러 간 틈에 생일 파티를 준비했다. 가게 일과 태민에 대한 걱정으로 정신이 없어서 생일이라는 것도 잊고 있었다. 초에 불을 붙이고 손뼉을 치며 생일 축하 노래를 부르고, 서연은 힘껏 촛불을 껐다.

이렇게 많은 사람들에게 생일 축하를 받는 건 처음이었다. 다른 때였다면 무척 감동을 받았을 테지만, 지금은 그럴 기분이 아니었다. 일부러 생일을 챙겨 주는 종업원들에게 고마우면서도, 그걸 순수하게 즐기지 못하는 것이 미안했다.

"원래 태민이 형이 호텔에 방 잡아 둘 거라고 했는데."

선명이 케이크를 자르며 투덜거리는 소리에 심장이 덜컥 내려앉았다.

"자기가 깜짝 파티 하자고 해 놓고 갑자기 사라지고. 이건 무슨 경우지? 이것 때문에 오늘 집에 못 들어간다고 말까지 해 뒀는데."

희미도 기분이 상한 듯했다.

"태민이 형이 연락도 없이 잠수 탈 사람은 아닌 것 같은데. 무슨 일 생긴 거 아닌가?"

"저기, 누나. 아까 태민이 형이랑 같이 나간, 누나의 그……분이요."

민기를 차마 '애인'이나 '남편감'이라고는 말할 수 없었는지, 영진은 두루뭉술하게 '그분'이라고 표현했다.

"그분도 모르신대요? 태민이 형, 어디 갔는지."

"네, 가게 근처에서 잠깐 대화를 나누고 바로 헤어졌대요."

"말만 그렇게 하고 사실 무슨 짓 한 거 아니에요?"

희미가 날카롭게 물었다.

"야아."

선명이 서연의 눈치를 보며 희미의 옆구리를 쿡 찔렀다. 하지만 희미는 표정을 풀지 않고 말했다.

"사실, 언니. 그렇잖아요. 그 사람, 너무 무례했어요. 언니하고는 안 어울려요. 그런 사람이랑 결혼하면, 언니 인생은 끝이에요, 끝."

"그건 그래요, 누나. 차라리 태민이 형이나 재원이 형이 낫지."

"난 왜. 끌어들이지 마."

포크로 케이크를 뒤적거리던 재원이 낮은 목소리로 말했다.

종업원들은 이제 민기에 대해 이러쿵저러쿵 이야기를 하기 시작했다. 대화의 주제가 민기에게 넘어가서 다행이었다. '태민'이라는 이름이 나올 때마다 그것이 날카로운 송곳처럼 심장을 찔렀기 때문이다.

어떻게 시간을 보냈는지 모르겠다. 모든 것이 꿈속의 일처럼 느껴졌다. 정신을 차리고 보니 합숙소의 방에 돌아와 누워 있었다.

적막감이 어두운 무게감을 가지고 서연을 짓눌렀다. 혼자 있게 되자 고통스러운 아픔이 배가 되었다. 신음이 흘러나올 것 같았다.

서연은 두 손으로 얼굴을 가렸다. 나는 울 자격 없어. 괴로워할 자격도, 슬퍼할 자격도 없어. 진작 말했어야 했는데. 태민 씨한테 그 이야기를 들었을 때, 곧바로 말하고 사죄했어야 했는데.

두려워서 피한 결과가 이거야.

내가 잘못한 거야.

* * *

다음 날도, 그다음 날도 태민은 돌아오지 않았다.

아무것도 모르는 종업원들은 무단결근하는 태민을 욕했다. 하지만 재원은 그럴 수가 없었다. 태민이 이유 없이 사라진 게 아닌 것 같았다.

태민은 여자에게 한없이 가벼운 남자지만, 자기 일에 대한 책임감만큼은 확실했다. 이런 식으로 갑작스럽게 이틀이나 자리를 비울 리 없는 사람이었다. 게다가 서연의 태도를 보면, 아무래도 태민이 사라진 이유를 알고 있는 것 같았다.

'보통 이유는 아닐 거야. 나한테도 말을 못 하는 걸 보면.'

서연과 태민 사이의 문제라면 서로의 마음에 대한 문제밖에 없었다. 하지만 서연의 표정을 보면 단지 그런 것 때문에 태민이 사라진 것 같진 않았다.

'태민이 형은 그런 문제 때문에 이렇게 무책임하게 사라질 사람이 아냐. 분명 다른 문제가 있는 것 같은데, 대체 뭐지? 태민이 형

이랑 서연이 사이에, 남녀 문제 빼고 다른 문제가 생길 만한 접점이 있나?'

아무리 생각해도 떠오르는 게 없었다. 그렇다고 해서 서연에게 물어보기도 힘들었다.

서연은 아무렇지도 않은 척 미소를 짓고 있었지만, 재원은 그녀가 무리하고 있다는 것을 알 수 있었다. 태민에 대한 어떤 말이라도 꺼내면, 그녀는 울음을 터뜨릴지도 모른다.

"저기요."

계산을 하려고 카운터 앞에 선 여자 손님이 짜증 섞인 목소리로 서연을 불렀다. 딱 봐도 불만이 있는 손님의 표정에, 재원은 심장이 덜컥 내려앉았다.

저러다가 서연이 울면 어떡하지?

"네, 손님."

"저, 여기 자주 오는 거 아시죠?"

"네, 그럼요. 자주 와 주셔서 늘 감사하게 생각하고 있어요."

다행히도 서연은 미소를 지었다. 걱정 근심 따위는 조금도 없는 듯 사랑스러운 미소였기에, 재원은 이런 상황에서도 내심 감탄했다.

'서연이가 의외로 강하구나.'

건드리면 톡 쓰러질 약하디약한 토끼라고 생각해 왔다. 하지만 함께 가게에서 일하는 동안 새로운 모습을 발견하게 된다.

"여기 예뻐서 오기도 하지만 커피가 맛있어서 오는 거거든요. 그런데 오늘 커피, 맛이 진짜 이상했던 거 알아요?"

손님의 말에 재원은 움찔했다.

"죄송합니다. 오늘 바리스타가 휴무라서 맛이 조금 달라졌을 수도 있겠어요."

"아니, 그럼 공지라도 해 두든가 해야죠. 그 커피 마시려고 온 건데. 여기 음료가 싼 가격도 아니잖아요. 비싼 돈 받으면서……."

"저, 손님."

옆에서 들려온 목소리에 방해를 받은 손님은 인상을 찌푸렸다.

"왜요?"

짜증스럽게 돌아본 손님은 어느새 옆에 다가온 재원을 보고는 눈을 크게 떴다. 재원은 곧게 허리를 펴고 입가에 옅은 미소를 지었다.

"제가 오늘 커피를 만들었는데 입맛에 안 맞으셨던 모양입니다. 죄송합니다."

재원은 정중하게 허리를 굽혀 사과했다.

"예쁜 손님께 타 드리는 거라 더 신경 써서 커피를 내렸는데, 그게 오히려 나빴나 봐요. 정말 죄송합니다, 손님."

재원의 말에 손님의 얼굴이 발그레해졌다. 재원은 자신이 이런 표정을 지으면서 이런 목소리로 말하면 여자들이 얼굴을 붉힌다는 걸 알고 있었다. 재원이 원하는 건 서연의 마음뿐이기에, 실제로 이런 기술을 사용하는 경우는 별로 없었지만.

재원의 예상대로 손님은,

"아뇨, 뭐. 그렇게 나빴던 건 아니고."

라고 중얼거렸고, 손님의 일행은,

"야, 그만해. 커피 괜찮던데, 뭐."

"까다롭게 굴긴."

이라며, 손님을 책망했다.

분위기가 나아진 틈을 타서, 서연이 카운터 아래에 있던 쿠폰을 꺼냈다.

"손님, 오늘 커피 맛이 달라서 불쾌하신 점 정말 죄송하고요. 다음에 오실 때 케이크 하나 무료 제공하는 쿠폰을 드릴게요. 다음에 꼭 방문해 주세요."

재원의 사과와 서연의 싹싹한 대응에, 손님은 기분이 풀린 것 같았다. 손님들이 나가자마자 서연의 표정이 다시 어두워졌다.

"미안해, 서연아. 나 때문에."

"아냐, 이게 왜 너 때문이야?"

"내가 만든 커피잖아."

"에이, 원래 네 담당도 아니었는데 오히려 내가 미안하지."

그렇게 말하며 태민이 생각나는지 서연은 잠시 고개를 숙였다. 다시 고개를 든 서연은 금방이라도 울음을 터뜨릴 듯 눈가가 발갰다. 그러나 서연은 눈물을 흘리는 대신 미소를 지으며 말했다.

"아무래도 바리스타를 새로 뽑아야 할 것 같아."

바리스타를 새로 뽑겠다는 결심을 하기까지 많은 고민을 했다. 사실은 태민을 기다리고 싶었다. 언제까지라도 바리스타 자리를 비워 두고 싶었다.

하지만 돌아오기를 바라는 것조차도 사치라는 생각이 들었다. 내 아버지가 태민의 아버지를 죽였는데, 나는 그걸 알면서도 모르는 척하고 있었던 여자인데. 태민이 아무렇지도 않게 이 가게에 돌아와 일해 주기를 바라는 건, 그를 기만하는 것이었다.

그래서 서연은 결심했다. 바리스타를 새로 뽑기로. 태민을 기다리지 않기로. 그리고 언젠가 태민이 복수를 하면, 담담히 그것을 받아들이기로.

'어떻게 해야 하는 걸까?'

가게 오픈 후, 서연은 가게에 혼자 남았다. 재원도 함께 있으려 했지만 서연은 혼자 있고 싶다고 했다. 다행히도 재원은 걱정스럽게 서연을 응시하다가 고개를 끄덕이고는,

"무슨 일 생기면 언제든 연락해. 새벽이라도 괜찮으니까."

라고 말하고는 돌아갔다. 빈 가게에 혼자 앉아, 서연은 가게 안을 둘러봤다. 가게 안 어디에도 태민의 향기가 묻지 않은 곳이 없었다. 가게를 오픈하는 모든 과정에 태민이 함께했기에, 구석구석 그가 남아 있었다.

그와 함께한 기간은 길지 않았다. 추억이 많다고 말하면 사람들은 웃을 것이다. 하지만 서연의 삶에서, 태민과 함께한 시간만큼 추억이 많은 순간이 없었다.

첫 만남 때부터 시작해 함께 가게에 대해 고민하고, 가구와 식기를 사러 다니고, 케이크를 고르고……. 늘 갇혀만 지냈던 서연에게, 태민은 세상을 보여 주었다.

'어떻게 해야 하는 거지?'

서연은 고개를 숙였다. 테이블 위에 살포시 올려 둔 두 손이 덜덜 떨리고 있었다.

'어떻게 해야 돼?'

알 수가 없었다. 이렇게 가슴이 미어져, 숨을 쉬는 것조차 힘든 고통이 찾아왔을 때는 어떻게 해야 하는지. 자꾸만 눈에 고이는 눈물을, 죄이다가 찔러오는 가슴의 아픔을 어떤 식으로 견뎌야 하는지. 서연은 도무지 알 수가 없었다.

어머니가 돌아가셨을 때는 울지 않았다. 가슴이 터지도록 아팠지만, 울면 지는 거란 생각이 들어서 가까스로 견뎠다.

하지만 지금은?

지금도 울면 지는 걸까?

누구한테?

울고 싶었다. 눈물을 잔뜩 흘리고, 소리 내서 울고, 흐느끼고. 그렇게 지쳐 쓰러질 만큼 울면 이 가슴의 답답함이 조금은 나아질까? 엉엉 울면서 소리를 지르면, 이 아픔이 아주 조금은 가실까?

만약 이 고통이 영원하면 어떡하지? 평생 이렇게 아프고 괴로우면, 매일 태민이 떠오르고 보고 싶으면 어떻게 해야 하는 거지? 시간이 약이라는 말이 있는데, 정말로 그럴까? 시간이 흐르면 정말로 괜찮아지는 게 맞는 걸까?

그렇지 않을 것 같은데. 지금 당장 죽을 것 같은데.

"윽……."

고통스런 신음이 새어 나오는 걸 막을 수 없었다.

"으윽……."

서연은 이를 악물고 가슴 쪽 옷을 꽉 쥐었다.

'왜 나는…….'

그 남자의 딸일까.

왜 그 집안의 핏줄일까.

평범한 집안에서 태어나 누구도 죽이지 않은 평범한 아버지를 가졌더라면 좋았을 텐데. 아버지와 어머니가 서로 사랑을 해서 결혼한 거였다면 좋았을 텐데. 그렇게 해서 태어났더라면 이렇게 고통스럽지는 않았을 텐데.

서연은 테이블 위에 펼친 두 손에 얼굴을 파묻었다. 사라지고 싶었다. 차라리 존재하지 않으면 이 아픔조차 없을 테니까. 이렇게 욱, 욱, 신음이 흘러나오는 일도 없을 테니까.

얼마나 그러고 있었을까.

딸랑—

가게 문이 열리는 소리가 들렸다. 서연은 고개를 들었다. 그리고 가게 안에 들어온 태민의 모습을 발견했다.

서연은 벌떡 일어났다. 하지만 그의 앞으로 달려갈 수는 없었다. 달려가서 끌어안고 싶은데, 어디 갔었느냐고 미안하다고 말하고 싶은데. 몸에 족쇄가 채워진 듯 꼼짝도 할 수가 없었다.

태민은 어두운 표정이었다. 그의 검은 눈동자가 냉기로 물들었다. 태민은 차가운 눈으로 서연을 응시하다가 천천히 다가왔다. 그의 냉혹한 시선이 송곳처럼 서연의 심장을 찔렀다. 시선을 피하고 싶지만, 서연은 그러지 않았다. 태민을 올려다보며, 그 차가운 시선을 오롯이 받아내었다.

"날 비웃었어?"

태민의 입술 사이로 쉰 음성이 흘러나왔다. 그의 음성 같지 않았다.

"그래, 날 비웃었겠지."

아니에요.

말하고 싶었다.

그렇지 않아요. 내가 어떻게 태민 씨를 비웃어요?

하지만 목이 콱 메어 목소리가 나오지 않았다.

"그런 집안에서 태어나면 우리 같은 사람들이 벌레보다 못할 테니, 아버지가 죽은 걸 가지고 징징거리는 내 모습이 우스웠겠지. 그런 옛날 일 떨치지 못하는 내가 웃겼을 거야, 그래. 돈 없어서 어머니가 떠나는 그런 삶, 너는 상상도 안 해 봤을 테니까."

아무리 애를 써도 목소리가 나오지 않아, 서연은 고개를 붕붕 저었다. 이 죄스러운 마음을 태민이 알아주길 바라며. 그러나 태민의 입가에는 서늘한 미소가 떠올랐을 뿐이었다.

"아니라고? 웃기지 마, 홍서연. 너는 몇 번이나 내게 진실을 고백할 순간이 있었어. 하지만 아무 말도 하지 않았지. 네 아버지가 내 아버지를 죽였다는 걸 알면서도, 뻔뻔하게 평소처럼 나를 대하고 웃었어. 그게 어떻게 가능하지? 아, 그래. 너희 같은 사람들에게는 가능할지도 모르지. 하지만 나는…… 불가능해, 홍서연."

"태민 씨……."

간신히 목소리를 쥐어짜 냈다. 형편없이 가라앉고 떨리는 목소리였지만.

"내 부모가 네 부모를 죽였다면, 나는 절대 네 앞에서 웃지 못했을 거야. 하지만 넌 해냈지, 그걸. 대단한 여자야, 정말. 무섭다, 너."

서연은 눈물을 흘리지 않기 위해 애썼다. 지금 정말로 울고 싶은 것은 태민일 텐데, 그의 앞에서 울 수는 없었다. 주먹을 꽉 쥐고 붉어진 눈으로 그를 올려다봤다.

"사실 말이야, 나는…… 이 버러지 같은 힘으로라도 네 아버지에게 복수를 하고 싶다고 생각했었어. 내 평생을 바쳐서 네 아버지에게 엿 먹일 계획을 세웠었지. 하지만……."

태민의 얼굴이 일그러졌다.

"하지만…… 널 만나면서……."

태민은 잠시 말을 끊었다. 감정을 가라앉히려는 듯 눈을 감고 작게 심호흡을 한 태민이 다시 눈을 떴다.

"널 사랑하면서, 홍서연. 복수 따위는 아무래도 좋다는 생각을 하게 됐어. 그런 거 하지 않아도 행복할 것 같았거든. 너만 있으면."

태민의 솔직하고 담담한 고백은 비난의 말보다 더 아팠다.

"내 아버지를 죽인 남자와 같은 하늘 아래 있는 게 끔찍이도 싫지만, 그래도 네가 있으니까. 그러니까 이제 됐다고, 내 삶을 그런 놈에게 바치는 것보다 너에게 바치는 게 더 낫다고, 그렇게 생각하게 됐거든. 그런데."

태민이 다시 눈을 감았다.

꿀꺽. 꿀꺽. 그의 목울대가 움직였다. 서연이 그랬듯이, 태민도 그렇게 눈물을 삼키고 있었다.

"안 돼, 홍서연."

태민이 다시 눈을 뜨고, 한 손으로 서연의 어깨를 세게 붙잡았다. 그의 손톱이 어깨를 파고들었지만 아프지 않았다. 아픈 것은 가슴이었다.

"내 아버지를 죽인 남자의 딸을 사랑할 수는 없어. 잠시라도…… 잠시라도 널 사랑한 내 자신을 경멸해."

어깨를 잡은 태민의 손에서 힘이 빠졌다. 이제 그가 이별을 고하려는 것만 같아서, 서연은 황급히 입을 열었다.

"나를, 태민 씨."

태민의 손목을 붙잡았다. 그에게 아픈 말을 듣더라도, 냉정한 눈빛을 받더라도 좋았다. 그를 떠나보내고 싶지 않았다. 평생 그의 원망을 듣더라도, 그의 눈빛이 두 번 다시는 다정해지지 않더라도, 그와 함께이기를 바랐다.

"나를 이용해요."

"뭐?"

"나를 이용해서 복수를 해요. 나랑 이 가게를 이용해서 재양 그룹을 무너뜨려요. 사실 이 가게를 하는 이유는 회장님께서……."

모든 것을 설명할 생각이었다. 이 가게를 성공시키면 재양을 가질 수 있다. 그때 재양을 당신에게 줄 테니 그걸 굽든, 삶든 당신이 원하는 대로 해라. 그리 말하려 했다.

하지만 태민이 다시 서연의 어깨를 세게 붙잡았다.

"장난해?"

태민이 어깨를 세게 누르는 바람에, 서연은 그 힘에 밀려 의자에 주저앉고 말았다. 그런 서연을 내려다보며, 태민이 말했다.

"내가 어떻게 널 이용해? 그런 짓은 못 해, 홍서연. 나는……."

태민의 눈동자가 흔들렸다. 그는 그걸 깨달은 듯 황급히 시선을 옆으로 돌렸다.

"두 번 다시 널 보고 싶지 않아. 앞으로 오며 가며 마주치는 일도 없었으면 좋겠다."

그 말을 끝으로, 태민은 돌아섰다. 올 때와는 다르게 도망치듯 가게를 떠나는 태민을, 서연은 붙잡을 수가 없었다. 태민에게 잡혔던 어깨가 이제야 아파 왔다.

"아파……."

소리 내서 말해 보았다.

"너무 아프다."

그러지 않으면 어깨의 통증이 전신으로 번질 것만 같아서.

"정말 너무 아파. 어떡하지?"

이런 말이라도 하지 않으면 어깨의 통증이 심장을 뜯어낼 것 같아서.

"아아."

서연은 두 손으로 얼굴을 가렸다.

"아파 죽겠어, 정말……."

* * *

'고개를 돌리면 안 돼.'라고, 태민은 생각했다.

절대로 돌아보지 마.

돌아봐서는 안 돼.

하지만 멋대로 움직이는 머리를 막을 수가 없었다. 시선이 향하는 곳에 〈작전명 스위트〉의 커다란 창문이 있었다. 그리고 그 창문

너머로 서연이 보였다.

서연은 두 손으로 얼굴을 가리고 있었다. 우는 듯 보였다. 그래서 달려가 안아 주고 싶었다. 혼자 울지 말라고, 울려서 미안하다고, 그리 말하고 싶었다.

이런 와중에도 그런 생각을 하는 자신이 원망스러웠다.

"재양은 또 이런 식으로 내 삶을 흔드는군."

아버지를 떠올렸다. 어려운 상황에서도 미소를 짓던 아버지. 어머니가 떠났을 때에도 괜찮을 거라며 태민을 안아 주었던 아버지. 그런 것들을 생각했다.

홍진탁은 태민이 가지고 있던 온기를 빼앗았다. 그리고 서연은 그런 홍진탁의 딸이었다. 홍진탁이 태민의 아버지를 죽이고, 또 다른 평범한 사람들을 죽여서 번 돈으로, 서연은 살아왔을 것이다.

'그래, 그런 여자야.'

마음이 서늘하게 가라앉았다.

'공주처럼 그렇게 살아온 여자야. 그러니까 됐어.'

태민은 어렵사리 시선을 돌리고 다시 걷기 시작했다.

'이게 옳은 거야.'

* * *

찾아와서는 안 된다는 걸, 서연은 알고 있었다. 하지만 정신을 차리고 보니 태민의 집 앞이었다. 태민이 그렇게 돌아간 후 가게에 혼자 있다가, 해가 뜨자마자 이곳으로 향하고 말았다.

닫힌 현관문을 한참 동안 응시했다. 주머니 속의 휴대폰이 울렸다. 아마도 재원이 찾는 전화이리라. 하지만 서연은 받지 않았다.

그렇게 우두커니 현관문을 응시하다가 손을 들어 올렸다. 초인종으로 향하는 손가락이 덜덜 떨리고 있었다. 그래서 다시 내리고 다른 쪽 손으로 그 손을 꽉 쥐었다.

'돌아가야 돼. 이런 짓을 하면 안 돼.'

알고 있다. 태민이 떠나는 건 당연하고, 그런 태민을 뒤흔들어서는 안 된다는 걸.

하지만 어제 그에게 하지 못한 이야기가 있었다.

미안해요. 내 아버지가 그런 짓을 해서, 그걸 모르고 지내 와서, 정말로 미안해요. 알게 된 후에도 곧바로 말하지 못해서 미안해요. 말해야 하는데 용기가 나지 않았어요. 이렇게 용기가 없어서 미안해요.

그런 이야기를, 태민에게 하고 싶었다. 용기를 내서 다시 손을 들었다. 역시 떨리고 있었지만 서연은 초인종을 눌렀다.

열리지 않을 줄 알았던 현관문이 열렸다. 문을 열어 준 사람은 하준이었다. 고개를 들어 하준의 표정을 살폈다. 어두운 눈빛으로 보아, 아마도 태민에게 모든 이야기를 들은 것 같았다.

"이른 아침부터 죄송해요."

라고 말하자, 하준이 피식 웃었다.

"토끼 씨. 지금 오후 12시가 넘었어."

문 앞에서 망설이는 동안 시간이 그렇게 흘러갔나 보다.

"태민 씨한테 하고 싶은 이야기가 있어요."

“흐음…….”

하준이 난처하다는 듯 손가락으로 콧등을 긁었다.

“사과……하고 싶어요. 어제는…… 어제는요. 이상하게 목소리가 안 나와서 말을 제대로 못했어요. 미안하다고 말하고 싶었는데…… 말을 못 했어요. 그래서 오늘…… 오늘이라도 말하고 싶어서.”

더듬더듬 말했다.

“미안해, 토끼 씨. 태민이는 아무도 만나지 않을 거야.”

“……하지만…… 미안해서…… 사과를 못 해서…….”

“토끼 씨가 사과할 일 아니야. 토끼 씨가 한 짓도 아니잖아. 토끼 씨는 아무 잘못 없어.”

모든 것을 알았으면서도 하준의 태도는 전과 달라지지 않았다. 그래서 서연은 하준에게 고마웠다.

“생각해 보면 잘된 일이야, 토끼 씨. 정태민, 저놈. 여자관계도 복잡하고 막 살아온 놈이거든. 저런 놈보다 괜찮은 놈들, 세상에 많아. 저렇게 닳고 닳은 놈은 토끼 씨랑 안 어울려.”

“하지만 사랑해요.”

“토끼 씨…….”

“제 아버지가 태민 씨 아버지를 죽였어요. 제게 태민 씨를 사랑할 자격은 없겠죠. 하지만 오빠. 이 마음이 향하는 방향을 멈출 수가 없었어요. 그러면 안 된다는 걸 알면서도 자꾸만 마음이 달려가는 걸 멈추지 못하겠어요. 제가 처음 사랑을 해 봐서 방법을 모르는 걸까요? 이럴 땐 어떻게 해야 하는 걸까요?”

떨리는 목소리로 묻는 서연에게, 하준은 무슨 말이든 해 주고 싶었다. 서연은 울지 않고 있는데도 우는 것처럼 보였다. 그게 더 안쓰러워서, 하준은 서연의 마음이 가벼워질 만한 무슨 말이든 해 주고 싶었다.

하지만 적당한 말을 찾을 수가 없었다. 바람에 흩날려 금방이라도 사라질 듯 위태로운 모습으로, 서연이 중얼거렸다.

"심장을…… 잘라 내고 싶어……."

"토끼 씨……."

"죄송해요, 오빠."

이런 와중에도 사과를 하는 서연의 모습에, 하준은 가슴이 아팠다. 서연을 잘 아는 것도 아닌데, 그녀가 어떤 인생을 살아왔을지 짐작이 됐다. 정말로 온실 속 공주님이었다면 이런 상황에서 사과가 나오지는 않았을 것이다.

모든 것을 자신의 잘못으로 돌리며 사과를 해야만 하는, 그런 인생을 살아온 것 아닐까. 내 눈에 보이는 그걸, 태민은 왜 모르는 걸까.

"이제는 찾아오지 않을게요. 만약 나중에, 나중에라도 태민 씨가 이야기를 들을 상태가 되면 전해 주세요. 제가 진심으로 미안해한다고."

말을 끝낸 서연은 더 이상 망설이지 않고 돌아섰다.

하준은 서연을 붙잡고 싶었다. 하지만 그러는 대신 크게 한숨을 내쉬고 조용히 문을 닫았다.

문을 닫은 하준이 뒤로 돌아섰다. 안쪽 주방의 식탁에 태민이 앉아 있었다. 서연의 목소리를 다 들었을 태민은 인상을 찌푸리고 있었다. 저게 고통스러워서 찡그린 건지, 화가 나서 찡그린 건지, 하준은 알 수 없었다.

며칠 전부터 재원이 자꾸 태민을 찾는 전화를 걸어왔다. 태민이 갑자기 사라졌다고 하기에, 하준도 태민에게 전화를 걸어봤지만 태민은 전화를 받지 않았다. 그래서 막연하게 생각했다.

'설마 태민이가 토끼 씨의 정체를 알게 된 건가?'

아니나 다를까. 어젯밤 집에 돌아온 태민이 말했다.

"홍서연이 홍진탁 딸이다."

엎드려서 만화를 보던 하준은 건성으로 대답했다.

"아아, 그래."

놀라지 않는 하준의 모습에, 태민이 미간을 좁혔다.

"너, 알고 있었냐?"

"응, 뭐. 그렇게 됐다."

"그런데 왜 말 안 했어?"

태민의 음성이 거칠어졌다. 그제야 하준은 만화에서 시선을 떼고 태민을 돌아봤다.

"말해야만 했던 거냐?"

"당연하지. 진작 알았으면……!"

"알았으면? 토끼 씨를 사랑하지 않았겠냐?"

"그래!"

"그래, 그럼 말 안 해서 미안하게 됐다. 무릎은 안 꿇어도 되지?"

태민은 짜증이 난 듯했지만 말없이 방으로 들어가 버렸다. 그리고 오늘 느지막이 일어나 밥을 먹으려는데, 서연이 찾아온 것이다.

하준은 다시 한숨을 내쉬었다. 태민이 이토록 어두워진 모습을 보는 건 처음이었다. 평소에는 밝은 녀석이 어두워지니 몸 둘 바를 모르겠다.

"나는."

문득 태민이 입을 열었다.

"모르겠다. 그러니까 날 욕해."

"뭐?"

"너는 내 선택을 이해하지 못하잖아. 그러니까 날 비난하라고."

"흐음. 그러면 네 기분이 좀 나아지겠냐?"

"……그럴지도."

"글쎄다. 연좌제는 폐지됐지. 폐지가 된 데는 이유가 있을 거고. 홍진탁이 한 짓을 가지고 토끼 씨가 미안해할 일은 아니라고 생각한다, 난. 그러나."

거기까지 말하고 하준은 잠시 말을 멈췄다.

이제는 알 것 같았다. 태민은 화가 나서 찡그리고 있는 게 아니었다.

"그러나 네 마음을 이해 못 하는 것도 아냐. 네가 이렇게 행동할 만해. 그래서 이건 나한테 누구 한 명을 편들기에 어려운 문제야. 그러니까 아무 말도 안 하련다."

* * *

감추고 감춰도 슬픔은 흘러나오나 보다.

태민이 떠난 후, 서연은 아무렇지도 않은 척 행동하기 위해 애썼다. 평소처럼 웃고 먹고 대화를 했다. 아주 잘 해내고 있다고 생각했는데 아니었나 보다.

"누나, 힘들어 보이는데 오늘은 가게 나오지 말고 쉬어요."

아침을 먹는데 영진이 걱정스러운 듯 말했다. 누군가 걱정을 해주자 바보처럼 울음을 터뜨릴 뻔했다. 간신히 눈물을 참고 말했다.

"응? 나 괜찮은데. 힘들어 보여?"

"네, 힘들어 보여요. 아무래도……."

거기까지 말하고 영진은 입을 다물었다. 여기서 '태민'의 이름을 꺼내면 안 될 것 같았기 때문이다.

"그래, 서연아. 오늘은 쉬어."

재원도 영진을 거들었다.

"오늘 평일이니까 손님이 그렇게 많지도 않을 거야. 나도 커피 만드는 거, 이제 좀 익숙해져서 손님들 평도 괜찮고."

태민이 떠난 지 일주일이 지났다. 하지만 서연은 아직 바리스타를 뽑지 않았다. 종업원들과 재원이 말렸기 때문이었다.

'만약 태민 씨가 떠난 이유를 알면 말리지 않았을 거야.'

그들은 그저 태민과 서연이 싸워서 태민이 사라진 거라고 추측하고 있었다. 태민의 화가 풀리면 언제든 가게로 다시 돌아올 거라고 생각하기에, 바리스타 구하는 것을 막은 것이다.

서연은 태민이 다시는 돌아오지 않으리라는 것을 알고 있었다. 하지만 태민이 아닌 다른 바리스타를 뽑는 게 망설여지는 건 사실이기에, 종업원들 뜻에 따르는 척 아직 구인 정보를 올리지 않았다.

'하지만 언젠가는 정말로 올려야 하는 날이 오겠지.'

이런 상태로 가게에 나가서 직원들을 걱정시킬 수는 없기에, 서연은 하루 쉬기로 했다.

모두가 나가자 적막함이 덮쳐 왔다. 뭘 해야 좋을지 알 수 없었다.

'전엔 혼자 보내는 시간이 많았는데.'

전이라고 해 봐야 불과 몇 달 전의 일이다. 그때까지는 집에서 혼자 있는 일이 많았다. 홍진탁은 서연이 밖에 나돌아 다니는 것을 달가워하지 않았다. 집에서 영화를 보고, 책을 읽고, 가끔 출장마사지를 불러서 마사지를 받고……. 혼자 지내는 게 당연해서 딱히 외롭다는 생각을 해 본 적도 많지 않았다.

하지만 지금은 왜 이렇게 가슴에 구멍이 뚫린 것 같은 기분이 드는 걸까. 몇 시간 지나면 종업원들이 돌아올 거고, 그러면 이 집은 다시 시끌벅적해질 것이다. 그 몇 시간만 잘 보내면 되는데, 그것이 굉장히 어려운 일처럼 느껴졌다.

도저히 집에 혼자 있을 수가 없어서 밖으로 나왔다. 집 근처를 천천히 걸을 생각이었는데, 정신을 차리고 보니 홍대 번화가를 걷고 있었다.

태민과 함께 걸었던 거리였다. 밥을 먹으러, 마사지를 받으러, 케이크를 고르러, 쇼핑을 하러. 태민과 늘 함께 걸어갔던 거리. 그곳에 남아 있는 태민의 잔영이, 불현듯 서연의 심장을 움켜쥐었다.

'안 돼!'

간신히 참고 있었다. 나는 울 자격 없으니까, 진짜로 괴롭고 울고 싶은 건 태민이니까. 그러니까 울지 않으려고, 불쌍한 척하지 않으려고 노력했다.

하지만 이 거리에 남은 태민의 기억이 서연의 심장을 파고들어와 뒤흔들었다.

'울면 안 돼.'

하지만 늦었다.

눈물이.

'울지 마.'

흘렀다.

그동안 온힘을 다해 막고 있던 눈물이 흐르자 더는 참을 수 없어졌다. 모르는 척하려고 애썼던 가슴의 통증이 무서울 정도로 서연을 덮쳐 왔다. 그 통증은 참으로 지독해서 아프게 할 뿐 아니라 숨을 못 쉬도록 만들었다. 그래서 끅끅거리며 소리도 제대로 내지 못하고 울었다.

이곳이 사람들이 많이 지나다니는 길이라든가, 지금도 몇몇 사람이 걸음을 멈추고 돌아본다든가, 수군거린다든가, 그런 생각은 하지도 못했다.

태민을 잃었다. 내 아버지가 그의 아버지를 죽였기에, 그를 잃고 말았다. 이제 두 번 다시는 그의 따스한 체온을, 다정한 음성을, 부드러운 손길을 느낄 수 없을 것이다.

요 며칠, 공기 중을 떠도는 향기처럼 어스레하게 느껴지기만 했던 사실이, 이제야 현실이 되어 서연을 짓눌렀다. 그래서 서연은 울음을 멈출 수가 없었다.

* * *

누군가의 손이 서연의 어깨를 감쌌다. 서연은 고개를 돌려 자신의 어깨를 감싸 끌어당기는 사람을 확인했다. 뿌연 시야로 보이는 사람은 재희였다.

"으…… 끅…… 윽……. 재희……야……."

"응, 재희다. 이런 데서 왜 혼자 울고 있어?"

대답을 들을 생각은 아니었는지, 재희는 서연의 어깨를 감싼 상태로 걷기 시작했다. 서연은 훌쩍거리며 재희를 따라갔다. 그만 울고 싶은데 눈물이 멈추지 않았다.

끅. 끅.

이상한 소리가 났다. 원래 많이 울면 이런 소리가 나는 걸까? 이상한 소리를 놀릴 줄 알았는데, 재희는 아무 말도 하지 않았다.

아무도 없는 재희의 가게로 들어갔다. 재희가 문을 잠그는 동안, 서연은 의자에 앉아서 심호흡을 했다. 그런데도 눈물이 멈추지 않아 난처했다.

이제 정말로 그만 울어야 하는데. 실컷 운 것 같은데.

맞은편에 앉은 재희가 서연을 빤히 응시하다가 말했다.

"굳이 울음을 멈추려고 애쓸 필요 없어. 울고 싶은 만큼 울어. 어차피 할 일도 없는데, 너 우는 거나 구경하자."

"그만…… 울 거야……. 윽……."

"왜? 계속 울어. 홍서연이 우는 걸 보는 거 진귀한 경험인데."

"으…… 흐윽…… 윽……."

냉정한 내용의 말과 달리 재희의 목소리에는 걱정과 애정이 담겨 있었다. 그걸 알기에 더 눈물이 멈추지 않았다.

눈물이라는 건 참 이상하다. 참고 있을 때는 괜찮다가도 한 번 터져 나오면 그치지 않고, 위로해 주는 사람이 있으면 더 많이 흘러나온다. 몸 안에 이토록 많은 눈물이 감춰져 있었나 싶을 정도로, 서연은 울었다.

한참이 지나 더는 흐를 눈물이 없을 때에야, 서연은 울음을 그쳤다. 눈물범벅이 된 서연에게, 재희가 손수건을 내밀었다. 서연은 손수건으로 얼굴과 손등에 묻은 눈물을 닦았다.

"무슨 일이야, 대체?"

이윽고 서연의 호흡도 진정이 되었을 때, 재희가 물었다.

"길 한복판에서 우는 걸 발견했을 땐, 내가 꿈을 꾸나 싶었어. 대체 무슨 일이야?"

"태민 씨가 떠났어."

"뭐?"

"나, 이제 정태민 씨를 못 만나게 됐어."

"……무슨 소리야? 그 오빠가 널 왜 떠나?"

서연의 얼굴이 다시 일그러졌다. 금방이라도 울음을 터뜨릴 것 같은 모습에, 재희는 더 이상 추궁하지 않았다.

'정태민이 떠났다고?'

재희는 당황했다. 재희가 마지막으로 두 사람을 보았을 때는, 작전명 스위트가 오픈하고 얼마 지나지 않았을 때였다.

그때 태민은 꿀이 뚝뚝 떨어지는 눈으로 서연을 응시하고 있었다. 음료를 만들 때를 제외하고, 그의 시선이 서연에게서 떨어지는 일은 없었다. 음료를 만드는 순간까지도 서연을 보지 못하는 게 아쉽다는 듯 흘긋흘긋 시선을 돌리는 모습을, 재희는 분명히 목격했다.

태민이 과거에 어떻게 살았든, 서연을 향한 마음만큼은 진심일 거라고 생각했다. 그런데 이렇게 갑자기 떠나다니.

"뭔가 오해하고 있는 거 아냐?"

재희의 질문에 서연이 고개를 저었다.

"아니, 떠날 이유가 있었어. 그래서 나는."

거기까지 말하고 울컥한 듯 서연은 잠시 말을 멈췄다.

꿀꺽―

서연이 눈물 삼키는 소리가 재희의 귀에도 들렸다.

"그래서 나는 잡을 수가 없었어."

서연이 이렇게 확신을 하는 데는 그럴 만한 이유가 있을 것이다. 서연은 아무 때나 질질 짜는 여자가 아니니까.

하지만 재희는 그 이유를 짐작조차 할 수가 없었다. 둘만 모를 뿐, 태민과 서연은 거의 사귀는 분위기였다.

"그래, 뭐. 어차피 네 인생에서 없었던 사람이 갑자기 생겨났다가, 다시 없어졌을 뿐이잖아. 만난 기간이 길지도 않고. 게다가 너, 처음부터 그 오빠한테 차였었잖아. 사귀지도 않았었는데 이제 와서 그렇게 울 거 없어."

재희는 서연을 위로하기 위해 적당한 말을 늘어놓았다.

그러자 서연이 쓴웃음을 지었다. 서연과는 아주 안 어울리는 미소라고 생각하고 있는데, 서연이 말했다.

"내가 사랑하는 사람이 내게 무관심한 것과 나를 증오하는 것 중에 어떤 게 더 나쁜 건지 모르겠어."

"증오?"

생각지도 못한 단어였다.

"나를 증오한다는 건, 어쨌든 나를 기억해 준다는 건데……. 그렇게라도 기억되는 것과 잊히는 것 중에, 뭐가 더 최악인 걸까?"

서연의 입술 사이로 흘러나오는 쓰디쓴 음성에 말문이 턱 막혔다. 이렇게 고된 표정으로 말하는 여자를, 재희는 보지 못했다.

그만큼 서연은 전과 달라 보였다. 이루 말할 수 없는 큰 충격을 받은 사람처럼, 서연은 변해 있었다.

심장이 덜컥 내려앉았다. 그저 남녀 사이에 다툼이 있어서 태민이 떠난 게 아니었다. 다른 이유가 있다. 그것도 서연을 달라지게 만들 만한 다른 이유.

알고 싶었다. 그러나 서연은 절대로 말해 주지 않을 것이다.

"나는, 재희야."

한참 후 마음을 정리한 듯 서연이 말했다.

"열심히 살 거야. 가게도 열심히 할 거고, 반드시 성공시켜서 재양 그룹을 손에 넣을 거야. 그렇게 평생 속죄하면서 살 거야."

* * *

재희에게 전화가 걸려왔을 때, 서연의 일 때문일 거라고 직감했다. 오늘 가게에 나오지 않은 서연이 재희를 만났을 거라고 예상했기 때문이다.

[너, 우리 가게로 좀 와.]

재희는 그렇게만 말하고 전화를 끊었다. 다른 때라면 무시했겠지만 이번에는 달랐다. 재원도 답답한 마음에 재희와 의견을 나누고 싶었다. 그래서 연락을 받자마자 합숙소를 나와 재희의 가게로 향했다.

재희는 의자에 다리를 꼬고 앉아 문을 노려보고 있었다. 키가 155cm밖에 안 되는 재희이지만, 팔짱을 끼고 고요히 앉아 있는 모습이 무시무시한 존재감을 뿜어냈다.

재원은 아차 싶었다. 이런 모습일 때의 재희는 무섭다. 괜히 왔다. 그래서 가게 안으로 들어가지 않고 슬금슬금 뒷걸음질을 치는데, 재희가 음산한 목소리로 말했다.

"어딜 도망가?"

"아니, 서연이 같이 있을 줄 알았는데."

"서연이는 아까 갔어. 아까."

"아, 합숙소엔 없던데. 서연이 찾으러……."

"서연이는 혼자 있을 시간이 필요할 거야. 그리고 나는 네가 필요하고."

내 쌍둥이 누나가 나를 필요로 한다는데, 조금도 달갑지 않았다. 재원은 언제든 도망칠 수 있도록 가게 문을 꽉 붙들었다.

"정태민이 떠났다며? 너도 이유는 모르고?"

"응, 갑자기 사라진 거라서……. 내 전화도 안 받더라고."

"그 인간 집 주소 불러 봐."

"재희야."

"정태민, 그거 집 주소 불러 보라고."

"좋은 생각이 아닌 것 같은데. 이건 서연이랑 태민이 형 문제고, 제삼자가 끼어드는 건 좀……."

"신재원, 너."

재희가 일어났다.

"걱정하는 척하면서 속으로 손뼉치고 있니?"

"뭐?"

"너, 홍서연 사랑하잖아. 연적이 떠나서 잘됐구나, 싶어?"

"야, 신재희. 넌 무슨 말을 그렇게 해? 그럴 리 없잖아. 나도 걱정하고 있어. 하지만 이건 그 두 사람의 문제야. 네가 끼어드는 건 진짜로 아니라고."

"뭐가 아닌데? 너, 서연이가 어디서 울고 있었는지 알아? 길 한복판에서 울고 있었어. 사람들이 다 쳐다보는데, 길 한복판에서 혼자 눈물 콧물 다 흘리면서 울고 있었다고. 나한테 오지도 못하고, 너한테 가지도 못하고 걔 혼자 울었어. 이게 그냥 애정 문제일 거라고 생각해?"

"물론…… 나도 뭔가 이상하다고는 생각해. 하지만 둘 다 성인이야. 태민이 형은 언제든 떠날 수 있는 거고. 그걸 너나 내가 막을 권리는 없어."

"막으러 가는 게 아니야. 이유를 알고 싶은 거지."

"그거 오지랖이야."

"그래, 알아. 그런데 난 원래 친구가 울면 그 이유를 알고 싶어져. 그래야 제대로 위로하고 옆에 있어 줄 수 있으니까. 그게 정태민한테 민폐여도 상관없어. 나는 정태민보다 홍서연이 더 소중하니까."

재희가 저벅저벅 걸어와 재원의 멱살을 잡았다.

"그러니까 집 주소 불러. 이 기회를 틈타서 서연이 마음을 흔들어 놓으려는 목적이 아니라면."

집 주소를 알아낸 재희가 나가 버린 후, 재원은 조용한 가게에 혼자 남았다. 한동안 우두커니 서 있던 재원은 깊은 한숨을 내쉬었다.

"연적이 떠나서 잘됐구나 생각할 거라니. 너, 사람 진짜 비참하게 만든다, 신재희."

* * *

하준은 초인종 소리에 미적미적 일어났다. 누군가 찾아오기에는 너무 늦은 시간이었다. 어쩌면 서연일지도 모르겠다.

하지만 현관문을 열었을 때 그 앞에 서 있는 사람은 서연이 아니었다. 고개를 한참 내려야 할 정도로 키가 작았지만, 어째서인지 어마어마한 존재감을 내뿜는 여자였다.

단발의 그녀는 하준을 빤히 올려다봤다. 한 대 때릴 것 같은 사나운 눈빛이었지만, 의외로 그녀는 정중하게 허리를 굽혀 인사했다.

"늦은 시간에 죄송합니다. 정태민 씨가 일하던 가게의 사장이었던 홍서연의 친구, 신재희라고 합니다."

'신재희.'

들어 본 이름이네, 라고 생각하다가 깨달았다.

'아, 재원이 누나구나. 쌍둥이 누나.'

분위기는 완전히 다르지만, 얼굴은 닮은 구석이 조금 있는 것도 같다.

"정태민 씨를 만나고 싶어서 왔습니다."

"아아, 태민이는 지금 만날 수 없어."

하준은 정신을 차리고 부드럽게 말했다.

"안에 있죠?"

"있긴 한데 만날 수는 없어."

"그런 게 어디 있어요? 있으면 만날 수 있어요. 비켜 주시죠. 무례하게 굴기 싫으니까."

"지금도 충분히 무례한데?"

하준의 말에 재희는 당황하는 대신 옅은 미소를 지었다.

"이보다 백배는 더 무례해질 자신이 있어요. 그러니까 비켜 주세요."

태민은 누구도 만나고 싶지 않다고 했다. 서연의 친구인 재희라면, 더더욱 만나고 싶지 않은 대상에 포함될 것이다.

재희를 막을 수 없지는 않았다. 재희의 형형한 눈빛이 조금 무섭긴 하지만, 이대로 문을 닫아 버리면 재희가 들어올 방법은 없을 것이다.

하지만 하준은 막지 않기로 했다. 태민이 이 집으로 돌아온 후 일주일이 지난 지금, 하준은 누구라도 태민을 끌어내 주기를 바랐다.

태민은 하준의 예상보다 훨씬 더 괴로워하고 고통스러워하고 슬퍼하고 있었다. 심지어 오늘은 밥 먹으러 나오지도 않았다. 방에 녹아들어 사라지려는 듯, 태민은 방에 틀어박혀 있었다.

"무례한 여자는 정말 무서워."

라고 중얼거리며, 하준은 옆으로 비켜섰다. 재희는 고맙다는 듯 눈인사를 하고는 안으로 들어갔다.

"여기가 정태민 씨 방인가요?"

하준이 고개를 끄덕이자마자, 재희는 노크도 하지 않고 방문을 열어젖혔다. 기세 좋게 방문을 열긴 했는데, 방 안의 광경을 보는 순간 재희는 말을 잃었다.

태민은 서연보다 괜찮을 줄 알았다. 태민이 갑자기 떠난 거니까 멀쩡하게 잘 먹고 잘 자고 있을 거라고 생각했다.

하지만 아니었다. 태민은 서연보다 심했다. 방 한가운데에, 태민은 멍하니 앉아 있었다. 며칠 동안 깎지 않은 수염이 덥수룩한 얼굴로, 멍하니 허공을 응시하고 있었다. 넋이 나간 사람 같았다.

'뭐야, 이거?'

이래서야 누가 누굴 떠난 건지 모르겠다. 허공을 헤매던 태민의 눈동자가 느릿하게 재희에게로 향했다. 재희를 발견한 태민의 입가에 미소가 번졌다. 차가운 미소에 등골이 서늘해졌다.

"왜 왔어? 사장님이 가 보래?"

"서연이가 그런 말 할 리 없잖아."
"너도 알고 있었어?"
"뭘?"
"홍서연이 홍진탁, 재양 그룹의 여자라는 걸."
"당연히 알지. 그런데 그게 왜?"
"아아."
태민이 성가시다는 듯 머리를 쓸어 넘겼다.
"걔 아버지가 내 아버지를 죽였거든."
"뭐?"
"재양 그룹의 홍진탁 사장이 내 아버지를 죽였다고."
"그게 무슨……."
"홍진탁, 그런 인간이야. 자기 이익을 위해서라면 누구라도 죽일 수 있는, 그런 인간. 그런 인간이 내 아버지를 죽였고, 홍서연이 그런 인간의 딸이야."
"아……."
그 순간 재희는 뒤통수를 얻어맞은 충격을 받았다. 홍서연의 아버지가 정태민의 아버지를 죽였다. 그 사실 때문이 아니었다. 오래전의 기억이, 가슴 한구석에 남아 있던 의문이 갑작스럽게 풀렸기 때문이었다.

—우리 아버지가 엄마한테 나쁜 짓을 했거든.

언제였던가. 집에 들어가기 싫어하는 것 같은 서연에게 물어본 적이 있었다. 왜 집에 가기 싫어하느냐고. 무슨 문제 있는 거 아니냐고. 그러자 서연은 한참 망설이다가 말했다.

—우리 아버지가 엄마한테 나쁜 짓을 했거든. 그래서 조금…… 무서워.

그때는 그저, '와, 홍 사장님 보기와는 다르구나. 폭력적인 가정인가 보네.'라고만 생각했었다.

하지만 그 후에 자꾸 이상하다는 생각이 들었다. 그저 폭력을 사용하는 아버지일 뿐이라면, 그렇게까지 무서워할 이유가 없었다. 서연은 성인이고 언제든 그 집을 나올 수 있으니까. 정 안 되면 홍 회장에게라도 말하면 되는 거니까. 하지만 서연은 그 집에서 도망치지도 못하고 그 가족들에게 잘 보이려고 애썼다.

그때는 이해하지 못했던 서연의 행동을, 이제는 이해할 수 있었다.

'그런 거구나.'

그냥 폭력이 아니었다.

'그랬던 거구나.'

가슴이 미어졌다. 서연이 왜 자신의 고민을 분명하게 말해 주지 않았는지, 이제는 알게 되었다.

'나랑 재원이한테 피해가 올까 봐 그런 거였구나. 그래서 집에 문제가 있어도, 우리한테는 말하지 못한 거였어.'

태민을 찾아왔다는 것도 잊고 눈물을 흘릴 뻔했다. 서연이 안쓰러워서, 그런 큰 비밀과 두려움을 혼자서 겪어 내야만 했던 서연이 불쌍해서, 그리고 그걸 이제껏 알아주지 못한 자신이 한심해서.

재희는 울고 싶어졌다. 아랫입술을 꽉 깨물었다.

'더 물어볼걸. 계속 물어볼걸.'

그런 것들을 안다고 재희가 해 줄 수 있는 건 없지만, 적어도 서연을 제대로 위로해 줄 수는 있었을 것이다. 서연이 조금이라도 빨리 그 집안에서 벗어날 수 있는 방법을, 함께 고민할 수는 있었을 것이다.

친구를 위해 아무것도 해 주지 못했다. 그게 슬펐다.

"그래서 떠난 거야?"

태민에게 물었다.

"너 같으면 안 떠나겠어?"

"서연이 얘기는 들어 봤어?"

"들을 게 뭐가 있어?"

"아무것도 모르는구나, 오빠는."

"뭐?"

재희는 화가 치밀었다. 서연은 이런 남자 때문에 그렇게 슬퍼하고 울고 자책했단 말인가? 평생 속죄하겠다는, 그런 말을 했단 말인가?

대체 왜?

"됐어, 그럼. 갈게."

"간다고? 그게 다야?"

비아냥거리듯 말하는 태민의 뺨을 한 대 날려 주고 싶었다. 하지만 그래 봐야 내 손만 아플 뿐이다.

"응, 이게 다야. 아니면 뭔가 기대했어? 내가 그쪽을 붙들어서 억지로 일으켜 세우고 서연이 앞으로 끌고 가 주기를 바랐어? 뭐, 그쪽이 제대로 된 남자였다면 나도 그랬겠지만."

재희는 어깨를 으쓱했다.

"그럴 만한 남자 아니잖아, 그쪽은. 그래, 서연이 아버지가 그쪽 아버지를 죽인 거. 그거 정말 놀랍고 안됐고 슬픈 일이야. 그래서 서연이를 보는 게 힘들 수도 있지. 하지만…… 서연이가 그쪽한테 접근했니? 서연이가 먼저 그쪽 좋다고 달려들었어? 그쪽이 먼저 서연이한테 접근하고 꼬셨잖아. 아냐?"

"……."

"그렇게 서연이 마음 뒤흔들어 놓고 지 마음도 서연이한테 향하게 됐다고 지껄이다가, 이런 사실을 알게 되자마자 서연이 심정이나 상황은 들어 보지도 않고 훌쩍 떠나 버린 남자? 어우, 그런 남자는 줘도 안 갖지. 제 발로 서연이를 떠나 준 건 정말 고맙게 생각해. 그러니까 돌아오지 말고 방 안에 틀어박혀서 그러고 살아. 돌아온대도 내가 막을 거니까."

그렇게 말한 재희는 더 이상 할 말 없다는 듯 휙 돌아섰다. 재희의 태도에, 태민은 당황했다. 그래서 방문 앞에 서 있던 하준을 올려다봤다. 그랬더니 하준은 어깨를 으쓱하며 말했다.

"내 생각은 묻지 마. 저 여자애가 옳으신 말씀을 했다고 생각하더라도, 너한테는 말해 주지 않을 거니까."

* * *

재희가 자신의 가게로 돌아왔을 때, 어두운 가게 안에는 재원이 남아 있었다. 걱정이 되어서 집에 돌아가지도 못하고 기다린 모양이다.

재희는 불을 켜고 재원에게 다가갔다. 재원이 의자에 앉은 채 걱정스런 눈으로 재희를 올려다봤다.

"태민이 형은 만나 봤어?"

"지금 그 인간이 문제가 아냐."

재희는 의자를 끌어다가 재원의 앞에 마주 앉았다.

"재원아, 너 기억나? 예전에 서연이가 자기 아버지 무섭다고 한 거."

"아아, 기억나. 홍 사장님이 서연이네 어머니한테 폭력을 휘둘렀……."

"그게 아니었어."

"응?"

"그런 게 아닌 것 같아, 아무래도."

"무슨 말이야, 갑자기?"

재원이 어리둥절한 표정을 지었다. 그런 재원을 빤히 응시하며, 재희가 말했다.

"아무래도 홍 사장이 서연이 어머니를 죽인 것 같아."

* * *

새벽녘. 문을 닫은 바에 두 사람이 있었다. 란희와 준호였다. 란희는 매서운 눈빛을 한 40대의 남자를 지그시 응시하며, 그의 보고를 들었다.

이윽고 준호의 보고가 끝났을 때, 란희가 입을 열었다.

"그래서? 지금은 태민 오빠가 그 가게를 그만뒀다는 거지?"

"가게를 그만뒀다기보다는 부재중인 것 같습니다. 따로 바리스타를 구하지 않는 걸로 봐선 조만간 다시 돌아올 것 같습니다."

"흐음."

란희는 불쾌한 표정으로 다리를 꼬았다.

"태민 오빠랑 홍서연이랑 친해 보였다고?"

"손님들 사이에서는 두 사람이 연인 관계가 아닌가 하는 추측이 오가고 있었습니다."

"그런데 태민 오빠는 왜 가게에 안 나오는 거래?"

"거기까지는 파악하지 못했습니다. 집에서 쉬고 있는 것 같던데요."

"다른 여자를 만나러 다니진 않고?"

"네, 집 밖으로 나오지 않는 것 같습니다."

란희는 미간을 좁히고 생각에 잠겼다. 태민이 집 밖으로 나오지 않는 이유가 뭘까. 어쩌면 일을 하고 있을지도 모르겠다. 프로그래머라고 들었으니까.

'태민 오빠랑 홍서연이랑 정말로 사귀는 건가? 말도 안 돼.'

믿을 수가 없었다. 서연은 촌스럽고 재미없는 계집애였다. 섹스어필이 전혀 안 되는 그런 여자를, 태민이 마음에 들어 할 리 없었다. 촌스러움이 신선하니까 잠깐 놀아 준 것뿐이리라. 이제는 재미없어져서 그 가게를 그만둔 것이겠지.

조만간 구인 사이트에 바리스타를 구하는 공고가 올라올 거라고, 란희는 확신했다. 하지만 그런 결로는 마음이 풀리지 않았다. 혹시나, 하는 불안이 란희의 가슴속에 자리 잡았다.

'어쩌면 서연이가 재양 그룹 사람이라서, 그 계집애랑 잘해 보려고 하는 걸지도 몰라. 나를 꼬시는 것보다는 홍서연을 꼬시는 게 더 쉬우니까.'

그렇게 생각하자 초조해졌다. 태민이 팔자 고치고 싶어서 돈 많은 여자를 원하는 것이더라도 상관없었다. 그를 가질 수만 있다면 재양이든, 돈이든 전부 이용할 생각이었다. 누구도 갖지 못한 태민을 손에 넣고 싶었다.

"작전명 스위트에서 일하다가 잘린 아르바이트생 이름이 윤준아라고 했지?"

"네, 아가씨."

"걔 연락처 좀 줘. 그리고 태민 오빠 집 주소도."

* * *

하준은 짜증이 머리 꼭대기까지 차올라 있었다. 타인의 일에 관심을 주지 않고 살아왔지만, 태민 때문에 그럴 수가 없어졌다. 아무리 신경을 끄려고 해도, 제 방에 틀어박혀 나오지 않는 태민이 거슬릴 수밖에 없었다.

저러다가 죽으면 시체는 누가 치운단 말인가!

'내가 치워야지, 뭐.'

재희가 왔다가 간 지 일주일이 지났다. 태민이 서연을 떠난 지는 벌써 2주나 흘렀다. 사귀다가 이별을 했어도 슬슬 정신을 차릴 만한 기간이었다.

'저 자식은 지가 떠나 놓고 왜 저 야단이야?'

누구에게도 마음을 주지 못했던 정태민이 사랑을 했다. 하지만 알고 보니 사랑해서는 안 되는 사람을 사랑했다.

'아니, 아니. 사랑을 해서는 안 되는 사람이 어디 있어, 요즘 세상에. 그냥 자기가 그렇게 생각하는 거지.'

말을 고치자. 사랑해서는 안 되는 사람이 아니라, 사랑하기에는 조금 껄끄러운 상대였다. 그래서 태민은 껄끄러운 걸 피하고자 스스로 그녀를 떠났다. 그녀가 자신을 사랑한다는 걸 알면서도.

그러니까 이건 결국 태민이 자초한 일이다. 저런 식으로 방에 틀어박혀서, 동거인의 마음을 심란하게 할 이유가 조금도 없단 말이다.

'미치겠네. 큰누님을 만나서 의논을 해 봐야 하나? 저대로 놔두면 진짜로 귀찮아질 것 같은데.'

태민이 완전히 식음을 전폐한 것은 아니었다. 살아남기 위한 최소한의 음식과 물은 먹고 있었다. 그나마 다행이었다. 실연 때문에 (그것도 제 발로 떠난!) 쓰러진 친구를 응급실로 데려가는 일 따위는, 죽어도 하고 싶지 않다.

'토끼 씨는 열심히 잘 지내는 것 같던데.'

어제는 서연이 걱정되어서 작전명 스위트에 찾아가 봤다. 괜히 얼굴 보이면 서연이 심란해할 것 같아서, 가게 밖에서 지켜봤다.

서연은 잘하고 있었다. 웃는 얼굴로 열심히 손님들을 상대하고 있었다. 진짜 즐거워서 웃는 건 아니겠지만, 그래도 참으로 심지가 곧고 대단한 여자라고 감탄했다. 여리여리한 것은 외모뿐이고, 마음은 누구보다도 강한 것 같았다.

'자기 아버지가 그런 남자인 데다가 태민이까지 그런 이유로 떠났으니 속은 말이 아닐 텐데. 대단해, 정말. 신재희 말대로, 저런 놈한테는 토끼 씨가 아깝지.'

그런 생각을 하고 있을 때였다. 란희가 찾아온 것은.

초인종 소리에 하준은 벌떡 일어났다. 어쩌면 서연이 찾아왔을지도 모른다는, 바보 같은 기대를 품었다.

하지만 현관문을 열었을 때 눈에 들어온 란희의 모습에, 하준은 속으로 혀를 찼다.

홍란희.

이런 때에 태민과 만나게 해 주고 싶지 않은 여자였다. 란희는 누가 봐도 '나 대단한 집 여자야.'라는 포스를 풍기고 있었다. 서연과 한 핏줄이라는 게 믿어지지 않는 분위기였다.

"여기 태민 오빠네 집 맞죠?"

란희가 하준을 아래위로 훑어본 후 말했다.

"걔네 집이 아니라 함께 사는 집입니다."

"아아, 룸메이트인 선하준 씨."

그 정도는 다 알고 있다는 듯, 란희가 여유로운 미소를 지었다. 아무리 복수를 위해서라지만, 태민이 이런 여자를 용케도 만나 왔다는 생각이 들었다.

"태민 오빠를 보러 왔어요. 들어가도 되겠죠?"

"태민이 없는데요."

"있는 거 알고 왔어요."

란희는 자신만만했다. 있는 거 알고 왔다니. 뒷조사라도 했다는 걸까? 그렇게 생각하자 등골이 오싹해졌다.

란희는 백에서 지갑을 꺼냈다.

"자리 좀 비켜 줘요. 태민 오빠랑 둘이서 할 얘기가 있으니까."

그렇게 말하며 하준의 앞으로 10만 원짜리 수표 몇 장을 내밀었다. 탐스러운 수표의 모습에 하준은 갈등했다. 정신 못 차리는 태민보다는 10만 원짜리 수표가 훨씬 사랑스러웠다. 하지만 그래도 친구니까 태민을 선택하기로 했다.

"미안하지만 이 돈 가지고는 갈 데가 없는데."

하준의 말에 란희가 살짝 인상을 찌푸렸다.

"욕심 많은 사람이네. 하루 안에 이 돈을 써 본 적도 없었을 거면서."

"의외로 쪼잔하네. 돈 자랑하려면 10만 원 수표로는 좀 그렇지 않아?"

"내가 누군지 알고 반말……."

"그만들 해."

태민의 목소리가 란희의 짜증스런 목소리를 끊었다. 하준은 휙 뒤를 돌아봤다.

태민이 나와 있었다. 그것도 근사하게 차려입고.

3장
그럼에도 불구하고

란희는 운전을 하는 태민의 옆모습을 가만히 지켜봤다. 정면을 응시하고 있는 그는 그저 운전을 할 뿐인데도 심장이 두근거릴 정도로 멋있었다.

하나, 하나 따지고 보면 대단할 거 없는 남자였다. 좋은 대학을 나왔고 얼굴이 좀 잘생겼고 키가 좀 크고. 그뿐이었다. 그런 남자는 어디에나 있었고, 란희의 주위에도 많았다.

그런데도 왜 이 남자일까? 란희가 어떻게든 갖고 싶다는 생각을 하게 만든 건 태민이 처음이었다. 단정해 보이지만 어딘지 모르게 퇴폐적인 분위기, 강해 보이지만 자칫 잘못하면 흐트러질 것만 같은 불안감. 어쩌면 그런 것들이 이 남자를 특별해 보이게 만드는지도 모르겠다.

"뭘 그렇게 봐?"

태민이 물었다.

"아아, 오빠도 차가 있었구나, 싶어서."

"그렇게 가난해 보였어?"

"아니, 그런 건 아니고. 나 만나러 올 때 차 타고 온 적 없었잖아."

"널 만나면 술을 마시니까."

"대리 부르면 되지."

"주차할 곳도 마땅치 않고. 운전하는 거 별로 안 좋아해."

"난 오빠가 운전해 주니까 좋은데?"

"흐응."

"그런데 오빠. 작전명 스위트는 그만둔 거야?"

"아니."

"그래? 그런데 왜 요새 안 나가?"

"요새 안 나가는지는."

차가 신호에 걸렸다. 태민이 고개를 돌려 란희를 응시했다.

"어떻게 알았지?"

"아, 그건……."

"설마 내 뒷조사했어?"

"아, 아니. 그냥 어쩌다 보니까 알게 됐어. 거기, 그, 카페, 작전명 스위트, 거기에 내 친구가 갔었더라고. 그런데 바리스타가 없다고 해서."

"아, 그래?"

태민이 싱긋 웃더니 다시 정면으로 고개를 돌렸다.

"난 또 내 뒷조사를 하는 비열한 짓을 했나 싶어서 깜짝 놀랐네."

"그런 걸 할 리 없잖아. 내가 뭐가 아쉬워서."

"그러게. 넌 아쉬울 거 없지. 재양 그룹의 아가씨니까."

어째서인지 태민이 전과 달라 보였다.

"작전명 스위트 주인이 홍서연이지?"

"응."

"서연이가…… 내 동생인 건 알아?"

"응, 알아."

"그래서 거기서 일하는 거야? 재양 그룹 아가씨 꼬셔 보려고?"

"그런 거면 어쩔래?"

차가 다시 출발했다.

"그런 거라면 홍서연은 관둬. 걔, 우리 집에서 힘도 없어. 걔랑 잘 되어 봐야 재양 그룹에 발붙이기 힘들걸."

"그래?"

"응, 정 재양 그룹 일가가 되고 싶은 거면 날 통하는 게 확실할걸. 홍서연 백날 꼬셔 봐야, 오빠가 얻을 수 있는 건 없어."

"그거 아쉽네."

"내가 더 낫잖아. 홍서연 걔는 촌스러워서 같이 다니기도 쪽팔렸을걸. 오빠도 대단하다. 아무리 재양 그룹이라지만, 그런 애랑 같이 다니는 거 창피했을 텐데."

"동생이잖아."

"응?"

"동생에 대해서 왜 그런 식으로 말해?"

“아니, 뭐. 동생이긴 해도 배다른 동생이고. 안 친해, 우리. 걔네 엄마랑 우리 아빠, 정략결혼 한 거였거든. 아빠가 진짜로 사랑했던 건 우리 엄마였고. 걔네 엄마 때문에 어쩔 수 없이 헤어진 거라서 솔직히 걔에 대한 감정이 좋진 않아.”

“흐응. 그래?”

“걔가 나한테 얼마나 못되게 굴었는데. 힘들었어, 나도. 걔가 밖에서는 착한 척하고 다녀도 집에선 또 다르거든. 우리 엄마가 후처라고 무시하는 데다가 나랑 오빠한테도 후처의 자식이라고 막말하고. 친해질 수가 없어, 걔랑은.”

“그랬구나.”

믿어 주는 걸까?

란희는 가만히 태민의 표정을 살폈다. 태민은 미소를 짓고 있었다.

왜일까?

전에는 그런 생각을 해 본 적이 없는데, 지금 태민은 가면을 쓴 것처럼 보였다. 미소를 짓는 가면. 가면 안에는 란희가 파악할 수 없는 정태민이 숨겨져 있는 것 같아서 팔뚝에 소름이 돋았다.

“란희야.”

“어? 응?”

“우리 어린 사장님은.”

태민의 입가에 쓸쓸한 미소가 떠올랐다.

“좋은 사람이야.”

태민의 말에 가슴이 지끈 아파 왔다. 홍서연에 대해 이야기하면서 왜 저런 표정을 짓는 거지?

"못되게 굴지 마."

"못되게 굴지 말라니. 못되게 구는 건 내가 아니라……!"

"그럴 사람 아닌 것쯤은 알고 있어. 나, 바보 아냐, 홍란희."

"……지금 홍서연 편드는 거야? 이러다가 오빠, 나한테 차인다? 내 얼굴 두 번 다시 못 볼지도 몰라."

"그거 무섭네."

란희는 마음이 불안해졌다. 어쩌면 태민의 마음이 진짜로 서연을 향하고 있는지도 모른다는 생각이 들었다.

'아냐, 그럴 리 없어. 걔처럼 촌스러운 애를 누가 좋아해? 최민기처럼 여자한테 인기 없는 돼지들이나 좋아하지.'

란희는 머릿속에 든 불안을 애써 밀어냈다.

'내가 너무 들이댔는지도 몰라. 서연이에 대해 나쁘게 얘기하니까 편들어 주고 싶었던 것뿐이겠지. 자제해야겠어.'

마음이 초조해서 괜한 소리를 하고 말았다. 란희는 방향을 바꾸기로 했다.

"오빠, 우리 가게에서 일하지 않을래? 월급 많이 줄게."

"미안하지만."

다시 차가 멈췄다. 태민이 란희를 돌아봤다.

"나는 작전명 스위트를 그만둘 생각 없어. 그리고 내 뒷조사를 하는 것도, 작전명 스위트에 대해 캐는 것도 관두는 게 좋을 거야."

"무슨 소리야? 나는……!"

"자, 이제 내려."

태민이 변명은 듣지 않겠다는 듯 단호하게 말했다. 란희의 가게 앞이었다.

란희는 태민을 노려봤지만 태민의 가면 쓴 것 같은 미소는 변하지 않았다. 란희를 보는 그의 눈동자에는 온기가 없었다. 태민은 물건을 보듯 아무 감정 없는 눈으로 란희가 내리기를 기다리고 있었다. 남자에게 이런 식의 대우를 받는 건 처음이었다. 모멸감과 분노가 차올랐다.

“후회할 거야, 정태민.”

“후회는 이미 하고 있어. 하지만 너 때문에 하는 건 아냐.”

태민이 쓴 미소를 지었다.

“자, 할 말 끝났으면 그만 내려.”

란희는 태민의 뺨을 한 대 때려 줄까 하다가 관두고 차에서 내렸다.

쾅—!

차문을 세게 닫자마자 차가 출발했다. 멀어지는 승용차를, 란희는 가만히 노려보다가 돌아섰다.

‘내가 이대로 끝낼 줄 알아? 넌 태어나서 처음으로 내 마음에 든 남자야, 정태민. 홍서연, 그년한테는 절대로 못 줘.’

* * *

딸랑—

작전명 스위트의 가게 문이 열리고 들어온 사람을, 종업원들은 놀란 표정으로 쳐다봤다. 서연 역시 눈을 동그랗게 뜨고 그녀를 응시했다.

준아였다. 다시는 준아를 볼 일이 없을 거라고 생각했기에, 그녀의 등장에 놀랄 수밖에 없었다. 어쩌면 가게에 훼방을 놓기 위해 찾아왔을지도 모른다는 생각을 하고 있는데, 준아가 카운터로 다가왔다.

"사장님."

준아의 눈가가 촉촉하게 젖어 있었다.

"죄송해요. 제가 잘못했어요."

"아, 준아 씨."

"저, 가게로 다시 돌아오고 싶어요."

"우리 일단 나가서 얘기해요."

손님들을 생각해서, 서연은 준아를 데리고 가게 밖으로 나갔다. 가게에서 안 보이는 곳에 서서 준아를 살펴봤다.

준아는 정말로 죄책감과 미안함을 느끼는 듯 보였다. 잠시나마 준아가 해코지를 하기 위해 찾아왔을 거라고 생각한 것이 미안했다.

'나, 사람을 못 믿게 됐나 봐.'

태민이 떠난 후 신경이 많이 날카로워진 것 같다. 예전이었다면 상대가 나쁜 짓을 할 거라고 의심하지 않았을 텐데.

"사장님, 저 그렇게 쫓겨나고 나서 많이 생각해 봤어요. 제가 한 짓들 반성하고 있고요."

준아가 울먹거리며 말했다.

"저는 그냥 태민 오빠가……. 아니, 매니저님이 저한테 조금만 더 관심을 주셨으면 했어요. 그뿐이었는데 폐를 끼치고 말았어요. 죄송해요, 사장님. 정말 반성하고 있어요. 제발 다시 받아 주세요."

"저기, 준아 씨."

"저, 진짜 잘할게요. 열심히 할게요. 분란 일으키지도 않을 거고요. 태민 오빠, 아니, 매니저님한테 필요 이상으로 접근하지도 않을게요. 제가 진짜 열심히 할게요, 사장님. 일 년 휴학하면서 다음 학기 등록금 벌어야 하는데, 제 능력으로는 여기만큼 돈 많이 주는 곳을 찾기도 힘들고. 여기 사람들처럼 잘해 주는 사람들도 없고. 꼭 돌아오고 싶어요."

준아가 애원했다. 무릎을 꿇고 바짓가랑이라도 잡을 것 같은 태도였기에, 서연은 다급히 말했다.

"정태민 씨는 작전명 스위트를 그만뒀어요."

순간 준아가 멈칫하는 것처럼 보였지만, 아마도 착각일 것이다.

"상관없어요. 매니저님 때문에 돌아오고 싶은 거 아니에요. 전 그냥 이곳에서 일하고 싶은 거예요."

준아가 말했다. 이렇게 되니 서연은 더 이상 거절할 수가 없었다. 어차피 직원 한 명을 뽑아야 하는 상황이었고, 이왕이면 가게 방침에 대해 잘 아는 사람이 나을지도 모른다. 게다가 준아는 태민 문제만 아니면, 일은 잘해 주었었다.

"알겠어요, 그럼. 내일부터 출근하도록 하세요."

"합숙소…… 들어가도 돼요?"

"네, 합숙소에 들어와도 되고요."

"감사합니다, 사장님. 진짜로 열심히 할게요. 감사합니다."

준아가 허리를 90도로 굽혀 인사했다. 준아를 보내고 난 후, 서연은 잠시 가게 앞에 서서 생각에 잠겼다.

합숙소. 준아의 말을 듣기 전까지는 합숙소에 대해 생각을 못 했다. 합숙소는 태민이 구해 준 곳이었다. 월세가 만만치 않을 텐데, 태민은 합숙소에 대한 언급을 하지 않았다.

'그러고 보니 홈페이지도…… 운영비가 든다고 알고 있는데. 홈페이지랑 합숙소 비용, 이쪽으로 가져와야 하는데 어떡하지? 태민 씨가 내 연락을 받진 않을 텐데. 재원이한테 말해 달라고 해야겠다.'

* * *

조금 한가해진 틈을 타서 종업원들이 준아가 찾아온 이유를 물었다. 그래서 이러저러한 일이 있었다고 설명했더니 다들 표정이 좋지 않았다.

"전 별로 좋은 생각이 아닌 것 같아요."

"저도 영진이 형 말에 동감합니다. 걘 분명 문제를 일으킬 거예요."

"그 언니, 허영심이 심해서 거짓말도 많이 하는 것 같던데요. 반성한다고는 하지만 그게 진짜일까요?"

예상대로 반응이 좋지 않았다. 혹시나 싶은 마음에 재원을 돌아봤더니 재원이 걱정스럽게 물었다.

"너야말로 괜찮겠어? 우리한테야 별문제 없었지만 너한테 못되게 굴었었잖아."

"난 괜찮아. 정말로 반성하는 것처럼 보였거든."

"흐음. 그렇다면 뭐 어쩔 수 없지만."

"만약 문제가 생기면 책임지고 내보낼게요. 여러분 심기에 거슬리는 짓을 하거나 하면 바로 말해 주세요."

서연이 그렇게 나오니 다들 어쩔 수 없다는 분위기였다. 종업원들은 그런 식으로 문제를 일으켜 놓고 뻔뻔하게 돌아온 준아를, 도저히 이해할 수가 없었다.

더 기가 막힌 건, 오프 후에 벌어졌다. 합숙소 앞에서 준아가 기다리고 있었던 것이다. 준아의 옆에는 커다란 캐리어가 놓여 있었다. 직원들을 발견한 준아가 달려왔다.

"다들 정말 오랜만이야. 내가 전에는 정말 실수했어. 반성하고 있어. 미안해."

준아가 허리를 굽혀 사과했다.

"그땐 내가 정말 어떻게 됐었나 봐. 다들 예쁘고 멋있고 그래서 열등감을 느꼈던 것 같아. 이제 정말로 제대로 일할게. 문제 일으키지 않을 거야."

미안하다는 듯 눈썹을 늘어뜨린 준아의 모습은, 정말로 반성을 하는 것처럼 보였다. 그래서 작전명 스위트의 직원들도 마음을 풀 수밖에 없었다.

실제로 준아가 피해를 준 건 없었다. 태민이 좋아서 질투심을 드러냈을 뿐이고, 그런 일은 왕왕 있는 일이기에 이해할 수 있는 범위였다.

결국 분위기가 부드럽게 풀렸다. 직원들이 대화를 나누며 합숙소 안으로 들어갔다. 서연은 마지막으로 들어가려는 재원의 손목을 붙잡았다. 재원이 왜 그러냐는 듯 돌아봤다.

"잠깐 할 얘기가 있어."

"응, 뭔데?"

"홈페이지랑 합숙소 때문인데."

"아아."

재원은 거기까지만 듣고도 무슨 말인지 알겠다는 듯이 고개를 끄덕였다. 재원의 표정이 어두워져서 서연은 슬펐다. 그 표정 변화가 태민과 서연 사이의 거리를 말해 주는 것 같았기 때문이다.

"내가 말해 둘게, 걱정하지 마."

"응, 고마워."

"먼저 들어가 봐. 난 통화 좀 하고 들어갈게."

"응."

의도한 것인지는 모르겠지만 재원의 입에서 '태민'이란 이름이 나오지 않았다.

'의도한 거겠지.'

쓴웃음이 묻어 나온다는 걸 깨달았다. 언제부터 이런 미소를 지을 수 있게 되었을까. 서연은 작게 한숨을 내쉬고 합숙소 안으로 들어갔다.

*　*　*

똑똑—

집에 가기 위해 차를 탔는데 누군가 창문을 두드렸다. 민기는 고개를 돌려 차창을 내다봤다. 창문을 두드린 인물이 똑바로 서 있어서 얼굴을 볼 수 없었지만, 민기는 그가 누구인지 알 수 있었다. 차창을 내렸다.

"왜?"

"최검, 얘기 좀 해."

태민이었다.

"타라."

차 문을 열어 주며 말했다. 태민이 차 앞으로 빙 돌아 조수석으로 향했다. 앞 유리로 보이는 태민은 여전히 훤칠하고 잘생겼지만, 전에 만났을 때보다 초췌해 보였다.

"서연이는 잘 지내?"

태민이 조수석에 앉자마자 물었다.

"넌 오랜만에 만난 형한테 하는 인사가 그거냐?"

"형은 뭐, 잘 먹고 잘 지내는 것 같네. 서연이는 어때?"

"그렇게 궁금하면 네가 직접 가서 만나 보지 그래?"

"난 안 돼."

"왜? 서연 씨 아버지가 네 아버지를 죽여서?"

"……말해 봐. 서연이는 어때?"

"몰라. 그 날 이후로 만난 적도, 연락한 적도 없어. 네가 그런 식으로 꼬아 버렸는데 어떻게 연락을 해?"

"최검은 일을 위해서는 악마라도 될 수 있는 사람이잖아."

"서연 씨한테는 못 그러겠어."

"최검이 어려워하는 사람도 있어?"

"착하고 순진하고 때 묻지 않은 사람은 어려워. 너도 그렇잖아."

"난…… 안 그래."

태민이 인상을 찡그렸다.

"나는 안 그래. 쓰레기거든."

"그래, 맞아."

"하아."

태민이 깊은 한숨을 내쉬며 차창 밖을 응시했다. 비스듬히 앉아 한동안 침묵을 지키던 태민이 입을 열었다.

"최검, 난 어떻게 해야 할까?"

"……."

"머리는 말해. 더 이상 홍서연을 만나면 안 된다고. 만나면 분명 상처를 주고 아프게 만들 거라고. 나는 쭉 홍서연에게 상처만 줬거든. 그러니까 앞으로도 분명 그럴 거야. 그런데 마음이."

거기까지 말하고, 태민은 다시 한숨을 뱉어 냈다.

"마음이 안 그래. 제멋대로 달려가. 떨어져 있으면 멈출 줄 알았어. 원래 그렇잖아. 생각도, 마음도 시간이 흐르면 변하는 거잖아."

태민이 입을 다물었다. 민기는 태민에게 무슨 말을 해 줘야 좋을지 알 수 없었다.

서연에게는 죄가 없다. 그러나 태민의 심정도 이해했다. 내 아버지를 죽인 남자의 딸을 아무런 저항 없이 받아들이기 힘든 건 당연한 일이었다.

"변할 줄 알았는데."

태민이 쓰게 웃었다.

"홍서연이 그 인간의 딸이라는 걸 몰랐을 때도, 홍서연을 사랑하는 이 마음은 언젠가 변할 거라고 생각했는데."

"……."

"점점 더 깊어지니 어찌해야 할지 모르겠다, 최검."

승용차 안에 침묵이 내려앉았다. 두 사람은 한동안 차창 밖을 응시하기만 했다.

이윽고 민기가 입을 열었다.

"네가 듣고 싶은 말이 뭔지는 모르겠다."

"나도 내가 무슨 말을 듣고 싶은지 모르겠어."

그때 태민의 휴대폰이 울렸다. 태민은 귀찮다는 듯 주머니에서 휴대폰을 꺼냈다가, 액정에 뜬 이름을 보고 미간을 좁혔다. 받기 어려운 듯 망설이는 태민의 모습에, 민기는 속으로 한숨을 쉬었다.

이 녀석은 왜 항상 이렇게 어려운 길을 가게 되는 걸까?

어머니가 떠나고, 아버지가 돌아가신 후의 태민을, 민기는 기억하고 있었다. 태민을 둘러싼 어둠이 얼마나 짙었는지, 슬픔과 분노가 얼마나 깊었는지도 알고 있었다.

백란에게 거둬진 후에도, 태민은 한동안 어둠 속을 헤맸다. 간신히 어둠에서 빠져나온 태민은 미소를 지을 수 있게 되었다. 하지만 태민을 잘 아는 사람들은 그 미소가 진짜가 아니라는 걸 알고 있었다.

태민의 미소도, 애정도, 다정함도 전부 가짜였다. 어둠을 속이기 위한 가짜.

하지만.

'홍서연 씨한테는 진짜였겠지.'

그런데 하필이면 홍서연이, 태민을 어둠에 밀어 넣은 장본인의 딸이다.

"응, 재원아."

태민이 전화를 받는 소리에, 민기는 상념에서 벗어났다. 태민은 곤란하다는 표정으로 전화를 받고 있었다.

[형.]

휴대폰 너머로 재원의 목소리가 새어 나왔다. 민기는 눈을 감았다.

[어쩐 일로 전화를 다 받으셨대요? 내 전화 피하시더니.]

"그러게, 왜 받았을까?"

거기서 대화가 끊겼다. 전화를 끊은 걸까? 민기는 눈을 뜨고 흘긋 조수석을 돌아봤다. 태민은 여전히 휴대폰을 귀에 대고 있었다.

[원래는 홈페이지랑 합숙소 때문에 전화했어요. 그거 가게로 넘겨 달라고 하려고요.]

다시 목소리가 들려왔다.

"그래."

[생각이 바뀌었어요. 홈페이지도, 합숙소도 형이 맡기로 한 거니까 형이 책임져요.]

"그래."

[그리고 작전명 스위트의 바리스타도, 형 자리예요.]

그제야 민기는 태민이 무슨 말을 듣고 싶었던 건지 알 수 있었다.

[돌아와요, 형. 그만 고집부리고.]

돌아가도 돼. 너, 홍서연 씨한테 돌아가도 괜찮아. 물론 홍서연 씨가 홍진탁의 딸이라는 사실은 변하지 않겠지만, 그녀를 사랑하는 게 죄는 아니야. 네 아버지도 이해해 주실 거야. 괜찮아. 홍서연 씨 옆에 있어도 괜찮아.

태민은 그 말을 듣고 싶었던 것이리라.

"그래."

태민이 속삭이듯 대답했다.

"돌아갈게."

전화를 끊은 태민이 길게 숨을 내쉬고 조수석에 머리를 기댔다. 한참 그렇게 앉아 있던 태민이 시선을 돌려 민기와 눈을 맞췄다. 민기는 고개를 끄덕였다.

"가 봐. 너, 앞치마 입은 거 잘 어울리더라."

* * *

재원은 합숙소 앞에 서 있었다. 태민은 천천히 걸어가 재원의 앞에서 멈췄다.

"나는 형을 이해해요."

재원이 말했다.

"재희는 이해 못 한대요. 하지만 난 형을 이해해요. 형의 상황도, 마음도 다 이해하지만. 형이 밉습니다. 밉고 싫어서 꼴도 보기 싫은데, 어쩔 수가 없었어요."

재원은 한 자, 한 자, 씹듯이 내뱉었다.

“서연이는요, 형. 늘 애를 써요. 웃으려고, 아무렇지도 않아 보이려고, 모든 게 괜찮아 보이려고. 난 그걸 몰랐어요. 걔랑 어릴 때부터 알아왔으면서도, 걔가 얼마나 있는 힘껏 괜찮아 보이려고 애쓰는지 몰랐어요. 그런데 형 옆에 있는 서연이를 보면서 깨달았어요. 걔가 얼마나 노력해 왔는지.”

“…….”

“형 옆에 있으면 서연이는 자연스럽게 미소를 지어요. 그래서 알 수밖에 없었어요. 걔가 그동안 무리해 왔다는걸.”

재원이 태민을 똑바로 응시했다.

“형이 떠나고 나서도 서연이는 웃었어요. 아무렇지도 않게 웃고 떠들고 생활했죠. 하지만 이제는 알겠어요. 걔가 얼마나 노력하고 있는지. 그래서 어쩔 수가 없었어요. 어쩔 수가 없었다고요.”

“미안하다.”

저도 모르게 내뱉은 말에, 재원이 쓰게 웃었다.

“형이 정말 싫어요. 싫지만…… 이해해요, 형.”

이해해요.

그 말이, 태민은 참으로 고마웠다.

재원도 서연을 사랑하고 있었다. 그런 재원에게 태민은 정말로 싫은 사람일 것이다. 그런데도 재원은 이해한다고 말하고 있었다. 겉보기에 다정했던 이 후배는, 속도 역시 다정했다.

나도 그랬더라면 좋았을 텐데. 태민은 처음으로 다른 남자를 질투했다. 나도 이토록 다정하고 마음이 깊었더라면, 서연에게 상처를 주는 일도 없었을 텐데.

"두 번 다시는 이런 일 없을 거야."

태민의 말에 재원이 쓰게 웃었다.

"제발 좀 그랬으면 좋겠네요."

* * *

내가 꿈을 꾸고 있는 걸까?

서연은 방문 손잡이를 잡은 채로 얼어붙었다.

침대에 누워서 눈을 감고 있는데 노크 소리가 들렸다. 재원일 거라고 생각하며 방문을 열었다. 그런데 방문 앞에 서 있는 사람은 재원이 아니었다.

"들어가도 될까?"

태민이 조심스럽게 물었다. 서연은 로봇처럼 뻣뻣하게 고개를 끄덕이고 휙 돌아섰다. 태민이 들어와서 방문을 닫고, 서연의 뒤에 와서 서는 기척이 느껴졌다.

태민이 그리웠는데도 돌아볼 수가 없었다. 마지막으로 보았던 태민의 표정과 눈빛이 떠올라, 마치 그때로 돌아간 듯 가슴이 죄어왔다.

"서연아."

태민이 부르는 소리가 들려왔지만 대답할 수가 없었다. 태민은 대답을 기대한 건 아니었는지 계속해서 말했다.

"화목한 가정이었어. 적어도 아버지가 돈을 잘 버셨을 때는. 그래서 아버지의 사업이 망한 후에, 어머니가 아버지에게 화만 낼 때도, 언젠가는 괜찮아질 거라고, 원래대로 돌아갈 거라고 생각했어. 하지만 어머니는 나도, 아버지도 지긋지긋하다면서 떠나 버렸지."

태민은 잠시 말을 멈추고 작게 한숨을 쉬었다.

"그래도 아버지는 내게 상실감을 주지 않기 위해 노력했고, 난 그런 아버지를 믿고 사랑했어. 그랬던 아버지가 그렇게 돌아가시고, 나는 어떻게 해야 할지 알 수 없었어. 내 아버지를 죽인 사람은 너무나 먼 곳에 있는 사람이고, 나는 힘이 없었지. 그때 나를 구해 준 사람이 내게 말했어. 있는 힘껏 행복해지라고."

서연은 주먹을 꽉 쥐었다.

—있는 힘껏 행복해져야 돼. 넌 행복해질 거야, 분명히.

—너를 아주 많이 아끼는 사람이 한 명, 두 명 늘어날 거야. 그런 사람들을 믿고, 네 진심을 보여 줘. 그러면 너는 행복해질 거야.

서연의 엄마도 서연에게 그런 말을 했었다. 그래서 서연은 사람들을 믿고, 진심을 보이려고 노력했다.

'하지만 소용없었어. 내가 아무리 발버둥 쳐도, 내가 아버지의 딸이라는 건 변하지 않으니까.'

그렇게 생각하는데, 태민이 말을 이었다.

"하지만 나는 무엇부터 시작해야 할지도 알 수 없었어. 내 머릿속은 그저 매정하게 떠나던 어머니의 뒷모습과 아버지의 미소로만 채워져 있었으니까. 그렇게 방에 틀어박혀서 몇 년을 보냈지. 그랬더니 날 구해 준 분이 억지로 나를 방 밖으로 끌어내더라. 뭐든 하라면서. 뭐든 다 해 보라고. 닥치는 대로 해 보고 느껴 보라고. 그러다 보면 분명 즐거움을 찾을 수 있을 거라고. 재미있는 것을 찾는 거, 거기에서부터 시작해 보라고."

그래서 태민은 뭐든 해 보았다고, 담담한 어조로 고백했다.

"여자들도 놀이의 일종이었어. 나는 재미있게 살기 위해 자극적인 방법을 찾았지. 뭘 해도 즐거움이라는 게 느껴지지 않아서, 나도 모르는 새에 남을 상처 입히고 있었던 거야. 이래서야 홍진탁이랑 다를 게 없지."

아버지의 이름이 나와서, 서연은 움찔했다.

"많은 걸 해 봤어. 많은 사람을 만났고. 그런데 아무것도 느낄 수가 없더라. 아무리 애를 써도 느껴지는 게 없더라. 즐거움까지는 바라지도 않았어. 나는 심지어 음식의 맛조차 알지 못했어. 널 만나기 전까지는."

"……."

"너와 고기를 먹으러 갔던 날을, 똑똑히 기억하고 있어. 고기는 맛있었고, 너는 사랑스러웠고, 그런 너를 지켜보는 나는 즐거웠지. 믿어져? 나는 즐거웠어, 그때부터. 무슨 짓을 해도 느껴지는 게 없었는데, 그날 나는 즐겁고 재미있고……."

담담하던 태민의 목소리가 조금씩 빨라지다가 멈췄다.

서연은 돌아보고 싶었다. 태민이 어떤 표정을 짓고 있는지 보고 싶었다. 하지만 꼼짝도 할 수가 없었다.

"서연아, 나는 너무 오랫동안 감정을 느껴 본 적이 없어서, 이 마음속에는 분노와 원망만 가득해서. 널 향한 이 마음이 어떤 건지 알지 못했어. 나조차도 이 마음을 확신할 수가 없었고, 그렇게나 못나고 바보 같은 남자라서 너에게 상처를 줬어. 너는 아무 잘못도 없는데 너를 몰아붙이고 또다시 상처를 줬지. 그렇게 상처만 주고, 또 상처만 주고, 네게 준 건 아픔뿐이라서 이런 말 하기 염치없지만."

"……."

"네 옆에 있고 싶어."

"……."

"내가 네 곁에 있을 때 느끼는 이 충만한 기분을, 너도 느끼게 해 주고 싶어."

서연은 휙 돌아섰다. 꿈결 같은 상황이었다. 원래대로라면 '태민 씨가 미안할 게 뭐가 있어요? 전부 우리 아버지가 잘못한 탓인데. 내가 미리 말을 하지 못한 탓인데.' 그리 말했을 것이다. 머리로는 그렇게 생각하는데, 입이 제멋대로 움직였다.

"나, 힘들어요."

서연이 태민을 올려다보며 말했다.

"너무 힘들어."

"미안해."

"사는 게 힘든 건 괜찮았어요. 집에서 눈치가 보이는 것도, 언젠가는 벗어날 수 있을 거라고 믿었으니까 견딜 수 있었어요. 그런데 여기가 아픈 건."

서연은 가슴 위에 손을 올렸다.

"못 견디겠어요. 태민 씨는 다정하고 달콤해요. 그래서 나는 그러지 않으려고 노력해도 자꾸만 거기에 끌려가요. 끌려가서 녹아들면 태민 씨는 날 밀어내고 떠나 버리죠. 그러면 나는 너무 아파서, 그 아픔이 영원할 것 같아서 무서워져요."

서연은 눈을 지그시 감았다가 떴다.

"우리 아버지가 태민 씨의 아버지를 죽였어요. 그리고 나는 태민 씨한테 그 이야기를 들었을 때, 말해야 한다는 건 알지만 차마 말할 수가 없었어요. 그 사람, 우리 아버지예요. 당신의 아버지를 죽인 홍진탁이 바로 내 아버지예요. 그 말이 어떻게 쉽게 나오겠어요? 재희는 할 수 있겠죠. 그런데 나는 그렇게 강하지가 못해요. 태민 씨를 잃게 될 게 무서워서, 미움 받을 게 두려워서 망설이고 고민했어요."

태민은 고통스러운 표정이었다. 서연은 말을 멈춰야 한다고 생각했다.

그를 비난해서는 안 된다. 이건 그의 잘못이 아니다. 모처럼 태민이 돌아와 주겠다고 했는데, 멋대로 움직이는 입술이 모든 것을 망쳐 놓으려 했다.

"태민 씨가 돌아와 준다고 해서 기뻐요. 하지만 나는 분명 태민 씨의 눈치를 보게 되겠죠. 태민 씨가 나를 미워할까 봐, 언젠가는 또다시 화를 내고 떠날까 봐, 나는 불안하고 무섭겠죠. 태민 씨가 내게 화를 내고 떠난 건, 태민 씨 잘못이 아니에요. 하지만 내 아버지가 태민 씨 아버지를 죽인 것 역시 내 잘못이 아니에요."

"그래, 맞아."

"태민 씨를 원망하지 않아요. 그리고 벌어진 모든 일이 내 잘못이라고 생각하지도 않기로 했어요. 물론 나는 있는 힘껏 노력해서 재양을 내 손에 넣고, 많은 사람들에게 상처를 준 내 아버지를 고발할 거예요. 하지만."

서연은 말을 멈추고 크게 심호흡했다. 입이 제멋대로 움직이는 게 아니었다. 서연은 그저 하고 싶은 말을 하고 있을 뿐이었다. 상처 받은 마음이, 이제 상처 받는 건 그만두자고 말하고 있었다. 나 혼자 다 끌어안고 괴로워하는 건, 이제 관두고 싶다고 외치고 있었다.

"나는 겁쟁이라서 또다시 아파지는 게 무섭고 싫어요. 그러니까 태민 씨는 태민 씨가 있어야 할 곳에……."

"안 돼, 서연아."

태민이 서연의 말을 끊었다. 태민은 여유가 없어 보였다.

"그러지 마, 서연아. 제발."

"날 흔들지 마요, 태민 씨."

"흔들지 않을 거야. 네 말 잘 들을게."

"……."

"두 번 다시 널 힘들게도, 아프게도 하지 않을게. 나는, 나는 부족한 남자야. 사랑하는 사람을 행복하게 해 주기 위해 뭘 해야 하는지도 잘 몰라. 하지만 노력할게. 다른 여자와 대화조차 하지 말라고 하면 하지 않을게. 네 몸에 손대지 말라고 하면 손대지 않을게. 떨어져 있으라고 하면 멀찌감치 떨어져 있을 거고, 보지 말라고 하면 보지도 않을게."

태민이 이런 반응을 보일 줄은 몰랐다. 서연은 놀라서 말문이 막혔다. 태민에게 말했듯 태민이 떠난 건 태민의 잘못이 아니었다. 잘못은 누구에게도 없었다.

하지만 태민은 그 모든 것이 자신의 잘못이라는 것처럼 굴었다. 그 모습에 마음이 약해지는 건 당연한 일이었다. 다잡아 보려고 하지만, 또다시 상처를 받을 테니 흔들리면 안 된다고 자신을 질책해 보지만, 어쩔 수 없었다.

"옆에만 있게 해 줘, 서연아."

"……."

"널 지켜 주고 싶어. 한 번만 더 기회를 줘. 만약 내가 또다시 널 아프게 한다면, 그래서 떠나라고 한다면, 그때는 매달리지 않을게."

"왜 태민 씨가 그렇게 애원해요? 태민 씨 잘못이 아니라고 했잖아요."

"아니, 내 잘못이야."

태민이 한 걸음 다가왔다가, 손대지 않겠다고 한 말을 기억한 듯 다시 뒤로 물러섰다.

"이유가 뭐든, 내가 사랑하는 여자를 힘들게 했어. 그럼 그건 그냥 내 잘못이야."

눈물을 흘리고 싶지 않았다. 하지만 태민의 얼굴을 계속 보면 눈물을 흘리게 될 것만 같았다. 그래서 서연은 시선을 옆으로 돌렸다.

"알겠어요, 그럼. 돌아와도 좋아요."

서연은 대답을 해 놓고 아차 싶었다.

너무 고자세를 취한 게 아닐까?

걱정스러워서 조심스럽게 태민의 얼굴을 살펴봤다. 태민은 그 어느 때보다도 부드러운 미소를 짓고 있었고, 그 어느 때보다도 달콤한 목소리로 말했다.

"고마워."

그 밤에 긴 대화를 나눴다.

서연은 태민에게 많은 이야기를 했다. 재원에게도, 재희에게도 하지 못했던 이야기들을, 태민에게는 할 수 있었다. 아마도 태민과 비슷한 종류의 아픔을 공유하고 있었기 때문일 것이다.

내 아버지가 얼마나 무서운 사람인지, 내 어머니가 어떻게 돌아가셨는지, 그 집에서 얼마나 숨이 막혔는지. 그리고 홍 회장이 어떤 게임을 시작했는지. 태민에게 털어놓았다.

긴 이야기를, 태민은 지루한 기색이 없이 들어주었다.

"그 집에서 나는 인형이었어요. 감정도 모르는 인형. 예쁘게 잘 꾸며서 언젠가 다른 사람에게 줘 버릴 인형. 그렇게 살고 싶지 않았어요. 하지만 어쩔 수가 없었죠. 어디를 가든 감시가 붙어 있고, 친구를 만들 기회조차 없었기 때문에 그 상황을 벗어나기 위한 도움을 받을 수도 없었죠. 재희랑 재원이와 친해진 건 기적 같은 일이었고요."

"그래."

"하지만 재희랑 재원이한테 이런 이야기를 할 수는 없었어요. 그 애들도 위험해질지 모르니까. 분명 그 애들 성격이면 날 돕겠다고 무리할 텐데, 그 애들 힘만으로는 안 될 테니까."

"나한테 다 말해 주는 건, 내 힘으로는 될 것 같아서야?"

태민이 빙긋 웃으며 물었다.

"아뇨, 그런 건 아니고. 그냥. 이제 태민 씨한테는 솔직하게 다 말하기로 했어요. 게다가 지금은 상황이 달라졌으니까요."

"홍 회장의 게임 말이지?"

"네. 할아버지께서 어떤 의도로 이 게임을 시작하셨는지는 모르겠어요. 하지만 할아버지는 약속을 지키시는 분이니까, 내가 누구보다도 잘해내면 재양을 손에 넣을 수 있겠죠. 설령 재양을 손에 넣지 못하더라도…… 이 게임이 시작된 후에 아버지의 감시가 사라졌어요. 나에게는 사람을 만날 기회가 생긴 거예요."

"게다가 그 집을 나오기까지 했지."

"네. 그동안 하지 못했던 것을, 이제는 할 수 있겠다고 생각했어요."

다부지게 말하는 서연을, 태민은 물끄러미 응시했다. 태민의 시선을 느낀 서연이 얼굴을 붉혔다.

"왜, 왜 그렇게 봐요?"

"강하구나 싶어서."

"강하긴요. 난 하나도 강하지 않아요. 이리저리 휘둘리기만 하죠."

"무슨 소리야. 나는 네가 흔들리는 걸 본 적이 없는데. 넌 고집 세잖아."

"고집 안 세요."

"엄청 세."

"그래서 싫어요?"

"아니. 고집 센 여자가 내 취향이었구나, 하고 깨달아 가는 중이야."

"그게 뭐예요."

서연이 투덜거리긴 했지만 싫어하는 것처럼 보이지는 않았다.

"너는 네가 온실 속 잡초라고 했지만, 아니야. 너는 난초가 맞아. 다만 네가 자란 그곳이 온실이 아닌, 지옥 같은 돌밭이었을 뿐. 너는 거기서 정말 잘 살아남았어. 대단해."

생각지도 못한 칭찬을 들었다. 서연은 눈을 동그랗게 떴다. 잘해낸 것은 아무것도 없었다. 대단할 것도 없었다. 아버지의 권력에 굴복해, 두려움에 떨며 살아왔을 뿐이었다. 그런데도 태민은 진심을 담아 대단하다고 말해 주고 있었다.

"약속할게. 네 발에 채는 돌도, 내리쬐는 강한 햇볕도, 내가 전부 치워 주고 막아 줄게. 내가 네 온실이 될 거야. 너를 세상에서 가장 아늑한 온실에서 살게 해 주겠어."

태민의 약속이 얼마나 허황된 약속인지 알면서도, 가슴이 뛰었다. 그런 서연의 생각을 안다는 듯, 태민이 말했다.

"멋있어 보이려고 하는 말 아니야. 네가 누구도 두려워하지 않고 살아가게 해 줄게."

* * *

한숨도 자지 못했지만 이상할 정도로 힘들지 않았다.

아침 먹을 시간이 되어 주방에서 모인 직원들은, 태민을 보고는 작게 환호했다. 하지만 그것도 잠시. 영진도, 선명도 말없이 자리를 비운 태민에게 투덜거렸다.

태민은 웃으며 그들의 투정을 받아 주었다. 조금 늦게 주방으로 나온 준아는 태민이 있어서 놀란 것 같았지만 곧 어색하게 고개를 숙여 인사했다. 저번처럼 스스럼없이 달라붙는 모습을 보이지 않아서, 서연은 내심 안도했다.

"이 친구가 왜 여기에 있지?"

준아에 대해 들은 게 없는 태민이 의아하다는 듯 물었다.

"아아, 다시 일하기로 했어요."

"반성한다더라고요."

영진과 선명이 서연을 대신해서 대답했다. 태민은 무슨 생각을 하는지 알 수 없는 미묘한 미소를 지으며, 준아를 응시했다. 준아는 태민을 똑바로 보지 못하고 안절부절못했다.

"뭐, 나쁘지 않겠지."

"나쁠 게 뭐가 있어요. 형처럼 무단결근하는 사람이 매니저인데."

영진은 어젯밤 술자리에서 준아에 대한 생각을 바꾼 모양인지, 준아를 편들고 나섰다.

무겁지 않은 분위기로 아침 식사를 했다. 식사가 끝나고 오늘의 당번인 재원이 설거지를 하고, 다 같이 가게로 향했다.

가게 문을 열고 오픈 준비를 했다. 그저 태민이 돌아온 것뿐인데도 분위기가 달라진 느낌이 들었다.

손님들이 들어오기 시작했다. 단골들 중에는 태민을 알아보고 인사를 건네는 사람도 있었다. 태민이 떠난 적 없었던 것처럼, 작전명 스위트의 시간은 평화롭게 흘러갔다.

정오가 조금 지났을 때, 딸랑, 문이 열리고 남자 손님이 들어왔다. 고개를 숙이고 들어온 남자는 가게 분위기가 적응이 되지 않는 듯 안절부절못하는 기색을 보였다.

'VIP인가 보다.'

VIP로 회원 등록을 할 때는 사진을 첨부하게 되어 있다. 첨부된 사진은 대부분 과한 포토샵을 하거나 각도를 한껏 위로 올려 찍어서 얼굴을 알아보기 힘들었다.

하지만 VIP 손님에게는 비슷한 점이 있었다. 어깨를 축 늘어뜨리고 어찌 할 바를 몰라 입구 근처에 멀뚱히 서 있는 것. 손님이 오랜 시간 어색해하지 않도록, 서연은 얼른 손님에게 다가갔다.

"VIP 회원님이신가요?"

평소보다 조금 작은 목소리로 물었다. 남자는 자신을 맞이해 주는 사람이 있다는 게 반갑다는 듯 얼른 고개를 끄덕였다.

"네, 문종훈이라고 하는데……."

작전명 스위트에 VIP 회원으로 등록한 손님은 총 12명. 서연은 그들의 이름과 나이를 전부 외우고 있었다.

"네, 문종훈 고객님. 언제 찾아와 주시려나 기다리고 있었어요. 이쪽으로 오세요."

서연이 상냥하게 웃으며 말했다. 서연의 미소를 본 종훈은 긴장을 조금 풀고 서연을 따라 VIP 좌석으로 향했다.

"처음 오신 분이셔."

종훈을 안내한 후, 서연이 종업원들에게 말했다.

"제가 갈게요."

준아가 메뉴판을 들었다. 준아는 초반에 가게를 그만뒀었기 때문에, VIP 회원을 상대하는 건 처음이었다. 조금 걱정이 됐지만, 서연은 고개를 끄덕였다.

준아는 메뉴판을 두 손으로 꽉 붙잡고 긴장한 듯 크게 심호흡을 하고는 손님의 자리로 향했다. 저렇게 긴장한 모습을 보면 제대로 일할 생각을 가지고 있긴 한 것 같다. 의심하는 것을 그만두자고, 서연은 생각했다. 사과를 받아 준 상황에서 계속 의심을 해 봐야 좋을 건 없었다.

태민을 돌아봤더니 평소처럼 여유로운 표정이었다. 준아를 걱정하는 것처럼 보이지는 않아서, 서연은 안심했다. 눈이 마주치자 태민이 빙그레 미소 지었다. 입가에서 시작되어 만면으로 번지는 미소가 따사로웠다. 두근거려서, 서연은 얼른 시선을 피했다.

2시간 후 준아는 상쾌한 표정으로 대기석에 돌아왔다. 뒤늦게 나온 종훈도 즐거워 보였다. 서연은 안심했다.

"즐거우셨어요?"

회원 기록에 체크를 하며 물었더니 종훈이 얼굴을 붉히고 고개를 끄덕였다.

"아, 네에. 그럼…… 다음에 또 올게요."

종훈이 우물우물 대답하고 가게를 나간 후, 서연은 준아를 돌아봤다. 준아는 기대에 찬 눈으로 서연을 보고 있었다. 칭찬을 기다리는 것 같았다.

"잘했어요, 준아 씨."

"감사합니다. 저, 진짜 열심히 할게요."

종훈이 돌아가고 한 시간쯤 지났을 때였다.

테이블에 앉아 있던 여자 손님 두 명이 일어나서 카운터로 왔다. 그중 머리를 연갈색으로 염색한 여자가 물었다.

"아까 남자 혼자 오신 분, 저 커튼석에 앉았잖아요. 그게 VIP 서비스인가요?"

갑작스러운 질문이었다. 서연이 대답을 망설였더니 연갈색 머리 여자가 말했다.

"아, 뭐 캐내려는 건 아니고요. 제가 이런 사람이에요."

여자는 서연의 앞으로 명함을 내밀었다. 프리랜서 기자 김지영이라고 쓰여 있었다.

"이번에 A 잡지사에서 문화 거리의 맛집이라는 주제로 기사 의뢰를 받았어요. 홍대, 강남, 대학로 중심으로 찾아보는 중인데요."

거기까지 말했을 때, 태민이 바에서 나와 카운터로 다가왔다.

"기자님이십니까?"

태민이 정중하게 물었다. 서연에게 한 말이 있어서인지, 태민은 미소조차 짓고 있지 않았다. 그런데도 지영의 얼굴이 붉게 물드는 걸 보며, 서연은 속으로 감탄했다.

'역시 정태민 씨는 뭔가 있어.'

"네, 그런데요."

"그럼 손님들도 계시니 안쪽에서 이야기하시는 게 어떻겠습니까?"

"네, 좋아요."

지영이 함께 온 여자에게 눈짓을 하자, 여자는.

"그럼 난 먼저 가 볼게."

라고 말하고는 가게를 나갔다. 서연과 태민, 그리고 지영은 함께 VIP석으로 들어갔다. 소파에 앉아, 지영은 안을 둘러봤다.

"아늑한 분위기네요. 커튼 하나로 분위기가 확 달라져요. 조금 다르게 꾸며 놓은 것 같기도 하고. VIP 회원 등록하려면 월 10만 원이라죠?"

"네, 오픈 이벤트 기간에는 그렇습니다. 이벤트가 끝나면 15만원으로 오를 거고요."

"15만원은 좀 비싸지 않나요?"

"월 15만원에 10회 이용. 방문 시에 음료와 케이크 무료. 음료 가격이 5천원에서 7천원, 케이크 가격이 4천원에서 6천원이죠. 비싸지는 않다고 생각합니다만."

태민의 딱딱한 대답에, 지영이 웃었다.

"아, 지적하려고 그런 건 아니에요. 그렇게 무섭게 말씀하지 마세요. 제가 찾아온 이유는…… 맛집 의뢰를 받긴 했지만, 맛이라는 건 주관적인 거잖아요. 그래서 맛보다는 재미있는 가게를 찾아보고 있었거든요. 그랬더니 요새 작전명 스위트라는 가게가 많이 올라와 있더라고요. 카페도 예쁘게 꾸며져 있고, 종업원들도 다 멋지고, 유니폼도 예쁘다고. 게다가 재미있는 시스템이 있다고. 그래서 좀 알아봤어요."

"그렇군요."

"외롭고 쓸쓸한 사람들도 방문해서 즐거운 시간을 보낼 수 있는 VIP 회원제도. 독특하고 재미있는 발상이에요. 기사화를 하고 싶어요."

지영은 태민에게 결정권이 있다고 생각한 듯, 태민을 보며 말했다.

"잘 써 드릴게요. 기사화가 되면 잡지뿐 아니라 인터넷 기사로도 올라가게 될 거예요. 지금보다 훨씬 손님이 많아지겠죠."

"글쎄요. 저한테는 결정권이 없어서."

태민이 서연을 돌아봤다.

"이분이 사장님이시거든요."

"아아, 그래요? 굉장히 어린…… 사장님이시네요?"

"보기보다는 어리지 않으시답니다. 게다가 무서운 분이고요."

"아아……."

지영이 뭐라 대꾸해야 할지 모르겠다는 표정을 지었다. 서연도 뭐라 대답해야 할지 고민하고 있었다.

가게를 성공시키려면 언론의 힘이 필요했다. 잡지에 기사가 나오면 손님이 늘어날 것이다. 손님이 늘어야 돈을 벌고, 돈을 벌어야 분점을 낼 수 있었다. 하지만.

"제안해 주셔서 감사합니다, 김지영 기자님."

서연은 결정하고 입을 열었다.

"하지만 기사화 제안은 거절하고 싶어요."

거절하리라고는 예상치 못한 듯 지영의 눈이 커졌다.

"거절하시겠다고요? 이거 좋은 기회예요. 기사라고 하니까 흠집

잡고 그런 것들 생각하시는 모양인데, 전 그런 기사 안 써요. 그런 기사 쓰라는 의뢰를 받은 것도 아니고요. 가게 외부, 내부 사진 몇 장 올리고, 일하는 종업원들 사진을 실을 거예요. 이 가게에서 가장 자신 있는 음료와 케이크 사진도 찍을 거고요. 기사, 정말 예쁘게 써 드릴게요."

"네, 그러실 거라고 생각해요. 하지만……."

"이 가게 입지가 좋은 편은 아니잖아요. 예쁜 가게, 멋진 종업원들. 많은 사람들이 알아줬으면 하지 않아요?"

"네, 그렇긴 해요. 하지만 역시 거절하겠습니다."

서연이 단호하게 말했다. 지영은 서연을 우습게보고 있었나 보다. 아무래도 토끼 같은 생김새에 동안이라, 이리저리 끌려 다닐 것 같은 분위기이기는 했다. 그런 서연이 딱 잘라 거절을 하니, 지영은 기분이 상하면서도 당황한 것 같았다.

"기자님 말씀대로, 많은 분들이 가게를 알아주셨으면 좋겠어요. 찾아오신 손님들이 즐거우셨으면 좋겠고요. 하지만 가게가 기사화되어서 너무 많은 분들이 찾아오시면, 불편함을 느끼는 분들이 많아질 거예요. 이 가게는 둘이 와도 즐겁고, 혼자 와도 어색하지 않은 곳이었으면 좋겠어요."

잠시 침묵이 흐른 끝에 지영이 피식 웃었다.

"알겠어요, 그럼. 어쩔 수 없죠. 다음엔 평범한 손님으로 다시 올게요."

"네, 제안해 주셔서 감사해요."

지영이 먼저 일어나서 VIP석을 나갔다. 서연과 태민은 그대로 나란히 앉아 있었다. 커튼이 드리워져 태민과 둘만의 공간에 있는 기분이 들었다. 소파가 넓지는 않았기 때문에, 아까부터 태민과 밀착된 상태였다. 그것을 이제야 자각했다.

"거절한 거, 잘한 거겠죠?"

서연이 어색함을 지우기 위해 물었다.

"네, 잘했어요. 사장님 말이 맞아요."

"정말 그렇게 생각해요?"

서연은 고개를 돌려 태민을 올려다봤다.

"네, 정말로 그렇게 생각해요."

"나한테 잘해 주기로 해서 그렇게 말하는 건 아니고요?"

태민의 눈이 가늘어졌다.

"내가 그럴 거라고 생각해요?"

"내 기분 상하게 하지 않으려고요."

"사장님이 날 쫓아낼까 봐?"

"내가 태민 씨를 왜 쫓아내겠어요?"

"나는 사장님 가슴을 아프게 하는 사람이니까."

"이런 것 때문에 쫓아내진 않아요."

"알겠어요, 그럼. 솔직하게 말할게요."

서연은 긴장한 채로, 태민의 말이 이어지기를 기다렸다. 허벅지 위에 놓인 두 손을 꽉 잡고 올려다보고 있었더니, 태민이 불현듯 얼굴을 붉히며 시선을 옆으로 피했다.

"너무 그렇게 쳐다보지 마요. 긴장되게."

생각지도 못한 반응에 웃음이 나왔다. 이 남자에게도 이런 면이 있었나?

"태민 씨도 긴장을 해요?"

"나도 인간이에요. 사랑하는 여자가 둘만의 공간에서 빤히 쳐다보면 긴장할 수밖에 없죠."

"두, 둘만의 공간이라니요. 여기 가게거든요."

"하지만 커튼이 쳐져 있죠."

"그래도…… 밖에서 다 보이는데……."

"밖에서 다 보여도 마음만 먹으면……. 아니, 아니에요. 이제 이런 말은 안 하기로 했죠."

원래 이어지려던 말을, 서연은 어렵지 않게 예상할 수 있었다. 있는 힘껏 자신의 습관을 억누르려는 태민이 기특했다. 이렇게나 큰 남자인데도 귀엽게 느껴지다니.

"아무튼 빨리 말해 줘요, 솔직하게."

"아, 맞다. 그런 얘기를 하고 있었죠. 그럼 솔직하게 말합니다?"

"네!"

그러자 태민이 서연의 머리를 쓰다듬었다. 조심스럽게, 그러나 다정하게 머리를 쓰다듬으며 태민이 말했다.

"정말로 잘했어요. 사장님은 옳은 선택을 했어요."

* * *

가게가 끝나고 청소를 하는데 전화가 걸려 왔다. 란희에게서 온 전화였다.

준아는 주위를 둘러봤다. 다들 청소를 하느라 이쪽에는 신경을 쓰고 있지 않았다. 준아는 화장실에 들어가서 전화를 받았다.

"네, 언니."

[가게 아직 안 끝났어?]

"네, 지금 마감 청소 중이에요."

[분위기는 어때?]

"평소랑 비슷해요."

[그래? 오늘 기자 한 명 갔지? 인터뷰하겠다고 하지?]

"아, 인터뷰……. 그거, 안 한다고……."

[뭐? 안 한다고 그랬다고? 왜? 가게 알릴 기회잖아. 기자가 뭐 실수한 거 있어?]

"아뇨, 그런 건 아닌데. 가게에 정말로 오고 싶어 하는 사람들이 못 올 수도 있다면서……."

[뭐야, 그게? 하, 됐어. 뭐, 꼭 인터뷰가 필요한 건 아니었으니까. 아무튼 내가 말한 대로 잘하고 있지?]

"네, 잘하고 있어요."

[한 달이야. 한 달 안에 그 가게를 무너뜨릴 거야. 그러니까 정신 똑바로 차리고, 성질 드러내지 말고, 내가 말한 대로 해. 알겠어? 안 그러면…… 알지?]

"네, 알아요. 잘할게요."

란희는 끊는다는 말도 없이 전화를 끊었다. 준아는 휴대폰을 꽉 움켜쥐었다. 며칠 전 험악한 인상의 남자에게 끌려가 란희를 만났다.

—너, 돈 필요하지? 그 돈, 내가 줄까?

다른 사람들에게는 학비를 벌기 위해 휴학을 하고 아르바이트를 한다고 했지만, 사실은 아니었다. 카드를 긁었는데 갚을 수가 없었다. 계속 재촉을 받아 결국은 사금융에서 돈을 빌리고 말았다. 그 돈으로 카드 값을 갚고 나서, 또 카드를 사용했다.

사금융에서 빌린 돈은 갚지도 못한 채로 점점 불어났다. 그렇게 불어난 돈이 5천만 원이 넘어갔다. 5천만 원뿐만이 아니라 이자까지 내야만 했다. 돈 한두 푼 벌어서 해결할 수 있는 일이 아니었다.

—내가 시키는 대로만 잘하면 그 돈, 내가 갚아 줄게.

최악의 방법까지 생각하고 있던 와중에 란희의 제안은 달콤했다. 받아들일 수밖에 없었다.

'내가 돈 때문에 너랑 일하겠다고는 했지만, 네 노예가 되겠다고 한 건 아니라고! 부모 잘 만나서 돈 많은 것뿐이면서, 자기가 뭐라도 되는 듯이 행동하기는. 나도 네 부모한테서 태어났으면 너보다 훨씬 좋은 대학에 가고, 가게 운영도 훨씬 잘했을걸.'

란희는 사람을 벌레처럼 취급했다. 내려다보는 눈빛과 비웃는 듯한 입꼬리가 진저리나게 싫었다.

화장실에서 나오던 준아는 태민과 마주쳤다. 태민은 화장실 앞을 청소하고 있었다. 심장이 덜컥 내려앉았다.

'설마…… 들은 건 아니겠지?'

"고, 고생하십니다."

바짝 긴장해서 바보 같은 말을 중얼거렸더니, 태민이 싱긋 웃었다.

"응, 너도."

표정을 보니 통화 내용을 들은 것 같지는 않았다.

"저기, 매니저님."

"응?"

"매니저님이랑 사장님은 사귀는 사이시죠?"

이것도 란희가 알아 오라고 했다.

"응. 그런데, 왜?"

"아, 아뇨. 그냥…… 두 분 잘 어울리셔서요."

"응, 우리가 좀 잘 어울리지."

"사장님이 고백하신 거예요?"

"아니, 내가. 사장님은 싫다고 하는데 내가 끈질기게 달라붙고 질척거렸어. 불쌍해서 받아 주지 않았을까 싶어. 사장님은 마음이 여리거든."

"아아."

믿을 수가 없는 말이었다. 태민 같은 남자가 서연 같은 여자에게 질척거리다니. 상상이 되지 않는다.

"좋은 사람이야, 사장님은."

바닥을 쓰느라 허리를 굽히고 있던 태민이 몸을 똑바로 세우며 말했다.

"마음이 여리고 착하고 남을 잘 믿지. 정말 순진한 사람이야."

"네에, 저도 받아 주셨으니까요."

"응, 너도 받아 줬지."

순간 태민의 눈동자가 기이하게 빛났다. 준아는 움찔하며 뒷걸음질을 쳤다. 그 검은 눈동자가 준아를 단숨에 집어삼킬 것만 같았기 때문이다.

"난 사장님처럼 착하지가 않아. 기본적으로 못됐어. 그런데 날 화나게 만들면 더 못돼질 수도 있어."

"아, 네에……."

"날 너무 못된 놈으로 만들지 마. 난 착하게 살고 싶으니까."

꿀꺽—

준아는 마른침을 삼켰다. 한때는 이 남자가 그저 멋있기만 했다. 그런데 지금은 그것이 꿈처럼 느껴질 만큼, 태민이 무서웠다.

"제가 뭘…… 잘못……했어요?"

"아니."

태민이 어깨를 으쓱하더니 다시 빗자루질을 시작했다.

"혹시나 싶어서. 나는 사람이 그렇게 쉽게 변하지는 않는다고 생각하거든."

"……."

"보통 사람이 갑자기 변하는 데에는 이유가 있지. 큰 충격을 받았거나 큰돈이 개입되어 있거나."

섬뜩했다.

'역시 통화 내용을 들은 거야. 하지만…… 그래서 뭘 어쩌겠어?'

란희는 돈도 있고 권력도 있었다.

하지만 이 남자는? 그저 외모가 근사할 뿐, 실제적인 힘은 아무것도 없는 남자였다. 이런 남자가 란희를 상대로 뭘 할 수 있겠는가. 그렇게 생각하자 마음이 차분해졌다.

'내 뒤에는 홍란희가 있어. 홍란희 뒤에는 재양이 있고. 그러니까 괜찮아. 무서워할 건 아무것도 없어.'

*　　*　　*

까르르 웃는 소리가 들려오는가 싶더니, 딸랑, 가게 문이 열렸다. 네 명의 여학생들이 들어오고 있었다.

"와, 진짜 예쁘다. 사진보다 더 예뻐."

"냄새 좋다. 맛있는 냄새 나."

까르르, 까르르.

한 톤 높은 음성이 음악처럼 듣기 좋았다. 서연은 저도 모르게 미소를 지었다. 서연과 눈이 마주친 여고생 중 한 명이 카운터로 쪼르르 다가왔다.

"와, 언니. 진짜 귀여워요. 블로그에서 봤어요."

요새 여고생들은 붙임성이 좋은가 보다. 아니, 원래 붙임성이 좋은 건가?

"이 가게에 되게 귀여운 사장님이 있다고."

"맞아, 맞아. 진짜 토끼 닮았어요."

깔깔 웃는 여고생들의 모습이 밉지 않았다. 서연은 친구들과의 고교 생활을 경험해 보지 못했기에, 함께 있는 것만으로도 즐거워 보이는 그들이 부럽기도 하고 재미있기도 했다.

"블로그에 우리 가게에 대해 올라와 있어요?"

"네, 엄청 많이요. 나 홈페이지도 들어가 봤어요. 그런데 회원권은 너무 비싸더라고요."

"그래도 우린 혼자 오진 않을 거잖아."

옆에서 다른 여고생이 말했다.

"그건 그래. 그런데 언니, 그거 신청하는 사람 정말로 있어요?"

여고생 손님들은 궁금하다는 듯 서연의 대답을 기다렸다. 서연이 난처해한다는 걸 깨달은 영진이 다가와서, 그들을 향해 상냥하게 웃었다.

"자, 손님들. 자리 안내해 드릴게요."

다행히 여고생 손님들은 영진을 따라 안쪽 자리로 들어갔다.

"으아, 여고생은 무서워."

재원이 중얼거리는 모습에 서연은 웃음이 나왔다.

"넌 재희도 겪었잖아."

"걔 때문에 여고생이 더 무서워졌어. 희미야, 너도 어릴 때 저랬어?"

"아뇨, 전 조용했어요. 저 애들은 활발한 부류인 것 같은데요. 귀엽네요."

"귀여우면 표정 좀 어떻게 하지? 그렇게 무시무시한 표정으로 귀엽다고 말해 봐야……."

"제가 오빠 앞에서 생글생글 웃을 필요는 없잖아요. 손님들 앞에서는 잘 웃으니까, 제 표정은 걱정하지 마세요."

희미의 딱딱한 말투에 재원이 질렸다는 표정을 지었다.

서연은 카운터에 앉아 여고생 손님들을 지켜봤다. 저 아이들은 뭐가 저리도 즐겁고 할 말이 많은지, 쉴 새 없이 재잘거리고 쉴 새 없이 웃었다. 지금쯤 주문을 받아서 돌아와야 할 영진은 그들에게 붙잡혀서 함께 떠들고 있었다.

"젊음이 부러워요, 사장님?"

어느새 옆으로 다가온 태민이 작은 목소리로 물었다.

"아뇨. 그냥…… 저렇게 친구랑 몰려다니면서 웃고 떠들어 본 적이 없거든요. 신기해서요."

"흐음. 내일 뭐해요?"

"내일이요? 딱히 약속은 없는데."

내일은 쉬는 날이다.

"그럼."

태민이 휴대폰을 들어 무언가를 확인했다.

"음, 날씨는 괜찮고. 내일 놀러 가요."

"어디로요?"

"비밀이에요."

그때, 영진이 메뉴판을 들고 돌아왔고 태민은 음료를 만들기 위해 바 뒤로 돌아갔다. 서연은 태민이 음료 만드는 모습을 멍하니 지켜봤다.

옅은 미소를 띠고 음료를 만드는 그의 모습은, 아무리 봐도 질리지가 않았다. 컵을 만지는 긴 손가락과 라떼 아트를 할 때의 신중한 눈빛. 만족스러운 그림이 나왔을 때 씩 웃는 얼굴. 저렇게 다양한 표정을 지닌 사람이었나 싶을 정도로, 바 안에서의 태민은 즐거워 보였다.

다행이다. 태민의 기분이 괜찮아 보여서.

*　*　*

태민이 가게로 찾아온 것은, 재희가 한창 프라모델을 조립하고 있을 때였다. 문 열리는 소리에 흘끗 고개를 들었던 재희는, 찾아온 사람이 태민이라는 것을 확인하고는 다시 고개를 숙였다. 태민 따위, 오든 말든 신경도 쓰지 않으리라는 듯이.

"뭘 그렇게 열심히 하나 했는데. 가게 일은 안 하는 거야?"

"신경 꺼."

재희가 차갑게 말했다. 태민은 의자를 끌어다가 재희의 옆에 앉았다.

"내일 뭐해?"

"신경 꺼."

"바다에 가자."

"신경…… 뭐?"

그제야 재희는 프라모델을 놔두고 태민을 돌아봤다.

"오늘 낮에 여고생 손님들이 왔었어. 서연이가 그걸 부럽다는 듯이 지켜보더라."

"……그렇겠지. 걔는 고등학교 때 친구들이랑 어울리질 못했으니까."

"너랑은 어땠어? 너랑 재원이도 친구였잖아."

"우리야 뭐, 학교에서 보는 게 전부였지. 가끔 허락 받아서 밖에서 만난 적이 있긴 한데, 감시자가 붙어 있어서 제대로 못 놀았어."

"친구들이랑 웃고 떠들 수 있게 해 주고 싶어. 내일 같이 바다에 가자. 너랑 재원이, 그리고 종업원들 몇 명이랑."

"서연이는 착해. 재원이도 착하지. 그런데 난 아냐. 난 아직 그쪽한테 감정이 남아 있어. 그쪽을 믿을 수도 없고. 홍 사장한테 복수하려고 서연이를 이용하는 건지 누가 알아?"

"그런 짓 안 해."

"서연이가 하는 게임에 대해 들었지?"

"응."

"서연이가 성공하게 만들어서 재양을 손에 넣고, 홍 사장한테 복수하려는 계획 아냐?"

"내가 그렇게 눈에 빤히 보이는 수법을 사용할 것 같아? 그럴 생각이었으면 애초에 그 사실을 알았을 때, 서연이를 떠나지도 않았어."

"……."

"그리고 지금 이 상태에서 서연이는 성공하지 못할 거야."

"왜?"

"홍란희, 홍윤성. 그들이 가만히 있을 것 같아? 그리고 홍진탁, 그 인간도 서연이가 성공하는 걸 가만히 놔두고 보진 않을걸."

"그건…… 그렇겠지."

인정하기 싫지만 사실이었다. 서연이 가게 오픈을 하기 전까지는 우습게 보고 있었을 것이다. 서연 혼자는 아무것도 하지 못할 거라고. 하지만 서연은 가게를 오픈했고, 그 집에서 나왔다. 게다가 '작전명 스위트'는 예쁘고 아기자기한 가게로 점점 알려지고 있었다.

순수익으로만 따지면 강남에 있는 란희의 고급 바나 윤성의 명품 판매에 미치지는 못할 것이다. 하지만 홍 회장이 단지 순수익으로만 성공 여부를 결정할 것 같지는 않았다. 홍진탁도 그리 생각할 것이다.

"실제로 홍란희는 움직이기 시작했어."

이어지는 태민의 말에 재희는 눈을 크게 떴다.

"그게 정말이야?"

"응."

"그걸 오빠가 어떻게 알아?"

"알아, 나는."

"뭐?"

"그 정도쯤은 알고 있어. 얼마 전에는 가게로 기자를 보냈어. 일단 그쪽은 손을 써 두긴 했는데, 아마 곧 다른 쪽으로 공격을 해 올 거야."

"어떻게?"

"돈만 주면 무슨 일이든 해 주는 사람들이 많거든. 그 사람들을 이용하겠지. 분명 서연이의 상처를 헤집는 방법일 거야. 가게뿐만이 아니라 인간적으로도 질투를 하는 것 같으니까."

재희는 눈을 가늘게 뜨고 태민을 응시했다. 이 남자는 어떻게 그런 부분까지 알고 있는 걸까?

"그 전에 내가 홍란희를 칠 거야."

태민이 단호하게 말했다.

"홍란희가 뭔가 하기 전에 싹을 잘라 버려야지."

재희가 피식 웃었다.

"이 오빠, 웃기는 오빠네. 오빠, 이러니저러니 해도 홍란희는 재양이야. 개 싹을 잘라 버리는 게, 여자 꼬시는 것처럼 쉬운 줄 알아?"

"어려울지 쉬울지는 해봐야 알겠지."

태민이 왜 이리도 자신만만해 하는 건지, 재희는 이해할 수가 없었다. 재희가 아는 태민은 그저 바람둥이 프로그래머일 뿐이었다. 태민의 희생양이 된 여자들 중에서 돈 많고 집안 좋은 여자가 있을지도 모르겠다. 하지만 그 여자들이 재양을 상대로 싸움에 나서 줄 리가 없다. 하지만.

"알겠어, 뭐. 서연이를 돕겠다는데 말릴 이유는 없지. 섣불리 움직이면 위험할 거야."

"응, 알아."

"내가 도울 일 있으면 언제든 말해. 재원이도 부려 먹고."

"그래. 그럼 내일 바다에 가 줄 거지?"

* * *

똑똑—

문을 두드리는 소리에 잠에서 깨어났다. 창밖은 아직 어두웠기 때문에, 잘못 들은 거라고 생각하고 다시 이불을 끌어 올렸다.

똑똑—

또다시 노크 소리가 들렸다. 잠결에 우웅, 신음을 흘리며 이불을 머리 꼭대기까지 끌어당겼다.

"서연아, 일어나."

태민의 목소리에 잠이 확 깼다. 서연은 벌떡 상체를 일으키며 반사적으로 휴대폰을 들어 시간을 확인했다.

새벽 4시. 이런 시간에 어쩐 일일까? 무슨 일이 생긴 걸까? 황급히 방문을 열었다. 아래층이 소란스러웠다.

"무슨 일 있어요?"

"나갈 준비해."

"네?"

"바다에 가자."

바다라니. 그런 소리는 듣지 못했다. 하지만 종업원들은 미리 알고 있었는지, 서연이 준비를 끝내고 내려왔을 때는 다들 1층 식당에 모여 있었다.

"준아, 넌 정말로 안 갈 거야?"

준아만 잠옷 차림이었다. 밖이 시끄러워서 나온 모양이다.

"응, 난 선약이 있어서. 다들 재미있게 놀다 오세요."

"아쉽다, 야. 다음엔 같이 가자."

딩동—

초인종을 누르는 소리에 나가 보니, 재희가 와 있었다. 그 옆에는 희미도 있었다.

"재희야, 너도 가는 거야?"

"응, 어쩌다 보니 그렇게 됐네."

"태민 씨가 계획한 거야?"

"응, 뭐."

재희의 시선이 서연의 뒤로 향했다.

"사람 귀찮게 하는 남자야, 저 인간은."

서연도 뒤를 돌아봤다. 태민과 재원, 종업원들이 짐을 들고 나오고 있었다.

집 앞에는 못 보던 승합차가 세워져 있었다. 거기로 짐을 옮기고 태민이 자연스럽게 운전석으로 향하는데, 재원이 태민의 팔을 붙잡았다.

"내가 운전할게요."

"응?"

"형은."

재원이 차에 타는 서연을 흘끗 보고 나서 목소리를 낮췄다.

"서연이랑 있어 줘요. 그러려고 가는 여행이잖아요."

"재원아."

태민의 표정이 진지해지자 재원이 얼굴을 붉혔다.

"아, 됐어요. 형답지 않은 표정 짓지 마세요."

"나는."

"저는요, 형."

재원이 태민의 말을 끊었다.

"형이 달라졌다고 믿기로 했어요. 옛날의 형이었다면 이런 상황에서 장난만 쳤을 텐데."

"……."

"전 서연이가 친구들이랑 어울린 적 없다는 걸 알아도, 이런 계획을 생각해 본 적은 없어요. 형은 서연이를 행복하게 해 주겠죠. 저는 그냥 그거면 돼요. 서연이가 웃는 만큼 형한테 고마워할게요. 그러니까 저한테 미안해하지도 말고, 고마워하지도 마세요."

* * *

8인승 자동차의 운전석에는 재원이, 조수석에는 재희가 앉았다. 희미와 선명, 영진이 그 뒤에 앉았고, 가장 뒷좌석에 서연과 태민이 앉았다.

서연은 이런 차를 타 보는 것도, 이런 시간에 사람들과 어딘가에 가는 것도 처음이었다. 신기한 기분으로 차내를 둘러보다가 태민과 눈이 딱 마주쳤다.

"신기해?"

"네, 완전! 이런 시간에 어디 가 보는 거 처음이에요."

"친구들이랑 안 놀러 다녔어요?"

앞자리에 있던 선명이 뒤를 돌아보며 물었다.

"우리 서연이는 예뻐서 함부로 어디 놀러 다니지 못했지."

태민의 말에 선명과 영진이 "우우." 야유를 퍼부었다. 태민이 사람들 앞에서 공개적으로 칭찬을 해 준 건 처음이다. 서연은 얼굴을 붉히며 고개를 숙였다.

이야기를 하기도 하고, 유치한 게임을 하기도 하면서 차는 계속

달렸다. 서연은 이야기에 끼진 않았지만, 차창 밖을 내다보며 그들의 소리를 듣는 것만으로도 즐거웠다.

한 시간쯤 달리던 차는 휴게소에서 멈췄다. 이런 시간인데도 휴게소에는 차가 많았다.

"더 추워지기 전에 다들 놀러 가나 보다."

재희가 기지개를 펴며 말했다.

"여기선 뭘 하는 거야?"

"화장실도 다녀오고 요기도 하고. 희미, 화장실 갈 거?"

"네, 갈래요."

서연과 희미, 재희가 나란히 화장실로 향했다. 그 모습을 지켜보던 선명이 중얼거렸다.

"여자들은 화장실을 왜 같이 가는 거지?"

"글쎄. 우리도 같이 가 볼까?"

태민의 말에 선명이 진저리 쳤다.

"아, 전 진짜 싫어요. 화장실 갈 생각도 없어요."

"감자 먹을래. 재원이 형, 뭐 드실래요?"

잠을 제대로 못 자고 나온 데다가 운전을 하느라 피곤했는지, 재원은 운전석을 뒤로 젖히고 눈을 감고 있었다.

"아니, 난 한숨 잘래. 다녀들 와."

그래서 태민과 영진, 선명만 휴게소 건물을 향해 걸어갔다. 선명은 핫도그를 사러 갔고, 태민과 영진은 감자버터구이를 사기 위해 줄을 섰다. 감자를 굽는 고소한 냄새가 배 속을 자극했다.

"형, 단도직입적으로 물어볼게요."

노릇노릇한 감자를 빤히 응시하며, 영진이 입을 열었다.
"응, 물어."
"서연이 누나랑 사귀세요?"
"응, 나는."
영진이 미간을 좁히고 태민을 돌아봤다.
"나는?"
"응, 나는 사귀고 있다고 생각해. 서연이는 그렇지 않겠지만."
"그게 뭐예요?"
"우리 서연이는 FM이거든. 사귀자고 말한 적 없으니 사귀지 않는다고 생각하고 있을 거야."
"그런 거라면 확실하게 말해 두는 게 좋지 않겠어요?"
"그렇겠지."
태민이 여자 화장실 쪽으로 시선을 옮겼다. 재희와 서연, 희미가 나오고 있었다. 함께 화장실을 다녀오는 게 뭐가 그리 좋은지, 그들은 웃고 있었다. 그리고 그런 서연을 보는 태민의 입가에도 미소가 번졌다.
"말해야지."

서연은 냉커피를 사 들고 먼저 차로 향했다. 휴게소 주차장은 넓고 차가 많아서 조금 헤맸다. 이러다가 길을 잃는 게 아닌지 걱정할 때쯤에 타고 온 것과 비슷한 자동차를 발견했다.
혹시나 싶어서 선팅 된 창문에 얼굴을 바짝 갖다 붙이고 안을 들여다봤다. 자고 있던 재원이 시선을 느낀 듯 눈을 번쩍 뜨고 차창으로 고개를 돌렸다. 서연을 발견하고는 깜짝 놀라는 모습에, 괜히 웃음이 나왔다. 재원이 차 문을 열었다.

"피곤하지?"

서연이 재원에게 냉커피를 건넸다.

"땡큐. 괜찮아."

"운전하는 거 힘들지 않아? 잠도 제대로 못 잤을 텐데."

"누군가는 해야 하니까."

재원은 눈이 뻑뻑한지 손등으로 눈을 비볐다.

"개강은 언제야?"

"했어."

"앗, 정말? 그럼 어떡해?"

"괜찮아. 어차피 첫 주는 잘 안 나가거든."

"그렇구나."

거기까지 말하고 대화가 끊겼다. 재원에게 하고 싶은 이야기가 많았다. 태민이 돌아온 후, 재원에게 여러 이야기를 하고 싶었다. 하지만 그 어떤 것도 입 밖으로 흘러나오지 않았다.

"서연아."

재원이 침묵을 깨뜨렸다.

"이제 슬슬 직원을 새로 구하는 게 좋겠어."

생각지 못한 말에, 서연은 고개를 번쩍 들었다.

"왜?"

"왜긴. 이제 개강했으니까 낮에는 가게 나오지 못해."

"그럼 저녁엔?"

"저녁 때도. 과제도 많고 졸업도 준비해야 해서 힘들 것 같아."

표정을 갈무리해야만 한다는 걸 알고 있었다. 이 우울한 마음을 드러내선 안 된다는 걸 아는데, 표정이 정리되지 않았다.

역시나 재원은 서연의 마음을 눈치챘다. 재원이 쓰게 웃으며 서연의 머리 위에 살짝 손을 얹었다.

"서연아, 그거 알아?"

서연은 목이 메어서 대답할 수가 없었다. 자신이 한심스러웠다. 재원이 가게에 있고 싶지 않아 하는 것은 당연했다.

재원은 서연을 사랑한다고 했다. 아주 오래전부터 사랑했다고 말했다. 하지만 서연은 그 마음을 받아 줄 수 없었다.

서연도 사랑을 하고 있기에 잘 알고 있었다. 내가 사랑하는 사람이 다른 이의 곁에 있는 것을 보는 게 어떤 기분인지.

재원을 잡지 않는 것이 옳았다. 재원이 떠난다고 서운한 기색을 조금도 내비쳐서는 안 됐다. 가슴이 저릴 만큼 잘 알면서도, 그러지 못하는 자신이 한심스러웠다.

"서연아, 나는 얼마 전까지만 해도 너한테 손을 댈 수가 없었어. 친구처럼 가볍게 손목을 잡는 것도, 어깨에 팔을 두르는 것도 나한테는 정말 어려운 일이었어."

문득 어릴 때의 일이 떠올랐다. 중학교 졸업식을 하던 날이었다.

학생들은 졸업식이 끝나고 친구들과 삼삼오오 모여 사진을 찍었다. 서연은 같은 반에 친구가 없었기에, 운동장 한복판에 우두커니 서 있었다. 서연이 혼자 있는 걸 본 재희가 와서 함께 사진을 찍었다. 그러다가 근처에서 다른 친구들과 어울리는 재원을 발견하고는, 재원의 팔을 세게 끌어 당겼다. 그 바람에 기우뚱하던 재원이 서연의 어깨를 붙잡고 말았다.

"으앗!"

재원은 비명을 지르며 손을 떼어 냈고,

'재원이는 날 엄청 싫어하나?'

서연은 그렇게 생각했었다. 재희의 등살에 어쩔 수 없이 서연과 어울려 주는 것인지도 모른다고, 그렇게 생각했던 시절도 있었다.

시간이 흐르면서 점차 잊힌 기억이, 이제야 생생하게 떠올랐다. 그때는 무심코 보아 넘겼던 재원의 홍조 띤 얼굴도, 지금 눈앞에 둔 것처럼 기억이 나서 가슴이 아팠다.

이제야 재원이 아주 오래도록 자신을 사랑하고 아껴 주었다는 것을 실감했다.

"이제는 이렇게 머리를 쓰다듬을 수가 있게 됐어."

재원의 음성에 회상에서 벗어났다.

"아마 시간이 지나면 더 많이 편해질 거야. 그럴 거라고 확신해."

"정말 그럴까?"

"응, 정말 그래. 내 눈치를 보지 마. 나는 네가 웃는 걸 보는 게 좋아. 웃는 모습에 반했었으니까."

그래서 서연은 애써 미소를 지었다.

"조금 떨어져 있을 시간이 필요하다고 생각해. 가게 일이 너무 바쁘면 도우러 올 거고, 네가 심심할 때 연락하면 만날 거야. 우리 사이는 달라진 게 아무것도 없어. 그냥 전처럼 돌아가는 것뿐이야."

이런 상황에서도 서연의 마음을 편하게 해 주기 위해 노력하는 재원에게, 무슨 말을 해야 좋을지 알 수 없었다. 적어도 미안해, 라는 말을 해서는 안 된다고 생각했다. 그래서 서연은 재원의 두 손을 꽉 붙잡고 그와 눈을 맞췄다.

"고마워, 재원아."

"응."

"내가 지옥 같은 그 집에서 버틸 수 있었던 건, 너랑 재희가 있었기 때문이야. 그리고 지금도, 아마 앞으로도 그럴 거야."

"그래, 그거 다행이다."

"지금껏 너는 나한테 고마운 일만 잔뜩 해 줬어. 그러니까 나 힘껏 노력할게. 열심히 노력해서 너한테 도움이 되는 사람이 될게."

"아하하하. 그래, 알겠어. 기대할게."

재원이 웃었다.

"그러고 보니 우리 같이 바다에 가는 거 처음이네. 가서 재미있게 놀다 오자."

재원이 하늘을 올려다보며 말했다.

일행이 돌아온 후에는 다시 차를 타고 달렸다. 이제부터는 휴게소에 들르지 않을 거라고, 재원이 말했다. 하지만 한 시간도 지나기 전에, 선명이 화장실에 가고 싶다고 난동을 부렸다.

"아, 꼭 이렇게 뒤늦게 가겠다고 하는 애들이 있다니까."

"재희 누님, 저 아까는 진짜 하나도 안 마려웠단 말이에요. 그걸 억지로 쌀 순 없잖아요."

"그렇게 구체적으로 말할 건 없거든? 진상이다, 진짜."

또 휴게소에 들렀다가 다시 출발을 했다. 이른 시간에 일어나서인지 잠이 쏟아졌다. 잠들기 싫어서 어떻게든 버텨 보려고 했는데, 어떻게 알았는지 태민이 말했다.

"졸리면 좀 자."

"괜찮아요."

"괜찮긴. 어깨에 기대서 좀 자. 아니면 쿠션 줄까?"

태민이 구석에 있던 쿠션을 들어 보였다. 쿠션보다는 태민의 어깨에 기대고 싶었다. 하지만 다른 사람들도 있는데 그러기는 민망해서 쿠션을 받았다. 차창 쪽에 쿠션을 대고 머리를 기대자마자 잠이 쏟아졌다.

잠든 서연을, 태민은 물끄러미 지켜봤다. 봉긋한 이마와 고운 선을 가진 눈썹, 무겁지는 않을까 걱정이 될 만큼 길고 풍성한 속눈썹과 오뚝한 코, 그리고 붉은 입술. 어느 하나 빼놓을 곳 없이 예뻤다.

가게에서 가만히 앉아 있는 서연을 볼 때면 시간이 가는 줄을 몰랐다. 눈을 깜빡거릴 때마다 얼마나 사랑스러운지, 가게라는 것을 잊고 달려가 키스를 하고 싶을 때가 여러 번이었다.

'그러고 보니 그땐 어떻게 그렇게 키스를 해댔을까?'

서연을 처음 만난 날에 입맞춤을 했다.

'내가 미쳤지.'

정말로 미쳤었다.

'나, 진짜 헤픈 놈이었구나.'

서연에게는 첫 입맞춤이었을 것이다. 순수하게 살아온 만큼 첫 키스에 대한 환상도 많았으리라. 태민이 그것을 깨 버렸다. 서연에게는 정말 미안한 일이었다.

'지금은 만지는 것도 조심스러운데.'

서연에 대한 마음을 자각한 후, 오히려 서연을 만지는 게 어려워졌다. 잘못 만지면 기분이 상하지 않을까 걱정이 돼서, 손을 잡는 것조차 마음껏 할 수가 없었다.

그때, 차가 커브를 돌았고 서연의 몸이 태민 쪽으로 기울어졌다. 서연의 머리가 태민의 어깨에 닿을 때에, 향긋한 샴푸 향기가 코끝을 간질였다. 아찔한 기분이 들어, 태민은 황급히 얼굴을 반대쪽으로 돌렸다.

그때 주머니 속에 넣어 뒀던 휴대폰이 울렸다. 태민은 서연이 깨지 않도록 조심스럽게 움직여 휴대폰을 꺼냈다. 민기에게 걸려 온 전화였다.

"어."

작은 목소리로 대답했다.

[통화 곤란?]

"어."

[그럼 대답만 해.]

"어."

[네가 말한 대로야. 찾아보니까 나오더라. 피해자 연락처도 확보했어.]

태민의 입가에 미소가 번졌다. 그럴 줄 알았다.

—난 무슨 짓을 해도 괜찮아.

란희를 만나고 얼마 안 되었을 때, 술에 흠뻑 취한 란희가 그런 말을 한 적이 있었다.

—내가 뭘 해도 우리 아빠가 지켜 주거든. 이래서 사람은 돈이 많아야 돼.

보통 '무슨 짓'을 해 본 사람만이 '무슨 짓'을 해도 괜찮다는 것을 알게 된다. 태민은 그 말을 흘려듣지 않았다. 언젠가 써먹을 데가 있을지도 모른다고 생각했기 때문이다. 좀 더 나중에 이용할 생각이었는데, 란희가 서연을 건드리려고 움직이는 이상 그 패를 꺼내 드는 수밖에 없었다.

[만날 거냐?]

"응, 조만간. 지금은 바다에 가는 길이야."

[바다? 갑자기?]

"그렇게 됐어. 아무튼 서울 돌아가면 연락할게."

전화를 끊은 태민은 눈을 감았다. 상상만 했던 계획을 실행에 옮기게 되었다. 생각해 두었던 여러 개의 계획 중, 가장 현실 가능성이 없고 무모한 계획.

이것이 태민을 얼마나 위험하게 만들지는 알 수 없었다. 모든 것은 중요한 순간, 홍 회장이 어떻게 움직이느냐에 달려 있었다.

*　　*　　*

란희는 잠에서 깨자마자 휴대폰을 집어 들었다. 지영이 쓴 기사는 오늘 오전에 올라올 거라고 했다. 그 기사가 포털 메인에 뜨도록 손을 써 뒀다.

[심심한 날, 어디에 갈까?]

눈에 들어오는 제목이 하나 있었다. 그 기사를 클릭해서 읽던 란희의 얼굴이 일그러졌다.

원래대로라면 작전명 스위트의 단점을 늘어놓은 기사가 쓰여 있어야 했다. 하지만 그 안에 담긴 것은 가게 내부를 예쁘게 찍은 사진과 가게의 장점뿐이었다. 혼자서 와도 편안하게 즐길 수 있고, 손님들이 조용하게 대화를 나눌 수 있다는 걸 강조했다. 계절마다 가게 콘셉트를 바꿔서 다른 느낌으로 꾸밀 거라는 소식도 담겨 있었다.

만약 서연의 가게가 아니라면, 란희도 한 번쯤 가 보고 싶다고 생각될 만큼 예쁜 기사였다.

"이게 뭐야?"

지영이 쓴 게 확실한가 싶어서 기자 이름을 확인했다. 김지영이라고 분명하게 쓰여 있었다.

악평을 써서 고소당할 것을 걱정할 리는 없었다. 그런 일 절대 없을 거라고, 혹시라도 고소하면 다 막아 주겠다고 장담을 해 뒀으니까.

'설마 이 계집애, 태민 오빠한테 반했나? 태민 오빠가 살살 달래니까 신나 가지고 좋은 기사 쓴 거 아냐?'

하지만 그저께 밤에 만난 지영에게서 배신의 기미는 조금도 찾아볼 수가 없었다. 지영은 기사를 읽으면 사람들이 작전명 스위트로의 발길을 뚝 끊을 거라고 호언장담을 했었다.

지영에게 전화를 걸었다. 신호음은 갔지만 전화를 받진 않았다. 몇 번 더 전화를 걸다가 문자를 남겼다.

[보는 대로 전화 줘.]

전화는 걸려 오지 않았다.

* * *

바다 근처에 있는 리조트에 숙소가 있었다. 태민은 이곳에서 하루 자고 내일 새벽에 올라갈 거라고 했다. 일정이 빠듯해서인지 모두의 눈동자가 제대로 놀겠다는 각오로 번뜩였다.

숙소에 짐을 내려놓고 곧바로 바다로 향했다. 9월이라 해수욕장은 폐장했지만 바다에 발 담그는 정도는 할 수 있었다.

"너무 심하게들 놀지 마. 2시간 후에 점심 먹고 나서 관광하러 다닐 거니까."

태민이 주의를 줬지만 다들 귓등으로도 듣지 않았다. 가장 먼저 선명과 영진이 바다로 뛰어들었고, 바닷물에 흠뻑 젖은 선명이 뛰어나와 재원을 끌어안았다.

"아, 난 바닷물 싫어해!"

그렇게 외치기는 했지만, 막상 바다에 들어간 재원은 즐거워하며 재희에게 달려왔다.

"죽여 버린다?"

서연의 옆에 서 있던 재희가 진지한 표정으로 으르렁거렸다. 재희의 '죽여 버린다.'에 진심이 담겼다는 걸 깨달은 재원은 흠칫 뒤로 물러났다. 하지만 재희의 성격을 제대로 파악하지 못한 선명은 재희를 번쩍 안아 들고 바다로 달려갔다.

물귀신에게 잡혀가듯 한 명, 두 명 바다로 끌려 들어가고, 해변에는 태민과 서연만 남았다. 아마도 두 사람의 시간을 위해 남겨 놓은 것 같았다.

서연은 모래사장에 가만히 서서, 바다에서 노는 일행을 지켜봤다. 짠 냄새가 코끝을 간질였다. 바닷바람에 흩날리는 머리카락이 자꾸만 얼굴에 달라붙어서 간지러웠다.

문득 옆에 서 있던 태민과 손등이 스쳤다. 화들짝 놀라 손을 움츠렸다가, 곧바로 후회했다.

태민이 기분 나쁘진 않을까?

조심스럽게 태민을 돌아봤더니 태민은 이쪽을 보며 웃고 있었다.

"왜, 왜요?"

"참 예쁜 사람이 내 옆에 있구나, 싶어서."

"아……."

태민은 예쁘다는 말을 자주 해 주었다. 그런데도 매번 들을 때마다 심장이 콩닥거린다. 서연이 다시 바다로 눈을 돌렸을 때, 태민이 물었다.

"손잡아도 돼?"

조심스럽게 묻고 있다는 걸, 서연도 알 수 있었다.

—손대지 말라면 손대지 않을게.

서연에게 다시 돌아온 태민은 그렇게 말했다. 약속을 잘 지키고 있구나, 라는 생각이 드는 한편, 이 약속은 꼭 지키지 않아도 되는데, 라는 생각이 들었다.

태민이 만지는 건 싫지 않았다. 아니, 사실은 좋다. 서연도 태민의 손을 잡고 싶고, 안고 싶고, 입 맞추고 싶었다.

"돼요."라고 말하는 대신 서연이 손을 뻗어 태민의 손을 잡았다. 태민은 놀란 듯했지만 곧 서연의 손을 감싸 쥐었다. 태민의 손은 무척이나 커서, 그의 손에 잡혀 있으면 안정적인 느낌이 들었다. 어디에 떨어져도 이 손을 잡고 있으면 완전히 곤두박질치진 않으리란 생각이 들었다.

이 모든 상황이 꿈같았다.

이래도 되는 걸까? 태민과 홍진탁 사이의 문제는 아무것도 해결되지 않았는데, 이래도 괜찮은 걸까?

문득 불안해졌지만 곧 그 생각을 지웠다.

'불안해하면 안 돼. 노력해야지. 다 괜찮도록.'

마음을 다잡고 있는데, 재원이 이쪽으로 달려오는 모습이 보였다. 바닷물에 흠뻑 젖은 재원은 머리카락에서 물을 뚝뚝 떨어뜨리며 서연의 앞에 멈췄다. 왜 그래, 라는 눈으로 재원을 보자 재원이 씩 웃었다. 짓궂은 미소에 불안해지기도 전에, 재원이 서연을 번쩍 안아 들었다.

"으아!"

깜짝 놀라 비명을 질렀다.

"야, 내 여자야!"

태민이 재원의 팔뚝을 잡으며 말했다.

"내 친구거든요."

그렇게 대꾸한 재원이 태민을 뿌리치고 바다로 달려가며 덧붙였다.

"싫으면 뺏어 보시든가."

태민이 달려왔지만 늦었다.

첨벙—

서연은 바닷물에 빠진 후였다. 짠물이 입안으로 들어왔다. 상상했던 것보다 훨씬 짜서 서연은 저도 모르게 혀를 내밀었다. 그랬더니 입술에 묻은 바닷물 때문에 더 짰다.

"으으, 너무 짜."

"바닷물이 짜지, 달겠니?"

재희가 웃으며 말했다. 뒤늦게 달려온 태민이 서연을 뒤에서 끌어안았다. 젖은 옷 너머로 전해지는 그의 체온이 유독 뜨거웠다.

서연은 그제야 태민이 '내 여자야!'라고 외친 걸 떠올리고 얼굴을 붉혔다. 허리를 감은 그의 단단한 팔과 등에 닿은 그의 가슴. 그의 품에 오롯이 담긴 느낌이 편안하고 좋았지만, 한편으로는 창피했다. 여기에는 둘만 있는 게 아니니까.

"춥지 않아?"

태민의 음성이 귓가에 나직하게 울렸다. 그러고 보니 바닷물이 조금 차가웠다.

"괜찮아요."

하지만 그렇게 대답했더니, 태민의 팔이 서연을 더 꽉 안아 왔다.

"추우면서."

"정말 괜찮아요."

태민 씨가 뜨거우니까. 라는 말은 물론 하지 못했다.

"아, 맞다. 허락을 안 받았네. 이러고 있어도 돼?"

태민이 물었다. 이렇게 일일이 허락을 해 줘야 하는 게 더 창피하다.

"놀고들 있네."

다행히 바로 앞에서 그 광경을 지켜보던 재희가, 허락해야만 하는 상황을 깨뜨렸다.

"사람들 앞에서 스킨십이 너무 심한 거 아냐? 그냥 방을 따로 하나 잡지 그래?"

"포옹 정도는 괜찮잖아."

"떨어져, 떨어져."

재희가 바닷물을 뿌렸다. 태민이 서연을 안은 채로 빙글 뒤로 돌아, 자신이 바닷물을 전부 맞았다.

"뭐야, 기사도 정신이야? 오빠한테 기사도는 안 어울리거든?"

"이제 좀 어울리는 남자가 돼 보려고."

태민에게 안겨 재희와 태민의 말다툼을 듣다가 고개를 들었을 때, 저 멀리 서 있는 재원과 눈이 마주쳤다.

재원의 표정을 보는 순간 심장이 덜컥 내려앉았다. 웃음기 없는 얼굴. 상처를 받은 듯한 그 모습에, 가슴이 아려 왔다. 눈치를 보지 말라던 재원의 말이 떠올랐지만, 어떻게 눈치를 보지 않을 수 있을까. 내게 사랑을 고백했던 소중한 친구의 앞에서, 다른 남자의 품에 안겨 마냥 웃을 만큼 마음이 단단하지는 않았다.

하지만 서연은 웃기 위해 노력했다. 아무렇지도 않은 척, 너의 그 표정을 보지 못한 척.

* * *

바다에서 놀다가 숙소에서 씻고, 다시 나와 조금 돌아다니다 보니 어느새 저녁이 되었다. 다들 새벽에 일어나서 그런지 피곤한 기색이 역력했다.

"저녁거리 사 올게. 다들 쉬고 있어."

태민이 나가려고 하기에, 서연도 일어났다.

"나도 같이 가요."

함께 숙소 밖으로 나와 차에 탔다. 마트까지는 그리 멀지 않아서 10분 정도 달린 후에 도착했다.

마트 안은 냉방 때문에 추웠다. 카디건을 입고 나왔는데도 추워서 몸을 움츠렸더니, 태민이 입고 있던 남방을 벗어서 서연의 어깨에 걸쳐 주었다.

"나 괜찮은데."

"이 정도는 하게 해 줘."

태민이 싱긋 웃으며 서연의 머리를 가볍게 쓰다듬었다.

카트를 끌고 마트 안을 돌아다녔다. 고기를 고르고, 음료를 사고, 술도 조금 샀다.

"이러고 있으니까 옛날 생각나요."

"옛날?"

"우리 가게 열기 전에요."

"아아, 그때."

태민도 기억이 나는지 미소를 지었다.

"이렇게 같이 물건 고르러 다니고 그랬었는데."

"응, 그랬지."

"매일 두근거렸어요."

"……그랬어?"

"네. 누군가를 사랑하는 것도, 사랑하는 사람이랑 같이 뭔가를 사러 다니는 것도. 전부 처음이라서 두근거리고 설레고 그랬어요."

"아아, 그랬군."

왠지 태민의 목소리가 갈라진 것 같아서, 서연은 고개를 돌려 그의 얼굴을 쳐다봤다. 태민이 황급히 한 손으로 입가를 가렸다.

"보지 마."

"얼굴이 빨개요."

"응, 그럴 것 같아. 그러니까 보지 마."

"아……."

이 남자도 이런 말을 들으면 부끄러워하는구나.

솔직하게 말했을 뿐인데, 태민이 이렇게 수줍어하는 모습을 보니 괜히 서연의 얼굴도 빨개졌다. 태민과 서연은 둘 다 얼굴을 붉게 물들인 채 한동안 말없이 멈춰 서 있었다. 진열대를 정리하던 직원이,

"실례합니다."

라고 말하지 않았더라면, 가게 문을 닫을 때까지 그렇게 수줍어 했을지도 모르겠다.

"안 되겠어."

태민이 그렇게 말한 것은, 숙소 앞에서 차를 세웠을 때였다.

"정말 안 되겠다."

그렇게 말한 태민은 차에서 내려 짐을 꺼내지 않고, 서연의 손목을 잡았다. 그리고 바다를 향해 걷기 시작했다.

저물어 가는 태양이 바다를 오렌지 빛으로 물들였다. 일렁이는 금빛 바다가 눈부셔서 눈을 가늘게 떴다. 모래사장에 접어들자, 바스락거리는 모래가 샌들 안으로 들어왔다.

"원래는 다 끝난 후에 말하려고 했어. 전처럼 성급하게 행동해서 망치고 싶지 않았거든."

모래사장을 걸어가며 태민이 알 수 없는 말을 했다. 서연은 태민을 올려다봤지만 태민은 정면을 응시하고 있었다. 그의 표정이 전에 없이 심각했다.

"내 마음을 확실하게 보여 주고, 네가 나를 신뢰하게 됐을 때 말하려고 했는데. 안 되겠어."

태민이 걸음을 멈추고 서연과 마주 보고 섰다. 한참 동안 서연을 가만히 내려다보던 태민이 다시 입을 열었다.

"여자는 많이 만나 봤지만…… 연애를 해 본 적은 없어. 그래서 나도 잘은 몰라. 어디서부터, 어떻게 시작해야 하는 건지. 어쩌면 지금 우리는 연인이라고 할 만한 관계일지도 모르겠지만, 이렇게 두루뭉술하게 시작해서야 기념일을 챙길 수가 없잖아. 아, 내가 지금 무슨 소리를 하고 있는 거지?"

난처해하는 그의 모습이 귀여워서 웃음이 나왔다. 태민은 사귀자고 말하려는 것 같았다. 이런 게 처음인 서연도 알 수 있을 만큼, 태민은 티가 나게 행동하고 있었다.

여자에 대한 것이라면 눈 감고도 알 수 있는 사람인 줄 알았는데. 의외로 이런 면에서 서툴다.

"그러니까. 나는."

"오빠."

"어? 너 지금 날……."

오빠라고 불러 눈이 휘둥그레진 태민을 올려다보며, 서연이 말했다.

"우리 연애할까요?"

사람 얼굴이 이렇게까지 빨개질 수 있구나. 그런 생각이 들 만큼 태민의 얼굴이 붉어졌다.

어쩌면 이 남자, 나보다 더 순진한 거 아냐?

남들이 보면 여자 한 번 만나 본 적 없는 남자라고 생각될 만큼, 태민은 허둥지둥하고 있었다. 지금 이 정태민이, 예전에는 수많은 여자들을 장난감처럼 가지고 놀던 남자라고, 누가 생각이나 할까.

"내가 말하려고 했는데."

태민이 가라앉은 목소리로 말했다.

"누가 말하든 어때요."

"그야 그렇지만. 멋지지가 않잖아."

"멋있어요."

서연은 태민의 볼에 살며시 손을 댔다.

"오빠는 늘 멋있어요. 처음부터 그랬어요, 나한테는."

태민이 볼에 닿아 있는 서연의 작은 손을 감쌌다.

"너도 그래. 처음부터 너는 사랑스러웠어."

"정말요? 나는 촌스럽고……."

"네가 제일 예뻤어."

태민의 검은 눈동자에 서연이 가득 담겨 있었다. 이 세상에 서연밖에 없다는 듯, 그의 눈동자는 흔들림 없이 고정되어 있었다.

"네가 뭘 입든, 어떤 헤어스타일을 하든, 네가 제일 예뻐. 너무 예뻐서, 다른 게 눈에 들어오질 않아. 왜 이렇게 예쁜 거야?"

"그러게요. 왜 이렇게 예쁜 걸까요?"

태민을 만나기 전에는 절대 할 수 없었던 말을 중얼거렸다. 상대가 태민이기에, 무슨 말을 하든 그가 웃어 줄 것을 알기에, 서연은 그렇게 대꾸할 수 있었다. 역시나 태민은 눈이 시리도록 근사한 미소를 지어 주었다.

"고등학교 때 하준이가 연애를 했거든. 그때 그 녀석, 100일이다, 1년이다, 열심히 기념일을 챙기더라고. 난 그게 참 우습고 부질없어 보여서, 왜 저런 걸 열심히 챙길까, 저런 걸 해서 뭐 한다고……. 그런 생각을 했었지."

"……."

"너를 사랑하고, 너도 나를 사랑하고. 그걸 안 것만으로 충분할 줄 알았는데, 아니야. 너와 더 많은 걸 하고 싶고, 너와의 시간을 전부 특별한 것으로 만들고 싶어. 100일도 챙기고, 200일도 챙기고, 유치하게 친구들한테 우리 기념일이라고 알리고. 그런 것들을 하고 싶어."

사랑을 하면 유치해진다는 말이 있다. 그런 게 이런 걸 뜻하는 거라면, 얼마든지 유치해질 수 있었다.

서연은 태민과 공유하는 순간을 전부 특별하게 만들고, 기념하고 싶었다. 태민도 같은 생각이라는 것이 기뻤다. 이 기쁨조차도, 서연에게는 이벤트였다.

"그러니까 우리 오늘부터 사귀자."

태민이 주머니에서 무언가를 꺼냈다. 반지였다.

"원래는 나중에, 가게를 성공시키고, 네가 걱정할 것이 아무것도 없게 되었을 때에 말하려고 했는데. 그렇게 미루지 말자. 오늘부터 사귀자."

아무 무늬도 없는, 가느다란 금반지였다. 태민은 반지를, 서연의 새끼손가락에 끼워 주었다.

"너에게 해 주고 싶은 것이 아주 많아. 네가 지금껏 못 해 본 것들을 전부 경험하고 느끼게 해 주고 싶어. 바다가 보고 싶다면 바다를 보여 주고, 산에 가고 싶다면 산에 함께 가고. 그렇게 너와 많은 시간을 공유하고 경험하고 싶어."

서연은 손가락에서 빛나는 반지를 가만히 내려다봤다.

"내가 널 세상에서 가장 행복한 여자로 만들어 줄게. 네가 지금 날 세상에서 가장 행복한 남자로 만들어 줬으니까."

그 감미로운 말에, 서연은 미소 지었다. 지금 나 역시 세상에서 가장 행복한 여자일 거라고, 서연은 생각했다.

* * *

지영의 전화를 기다리다 못해, 란희는 직접 지영의 집으로 찾아갔다. 지영 혼자 사는 원룸의 초인종을 여러 번 눌렀지만 아무도 나오지 않았다. 현관문에 귀를 붙이고 가만히 기다려 봤다. 인기척이 없었다.

'얜 대체 뭘 하는 거야?'

아랫입술을 잘근잘근 깨물었다. 지영에게 배신당했다고는 믿고 싶지 않았다. 내가 남을 배신할 수는 있어도, 남이 나를 배신하는 일은 없어야만 했다. 나는 재양 그룹의 후계자 중 한 명이니까.

얼마나 그렇게 기다렸을까. 차 멈추는 소리가 들리는가 싶더니, 원룸텔 안으로 누군가 들어왔다. 지영이었다.

란희는 달려가 지영의 앞에 서자마자 뺨을 후려쳤다.

짜악—

날카로운 소리가 원룸텔 안에 울려 퍼졌다.

"너, 감히 날 무시해?"

지영은 파리하게 질린 얼굴로 란희를 응시했다.

"내가 여기까지 오게 만들어? 대체 뭘 하고 돌아다니는 거야?"

란희가 쏘아붙였다. 지영은 당황한 듯했지만 곧 인상을 찌푸렸다.

"나, 잘렸어."

"뭐?"

"나, 회사에서 잘렸다고."

사실 지영은 프리랜서 기자가 아니었다. 커다란 신문사에 소속된 기자였다. 2년 전, 원하는 신문사에 취직했다고 무척이나 기뻐했었다.

"그 기사도 내가 쓴 거 아냐. 기사 내용이 바뀌었고, 항의하려고 했는데 잘렸어."

"그게…… 무슨 소리야? 왜 잘렸는데?"

"그걸 내가 어떻게 알아?"

지영이 빽 소리 질렀다. 란희는 눈을 휘둥그레 떴다. 감히 나한테 소리를 질러? 하지만 뭐라고 할 틈이 없었다.

"네가 하라는 거 했더니 잘렸어! 대체 이게 뭐야? 내가 왜 잘려야 하는데? 잘 다니고 있던 직장에서, 너 때문에 잘렸다고!"

"야, 그게 왜 내 탓이야? 네가 제대로 못하니까 잘린 거겠지. 기사 좀 잘못 썼다고 잘리는 게 말이 돼?"

"아, 몰라! 너랑 엮여서 잘된 적이 한 번도 없어. 사람을 노예 취급이나 하면서 부려 먹을 줄이나 알지. 거지같이 살았던 주제에, 운 좋게 재양 일가가 됐다고 기세등등해서는."

짜악—

란희는 참지 못하고 다시 한 번 지영의 뺨을 때렸다. 이번에는 지영도 가만히 있지 않았다.

짝—

지영의 손바닥이 매섭게 란희의 뺨을 후려쳤다.

"네가 뭐라도 되는 것처럼 구는데. 넌 결국 홍 사장이 바람 피워서 난 자식이잖아. 홍 사장 진짜 부인이 살아 있을 때는, 그 집에 발 도 들이지 못했던 주제에."

지영이 란희를 노려보며 말했다. 지영은 어릴 때부터 란희와 알고 지냈다. 아주 어릴 적부터 친구였기에, 지영이 이런 식으로 나올 줄은 몰랐다.

"아빠가 진짜로 사랑했던 건 우리 엄마야."

란희가 부들부들 떨며 말했다.

"그놈의 진짜 타령 좀 그만해. 진짜는 홍서연이야. 걔, 너랑 다르게 진짜 귀티 나더라. 귀한 집에서 태어난 애는 이런 거구나, 싶더라. 네 아빠가 네 엄마를 사랑했든 뭐든, 실제로 홍 회장님한테 인정을 받고 며느리가 된 건 홍서연 엄마인 거 아냐?"

란희가, 그리고 란희의 엄마인 김미진이 가장 아프게 생각하는 부분이었다. 그들은 홍 회장의 인정을 받지 못했다.

"내가 지금까지 네 뜻대로 해 준 거, 네가 말하는 대로 끌려 다닌 거, 네가 무서워서가 아니야. 네 돈이 탐나서도 아니고. 친구니까, 네가 불쌍하고 안쓰러우니까. 그러니까 잘해 주려고 노력한 거야. 그런데 넌…… 넌 미쳤어, 홍란희."

"내가 무슨……!"

"전에 그 사건도 그렇고, 지금도 그렇고. 넌 그냥 사람을, 사람으로 생각하지 않는 것 같아. 내가 잘렸다는데도 내 걱정보다는 질책이나 하고. 너한테 맞춰 주는 것도 지긋지긋하다, 진짜."

"너, 감히 나한테 그따위로 나와? 우리 아빠가……."

"너네 아빠 타령 좀 그만해! 누군 아빠 없는 줄 아나?"

지영은 짜증스럽게 란희를 확 밀치고는 안으로 들어갔다. 란희는 지영을 향해 돌아섰지만 잡을 수는 없었다. 지영이 더 이상 자기 마음대로 되지 않으리라는 것을 깨달았기 때문이다.

그래서 란희는 지영이 들어가는 것을, 망연자실하게 지켜볼 수밖에 없었다.

'대체 무슨 일이 벌어지고 있는 거야?'

* * *

바다에 다녀오고 나서 보름이 지났다.

일주일 전 새로운 종업원을 구했고, 재원은 일을 그만뒀다. 다들 아쉬워하며 이별 파티를 열어 주었는데,

"영원한 이별도 아닌데, 이별 파티는 어감이 좀 그렇지 않아?"

재원은 자신을 위한 파티를 수줍어했다.

새로 들어온 종업원은 예전에 재원의 소개로 가게에 왔었던 윤수희였다. 수희는 그 후로도 종종 가게에 찾아왔는데, 이번에 아르바이트 공고가 뜬 것을 보고 지원했다고 했다.

"이번 학기, 안 그래도 휴학했거든요. 자격증 따고 토익 공부도 할 겸. 낮에 일하고 밤에 공부하려고요."

조금 내성적인 수희를 선택한 까닭은, 이곳의 손님이었던 만큼 손님들의 마음을 잘 이해하지 않을까, 라는 생각 때문이었다. 수희는 얌전하긴 했지만 일을 빨리 배웠고, 선배 종업원들과도 빠르게 친해졌다. 예전에 말없던 수희가 맞나 싶을 정도로 밝아진 모습이

었다.

단지 걱정되는 것이 하나 있다면, 회원 손님인 종훈과 준아의 사이였다.

종훈은 거의 매일 찾아오다시피 했는데, 매번 준아가 상대했다. 그뿐이면 괜찮은데, 둘 사이가 심상치 않아 보였다. 내가 예민하게 생각하나 싶어서 태민에게 말했더니,

"아, 괜찮아. 그냥 놔둬도 돼."

라는 말을 들었다.

'그래, 내가 너무 예민한 거겠지. 준아 씨를 믿어야 돼!'

그렇게 다짐을 해 보지만, 자꾸만 의심스러운 마음이 들었다.

"가게 문 연 지도 꽤 됐으니까 이제 슬슬 가게 분위기를 바꿔 볼까?"

오픈 준비를 하며, 태민이 말했다.

"아, 그…… 페어였나? 그거죠?"

희미가 관심을 보였다.

"응, 뭐 생각해 둔 거 있어?"

"가을이니까 독서."

"누가 책벌레 아니랄까 봐."

선명이 중얼거린 말에,

"우리 서연이도 책벌레인데."

태민이 대꾸했다. 희미가 콧등을 찡그렸다.

"허구한 날, 우리 서연이, 우리 서연이. 오빠 머릿속엔 우리 서연이밖에 없어요?"

"에이, 안 그래. 너네 생각도 하지."

"아니요, 안 하셔도 돼요."

영진이 딱 잘라 거절했다.

"왜? 매일 생각하는데. 우리 영진이는 밥을 먹었나, 우리 선명이는 샤워를 했나."

"내 샤워를, 왜 형이 신경 써요? 징그럽게."

선명이 진저리를 쳤다. 바다로 여행을 다녀온 후, 다들 더 많이 친해졌다. 그래서 한 번 수다가 시작되면 멈추질 않았다. 합숙소 생활을 하지 않는 희미보다, 함께 합숙소 생활을 하는 준아가 오히려 겉도는 느낌이었다.

"독서 좋은 것 같아요."

서연이 영양가 없는 수다를 끊으며 말했다.

"어린 왕자나 빨간 머리 앤 같은, 캐릭터성 있는 고전으로 꾸며 보는 게 어떨까요?"

"오, 괜찮은 것 같아요. 어린 왕자 그림 있는 액자도 걸어 놓고, 피규어도 놔두고."

"그럼 그것도 같이 팔면 좋을 것 같은데. 여기서만 구할 수 있는 아이템으로 꾸며서, 원하는 손님은 사 갈 수 있도록."

"이런 거 어때요?"

수희가 휴대폰으로 빨간 머리 앤 액자를 검색해서 보여 주었다. 여러 가지 느낌의 자그마한 액자들이었다.

"피규어 쪽은 내가 아는 사람한테 부탁해 볼게. 다른 데서는 볼 수 없는 걸로."

태민이 말했다.

“태민이 형은 진짜 발이 넓은 것 같아요. 잘생겨서 그런가?”

선명의 말에 희미가 인상을 찡그렸다.

“잘생긴 거랑 발이 넓은 거랑 무슨 상관이야?”

“아니, 원래 잘생긴 사람한테는 다 퍼주고 싶어지잖아.”

“난 태민이 오빠한테 콩 한 쪽도 주기 싫은데.”

“그거야 이젠 태민이 형이 서연이 누나의 남자라서 그런 거 아냐?”

“아니, 난 처음부터 그랬어. 태민이 오빠는 내 타입이 아냐.”

“다들 내가 지금 여기 있다는 걸 잊은 것 같은데? 내 욕은 나 없을 때 좀 해 주지 그래?”

“뒷담화보다는 앞담화가 낫잖아요.”

어린 왕자와 빨간 머리 앤, 그리고 호두까기 인형. 그렇게 세 개의 명작으로 두 달 동안 페어를 하기로 했다. 태민은 그 기간 동안 홈페이지도 분위기를 바꿔 보겠다고 말했다.

오픈 준비 겸 회의가 끝나고 나서, 태민이 선명에게 말했다.

“선명아, 이따 12시부터 4시까지 카운터 좀 맡아 줄래?”

“왜요? 데이트하시게요?”

“응. 수희야, 바 좀 맡아 줘.”

수희는 바리스타 자격증은 없지만 커피를 맛있게 탈 줄 알았다.

“네, 그럴게요.”

12시가 되어 태민과 함께 가게 밖으로 나왔다. 최근에 종종 태민과 둘이 점심을 먹기에, 이번에도 그런 줄 알았는데 태민이 말했다.

"만나게 해 주고 싶은 사람이 있어."

그 말에 긴장한 이유는, 어쩌면 부모님을 소개받을지도 모른다는 생각 때문이었다. 하지만 곧 태민에게는 부모님이 안 계시다는 것을 떠올렸다.

"누군데요?"

"너도 아는 사람이지만, 사실은 모르는 사람."

"응? 알지만 모르는 사람?"

"응. 보면 알 거야."

근처로 가는 줄 알았는데, 태민은 택시를 잡았다. 택시가 향한 곳은 태민과 하준이 사는 집이었다.

"하준이 오빠 만나는 거예요?"

"아니, 사람 많은 곳에서 만나기는 좀 그렇고, 진지하게 할 얘기도 있고……. 그래서 집에서 만나기로 했어."

누구를 만나는 건지 짐작조차 하지 못했다. 태민이 현관문을 열고 서연이 안으로 들어가도록 비켜 주었다. 먼저 들어간 서연은 거실에 서 있는 누군가의 모습에 놀라서 그대로 굳었다. 누구를 만나는지 짐작도 못 하기는 했지만, 거실에 있는 남자는 예상 범위를 훌쩍 뛰어넘는 사람이었다.

어색한 미소를 지으며 서 있는 남자는, 최민기였다.

* * *

"그동안 미안했습니다."

정신을 차린 서연이 신발을 벗고 안으로 들어가자마자, 민기가 살짝 고개를 숙이며 말했다. '그' 최민기라고는 믿을 수 없을 정도로 정중한 태도였다.

"서연 씨한테는 정말 실례되는 행동을 많이 했죠. 상처 될 만한 말도 많이 하고. 정말 죄송합니다."

"아……. 네에."

서연은 상황이 어떻게 돌아가는 건지 알 수 없었다. 태민이 왜 민기를 만나게 해 주고 싶어 하는지, 민기가 왜 이 집에 들어와 있는지, 어째서 하준도 민기와 아는 사람처럼 보이는 건지.

그 어떤 것도 답이 나오지 않았다. 그래서 태민을 올려다봤더니, 태민이 난감하다는 표정으로 말했다.

"그러니까 최검은……. 음, 최민기 검사는 나랑 원래 아는 사이야. 꽤 어릴 때부터."

"아아."

그런 거였나. 그래서 그때 민기를 본 태민의 표정이 굳었고, 끌고 나갔고, 모든 것을 듣고 서연을 떠났고. 그랬던 거였나?

서연과 화해한 태민이 민기에게 사과하라고 시켜서 이렇게 자리를 마련한 걸까?

"서연 씨한테 그렇게 무례하게 행동하고 싶지 않았습니다. 하지만…… 홍윤성 친구처럼 보일 필요가 있었어요."

하지만 이어지는 민기의 말 역시 서연의 예상을 벗어났다.

"네?"

"서연 씨, 저는."

거기서 민기는 입을 다물고 잠시 고민을 하는 듯하다가, 결심한 듯 다시 입을 열었다.

"홍진탁의 범죄를 조사하는 중입니다. 그래도 서연 씨 아버지인데 이런 이야기를 하게 되어서 죄송합니다."

라는 말로, 민기는 이야기를 시작했다. 과할 정도로 정중하고 미안해하는 모습이 낯선 사람을 보는 것 같았다.

이 남자, 정말로 그 최민기가 맞는 거야?

어리둥절한 채로 민기의 이야기를 들었다.

"아버지는 쭉 홍 사장을 의심하고 있었습니다. 홍 사장에게 방해가 되는 인물들이 실종이 되거나 사고를 당하곤 했거든요. 하지만 심증일 뿐, 증거가 없었죠. 누군가에게 사주하는 게 분명한데 찾아낼 수가 없었습니다."

그런 와중에 다른 사건이 계속 터지고, 홍진탁은 점점 강해져만 갔다. 그래서 손을 쓸 수 없는 지경에 이르렀다.

세상에 범죄는 수없이 일어나는데 홍진탁에게만 집중할 수는 없는 노릇이었다. 게다가 최근에는 딱히 홍진탁 주변에서 큰일이 벌어지지도 않아서, 홍진탁을 내버려 둘 수밖에 없었다.

"어릴 때부터 그런 이야기를 듣고 자랐습니다. 게다가 이 녀석은, 제 학교 후배인데."

민기가 태민을 가리켰다.

"그런 일이 있었죠. 서연 씨도 들어서 알겠지만."

"네, 들었어요."

"그래요. 그래서 홍 사장의 범죄를 밝히는 것이 제 평생의 숙제가 되었습니다. 저는 그걸 위해 홍윤성에게 접근했죠. 홍윤성이 실수로라도 홍진탁의 비밀을 흘리기를 바랐습니다."

그러려면 홍윤성에게 우습게 보여야만 했다. 무슨 말을 해도 흘려듣고, 홍윤성의 편이 되어 줄, 간도 쓸개도 없는 친구가 되어야만 했다.

"홍윤성이 똑똑해서 입조심을 하는 건지, 홍 사장이 자기 아들에게까지 감추고 있는 건지는 모르겠지만. 홍윤성은 홍 사장에 대해 별다른 이야기를 하지 않았습니다. 대신, 서연 씨에 대한 이야기를 했죠."

"아, 네에."

"홍윤성이 서연 씨한테……."

거기까지 말한 민기가 입을 다물었다. 이곳에 하준과 태민도 있다는 것을 깨달은 것이다. 하지만 태민은 그 순간 떠오른 민기의 당혹감을 놓치지 않았다.

"홍윤성이 서연이한테 무슨 짓을 했는데?"

"아니, 그게……."

"무슨 짓을 했어?"

"끝까지는 안 했어요."

서연이 난처해하는 민기를 대신해서 말했다.

"끝까지 안 하다니. 그럼 무슨 짓을 하긴 했다는 거잖아."

"네, 하지만…… 중간에 도망쳤어요. 괜찮아요."

"안 괜찮잖아."

"아니요, 정말 괜찮아요."

태민의 표정이 울 것처럼 변했다. 서연은 미소를 짓기 위해 애썼다.

오래전의 일이다. 끝까지 가지도 않았고, 그 후로는 딱히 그런 식으로 접근해 온 적도 없었다. 그래서 미소를 지으려고 하는데, 이상하게 눈물이 나올 것만 같았다.

그때도 울지 않았는데, 왜 이제야 이렇게 참을 수 없는 기분이 드는지 모르겠다. 그건 아마도 태민이, 그리고 민기와 하준이, 진심으로 안타깝다는 눈빛을 하고 있어서이리라. 서연에게 벌어진 그 모든 일이 너무도 안타깝고 화가 나, 견딜 수가 없다는 표정을 짓고 있어서 눈물이 나려고 하는 것이리라. 서연은 고개를 숙였다.

"나는 정말로 괜찮아요. 부끄러울 것도, 감출 것도 없어요. 그러니까 최 검사님. 전부 말해 주셔도 돼요."

"……그래요."

민기가 작게 한숨을 쉬었다.

"아버지 피가 흐르지만 않았어도, 라고, 홍윤성은 말했습니다. 그러다가 어느 날 저한테 그러더군요. 한 번 만나 보라고. 걔는 발언권이 없어서, 자기 말 잘 들으니까 너랑도 사귀어 줄 거라고."

아마도 더 심하게 말했겠지만, 민기는 서연을 생각해서인지 부드럽게 완화시켜서 전했다.

"홍 사장 전 부인의 딸. 서연 씨한테는 미안하지만, 저는 어쩌면 이것이 기회일지도 모른다고 생각했습니다. 서연 씨는 그 집에서 제대로 된 대우를 받지 못하는 것 같았고, 그렇다면 한편으로 만들 수 있지 않을까 싶었죠. 하지만 처음부터 의도를 드러낼 수는 없었습니다. 어쩌면 그들에게 세뇌되어 있었을 수도 있으니까요."

"그렇군요."

"만나면 만날수록, 그렇지 않다는 걸 알게 됐습니다. 그러던 중에 태민과의 일이 터진 거죠. 속여서 죄송합니다, 서연 씨."

"그동안 말 안 해서 미안해."

민기와 태민은 미안하다고 했다.

"사과를 받아 줄 수 없어요."

서연이 말했다. 민기와 태민이 당혹스럽다는 표정을 지었다. 서연은 고개를 들고 그들을 똑바로 응시했다.

"두 분은 저한테 잘못한 게 없어요. 저는 지금."

서연의 입가에 미소가 번졌다.

"굉장히 가슴이 벅차요."

서연의 눈동자가 반짝거렸다.

"엄마가 돌아가시고 17년. 저는 그 집에 살면서 매일 이런 순간을 꿈꿨어요. 늘 상상했어요. 언젠가 홍진탁, 그 사람의 힘에 굴복하지 않는 공권력을 가진 사람을 만나기를."

참고 있던 눈물이, 서연의 볼을 타고 흘러내렸다.

"제 꿈이, 오늘 이루어졌어요."

그렇게 말하며 고요히 눈물을 흘리는 서연을, 그 자리에 있는 어느 누구도 방해할 수가 없었다.

* * *

태민과 서연이 돌아간 후, 민기는 크게 숨을 들이마셨다. 서연과 함께 있는 동안 숨이 막혀서 견딜 수가 없었다. 민기의 사정을 알게 된 후, 서연은 꽉 억누르고 있던 무언가가 폭발한 것 같았다.

"호랑이였어."

하준이 중얼거렸다.

"보호를 받아야 하는 토끼 씨인 줄 알았는데 아니었어. 호랑이 씨였어."

"그러게."

민기는 숨을 삼키며 서연을 떠올렸다.

—그 사람한테 저는 인형이었어요. 아무 생각도, 힘도 없는 인형. 그래서 오히려 쉬웠어요. 저는 그 사람의 약점을 쥐고 있어요.

서연은 눈을 빛내면서 그렇게 말했다.

—다만 어느 누구도 믿을 수 없었어요. 모두가 그 사람 편이니까. 그 사람의 힘에 굴복하니까.

내가 알아온 홍서연이 맞나? 쓴소리를 해도 애써 미소를 짓던, 그 여자가 맞나? 그런 의심이 들 만큼 다른 모습이었다.

"여자는 얼굴이 여러 개라더라."

하준은 여전히 충격에서 벗어나지 못한 것 같았다.

"토끼 씨한테도 그런 얼굴이 있을 줄은 정말 몰랐네."

"난 알았는데."

민기의 말에 하준이 인상을 찌푸렸다.

"허세 좀 부리지 마. 홍윤성 친구인 척했더니 정말로 그렇게 된 거야?"

"생각해 봐. 다른 사람도 아니고, 정태민을 저렇게 쩔쩔매게 만든 여자야. 뭔가 있다고 생각하는 게 당연하지 않겠냐?"

"아, 뭐. 그건 그렇지. 그거 알아, 형? 태민이가 토끼 씨를 처음 사랑하게 됐을 때, 매일 집에 와서 토끼 타령한 거?"

"토끼?"

"응. 토끼를 키우면 매일 보고 싶어지는 게 당연하냐는 둥, 매일 생각나는 게 당연하냐는 둥, 세상에서 내 토끼가 제일 예뻐 보이는 게 당연하냐는 둥. 그런 소리를 해댔다니까?"

"바보인가, 그건?"

"바보지, 뭐."

"태민이가 서연 씨한테 반한 이유는 알겠는데, 서연 씨는 대체 왜? 뭐가 부족해서 저런 바람둥이 양아치를 사랑하는 거지?"

"나도 그걸 도무지 모르겠어서 고민을 좀 했거든. 그거인 것 같더라."

"그거?"

"바보 온달을 사랑한 평강 공주. 이 남자는 내가 아니면 제대로 못 살겠구나, 싶어서 만나 주는 거 아니겠어? 여자들은 모성 본능이 있으니까."

"아아. 그런 것 같네."

자신이 졸지에 바보 온달이 됐다는 걸 꿈에도 모르는 태민은, 택시 안에서 서연에게 조르고 있었다.

"우리 이대로 놀러 갈까? 사귄 지 15일 기념 데이트하자, 응?"

*　　*　　*

샤워를 하는 동안에도 마음의 술렁임이 가라앉지 않았다. 오늘 벌어진 일을 믿을 수가 없었다. 최민기가 홍진탁의 범죄를 조사하고 있었다니.

꿈이 이루어진 것이 기뻐서, 서연은 그만 눈물을 흘리고 말았다. 다들 바보 같다고 생각했을 것이다. 아무 데서나 엉엉 우는 여자는 되고 싶지 않았는데.

평소보다 오랜 시간을 들여서 씻고 나왔다. 침대 끝에 앉아 젖은 머리를 수건으로 닦고 있는데.

똑똑—

누군가 방문을 노크했다.

"네."

"나야, 들어가도 돼?"

태민이었다. 방문을 열자, 트레이닝복을 입은 태민이 보였다. 검은 추리닝 바지에 줄무늬 티셔츠를 입었을 뿐인데도 새삼스레 멋있어서 눈을 뗄 수가 없었다.

"네, 들어와요."

"씻었어?"

"응. 오빠는요?"

"나도. 향기 좋지 않아?"

그러고 보니 비누 향이 났다. 방에 들어온 태민이 안을 쭉 둘러보더니 책장 앞에 가서 섰다. 집에서 나올 때 책을 전부 놔두고 나오는 바람에, 책장에는 최근에 사서 읽은 책들만 꽂혀 있었다.

"저번에도 생각한 거지만, 너 추리 소설 진짜 좋아하는구나."

"네, 추리 소설은 늘 범죄를 해결하는 형사나 탐정이 있으니까요. 홍 사장의 범죄도, 누군가 그렇게 알아냈으면 좋겠다, 라는 생각을 하면서 읽곤 했어요."

"이제 곧 그렇게 될 거야."

"오빠를 만나면서 멈춰 있던 시간이 흘러가는 것 같아요."

"그건 나도 마찬가지야. 널 만나면서 제대로 움직이는 기분이야. 머리 말려 줄까?"

"어? 아니요, 괜찮아요."

"뭘 창피해해. 연인인데."

"그건 그렇지만. 보통 연인이면 머리도 말려 주고 그러나요?"

"응. 보통 그래."

정말일까? 믿어지진 않았지만 태민이 무척이나 머리를 말려 주고 싶어 하는 것 같기에, 수건을 건넸다. 태민은 싱글싱글 웃으며 수건을 받아 들고 서연의 뒤쪽으로 돌아가서 섰다. 등 뒤에 선 태민의 표정을 볼 수는 없지만, 장난감이 생긴 강아지 같을 거란 생각이 들었다.

태민은 수건으로 서연의 머리를 감싸고 신중하게 물기를 닦아 주기 시작했다. 수건 하나를 건너 전해지는 그의 손길에 설레었다. 머리에서 시작된 감미로운 느낌이 천천히 전신으로 퍼져 나갔다.

어째서인지 점점 숨이 가빠질 만큼 창피해졌다. 호흡을 하는 행위마저 신경이 쓰일 만큼, 서연은 야릇한 기분을 느끼고 있었다.

이제는 태민에게 많이 익숙해졌다고 생각했는데 아니었나 보다. 역시 그와 단둘이 한 공간에 있는 건 위험한 기분을 느끼게 한다. 주먹을 꽉 쥐고 긴장해서 서 있노라니, 태민이 중얼거렸다.

"그렇게 긴장하지 마. 나도 긴장되잖아."

"그, 그렇게 티 나요?"

"응, 티 나."

그의 음성에 웃음기가 묻어 있었다.

"야한 생각이라도 하는 거야?"

"아니에요. 난 그냥……."

서연은 침을 꼴깍 삼키고 말을 이었다.

"좋아서요."

"좋아?"

"네. 이렇게 만져 주는 거, 좋아요."

크게 마음먹고 솔직하게 말했다.

"이렇게 둘이 있는 것도 좋고요."

"아이고."

머리를 닦아 주던 태민의 손길이 멈췄다.

"안 돼, 서연아. 이런 상황에서 그런 말 하면."

"왜요?"

몸을 돌려 태민을 마주 보려고 했지만, 태민이 양쪽 어깨를 꽉 잡아 멈춰 세우는 통에 그럴 수가 없었다.

"남자는 말이야. 여자랑 단둘이 한 공간에 있을 때, 그런 예쁜 소리를 들으면…… 충동적인 기분이 들어."

"남자가 아니라…… 오빠만 그런 거 아니에요?"

"아냐, 원래 그런 거야. 그러니까 단둘이 있을 땐 그런 말 하지 마. 간신히 참고 있거든."

"뭘 참는데요?"

"어? 아, 그게. 그냥 여러 가지로."

서연은 힘껏 몸을 돌려서 태민을 마주 봤다. 태민은 당혹스런 눈으로 서연을 내려다보고 있었다.

"어, 왜?"

태민이 뒷걸음질을 쳤다. 늘 당당하고 여유로운 남자가 내 앞에서만 이렇게 당황하는 모습을 보는 건 즐거운 일이었다.

"오빠, 나 25살이에요."

"응, 내 여자 친구 나이쯤은 알아."

"오빠가 생각하는 것처럼 순진하진 않아요. 알 건 다 아는 나이인데."

"아, 하하하하. 그게 무슨 말이야. 하하하."

태민이 시선을 피하며 또 뒷걸음질을 쳤다. 이래서야 누가 누구를 덮치고 싶어 하는 건지 모르겠다.

"난 책도 많이 읽었고, 만화도 많이 봤어요. 알 건 다 알아요."

"물론 알겠지."

"그렇게 유리 인형 대하듯이 대하지 않아도 돼요."

"홍서연, 진짜 너무한다. 내 인내심 테스트하는 거야?"

"인내심 테스트라니. 그런 거 아닌데."

"안 돼, 난 이제 가볍게 행동하지 않기로 했어."

"다른 여자들한테는 가벼웠으면서."

서연의 지적에 태민이 뜨끔한 표정을 지었다.

"아, 물론 가벼웠지. 난 한없이 가벼운 남자였어. 하지만 다들 오해하는 게 있는데, 나 여자랑 그런 적은 없다?"

"네?"

"여자랑 그걸 한 적은 없다고."

"여자랑…… 동침한 적이 없다고요?"

"푸하하하하하."

태민이 갑자기 웃음을 터뜨리는 바람에, 서연은 얼굴을 붉혔다.

"왜, 왜 웃어요? 우리 그 얘기하는 거 아니었어요?"

"아니, 아니. 미안. 맞아. 맞는데. 동침이라는 말은 처음 들어 봐서. 역시 귀족가의 공주님이셔. 하하하하."

"아, 뭐예요. 놀리지 마요."

서연이 칭얼거리자 태민이 웃음을 멈추고 서연의 손목을 잡았다. 그리고 그대로 끌어당겨 서연을 침대에 눕혔다.

갑작스러운 행동이라서 서연은 깜짝 놀라 눈을 크게 떴다. 태민은 서연을 덮치듯 위로 올라와 팔로 침대를 지탱하고, 서연을 내려다봤다. 그의 검은 눈동자가 전에 없던 열기로 채워져 있었다. 그걸 보자 새삼 이 모든 것이 현실로 다가와 덜컥 겁이 났다.

"그래, 맞아. 난 여자와 동침한 적이 없어. 누구도 내 마음을 동하게 하지 못했으니까. 하지만 넌 달라, 서연아."

태민이 서연의 이마에 살짝 입을 맞췄다.

"넌 나에게 그럴 마음이 들게 하는 유일한 여자야. 이런 기분이 드는 건 처음이라서, 너무 자극하면 대책이 없어져."

태민은 짓궂은 미소를 지으며 서연의 입술에도 키스를 하더니, 침대에서 내려왔다.

"그러니까 너무 놀리지 마."

태민이 이불을 끌어다가 서연의 얼굴까지 덮어 주었다. 서연은 이불을 턱 아래로 내리고 태민을 가만히 쳐다봤다.

"그렇게 보지 마. 진짜로 대책 없어지니까."

"보는 것도 안 돼요?"

"응."

"그럼 어디까지 돼요?"

"글쎄. 숨은 쉬어도 돼. 안 쉬면 죽으니까."

"그게 뭐야."

"그만큼 넌 나한테 자극적이라는 말이야."

"그래도. 아니다. 알겠어요."

"뭐야, 무슨 말 하려고 했어?"

"아무것도 아니에요."

"아무것도 아니긴. 말해. 궁금해."

"정말 아무것도 아니에요."

같이 자고 싶어요, 라고 말하고 싶었다. 태민의 팔을 베고 함께 잠들고 싶었다. 하지만 그것이 얼마나 그를 괴롭게 하는 일인지 알고 있었다. 사랑하는 여자를 옆에 두고 아무것도 하지 않는 건, 남자에게 힘든 일일 것이다. 책으로 읽어서 알고 있었다.

그러니까 참아야지. 마음의 준비가 될 때까지.

"말할 때까지 안 나갈 거야."

하지만 태민은 고집을 부렸다.

"난 네가 나한테 하고 싶은 말 다 하고, 좀 더 칭얼거렸으면 좋겠어. 그러니까 말할 때까지 안 나가."

"오빠를 위해서 말 안 하는 거예요. 그러니까 자극하지 말아요."

"내 말 따라하지 말고. 무슨 말인데 그래? 날 그렇게까지 위할 건 없어. 난 강한 남자야."

"같이 자고 싶어요."

"……."

"오빠 팔 베고 자고 싶어요."

"……."

"거봐요. 안 듣는 게 나을 뻔했지?"

"그러게."

태민이 싱긋 웃었다.

"이 여자는 정말 날 들었다 놨다 하네."

"이 정도는 돼야 천하의 정태민 여자 친구라고 말할 수 있죠."

서연의 말이 뭐가 그리 재미있는지, 태민은 얼굴 전체에 환한 미소를 띠었다. 그러더니 침대에 풀썩 올라와 서연의 옆에 누웠다. 태민이 서연의 머리를 소중하게 보듬어 안고, 머리카락에 얼굴을 묻었다.

"자자, 서연아. 나도 너한테 팔베개 해 주고 싶었어."

"하지만."

"괜찮아. 자자. 코 고는 소리 들려줘."

"난 코 안 골거든요."

"넌 자는 입장인데 그걸 어떻게 알아? 같이 자는 사람이 알지."

"그건 그렇지만. 그래도."

"괜찮아. 네가 코를 골아도, 이를 갈아도 사랑해."

"이도 안 갈아요!"

"그래, 그래."

아이를 어르는 듯한 그의 말투가 좋았다. 팔베개는 생각보다 딱딱하고 불편했지만 그래도 좋았다. 그의 향기도, 체온도 전부 좋았다.

매일 밤, 잠자리에 드는 것이, 서연에게는 가장 고된 일이었다. 어두운 방에서 침대에 혼자 누워 있을 때야말로, 너무나 많은 생각과 기억이 찾아오니까.

그날, 서연은 처음으로 '아, 편안하다.'라는 생각을 하며 잠을 청할 수 있었다.

새근새근 들려오는 숨소리를 듣는 것이 좋았다. 팔에 닿은 보드라운 머리카락과 숨결, 옅게 흘러드는 그녀의 향기. 그 모든 것이 좋아서 잠을 자는 것이 아까웠다.

태민은 서연의 잠든 얼굴을 가만히 들여다보았다. 이 여자는 어쩌면 이렇게 사랑스러울까?

"뭘 먹고 커서 이렇게 예뻐?"

참지 못하고 작은 목소리로 물었더니.

"으응……."

잠을 방해받은 서연이 인상을 찡그리고 칭얼거렸다. 그 모습조차도 더없이 귀여워서 서연을 살며시 끌어안았다.

지금 느껴지는 이 감정을 무어라 표현해야 할지 모르겠다. 어쩌면 이것은 감동이라고 말하는 느낌일지도 모른다.

누군가를 사랑하고, 오롯이 내 것이라 말할 수 있는 그 느낌을, 한 번도 꿈꿔 본 적이 없었다. 영원한 것도, 사랑이란 것도, 세상에는 존재하지 않는다고 생각했다.

하지만 아니었다. 분명히 존재한다.

바로 지금, 태민이 느끼는 이것. 이것은 영원할 것이라고, 태민은 확신했다.

"네가 조금씩 변해 가는 게 느껴져, 서연아."

태민은 서연이 깨지 않도록 작은 목소리로 말했다.

"그동안 많이 억눌린 채로 살았지. 하지만 이제 그러지 마. 더 많이 내게 칭얼거렸으면 좋겠어. 무리한 요구를 해도 되고, 짜증을 내도 돼. 네가 무엇을 하든, 내게는 기쁨이니까. 나는 너를 세상에서 가장 행복한 여자로 만들어 줄 거야. 지금도 이렇게 좋으니까 네가 세상에서 가장 행복한 여자가 된다면 분명."

태민은 서연의 머리카락에 얼굴을 묻었다.

"그건 굉장한 감동이겠지."

* * *

포근하다, 라고 생각하며 잠에서 깨어났다.

따스한 체온에 가만히 눈을 뜨자, 태민의 눈동자가 보였다. 아주 가까운 곳에 있는 그 새까만 눈동자에 화들짝 놀라 몸을 일으켰다가 깨달았다.

'아, 맞다. 나 어제 오빠랑 같이 잤지.'

"잘 잤어?"

태민이 부드럽게 미소를 지으며 물었다.

뭐라고 해야 할까. 이 기분을. 가슴 안에 무언가 달콤하고 반짝거리는 것이 가득 찬 느낌이었다. 그 반짝임이 현실이 되어 별 가루처럼 방 안을 채우고 있었다.

"네, 잘 잤어요. 오빠는요?"

"나도."

태민의 팔은 여전히 서연이 있던 자리로 뻗어 있었다. 밤새 팔베개를 해 준 걸까?

"팔, 아프지 않아요?"

"응, 괜찮아. 넌 머리가 가볍더라고."

"그래도 든 건 있거든요."

"그래, 그래."

태민이 다른 쪽 팔로 뻗은 팔을 톡톡 두드렸다. 다시 베고 누우라는 듯이.

어젯밤에는 무슨 용기가 나서 같이 자자는 말을 했는지 모르겠다. 밝은 아침에 팔을 베고 누우려니 쑥스러웠다. 하지만 서연은 꾸물꾸물 그의 팔을 베고 누웠다. 태민이 서연의 머리를 쓰다듬으며 감미로운 목소리로 말했다.

"코 엄청 골더라."

"거짓말!"

"정말인데."

"진짜요?"

눈을 동그랗게 뜨고 태민을 올려다봤더니, 그가 푸핫 웃음을 터뜨렸다.

"뭐야, 진짜예요?"

"농담이야."

태민이 서연을 꽉 끌어안는 바람에, 얼굴이 그의 가슴에 파묻혀 숨이 막혔다.

"귀여워 죽겠네, 진짜. 왜 이렇게 귀엽지?"

사랑스러워서 견딜 수 없다는 듯한 그의 행동이 좋았다. 서연은 태민의 가슴에 파묻힌 채, 두근두근 그의 심장 소리를 들었다.

"아아. 일하러 가기 싫다. 이러고 있고 싶어."

태민이 중얼거렸다. 서연도 그러고 싶었다.

"하지만 일어나야만 하는 거겠지."

"그래야겠죠."

"으으."

태민이 신음을 흘리며 침대에서 벗어났다. 그의 체온이 사라지자 아쉬운 기분이 들었다.

"그럼 준비하고 나와. 난 내려가 볼게."

"네, 이따 봐요."

태민이 나간 후, 서연은 곧바로 일어나지 않고 이불을 끌어당겼다. 이불에 태민의 향기가 남아 있어서, 여전히 그에게 안겨 있는 느낌이었다.

'행복해.'

그 순간 서연은 재양도, 홍 사장도 전부 잊고 있었다.

'아, 진짜 좋다.'

*　　*　　*

얼굴에서 미소가 가시지 않았다. 계단을 내려가다가 영진과 딱 마주쳤다. 이제 막 일어나서 씻으러 나오던 영진은, 부스스한 모습으로 내려오는 태민을 보고는 눈이 휘둥그레졌다. 영진이 달려들듯 태민에게 다가오더니 은밀한 목소리로 물었다.

"한 거예요?"

"하긴 뭘 해, 인마."

태민이 피식 웃으며 한 손으로 영진의 머리를 쭈욱 밀어냈다.

"이 시간에 2층에서 내려오다니. 2층에는 서연이 누나 방밖에 없잖아요."

"했다고 해도 말해 주지 않을 거야."

"와, 대박."

"뭐가 대박이야? 남의 연애에 신경 끄고 너나 연애해."

"돈 없어서 알바하는 휴학생이 무슨 연앱니까. 돈이나 열심히 벌어야지. 아, 그런데요, 형."

영진이 목소리를 낮추더니 주위를 둘러보고는 태민에게 바짝 다가왔다.

"저, 준아 말이에요. 괜찮은 거예요?"

"왜? 친해진 거 아니었어?"

"그거야 서연이 누나가 받아 줬으니까 그런 척하는 거죠. 사람은 그렇게 쉽게 변하지 않잖아요. 난 못 믿겠어요."

"괜찮아, 너희들은 그런 것까지 신경 쓰지 않아도 돼."

태민이 느긋하게 대꾸하며 주방으로 향했다. 영진이 따라왔다.

"하지만 걔가 가게에 무슨 짓이라도 하면 어떻게 해요? 뭔가 꿍꿍이가 있는 것 같은데."

"응, 그렇겠지. 그런데 괜찮아."

태민이 컵 두 개에 물을 따라서 하나를 영진에게 내밀었다.

"무슨 짓을 해도 타격을 입진 않을 테니까."

* * *

손님이 갑자기 늘어났다. 한 팀, 두 팀 많아지는가 싶었는데, 오후 7, 8시쯤 되니 가게 앞에 줄을 서야 할 정도가 되었다.

"잡지 보고 왔어요."

"인터넷에서 봤어요."

얘기하기 좋아하는 손님들이 말해 줘서 인터넷에 검색을 해 봤더니, 정말로 기사가 올라와 있었다.

김지영 기자. 전에 분명 거절을 했었는데 결국 기사를 실은 모양이다.

"괜찮을까요? 이러면 회원 고객들이 오기 힘들 수도 있는데."

서연의 말에 태민이 어깨를 으쓱했다.

"괜찮아. 어차피 한때야. 조만간 손님도 빠질 거고, 오고 싶은 사람들만 오게 될 거야."

자리가 아무리 없어도 회원 고객 자리는 비워 두었다. 언제 와도 편하게 앉아서 시간을 보낼 수 있도록. 하지만 걱정은 기우였는지, 손님이 많아도 회원 고객들 중에 찾아오는 사람들이 있기는 있었다.

완연한 가을로 접어들 무렵에는 예정했던 대로 '독서의 계절' 페어를 열었다. 각자 맡은 것을 제대로 준비해 주어서, 가게 안을 예쁘게 꾸밀 수 있었다. 예쁜 그림이 담긴 나무 액자와 태민이 지인에게 부탁해서 만든 피규어가 좋은 반응을 이끌어 냈다. 의외로 잘 팔려서 상당한 수익을 내고 있었다.

쿠폰을 만들어서 도장 열 개를 찍으면 피규어를 선물로 주는 것도 좋겠다는 생각이 들었다. 태민에게 말했더니, '작전명 스위트'의 느낌을 살린 예쁜 피규어를 만들어 보겠다고 했다.

서연은 가게 열기 전부터 생각해 뒀던 제과제빵 학원을, 일주일 전부터 다니기 시작했다. 오후 1시부터 4시까지. 자리를 비워야 하는 것이 마음에 걸렸지만, 평일 낮에는 손님이 별로 없으니 괜찮다고 다들 말해 주어서 다닐 수 있었다.

빵을 만드는 건 즐거웠다. 모르는 사람들뿐이었지만 함께 빵을 만들다 보면 자연스럽게 대화를 나누고 친해지게 되었다. 새롭게 배우고 새로운 사람들을 알아간다.

멈춰 있던 시간이 비로소 흘러가고 있었다.

오늘은 마카롱을 만들었다.

선생님이 만든 건 참 예쁜데, 마음먹은 대로 모양이 나오지 않아서 아쉬웠다. 하지만 맛은 있었다.

'살찌게 생겼네.'

만든 빵을 먹어 보고, 다른 사람들이 만든 빵도 나눠 먹기 때문에, 학원에서 나올 때는 늘 배가 불렀다. 이러다가 조만간 한 사이즈 큰 옷을 사야 될지도 모르겠다.

'마카롱은 좀 더 연습을 해야겠어. 가게에 같이 내놓으면 좋을 것 같아.'

그런 생각을 하며 학원을 나서던 서연은 앞에 서 있는 남자를 발견하고는 걸음을 멈췄다.

싸아악—

온몸에서 피가 빠져나가는 소리가 귀에 울리는 것만 같았다. 서연은 눈을 크게 뜨고 가만히 서 있는 남자를 응시했다.

최준호. 홍진탁의 개.

'이 사람이 왜 여기에?'

어릴 때부터 준호를 봐 왔다. 준호는 홍 사장의 비서로 알려져 있었다. 하지만 서연은 그렇지 않다는 걸 알고 있었다.

준호는 홍진탁을 대신해서 손에 피를 묻히는 사람이었다. 홍진탁의 명령이라면 무슨 짓이라도 할 수 있는 남자. 태민의 아버지를 죽인 것도 아마 이 남자일 것이다.

"오랜만입니다, 아가씨."

준호가 살짝 고개를 숙이며 말했다. 준호는 늘 서연에게 정중했다. 하지만 서연은 이 남자가 무서웠다.

"네, 오랜만이에요."

그래도 힘을 내서 대답했다.

"어쩐 일이시죠?"

"사장님께서 오늘 저녁에 가족끼리 모여 식사를 하자고 하십니다."

"아아, 그런데요?"

"아가씨도 불러오라고 하셨습니다. 그래서 모시러 왔습니다."

서연은 피식 웃었다. 서연의 차가운 미소를 처음 본 준호는 조금 당황한 듯했지만, 곧 원래의 무표정을 되찾았다.

"전 안 가요."

서연이 단호하게 말했다. 준호의 표정이 굳어졌다.

"전 그들의 가족이 아니라는 거, 비서님도 아시지 않나요?"

"그렇지 않습니다, 아가씨. 누가 뭐라 해도 아가씨께선 재양 그룹 홍진탁 사장님의 따님이시지요. 그러니 오늘도 가셔야 합니다."

"부르면 가고, 내쫓으면 쫓겨나고. 그게 가족이란 건가요?"

"……."

"전 안 갑니다."

"아가씨께 거친 짓을 하고 싶진 않습니다."

정중하지만 협박이 담긴 말에, 서연은 인상을 찌푸렸다.

이렇게 나올 줄 알았다. 이 사람에게 가장 중요한 건, 홍 사장의 명령을 따르는 거니까.

서연은 잠시 고민을 했다. 어차피 그 집에 한 번은 돌아가야 했었다. 가지고 나올 것이 있으니까. 기회를 봐서 아무도 없을 때 가려고 했는데, 지금 가서 상황을 살펴보는 것도 나쁘지 않을 것 같다.

설마 끌고 가서 무슨 짓을 하지는 않겠지.

'어차피 가게 그만두고 결혼이나 하라는 말을 하려는 걸 거야. 작전명 스위트가 잡지에도 나오면서 알려지기 시작했으니까 몸이 달았겠지. 그렇다면.'

서연은 각오를 굳히고 준호에게 말했다.

"알겠어요, 그럼. 저도 거친 짓을 당하고 싶지는 않으니, 저녁 식사에는 참여하도록 하겠습니다. 다만 식사 시간에 맞춰서 가겠습니다."

"하지만."

"저도 재양 그룹 홍진탁 사장님의 딸이라고 하지 않으셨나요? 재양의 개 주제에 이 정도 요청도 거부하실 생각인가요?"

서릿발 같은 매서운 어조에 준호가 움찔했다.

"아닙니다, 아가씨. 그럼 이따 뵙겠습니다."

준호가 고개를 숙인 틈에 서연은 걸음을 옮겼다.

서연의 발자국 소리가 멀어진 후에야, 준호는 고개를 들었다. 허리를 꼿꼿이 펴고 걸어가는 서연의 뒷모습이 보였다. 거리의 수많은 사람들이 있지만, 서연은 그들에게 동화되지 않았다. 누구의 손도 타지 않은 양갓집 규수 같은 분위기가 그녀를 에워싸고 있었다.

'새끼 호랑이가 드디어 잠에서 깨어났군.'

준호는 속으로 혀를 찼다.

'나도 슬슬 내 앞가림할 준비를 해야겠어.'

*　　*　　*

'작전명 스위트'가 있는 골목길로 접어들자, 저 멀리 태민의 모습이 보였다. 벽에 기대서서 이쪽을 보고 있던 태민이, 서연을 보고는 환하게 미소를 지었다. 멀리에 있어도 그의 미소가 따스하게 번져오는 느낌이 들어서, 가슴이 달콩달콩 뛰었다.

몸을 이쪽으로 돌린 태민이 두 팔을 벌렸다. 뛰어와서 안기라는 것 같아서, 서연은 그를 향해 달려갔다. 서연이 품에 들어오자마자 태민이 두 팔로 서연을 끌어안았다. 태민의 가슴에 얼굴을 묻고 숨을 한껏 들이마셨다. 태민의 몸에서는 커피 향기가 났다.

"잘 다녀왔어?"

"응. 왜 나와 있었어요?"

"슬슬 올 시간이다 싶어서 나와 봤지. 오늘은 뭐 만들었어?"

"마카롱이요."

"마카롱. 그거 만들기 힘들지?"

"응. 잘 만들었다 싶었는데 생각보다 안 부풀더라고요. 그래도 맛은 있었어요. 연습 좀 해서 손님들한테 서비스로 하나씩 내는 것도 좋을 것 같아요."

"응, 내가 잘 부풀게 하는 방법 알려 줄게. 슬슬 가게에도 오븐 하나 들여놔야겠다."

"벌써? 나 아직 잘 만들진 못하는데."

"그러면서 배우는 거지. 연습 삼아서 만든 빵은 진열해 놓고, 가지고 가고 싶은 분들 가지고 가라고 하면 되니까."

"그럼 예쁜 진열대도 하나 사야겠네요. 빵 바구니랑."

"응, 이따 사러 갈까?"

"아, 이따가."

서연은 태민의 품에서 벗어났다.

"할 얘기가 있어요."

"응, 뭔데?"

"나 오늘 저녁 때 집에 갈 거예요."

"집? 설마 홍진…… 아니, 네 아버지의 집?"

"홍진탁이라고 불러도 돼요. 네, 맞아요. 그 사람 집."

"안 돼, 가지 마."

태민이 굳은 표정으로 서연의 손목을 잡았다.

"어쩔 수 없어요. 오늘 저녁에 가족 식사를 하는데, 꼭 오라고 했대요. 안 가면 아마…… 억지로라도 끌고 가겠죠."

"그럼 나도 같이 가."

태민의 말에 서연은 미소를 지었다.
"그럴 수 없다는 거 알면서."
"왜 그럴 수 없어? 네가 가는 곳엔 나도 가."
"안 돼요. 그리고 괜찮아요. 이렇게 공개적으로 불렀는데 무슨 짓을 할 리는 없거든요. 그리고 어차피 그 집에 한 번 가긴 가야 했어요."
"왜?"
"거기에 그게 있어요."
"아, 그거."
태민이 한숨을 내쉬었다.
"누구도 생각 못 할 곳에 놔두긴 했지만, 그래도 슬슬 가져와야겠다 싶었던 참이에요. 겸사겸사 다녀올게요."
서연이 안심시키듯 말했지만 태민의 표정은 풀어지지 않았다. 걱정하는 태민의 모습에 가슴이 따뜻해졌다.
"내 번호 단축 번호로 지정해 놨지?"
"단축 번호요?"
"응, 휴대폰 줘 봐."
서연의 휴대폰을 건네받은 태민이 무언가를 조작한 후 서연에게 돌려줬다.
"1번을 길게 누르면 나랑 통화 연결이 될 거야. 혹시라도 급한 상황이 생기면 나한테 연락해. 알겠지?"
"응, 그럴게요. 그리고 또 하나 얘기할 게 있어요."
"응, 뭔데?"

"오늘 분명 최 검사님과의 관계에 대한 이야기가 나올 거예요. 난 최 검사님과 사귄다고 말해 둘 거고요."

"아아, 그거. 그렇게 해."

이 부분도 전에 이야기를 해 뒀었다. 다만 거짓으로라도 다른 남자와 사귄다는 말을 하는 것이 마음에 걸려, 다시 한 번 확실히 해 두고 싶었을 뿐이었다. 태민은 그런 것보다는 서연을 혼자 보내는 게 못내 마음에 걸리는 것 같았다.

저녁 식사 시간까지는 2시간 정도의 여유가 있었다. 서연은 가게 일을 보면서 민기에게 오늘 일에 대해 문자를 보냈다.

[네, 그렇게 알고 있겠습니다.]

민기에게서는 짧은 답변이 왔다. 서연은 가게에서 시간을 보낼까 하다가 생각을 바꿨다.

"오빠, 나 재희네 가게에 있다가 곧바로 거기로 갈게요."

"그래. 가기 전에 연락 줘."

재희는 오늘도 피규어를 조립하느라 정신이 없었다. 이 친구는 피규어를 조립할 공간이 필요해서 가게를 연 게 아닌지 의심스러울 정도였다.

"재희야."

"응?"

"나, 옷 좀 골라 줘."

재희가 고개를 들어 서연을 응시했다.

"옷? 어디 가는데?"

"본가에."

재희가 핀셋을 내려놨다.

"거긴 왜 가?"

서연은 잠시 망설였다. 재희에게는 아직 사정을 전부 다 설명하지 않았다. 민기에 대해서도, 홍 사장에 대해서도, 솔직하게 말하지 못했다. 재희를 위험한 일에 끌어들이고 싶지 않았다.

'하지만 내가 재희였다면.'

알고 싶지 않을까? 내 소중한 친구의 고민이 무엇인지, 내 친구가 두려워하는 것이 무엇인지, 알고 싶지 않을까.

"사실은."

서연은 그동안 재희에게 할 수 없었던 이야기를 솔직하게 고백했다. 긴 시간이 걸리지는 않았다. 놀란 기색이 없는 재희의 모습에, 그녀가 사실은 대부분을 눈치채고 있었을지도 모른다는 생각이 들었다.

민기의 정체에 대한 이야기로 접어들었을 때쯤, 재희는 일어나서 옷을 고르기 시작했다.

"넌 다리가 기니까 이 바지가 어울릴 거야."

재희가 검은색 정장 바지를 내밀며 말했다.

"위에는 이 흰색 블라우스를 입고, 카디건을 걸치자. 헤어스타일을 정장에 어울리게 바꿔 보고. 신발은, 혹시 모르니까 도망치기 편한 걸로 골라 줄게."

재희는 거침없이 옷을 선택했다.

골라 준 옷으로 갈아입고 나오자, 재희가 머리를 만져 주었다. 원래는 치렁치렁 풀고 다니는 머리를, 예쁘게 틀어 올려 하나로 고정시켰다. 검은색 옥스퍼드 단화까지 신었더니, 서연이 늘 부러워하던 '일하는 여성'의 분위기가 되었다.

거울에 비치는 자신의 모습이 생각보다 훨씬 도도하고 괜찮아 보여서, 서연은 놀랐다. 나도 이런 모습이 될 수 있구나.

약속 시간이 어느새 다가와 있었다.

"잠깐만."

서둘러 나가려는 서연을 불러 세운 재희가, 안에 들어가서 와인색 클러치 백을 가지고 나왔다. 문 앞에 서 있는 서연에게 그것을 건네며, 재희가 말했다.

"잘하고 와. 조심하고."

"응."

"이제야."

재희가 고개를 들어 서연과 눈을 맞췄다.

"이제야 진짜로 네 친구가 된 기분이야."

"재희야……."

"정태민이 정말로 싫은데, 그래도 네가 이런 이야기를 할 수 있게 된 건 그 오빠 덕분이겠지."

재희가 웃으며 서연을 끌어안았다.

"잘됐어, 정말. 그러니까 이기고 와."

"응."

"기다릴게."

"응."

서연은 재희의 가게를 나와 버스 정류장으로 향했다.

가슴 안에 무언가 따뜻한 것이 흘러넘쳤다.

항상 무서웠었다. 조금이라도 잘못하면 길고 날카로운 송곳니가 목덜미에 박힐 것만 같아서 두려웠었다.

하지만.

'이젠 질 것 같지 않아.'

*　　*　　*

본가 저택은 여전히 크고 화려했다.

하지만 서연의 눈에는 그것이 거대한 괴물로만 보였다. 이 집에서 20년을 넘게 살았는데도 낯선 기분이 들었다.

초인종을 누르자 귀에 익은 아주머니의 음성이 들려왔다.

[네, 누구신가요?]

"저, 서연이에요."

[어머, 아가씨? 잠시만요.]

반가워하는 음성과 함께 삑, 문이 열렸다. 서연은 안으로 들어갔다.

마당에 누군가 나와 있을 거라고 생각했다. 윤성이든, 란희든. 서연을 짓밟아 주기 위해서라면 귀찮은 걸 무릅쓰는 사람들이니까.

하지만 어두운 마당에는 아무도 없었다. 서연은 잠시 멈춰서 안을 둘러봤다. 본채 오른쪽에 위치한 별채는 불이 꺼져 있었다. 지금은 아무도 살지 않는 모양이다.

다음에는 본채의 왼쪽으로 시선을 돌렸다. 검고 큰 짐승 같아 보이는 차고가 있었다. 차고는 셔터가 내려가 있었다. 셔터의 문을 열고 닫으려면 리모컨을 사용하거나, 본채에 있는 버튼을 눌러야만 했다. 리모컨을 가진 사람은 홍 사장뿐이었다. 차고는 넓지만 그곳을 사용하는 사람은 홍 사장뿐이니 당연했다.

다른 사람들은 저택 마당에 주차를 했다. 차고 근처의 넓은 부지에 윤성과 란희의 자동차가 서 있었다. 다들 와 있나 보다.

'지금 가 볼까?'

차고에는 차가 드나드는 문 말고도 사람이 다니는 문이 따로 하나 있었다. 그 문은 잠겨 있지 않을 것이다.

'아니, 어차피 지금 들고 나올 수 있는 것도 아니니까.'

서연은 검은 짐승 같은 차고를 가만히 응시했다.

누구도 생각하지 못할 것이다. 저 차고야말로, 홍진탁이 모든 일을 진행하는 장소라는 걸.

그리고 홍진탁은 상상하지 못할 것이다. 자신만의 그 공간에, 서연이 가장 중요한 물건들을 감춰 놨다는 걸.

등잔 밑이 어둡다, 라는 말이 있다.

늘 홍진탁의 감시 하에 있던 서연은, 홍진탁이 가끔 자신의 방을 뒤지기도 한다는 걸 알고 있었다. 중요한 것들을 감출 곳이 필요했고, 그래서 선택한 곳이 차고였다.

홍진탁만 이용하는 차고. 홍진탁이 저지른 범죄의 증거가, 홍진탁의 공간에 있을 거라고는 누구도 생각하지 못할 것이다.

어릴 때 엄마에게 받은 것을 숨길 곳을 찾다가 거기에 생각이 미친 서연은, 홍진탁의 아지트를 자신의 아지트로 삼았다. 그리고 서연의 예상대로, 홍진탁은 그곳이 서연의 아지트이기도 하다는 것을 깨닫지 못했다.

서연은 차고에서 눈을 떼고 정면을 응시했다. 본채의 커다란 창문으로 빛이 흘러나오고 있었다. 얇은 커튼 너머로 사람들이 오가는 모습이 보였다.

서연은 고개를 들고 허리를 꼿꼿이 세웠다.

자, 이제부터 시작이다.

나의 전쟁은.

4장
나쁜 여자가 좋아

거실에 있던 가족(이라고 부르고 싶진 않지만)들의 눈이 커졌다. 서연의 달라진 모습 때문이었다. 그들은 낯선 사람을 보는 것 같은 눈으로 서연을 보고 있었다.

홍진탁마저도 당혹스러워하는 기색이 역력해서, 서연은 조금 즐거워졌다. 이제야 이 사람들이 내 존재를 확실하게 보기 시작한다. 인형이 아닌 한 사람의 인간으로. 언제든 바뀔 수 있는 사람으로.

무섭다는 생각은 들지 않았다. 가슴이 죄이지도, 속이 불편하지도 않았다. 그저 진상 손님들을 앞에 둔 기분이 들었는데, 이런 기분이 든다는 사실이 서연 자신조차도 놀라웠다. 이렇게나 아무렇지도 않다니.

나는 왜 그리 무서워했던 걸까?

"왜 이렇게 늦었니? 어른들 기다리시는데."

정신을 차린 김 여사가 날카로운 목소리로 말했다. 서연은 그녀를 담담히 응시하며 대답했다.

"약속 시간 정확하게 맞춰서 왔는데요."

"어디서 말대꾸를……!"

홍진탁이 한 손을 들어 김 여사를 멈추게 했다. 홍진탁은 차가운 눈으로 서연을 노려봤다. 서연은 눈을 피하지 않았다.

란희도 윤성도 그 자리에 있었지만, 그들은 그저 배경일 뿐이었다. 서연은 자신이 온 힘을 다해 상대해야만 할 사람이 홍진탁뿐이라는 것을 알고 있었다.

"저녁 들지."

그렇게 말하고 홍진탁은 식당으로 들어갔다. 윤성이 피식피식 웃으며,

"연애하면 사람이 달라지네."

라고 중얼거리며 홍진탁의 뒤를 따라갔다.

란희는 마지막까지 남아 있었다. 서연에게 할 말이 있는 듯했지만 서연은 무시하고 걸음을 옮겼다.

"야, 홍서연."

안 되겠다 싶었는지 란희가 서연을 불렀다. 하지만 그것도 무시하고 식당에 들어갔다. 다들 자리를 잡고 앉아 있었다.

"야, 너 사람이 부르는데 왜 무시해?"

뒤따라 들어온 란희가 서연의 어깨를 붙잡았다. 서연은 말없이 어깨에 올려진 란희의 손을 내려다봤다. 전에는 볼 수 없었던 서연

의 반응이 란희를 당황시켰다.

"왜? 뭐? 할 말 있으면 해."

서연은 아무 말도 하지 않았다. 보다 못한 윤성이 말했다.

"야, 아버지가 식사하자고 했잖아. 얼른 앉아."

란희는 기분이 상한 듯 인상을 확 찌푸리고는 윤성의 옆자리에 앉았다.

직사각형 식탁의 좁은 면인 상석에 홍 사장이 앉았고, 그 왼쪽 면으로 김 여사가, 오른쪽 면으로 윤성과 란희가 앉았다. 서연은 어쩔까 하다가 김 여사의 옆쪽으로 앉았다.

대화가 없는 무거운 분위기 속에서 다들 밥을 먹었다. 원래는 서연을 없는 취급하면서 자기들끼리 떠들어 대는데, 오늘따라 조용했다. 아마도 서연의 눈치를 보고 있는 것이리라.

그 사실이 몹시 유쾌했다. 이 사람들이 내 눈치를 보는 날이 올 줄이야. 단지 옷차림을 바꾸고 할 말을 하게 되었을 뿐인데.

"아, 그러고 보니 최 검사랑은 만나고 있냐? 요새 그 녀석 연락이 잘 안 되던데."

윤성이 침묵을 깨뜨렸다. 모두의 시선이 서연에게로 향했다.

"네, 잘 만나고 있어요."

"슬슬 사귀지 그래?"

"사귀고 있어요, 오빠."

"어, 그래?"

"정말이야?"

란희가 눈을 부릅떴다. 서연이 고개를 갸우뚱했다.

"네, 정말인데요. 그러라고 소개시켜 주신 거 아닌가요?"

"어, 하지만 너……."

란희는 혼란스러운 표정이었다.

"어때? 민기가 잘해 주냐?"

윤성이 호기심 어린 눈으로 물었다.

"네, 잘해 주세요. 이것저것 필요한 것도 많이 사 주시고."

"뭐야, 집 나가더니 남자한테 기생하고 있었던 거였니? 품격 떨어지게."

김 여사가 중얼거린 말에, 서연은 미소를 지었다.

"연인인 분께 무언가를 받는 게 품격이 떨어지는 행동인 줄은 몰랐어요. 민기 씨가 자꾸 사 주시는 걸 거절하는 게 조금 미안해서 받은 거였는데."

"너 지금……! 아니, 됐다."

김 여사는 이 상황이 마음에 안 들어서 견딜 수 없다는 표정이었다.

"그래, 뭐. 민기가 돈이 넘쳐 나긴 하지. 우리 집만큼은 아니지만. 걔가 돈으로 친구도 사고 그러거든."

그러는 건 당신이겠지, 라고 생각했지만 서연은 그냥 미소를 지었다.

최민기 검사는 말 그대로 '명문'이라고 말할 만한 가문의 사람이었다. 그런데도 그는 씀씀이가 헤프지 않았다. 서연을 속이는 동안 타고 다녔던 스포츠카도, 사실은 다른 사람에게 빌린 거라고 했다. 그 '다른 사람'이 태민이라서 정말 놀랐던 기억이 났다.

—나랏일을 하는 사람이 낭비를 하면 안 된다고 배웠습니다.

민기는 그렇게 말했다.

—나는 나랏일을 하지 않으니, 낭비벽 좀 있어도 되잖아.

차가 두 대나 있다는 사실을 지적했더니, 태민은 어깨를 으쓱하며 그렇게 말했다. 나랏일이 문제가 아니라, 도대체 그 돈이 다 어디서 난 건지가 궁금했던 건데.

태민을 생각하자 미소가 떠올랐다.

"뭘 그렇게 웃어?"

"아, 민기 씨 생각하니까 갑자기 웃음이 나와서요."

윤성의 질문에 서연은 재빨리 대꾸했다.

'나, 거짓말 진짜 잘하네. 사기꾼을 해도 성공했겠어!'

서연은 자신의 순발력과 거짓말에 내심 감탄했다.

"아주 푹 빠졌구만. 결혼 얘기는 안 나오냐?"

"안 그래도 얼마 전에 민기 씨가 얘기를 꺼내시긴 했어요."

"오, 그래? 언제 하재?"

"올해 가기 전에 하자고는 하시는데, 너무 서두르는 것 같아서……."

"서두르긴 뭘 서두른다는 거니? 아직 올해가 한참 남았구만."

김 여사가 황급히 끼어들었다. 얼른 서연을 보내 버리고 싶은 것이리라.

"그런가요? 아무래도 좀 조심스러워서. 란희 언니보다 먼저 결혼하는 것도 좀 그렇고."

"요새 세상에 그런 게 어디 있니? 사람 있으면 빨리 가는 게 좋은 거지. 안 그래요, 여보?"

"그래."

홍진탁은 여전히 서연을 빤히 보고 있었다. 서연의 거짓말을 간파하려는 듯.

"가게는 어찌할 셈이냐?"

홍진탁이 물었다.

"가게. 고민 중이에요. 민기 씨는 계속해도 상관없다고는 했는데, 결혼을 하게 된다면 아무래도 내조를 해야 하니까."

"그래, 맞아. 여자라면 집에서 남편이 잘 지내도록 보살펴 줘야지. 그래야 남편도 일할 맛이 나고."

김 여사가 거드는 말에 어이가 없었다. 그런 말은 당신이 할 말은 아닌 것 같은데. 하지만 서연은 표정에 드러내지 않고 말했다.

"네, 어머니 말씀이 옳아요."

"집에서 쫓겨나더니 좀 성숙해졌구나. 아직도 허황된 꿈을 꾸고 있을 줄 알았더니."

"그러게요. 혼자 지내보니 아무것도 할 수 없다는 걸 깨달았거든요."

그렇게 말하고 서연은 작게 한숨을 내쉬었다. 가게를 포기해야 하는 것이 아쉽다는 듯이.

'김 여사나 홍란희, 홍윤성은 어렵지 않아. 하지만 아버지는 과연 믿어 줄까?'

홍진탁의 생각을 읽을 수가 없었다.

식사 자리가 마무리되어 갈 때쯤, 홍진탁이 말했다.

"이달이 가기 전에 그 친구와 자리 한번 마련해라. 한번 만나 봐야겠구나."

* * *

본가에서 나온 서연은 크게 한숨을 내쉬었다.

어떻게 이 집에서 25년이라는 시간을 버틸 수 있었을까. 요 몇 시간 앉아 있는 것도 이렇게 힘든데.

버스를 타기 위해 걸어가는데 누군가가 뒤에서 따라오는 소리가 들렸다.

미행을 당하는 걸까?

주먹을 꽉 쥐고 휙 돌아봤더니, 란희가 걸어오고 있었다.

"야, 홍서연. 너 나랑 얘기 좀 하자."

"네, 그래요."

서연은 멈춰서 란희를 응시했다.

"너 말이야. 태민 오빠랑 아는 사이지?"

"네, 그런데요."

"너, 나랑 태민 오빠랑 어떤 사이인 줄은 알아?"

"네, 알아요."

"뭐? 안다고?"

란희가 눈을 크게 떴다.

"네, 태민 오빠한테 들었어요. 언니가 태민 오빠를 귀찮을 정도로 따라다닌다고."

란희의 얼굴이 순식간에 붉어지는 것을 보며, 서연은 감탄했다. 사람 낯빛이 이렇게 빠르게도 바뀌는구나.

"거짓말하지 마. 태민 오빠가 그런 식으로 말했다고? 나에 대해서?"

"네, 그런데요."

"따라다닌 건 그 오빠거든?"

"그럼 그런가 보죠."

란희의 얼굴이 형편없이 일그러졌다. 란희는 잠시 말을 멈추고 진정하려고 애썼다.

"너, 무슨 짓 했니?"

"무슨 짓이라니요?"

"잡지에 기사 내려고 돈 쓴 거 아냐? 최민기 검사가 돈 내줬니?"

"네?"

이번에는 서연이 당황할 차례였다. 잡지에 가게에 대한 좋은 평가가 실리기는 했다. 하지만 그건 김지영 기자가 제멋대로 한 일일 뿐, 서연은 개입한 적이 없었다.

"돈, 안 썼는데요. 기자가 찾아오긴 했는데, 전 분명히 말해 뒀어요. 기사 실리는 거 싫다고."

"웃기지 마. 그런 식으로 돈 쓰는 거, 반칙인 거 아냐? 회장님이 아시면 뭐라고 하시겠어?"

"글쎄요. 그건 언니가 걱정할 문제가 아닌 것 같은데요."

"누가 네 언니야?"

"그렇죠. 넌 내 언니 아니죠."

"뭐?"

란희의 눈동자가 흔들렸다.

"안 그래도 너한테 계속 언니, 언니 하는 거 불편했는데, 너도 그렇게 생각한다니 다행이네요. 앞으로는 언니라고 안 할게요."

"이게 진짜!"

짜악—

어두운 골목에 날카로운 소리가 울려 퍼졌다. 란희의 손에 거세게 맞은 서연의 머리가 옆으로 돌아갔다. 란희가 씩씩거리며 서연을 쏘아봤다.

"어디서 감히 나한테!"

"그건 내가 할 말인데."

라고 중얼거리며, 서연은 고개를 똑바로 돌렸다.

"어디서 감히 후처 자식 따위가 본처 자식에게 손을 대?"

"뭐?"

"밖에서 낳은 자식 불쌍해서 잘해 줬더니, 아주 한도 끝도 없이 기어오르는군요. 적당히 해야 하지 않겠어요?"

란희의 동공이 커졌다. 란희는 순종적이었던 서연이 이런 식으로 나오는 걸 믿을 수 없는 듯했다. 입술을 벌리고 멍청하게 서 있던 란희가 고개를 휘휘 저었다.

"아빠가 진짜로 사랑한 건 우리 엄마였어. 아빠랑 엄마 사이에는 이미 우리가 있었고! 그걸 너네 엄마가……!"

"누가 먼저였고, 누구를 사랑했는지 따위는 중요하지 않잖아요. 회장님께서 며느리로 인정하신 건 우리 엄마였고, 난 인정받은 손녀지요. 알잖아요. 어디를 나가도 사람들이 인정하는 재양의 핏줄은 나뿐이라는걸."

정곡을 찔렀다. 란희의 얼굴에서 핏기가 빠져나갔다.

"당신들은 그저 본처가 죽자마자 아버지가 데리고 온 후처와 후처의 자식들일 뿐이에요. 공개 석상에 나가서 아무리 재양인 척하고 돌아다녀도, 사람들은 뒤에서 말할걸요. 그래 봐야 후처의……."

짜악—

또 한 번 란희의 손이 서연의 뺨을 후려쳤다. 서연은 고개가 돌아간 채로 피식 웃었다.

"그래요. 사람들은 대꾸할 말이 없으면 욕을 하거나 손찌검을 하죠. 격 떨어지게. 어련하시겠어요."

비아냥거리는 말은 소용이 없었다. 란희는 서연의 머리를 움켜쥐었다.

"너 따위가 감히 나한테 그따위 말을 지껄여? 뭐? 본처의 자식? 그게 무슨 상관인데? 아빠가 사랑하는 것도, 재양을 물려받을 것도 우리야. 너 같은 건……."

"그만해."

낮은 음성이 란희의 말을 끊었다. 서연은 머리를 움켜쥐고 있는 란희의 손에서 힘이 빠져나가는 걸 느꼈다.

"보기 흉하다, 홍란희."

란희에게 머리를 잡혀 허리를 굽히고 있는 서연의 시야로, 익숙한 신발이 보였다. 태민의 것이었다.

태민이 란희와 서연을 떨어뜨리고, 서연의 어깨를 감쌌다.

"너무 늦게 와서 미안해."

태민이 서연에게 말했다.

"올 줄 몰랐는데."

"밤길이라 위험하니까 데리러 왔어."

태민의 존재가 골목의 어둠을 밀어내는 것 같았다. 이 가슴에 가득 채워진 분노와 어둠도 함께 밀려갔다.

란희에게 너무 나쁜 말을 많이 했다. 그러려던 건 아니었는데.

"뭐야, 두 사람."

란희는 서연에게 들은 말보다, 두 사람의 친밀한 모습에 더 충격을 받은 것 같았다.

"야, 홍서연, 너 뭐야? 너, 최민기랑 사귄다면서?"

"맞아요."

"그런데 왜……?"

"뭐가요?"

"왜 태민 오빠가 널 데리러 오고, 왜 너는 오빠 품에 안겨 있는데? 너, 주제에 바람피우니? 헤프게?"

"헤픈 건가요? 너보다는 아닌 것 같은데. 네가 자주 하는 말 있잖아요. 여러 남자를 거느릴 자격이 있는 거라고 해 두죠."

서연이 한 마디, 한 마디 지지 않고 대꾸하자, 란희는 할 말을 잃은 것 같았다.

"최민기한테 이를 거야!"

결국 이런 소리를 내뱉었다. 서연은 피식 웃었다.

"이르세요. 그래도 민기 씨는 내 옆에 있어 줄 거니까. 가요, 오빠."

란희에게서 돌아섰다. 속 시원하게 말했는데, 즐겁다는 기분이 들지 않았다. 내 안에 이렇게 커다란 어둠이 있는지 몰랐다. 예전에는 꽉꽉 눌러놓았던 것들이, 자제하기 힘들 정도의 속도로 튀어나오는 것 같았다.

이래도 괜찮은 걸까? 마음을 이렇게 분노로 까맣게 물들여도 되는 걸까? 화가 난다고 상처가 되는 말을 마구 쏟아부으면, 나도 그들과 같은 사람이 되는 거 아닐까?

"근사하던걸."

태민이 가볍게 칭찬하며 머리를 쓰다듬었다. 그러자 무거웠던 마음이 조금은 나아졌다.

"그런 말을 해도 괜찮았던 걸까요?"

"마음에 걸려?"

"네, 상처가 되는 부분을 건드린 것 같아서요."

"내 여자 친구는 착하기도 하지."

태민이 웃음기 묻은 목소리로 말했다.

"안 착해요. 아까 내가 하는 말 들었잖아요. 마음속에는 그런 것들을 다 품고 있는걸."

"사람이 누군가에게 상처를 준다는 건, 그만큼 상처 받을 각오가 되어 있는 거라고 생각하기로 했어. 그래서 나는 누군가 나에게 나쁜 짓을 하면, 그 두 배로 되돌려 줄 방법을 고민하지."

"……."

"홍란희가 네게 한 짓을 떠올려 봐. 그 두 배를 갚아 준 게 아니라면 미안해할 필요 없어."

서연은 홍란희와 함께 살게 된 이후로, 무수히 들었던 날카로운 말들을 떠올렸다. 홍란희가 서연에 대해, 그리고 서연의 어머니에 대해 했던 그 말들. 이 심장에 꽂혀 피가 흐르게 만들었던 언행들.

"아직 반의반도 못 갚아 줬어요."

서연의 말에 태민이 빙그레 웃었다.

"그럼 됐어. 그럼 넌 아직 착해 빠진 거야. 비밀인데, 난 살짝 나쁜 여자를 좋아하거든."

이 남자는 어쩌면 이렇게 듣기 좋은 말만 해 줄까?

서연은 태민을 올려다봤다. 시선을 느낀 태민이 미소 띤 얼굴로 서연을 돌아봤다.

"왜?"

"너무 달콤한 말은 경계하랬는데."

"이게 달콤해?"

서연이 고개를 끄덕이자 태민이 씩 웃으며 허리를 굽히더니, 서연의 입에 가볍게 키스를 했다. 그리고 서연의 귓가에 작은 목소리로 속삭였다.

"그럼 더 힘껏 경계해야 할 거야. 네 앞에서는 이것보다 훨씬 더 달콤해질 수 있거든."

*　　*　　*

쾅—!

집에 들어오자마자 방에 들어가 거칠게 문을 닫았다.

"얘가, 얘가. 좀 조용히 좀 다녀!"

김 여사가 나무라는 목소리가 들려왔지만 무시했다. 믿을 수 없는 일이 벌어졌다.

홍서연 따위가 감히 나에게.

무슨 말을 해도 고개를 숙이고 듣던 서연이었다. 나와 내 엄마가 있어야 할 자리를 빼앗은 것 같아, 서연이 얄미워서 견딜 수가 없었다.

서연이 가진 것은 전부 빼앗고 싶었다. 재양과 관계된 것이라면 무엇 하나 누릴 수 없게 만들어 주고 싶었다. 돈 없이, 백 없이 사는 삶이 어떤 것인지 알게 해 주고 싶었다.

검사 집안의 며느리? 홍서연이 평범한 집에서 태어났더라면 꿈도 못 꿨을 자리다. 최민기에게는 관심도 없지만, 홍서연이 그런 집안에 들어가는 것조차도 싫었다.

그냥 란희는 서연이 싫어서 견딜 수가 없었다. 그나마 위안이었던 것은, 서연이 집에만 틀어박혀 있고 어디를 나가면 감시를 받는다는 점, 그리고 촌스러워서 눈 뜨고는 못 봐줄 꼴이라는 점이었다.

그런데 이제는 그 작은 위안조차도 사라졌다.

오늘 서연은 완전히 다른 사람처럼 입고 등장했다. 보나마나 재희가 골라 준 옷이겠지만, 세련된 정장을 차려 입은 서연은 누구라도 돌아볼 정도로 매력적이었다. 틀어 올린 머리카락 아래에서 고요히 빛나는 커다란 눈은 지적이고도 단호했다. 촌스러운 차림에 감춰져 있던 미모가 빛을 발했다. 인정하고 싶지 않지만, 서연은 정말이지 깜짝 놀랄 만큼 예쁘고 우아했다.

그게 화가 났다. 이 애가 정말로 재양의 핏줄이라는 걸 알려 주는 것 같아서. 홍 회장이 인정하는 손녀는, 여기에 있는 이 기품 있는 아이뿐이라고 말하는 것 같아서. 안 그래도 저녁 식사 내내 그것 때문에 심기가 불편했는데.

"감히!"

눈을 똑바로 뜨고 대드는 꼴이라니.

서연에게 그런 말을 들을 날이 올 줄은 꿈에도 몰랐다. 서연은 평생 고개를 숙이고 무슨 말을 듣든 속으로 삼키며, 그렇게 살아야만 했다.

'대체 뭐야? 뭐가 걔를 그렇게 변하게 한 거지? 돈 한 푼 없이 쫓겨난 주제에, 왜 그렇게 당당한 거야? 게다가 태민 오빠는 대체……무슨 생각이야? 그런 애랑.'

태민은 란희가 간절히 바랐지만 한 번도 보여 주지 않은 모습을, 서연에게는 보여 주었다. 서연의 어깨를 다정하게 감싸고, 애정이 흘러넘치는 눈으로 서연을 응시했다.

이 세상에 여자는 서연밖에 없다는 듯이.

"란희야, 나 들어간다."

그때, 문밖에서 윤성의 목소리가 들렸다. 누구도 만나고 싶지 않은 기분이었는데, 윤성은 대답도 듣지 않고 문을 열고 들어왔다.

"너, 왜 그렇게 문을 쾅쾅 닫고 다니냐? 엄마가 짜증내더라."

"오빠. 홍서연, 걔 미친 거 아냐?"

"엉? 홍서연이 왜?"

"걔가 아까 나한테 뭐라고 했는지 알아?"

"뭐랬는데?"

"우리가 첩년 자식이래."

윤성이 눈을 크게 떴다가 곧 웃음을 터뜨렸다.

"푸하하하하. 야, 야. 말도 안 되는 소리 하지 마. 홍서연이 그런 말을 했다고?"

"그래, 날 똑바로 째려보면서 그랬다니까!"

"말도 안 돼. 하하하하하하."

"진짜야!"

"거짓말 좀 하지 마라. 아무리 그래도 홍서연이 그런 말을 하겠냐? 그 계집애는 무슨 소리를 들어도 네, 네, 하는 애인데."

"오빠, 오늘 저녁 먹을 때 봤잖아. 엄마한테 꼬박꼬박 말대꾸하는 거."

"뭐, 지렁이도 밟으면 꿈틀하니까. 최민기랑 결혼하게 됐겠다, 이제 좀 할 말 하고 살아도 된다고 생각했나 보지."

"그런 수준이 아니라고! 나한테 첩년 자식이라고 했다니까! 우리가 아무리 발버둥 쳐도 진짜 재양 핏줄은 자기밖에 없다고 그랬어!"

"그 순해 빠진 계집애가 참도 그랬겠다."

윤성은 전혀 믿지 않는 눈치였다. 그럴 법도 했다. 그 상황을 직접 마주한 란희 자신도 믿기 힘드니까.

하지만 실제로 벌어진 일이었고, 윤성이 그걸 믿어 주지 않으니 답답해서 견딜 수가 없었다.

"오빠, 나 진짜 거짓말하는 거 아냐. 걔, 아무래도 이상해. 뭔가 있는 것 같아."

"됐어. 걔가 있긴 뭐가 있겠냐?"

"가게가 잡지에 실린 것도 그렇고……."

"어차피 잡지에 실려도 한철이야. 손님도 금방 떨어질걸."

"아니, 그런 문제가 아냐. 걔, 아무래도 우리가 모르는 백이 있는 것 같아."

"백? 잡지 한 번 실린 거 가지고?"

"아, 진짜! 오빠는 아무것도 몰라! 그러다가 홍서연한테 뒤통수를 쳐 맞아야 정신을 차리지!"

"아, 진짜 웃기네. 갑자기 왜 성질이야, 성질이?"

"아, 몰라. 난 경고했어. 홍서연한테 찔려도 안 도와줄 거야."

"홍서연이? 날 찔러? 말이 되는 소리를 해라. 내가 찌른다고 가만히 찔려 주는 놈도 아니고. 걱정 마. 내가 내일 민기한테 말해 둘 거야. 결혼 날짜 잡히는 즉시 홍서연 가게 접게 하라고. 홍서연은 조만간 이 게임에서 빠질 거야. 그때부터는 너와 나, 둘의 싸움이야."

* * *

"준아. 맥주 한잔하러 갈 건데, 갈래?"

마감 후에 옷을 갈아입고 나오는 준아에게 선명이 물었다.

"응, 갈래. 매니저님은 이제 안 오시나?"

"뭐, 사장님 데리러 가신 거니까 데이트하고 오시겠지. 오늘 중으로 들어오시기나 하면 다행이지 않을까?"

"그러게. 요새 두 사람, 너무 뜨거워서 옆에 있으면 내가 다 민망하더라."

영진이 말했다. 종업원들끼리 근처의 술집으로 향했다. 자리를 잡고 앉아 안주와 술을 시키고, 가게 일에 대해, 복학에 대해, 미래에 대해 한동안 떠들었다.

준아는 이 시간이 좋았다. 처음에는 종업원들이 다시 돌아온 준아를 경계하는 듯 보였지만 최근에는 그렇지도 않은 것 같았다. 평범하게 준아를 대해 줬고, 어디를 갈 때는 꼭 준아를 불러 주었다. 가장 심하게 준아를 경계했던 희미까지도, 요새는 준아를 "언니"라고 부르며 이런저런 대화를 나누게 되었다.

그리고 홍서연.

'어떡하지?'

사실 종업원들이 준아에 대한 경계를 풀게 된 데는 서연의 공이 가장 컸다. 준아가 가게를 나가 있는 동안 서로 친해진 종업원들은, 준아가 낄 자리를 만들어 주지 않았다. 무언가를 먹으러 갈 때도, 놀러 갈 때도, 자연스럽게 자기들끼리만 뭉쳤다. 끼지 못하는 준아를 불러 주고 챙겨 주는 사람은 서연뿐이었다.

전에는 서연이 얄밉기만 했다. 부모를 잘 만나서 어린 나이에 자기 이름으로 가게를 낸 여자. 촌스러운 주제에 태민 같은 남자에게 관심을 받는 여자. 그렇게만 생각했었다.

조곤조곤한 말투도, 정중한 존댓말도. 전부 가식적으로만 보이고 착한 척하는 것으로만 받아들이게 되었었다.

하지만 그렇지 않다는 걸 알게 되었다.

'홍란희는 홍서연 언니였어.'

홍란희는 홍서연에게 열등감이 있는 것이 분명했다.

—너네 사장은 말이야.

홍란희는 가끔 준아에게 전화를 걸어 와 가게에 대한 보고를 받은 후, 꼭 서연에 대한 이야기를 했다.

—진짜 우리 아빠 핏줄을 이어받은 것 같지가 않아. 애가 맹하거든. 뭐 하나 제대로 하는 게 없고.

그렇게 시작된 이야기는, 서연이 그 집에서 어떤 존재였는지로 넘어가곤 했다. 홍란희는 자기와 자기 어머니를 좋은 쪽으로 포장해서 말했지만, 준아는 그걸 다 믿을 만큼 바보가 아니었다.

준아에게 함부로 대하는 홍란희와 준아에게 늘 정중하고 상냥한 홍서연. 두 사람을 다 겪어 보았으니, 어느 쪽의 말을 신뢰해야 할지는 알고 있었다.

차라리 홍란희가 서연에 대해 아무 말도 하지 않았으면, 이런 기분이 들지는 않았을 텐데.

'사장님이 안됐어.'

홍란희의 이야기를 들을 때마다, 준아는 그런 생각이 들었다.

'사장님이 불쌍해.'

그럼에도 란희의 명령을 들을 수밖에 없는 이유는 돈 때문이었다. 란희는 선금으로 준아의 빚 중 반을 갚아 주었다. 나머지 반은 일이 성공한 후에 갚아 주겠다고 했다.

그 돈이 꼭 필요했다.

'하지만…….'

최근에는 자꾸 흔들렸다. 종업원들과 친해지면 친해질수록, 그들과 멀어지고 싶지 않아졌다. 준아가 한 짓을 알게 된 그들이 보낼 경멸의 눈빛을 상상하고 싶지도 않았다.

'어떡하지?'

고민을 하고 있는데, 주머니 속의 휴대폰이 울렸다. 조심스럽게 휴대폰을 꺼내 확인해 보니, 역시나 홍란희였다.

"잠깐만 전화 좀."

준아는 술집 밖으로 나가 전화를 받았다.

[야, 전화를 왜 이렇게 늦게 받아?]

기분 안 좋은 일이라도 있었던 걸까? 란희의 말투가 유독 날카로웠다.

"아뇨, 잠깐 친구들이랑 같이 있어서."

[아, 됐고. 너, 일은 제대로 하고 있는 거 맞아? 이제 슬슬 얘기가 나와야 하는데 왜 이렇게 조용해?]

"아, 그게…… 가게에 남자 손님이 별로 없어요. 자주 오는 손님이 딱 한 명인데 따로 만나자는 얘기를 안 해요. 그냥 카페에서 시간 보내는 걸로 만족하나 봐요.”

[아, 씨. 네가 제대로 못하고 있는 거 아냐? 남자 하나 제대로 못 꼬실 거면서, 뭘 그렇게 뜯어고친 거야?]

“…….”

[짜증 나.]

짜증이 날 사람은 이쪽이라고 생각했지만, 물론 그런 말을 할 수는 없었다.

란희의 계획은 준아가 VIP 회원 고객들 중 남자들을 꾀어서, 가게 밖에서도 만나도록 유도하는 것이었다. 그래서 남자들의 지갑을 열게 만들고, 그에 대한 불만의 목소리가 나오도록 하라고 했다.

한마디로 남자 손님을 상대로 꽃뱀 짓을 해서, 그게 이슈화되도록 만들라는 것이다. 하지만 그건 작전명 스위트의 가게 특성을 제대로 파악하지 못해서 나온 계획이었다.

작전명 스위트는 남자 손님이 거의 없었다. 그나마 한 명 오는 손님이 문종훈이었는데, 그는 내성적이긴 해도 굉장히 성실한 사람이었다. 딱 한 번 밖에서 따로 만나 영화를 보긴 했지만, 아무 일도 일어나지 않았다.

준아는 란희에게 그 이야기까지는 하지 않았다.

[야, 남자 손님 한 명 있다고 했지? 그 남자한테 밖에서 만나자고 해.]

“네? 제가 먼저요?”

[응, 만나자고 해. 그리고 유혹해.]

"네?"

[너, 귀가 잘 안 들리니? 유혹하라고. 몸으로.]

"아……."

[어차피 막 굴리던 몸, 몇 번 더 쓴다고 닳는 것도 아니잖아. 한 번 자고, 경찰에 신고해. 손님한테 성폭행 당했다고. 사장이 시켰다고.]

"하지만 그건…… 경찰한테 거짓말하는 거잖아요."

[일단 거기까지만 해. 내가 변호사건 뭐건, 너한테 나쁘게 되지는 않도록 다 붙여 줄 테니까.]

"……그래도 그건……."

[야! 내가 하라는데 뭔 말이 그렇게 많아? 하라고. 내가 뒤를 봐주겠다고. 내 뒤에 재양이 있다고.]

"……."

[중간에 발 빼겠다는 소리는 하지도 마. 너 하나 없애는 거, 나한테는 일도 아니니까. 하기로 한 거, 똑바로 해내. 안 그러면 앞으로 네 인생 없어. 알겠어?]

란희는 끊겠다는 말도 없이 전화를 끊어 버렸다. 준아는 휴대폰을 멍하니 응시했다.

얼마나 그러고 있었을까.

"언니, 안 들어와?"

희미가 옆에 서서 준아를 보고 있었다.

"아, 들어가야지."

황급히 휴대폰을 주머니에 넣었다.

"언니, 괜찮아?"

"응? 응, 왜?"

"아니, 표정이 안 좋아 보여서. 무슨 일 있는 거 아니지?"

"아, 응. 괜찮아."

어색하게 웃으며 자리로 돌아왔더니, 술자리 게임을 하고 있었다. 게임을 하는 내내, 준아의 머릿속에는 한 가지 생각뿐이었다.

'나, 진짜 어떻게 해야 하지?'

* * *

홍 씨 일가의 저녁 식사가 있고 나서 이틀 후.

서연은 하준의 자취방에서 민기를 만났다. 물론 태민도 함께였다.

하준이 스테이크를 해 주겠다며 요리를 하는 동안, 서연과 태민, 민기는 거실 식탁에 둘러앉았다. 서연은 민기에게 홍 사장과의 식사 자리에서 있었던 일을 이야기했다.

"그럼 조만간 인사를 하러 가야겠군요."

민기가 말했다.

"네. 그런데…… 아마 인사를 하고 나면 곧바로 날짜를 정하고 싶어 할 거예요. 그러면 사람들에게 결혼 사실이 알려질 거고, 최 검사님께 폐가 될지도 모르는데 괜찮으시겠어요?"

서연의 말에 민기가 싱긋 웃었다.

"재양 그룹 홍진탁 사장 정실의 따님과 결혼을 한다고 알려지는데, 폐가 될 게 뭐가 있겠습니까. 저한테는 오히려 영광이지요."

"에이, 영광이긴요."

"결혼 생활에 대해서는 어떻게 이야기를 할까요? 일단 제가 집을 마련하는 것으로 하고, 예식 비용은 우리 쪽에서 하는 걸로 하겠습니다."

"그럼 신혼여행과 혼수는 우리 집에서 하는 걸로 할게요."

"신혼여행은 어디로 갈까요? 하와이? 괌? 아, 유럽 일주 어떨까요? 한 달간 쭉 둘러보는 걸로."

"좋을 것 같아요. 유럽, 가 보고 싶었거든요."

"결혼한 후에 가게는 어떻게 하실 겁니까?"

"일단은 제가 하고 싶긴 한데, 만약 최 검사님이 싫다면 안 하는 쪽으로 하는 게 좋을 것 같아요."

"전 아내가 집에서 내조를 해 줬으면 하지만, 그렇다고 사회생활을 막을 생각은 없습니다. 서연 씨가 원하는 대로 하시죠."

"음. 그럼 그때 분위기…… 태민 오빠?"

진지하게 결혼에 대해 이야기를 하는데, 가만히 듣고 있던 태민이 손을 뻗어 서연의 눈앞을 가렸다.

"내 여자 얼굴 그만 좀 봐."

"야, 야. 너, 지금 질투할 때냐?"

민기가 어이없다는 듯 말했다.

"질투? 난 그런 거 안 해."

"아, 그래? 그럼 그 손 좀 내리고 말하지?"

"얼굴 안 보고서도 그런 얘기는 할 수 있잖아. 그리고 최검이 왜 내 여자랑 신혼여행을 진지하게 논해? 나도 못 하는걸."

"그래야 홍 사장 만나서 얘기할 거리가 있지. 결혼에 대해 아무 얘기도 안 나눈 것처럼 보일 수는 없잖아. 안 그래요, 서연 씨?"

"네, 맞아요. 전 결혼이 처음이라 아는 게 없어서, 말을 맞춰 봐야 할 것 같은데."

"결혼은 다들 처음이거든? 나도 결혼은 안 해 봤다고."

태민이 툴툴거리는 목소리가 좋았다. 이런 모습을 보일 줄은 몰랐기에, 자꾸만 웃음이 나오려고 했다.

이 남자, 왜 이렇게 귀엽지?

"하여간, 내 여자가 첫 결혼에 대한 이야기를 최검이랑 나누는 거, 마음에 안 들어."

"그럼 어쩌라는 거야, 대체?"

"나랑 해."

"뭐?"

"나랑 나누자고, 그 얘기."

"……싫어."

민기가 반항했다.

"왜 싫어? 역시 최검, 내 여자한테 흑심 있는 거야?"

"사내놈이랑 신혼여행 얘기하는 거 싫어. 나도 좋고 싫음이 있어."

"좋은 일만 할 수는 없는 거야, 최검. 나도 최검이랑 이런 얘기를 해야 하는 거, 끔찍이 싫어. 하지만 어쩔 수 없어."

"아니, 난 그냥 서연 씨랑 얘기하고 싶은데."

"안 돼. 허락 못 해."

"서연 씨가 네 거냐?"

"응, 내 거야."

"아아, 그래? 정말이에요, 서연 씨? 서연 씨가 정태민 겁니까?"

"아뇨, 전 그냥 제 건데요."

서연의 대답에 얼굴 앞을 가리고 있던 손이 아래로 툭 떨어졌다. 태민은 충격을 받은 표정이었다.

"서연이 너, 내 거 아니었어?"

"네."

"우리…… 사귀잖아."

"사귀기는 하지만, 그렇다고 내가 오빠 건 아니죠."

"난 네 건데?"

"응, 오빠는 내 거. 나도 내 거."

"하아. 내 여잔 욕심쟁이였구만."

태민이 고개를 절레절레 저었다.

"그래서 싫어요?"

"아니. 몰랐는데, 난 욕심쟁이를 좋아하나 봐."

"저기, 둘 다 잊었나 본데. 우리 지금 굉장히 진지하게 계획을 짜는 중이거든?"

둘의 닭살을 잠자코 보고 있던 민기가 주의를 환기시켰다.

"아무튼 나랑 해, 결혼."

태민이 민기에게 단호하게 말했다. 민기의 얼굴이 일그러졌다.

"아, 진짜 사내놈이랑 결혼 얘기 하기 싫은데."

"우리, 신혼여행은 어디로 갈까? 유럽 한 달은 너무 짧아. 난 적어도 3개월 이상 머물고 싶어."

"그건 내가 시간을 못 내거든? 한 달도 나한테는 길어."

"뭐야, 최검. 서연이랑 얘기할 때는 한 달이고, 두 달이고 있을 분위기더니. 역시 내 여자한테 흑심이 있는 거지?"

"있으면 어쩔 건데?"

"이 결혼, 반대해야지."

"하아."

민기는 깊은 한숨을 내쉬었다. 눈앞에 앉아서 멍청한 소리를 지껄이는 이 남자가, 자신이 아는 그 정태민이 맞는지 의심스러웠다.

늦바람이 무섭다더니. 이제야 사랑을 하게 된 정태민은 '또라이'라는 단어로도 부족하다고 생각될 정도의 바보였다.

"신혼여행은 그렇다 쳐도, 애는 다섯 명 정도가 좋겠어."

태민의 말에 민기가 눈을 크게 떴다.

"뭐? 야, 미쳤냐?"

"왜? 애 다섯 명 먹여 살릴 능력은 되잖아."

"아니, 능력이야 그렇다 쳐도. 다섯 명을 어떻게 낳아? 몸 상해."

"아, 몸 상하는구나. 그럼 안 되겠다. 몇 명이 좋을까?"

태민이 서연을 돌아봤다. 멍하니 두 남자의 결혼 계획을 듣고 있던 서연이 얼굴을 붉혔다.

설마 이 남자, 지금 우리의 결혼에 대한 로망을 얘기하고 있는 건 아니겠지?

"그걸 왜 나한테 물어요?"

조심스레 물었다.

"그거야 당연히."

태민이 검지로 서연을 한 번, 그리고 자기를 한 번 가리켰다.
"결혼 계획이잖아."
"아……."
"아이를 낳느라 네 몸이 상하게 되는 건 싫어. 할 수만 있다면 내가 대신 낳아 주고 싶어. 하지만…… 그건 불가능한 일이니까, 아이를 낳아만 주면 육아는 내가 다 할게."
"아, 저기……."
"세 명, 어때? 널 닮은 딸 둘, 널 닮은 아들 하나."
"오빠는 안 닮고요?"
"난 됐어. 널 닮아야 키울 맛이 나지. 세 명, 괜찮겠어?"
"아, 괜찮기야 한데……."
"고마워, 서연아. 내가 진짜 잘할게."
태민이 서연의 두 손을 꽉 붙잡았다. 농담을 하는 것처럼 보이지는 않았다.
"저기, 있잖아. 아까도 말했지만, 우리 지금 중요한 계획을 세우는 중이라니까?"
민기가 끼어들었다.
"우리의 아이 계획이 안 중요하다는 거야, 지금?"
태민은 지지 않았다.
"그래, 다들 중요한 계획을 세우는 중이라는 거 알았으니까. 일단 밥 먼저 먹는 게 어때?"
하준이 말했다. 홍진탁에 대한 이야기를 하다가, 갑자기 육아 계획을 세우다가, 밥을 먹는. 이 황당무계한 분위기가, 서연은 좋았다.

홍진탁은 서연에게 있어서 무겁고 어둡기만 한 문제였다. 그 이름이 나오는 것만으로도 섬뜩해지는 이름. 하지만 태민이, 민기가, 그리고 하준이, 그 이름을 가볍게 바꿔 버렸다. 큰 문제가 아닌 듯, 별일 아닌 듯.

그래서 고맙고 좋았다.

자꾸만 삼천포로 빠지는 탓에, 1시간쯤 걸릴 줄 알았던 만남이 3시간으로 늘어났다.

"그럼 난 그날, 여자한테 푹 빠진 홍윤성의 친구 연기를 해야 하는 거군."

헤어지기 전, 민기가 참담하단 목소리로 중얼거렸다.

"그래, 진상도 그런 진상이 없을 거다. 기대되는데?"

태민이 놀리자 민기가 어이없다는 표정을 지었다.

"야, 난 네 라이벌이 아니거든?"

서연과 태민은 차를 타고 가게로 향했다. 조수석에 앉아서 운전을 하는 태민을 지켜보다가 물었다.

"난 오빠가 이렇게 질투가 많은 줄 몰랐어요."

"그래서 싫어?"

서연이 종종 하는 질문을, 태민이 따라서 했다.

"아뇨, 너무 좋아요."

태민이 씩 웃었다.

"당연히 그래야지."

우쭐해하는 태민이 귀여워서, 서연은 태민이 운전 중만 아니라면

와락 끌어안을 뻔했다.

"아까 그 결혼 계획은…… 정말로 오빠가 생각하는 계획이었어요?"

"응."

"벌써 그런 걸 생각했어요?"

"응. 넌 안 해?"

"네, 아직은…… 안 해 봤는데."

"그래? 벌써 하는 게 이상한가? 이건 비밀인데, 너랑 사귀기 전부터 생각했었어."

"아, 정말요?"

"응. 널 사랑한다는 걸 자각하기 전부터."

"아……."

"홍서연이랑 같이 그림 같은 집에서 살고 싶다. 내가 집에 갔을 때 홍서연이 '다녀왔어요?' 하고 맞아 준다면, 우와, 그건 정말 세상을 다 얻은 기분이겠다. 그런 생각을 종종 했지."

"종종 그런 생각을 했는데도, 그게 사랑인 줄 몰랐다고요?"

"응, 바보였거든. 지금도 바보지만."

태민이 싱긋 웃었다.

"예쁜 집에서 살고 싶어. 창문이 커다래서 마당이 보이는 집. 햇살이 따뜻한 날에, 너랑 널 닮은 아이들이 넓은 마당에서 노는 모습을 상상하곤 해. 그러다가 나랑 눈이 마주치면, 오빠, 나오세요. 아빠, 아빠도 같이 놀아요. 그렇게 재잘재잘 떠드는 모습을 상상해. 그런 걸 상상하다 보면, 하늘을 나는 기분이 들어."

달콤한 음성에 몸이 녹아내릴 것만 같았다. 태민이 그런 생각을 하고 있을 줄은 상상도 못 했다. 기쁜데, 어째서인지 눈가가 시큰거렸다.

서연은 눈을 깜빡거리며 태민을 뚫어져라 응시했다. 감미로운 상상을 하는 그의 얼굴을, 눈 안에 가득 담고 싶었다.

"신기해. 그런 상상을 하게 되는 내가. 나는 결혼을 꿈꿔 본 적이 없거든. 어차피 영원하지 못할 테니까. 아이조차도 쉽게 버릴 수 있는 거니까. 그런 거라면 차라리 안 하는 게 낫다고 생각했지. 아, 딱 한 번 했구나. 홍란희와의 결혼."

"아아."

전에 태민에게 들었다. 란희를 유혹해서, 홍진탁의 사위가 될 생각을 했었다고.

"그땐 이런 상상을 하진 않았지. 내가 상상한 건 딱 하나. 결혼해서 홍진탁의 신뢰를 얻어, 그의 범죄 사실을 증명해 내는 거. 그런 생각만 했었어. 하지만 지금은."

태민이 서연을 슬쩍 돌아봤다.

"매순간이 경이로울 정도로 달콤해. 그리고 이 달콤함이 영원할 것이라는 확신이 생겨. 넌 어때?"

조심스레 묻는 태민에게, 서연은 빙그레 미소를 지었다.

"나도 방금, 그런 확신이 생겼어요."

*　*　*

가게 창문을 활짝 열어 두었다. 선선한 가을바람이 불어왔다.

오늘따라 가게에 손님이 많았다. 어느 파워블로거가 가게에 대해 올린 글이 포털 메인에 떴다고 했다. 독서 전시회와 피규어에 관심을 갖고 찾아온 손님들은, 커피를 마시는 것보다는 전시를 구경하느라 여념이 없었다.

서연은 카운터에 앉아 준아를 지켜봤다. 며칠 전부터 준아의 표정이 좋지 않았다. 다른 생각을 하는 듯, 손님이 부르는 소리를 놓치는 경우가 많았다.

'무슨 일이 있나?'

걱정이 됐다.

'이따 저녁 때 얘기해 볼까? 괜한 오지랖인가?'

그런 생각을 하고 있는데.

딸랑—

가게 문이 열리고 남자 한 명이 들어왔다. 혼자 오는 남자 손님은 회원 고객인 경우가 대부분이었다. 하지만 회원 정보에는 올라와 있지 않은 얼굴이었다. 정장을 차려입은 남자는 무언가를 찾는 듯 가게를 두리번거렸다.

"안녕하세요."

서연이 먼저 인사를 하자, 남자가 놀란 듯 눈을 크게 떴다가,

"아, 예. 안녕하세요."

하고 대답했다.

"저, 회원 고객이신가요?"

"아니요. 그냥 좀."

남자는 다시 가게를 두리번거렸다.

"커피 마시러 왔습니다."

"아, 그러세요. 그럼 안내해 드릴까요?"

"아니요. 저쪽에 가서 앉겠습니다."

남자는 성큼성큼 안쪽으로 들어가서, 벽면에 붙어 있는 자리에 앉았다. 벽면에는 몇 개의 액자가 걸려 있었다. 이번에 독서 페어를 하면서 준비한, 어린 왕자 관련 그림들이 걸려 있는 자리였다.

"회원 고객 아니래요?"

희미가 다가와 작은 목소리로 물었다.

"네, 일반 고객인 것 같아요."

"남자 혼자 온 손님은 처음이네요. 제가 갈게요."

희미가 메뉴판을 들고 남자가 앉은 자리로 향했다. 주문을 받은 희미가 돌아와서 아이스 아메리카노 한 잔을 시켰다고 말했다. 태민이 커피를 만들어 희미에게 건넸고, 희미는 그걸 가지고 다시 손님에게로 갔다.

그러는 동안, 남자는 벽면에 걸린 액자를 빤히 응시하고 있었다. 희미가 커피를 내려놓는 것도 모르는 것 같았다.

'그림을 보러 왔나?'

특이한 손님이라고 생각하다가, 계속 보는 건 실례라는 생각에 시선을 떼었다.

얼마 안 있어, 남자가 일어나 카운터로 다가왔다. 습관적으로 남자가 앉았던 자리를 확인했다. 커피는 그대로 남아 있었다.

"사장님 좀 뵐 수 있을까요?"

남자가 서연에게 물었다.

"네. 제가 사장입니다."

"아, 실례했습니다. 다름이 아니라."

거기까지 말한 남자가 입을 다물었다. 손님들과 종업원들의 시선이 자신에게 향한 것을 깨달았기 때문이었다. 남자는 쑥스러운 듯 흠흠, 헛기침을 하더니 목소리를 낮췄다.

"잠깐만 밖에서 이야기할 수 있을까요? 아, 저 이상한 사람 아닙니다."

"네, 그러세요."

먼저 가게 문으로 향하는 남자의 뒤를 따라가려는데 태민이 불렀다.

"사장님."

태민은 걱정스러운 표정이었다. 서연은 괜찮다는 미소를 보인 후 가게 밖으로 나갔다. 창문 너머로 보이지 않는 자리에서, 남자가 기다리고 있었다.

"아, 정말 죄송합니다. 전 이런 사람입니다."

남자가 명함을 내밀었다.

[A물산 홍보부 이선우 과장]

A그룹은 재양과 비슷한 규모의 대기업이었다. 젊어 보이는데 A그룹 계열사의 과장인 걸 보니, 상당한 엘리트임이 틀림없었다.

"네, 무슨 일이신가요?"

서연은 명함을 받아 들며 물었다.

"그림을 사고 싶습니다. 살 수 있을까요?"

"어떤 그림이요?"

"어린 왕자 그림인데, 어린 왕자가 양에 파묻혀 있고, 그 뒤로 달이 떠 있는 그림입니다."

"아아, 그거요."

몇 가지는 판매하지만, 판매하지 않는 그림도 있었다. 그중에 하나가 선우가 말한 그 그림이었다.

"죄송합니다만, 그건 판매가 안 되는 그림입니다. 직원 개인 소유의 그림이라서요."

"아, 그렇습니까? 그렇다면 그 직원분과 얘기할 수 있을까요?"

선우는 왠지 절박해 보였다.

"네, 데리고 나올게요."

서연은 안으로 들어가서 희미를 불렀다. 의아한 표정의 희미에게 선우가 그 그림을 사고 싶어 한다고 말했더니, 희미가 인상을 찌푸렸다.

"그거, 제가 좋아하는 그림인데."

"일단 한번 얘기를 나눠 보겠어요?"

"네, 그런데 전 안 팔 거예요. 그래도 되는 거죠?"

"희미 씨 그림이니까요."

서연은 희미를 데리고 선우에게로 갔다. 선우는 초조한 표정으로 두 사람을 기다리고 있었다.

"사신 금액의 두 배로 가격을 쳐 드리겠습니다."

선우의 말에 희미의 표정이 굳었다.

"아뇨, 안 팔래요."

"그럼 세 배로, 아니. 얼마나 생각하십니까? 원하시는 만큼 드리겠습니다."

희미가 손가락 세 개를 펼쳤다.

"3백만 원이요."

"아뇨. 3백억이요."

"네?"

"3백억 주세요. 그럼 팔게요."

선우의 표정도 굳었다. 왠지 싸움이 날 것만 같아, 서연은 당황했다. 희미가 까칠한 성격이기는 해도, 이유 없이 싸움을 거는 경우는 없었다. 아마도 선우가 보자마자 돈을 제시해서 화가 났나 보다.

"제가 뭐 실수했습니까?"

선우가 먼저 표정을 누그러뜨렸다.

"네. 이유도 설명 안 하고 돈 줄 테니 팔라고 하는 건, 좀 그렇지 않나요?"

"아, 그런가요."

"그렇죠, 보통은. 저, 저 그림 좋아하거든요. 구하기 힘든 그림이기도 하고, 저한테는 의미가 있는 그림이기도 하고."

"실례지만 어디서 구했는지 알 수 있을까요?"

"3년 전에 홍대 벼룩시장에서 샀어요."

"아. 혹시 판매자를 기억하십니까?"

절박하게 묻는 선우를, 서연은 빤히 응시하다가 물었다.

"죄송하지만 손님. 그림 그린 화가분을 찾으시는 건가요?"

선우는 서연이 아직도 있는지 몰랐다는 듯 화들짝 놀라더니, 곧 쓰게 웃으며 말했다.

"네, 꼭 좀 찾고 싶습니다. 제 첫사랑이거든요."

*　　*　　*

"첫사랑이라. 그거 참 풋풋하군."

서연의 이야기를 들은 태민이 중얼거렸다. 두 사람은 지금 바 뒤에 쭈그리고 앉아서 얘기하는 중이었다. 나중에 설명하겠다고 하는데도, 태민은.

"내 여자가 딴 놈이랑 단둘이 노닥거렸는데, 나중이 어디에 있어."

라고 고집을 부렸다.

단둘이 아니라 희미도 있었다고 항변했지만, 태민은 고집을 꺾지 않았다. 안 그렇게 생겼는데, 정말 고집쟁이다.

"그래서 희미는 그림을 팔기로 했어?"

"아뇨, 팔 생각 없대요. 대신 화가를 찾아보겠다고 했어요."

"화가를? 3년 전에 만난 화가를 무슨 수로 찾아?"

"판매자가 화가인지는 모르겠지만, 그 그림 팔던 사람을 홍대에서 가끔 본 적이 있대요."

"아아, 홍대생인가?"

"그림 쪽이면 그럴 가능성도 있지 않을까요? 그래서 일 없을 때 홍대 오며 가며 한번 찾아보려고요."

"찾아 주면 뭘 해 주겠대?"

"에이, 뭘 받아요."

"받아야지. 손님들에게 무료 봉사 자꾸 하면 버릇 돼."

"하지만 재미있을 것 같은데요. 손님 첫사랑 찾아 주기."

"재미있을 것 같아?"

"응, 찾아보고 싶어요. 좋잖아요. 첫사랑."

"네 첫사랑은 누군데?"

"알면서 왜 물어요?"

"몰라. 듣고 싶어."

"오빠, 지금 떼쓰는 어린애처럼 보이는 거 알아요?"

"몰라, 그런 거. 첫사랑 누구야?"

기대하는 눈빛의 태민을 보니 웃음이 나왔다. '오빠예요.'라는 말이 듣고 싶은 모양이다. 놀려 주고 싶은 마음에,

"사실 중학교 때……."

라고 중얼거렸더니, 태민의 표정이 대번에 어두워졌다.

"중학교 때라고? 내가 아니었어?"

"거봐, 자기라고 생각하고 있으면서 묻긴 왜 물어?"

"정말이야? 정말 중학교 때야? 설마…… 신재원?"

"글쎄요. 말 안 해 줄래요."

"내 첫사랑은 너야."

알고 있지만 그래도 좋아서 심장이 두근거렸다. 하지만 내색하지 않고 말했다.

"그래서 어쩌라고요?"

"넌? 네 첫사랑은?"

"음, 나는……."

슬슬 듣고 싶어 하는 말을 해 줄까, 할 때였다.

"사장님, 매니저님."

영진이 바 너머로 얼굴을 내밀었다.

"이제 그만 연애하시고 가게 일 좀 하시죠? 손님들 오셨거든요."

가게라는 걸 깜빡하고 있었다. 서연은 벌떡 일어났지만 태민은 쭈그려 앉은 채로 서연의 손목을 붙잡았다. 태민은 아까 선우보다 더 절박한 표정으로 서연을 보고 있었다.

"말하고 가."

"나중에요."

"제발."

간절히 말하는 태민을 향해 허리를 굽힌 서연은, 기대에 찬 태민의 귀에 대고 작은 목소리로 속삭였다.

"나중에요."

*　*　*

재희는 기가 막힌다는 표정으로 태민을 노려봤다.

"그 얘기를 왜 여기 와서 하는데?"

태민은 1시간 전에 재희의 가게에 와서, 서연의 첫사랑에 대해 한참 동안 투덜거린 후였다.

"그럼 이걸 서연이 앞에서 하냐?"

"서연이 앞에서 해야지. 나한테 해 봐야 뭔 소용이래?"

"서연이 앞에선 이런 모습 보일 수 없어."

"어떤 모습? 질투하느라 삐친 찌질한 모습?"

"그렇게 찌질해?"

"응, 엄청. 못 봐주겠다, 진짜."

"하아."

태민이 허리를 굽히고 깊은 한숨을 쉬었다.

"나, 진짜 왜 이러지?"

"몰라. 그걸 내가 어떻게 알아? 나 바쁘니까 그만 좀 가면 안 돼?"

"뭘 바빠. 손님도 없구만."

"이거 조립하는 거 안 보여?"

"이리 줘, 내가 해 줄게."

"됐거든. 남의 손에 어떻게 맡겨? 귀찮게 좀 하지 말고 가."

"서연이 첫사랑, 재원이야?"

"그러면 어쩔 건데?"

"재원이를 부러워해야지, 평생."

"평생? 으아, 진짜 찌질하다."

"그치? 이거 좀 찌질하지?"

"좀이 아니라 심하게 찌질해. 동영상 찍어서, 오빠한테 홀린 여자들한테 다 보내 주고 싶을 정도야."

"왜 이럴까? 왜 서연이 일엔 이렇게 되는 거지?"

재희는 고개를 절레절레 젓고는 다시 피규어를 조립했다. 대꾸할 가치도 없었다.

사랑에 푹 빠진 바보 같으니.

"아무튼 너, 홍대생 중에 아는 사람 좀 있어?"

"홍대생은 왜?"

"이거 말이야."

태민이 가게에서 찍어 온 그림 사진을 보여 줬다.

"이 그림 그린 사람을 찾고 있어."

태민은 아까 가게에 왔던 손님에 대해 설명했다. 재희가 인상을 찌푸렸다.

"찾으려면 찾을 수는 있겠지만, 왜 이런 일까지 하는 건데?"

"서연이가 재미있을 것 같대."

"서연이 재미를 위해서라면 무슨 짓이든 하는 거야?"

"당연한 거 아냐?"

왜 그런 걸 묻느냐는 듯한 태민을 보며, 재희는 그만 웃음을 터뜨리고 말았다. 이 남자가, 몇 달 전만 해도 여자를 장난감처럼 가지고 놀던 남자라고 누가 생각하겠는가.

"그 남자가 갑자기 첫사랑을 찾는 이유가 뭐래?"

"글쎄. 그것까지는 안 물어본 것 같던데."

"그게 중요한 부분인 거 아냐? 여자 쪽에서는 싫을 수도 있는 거잖아."

"그렇긴 하지."

"오빠, 설마…… 서연이한테 이런 얘기하면 서연이가 속상해할까 봐 말 못 한 건 아니겠지?"

"왜 아닐 거라고 생각해?"

"……말도 안 돼."

재희가 고개를 저었다.

"오빠, 아무리 팔불출이라지만 너무 심해. 이런 얘기는 해야지. 서연이도 미처 생각하지 못하는 부분일 수 있으니까."

"역시 그렇지?"

"그래! 아, 진짜 그만 좀 찌질하게 굴어. 내 친구 애인이 천하제일 찌질남인 것도 문제다, 진짜."

"첫 연애야. 어디까지 되고, 어디까지 안 되는지, 선을 긋기가 어려워."

"서연이도 오빠처럼 찌질하게 굴어?"

"아니, 서연이는 악마가 됐어. 날 아주 가지고 놀아."

"걔도 첫 연애인데."

"그런데 왜 그렇게 잘하는 거지? 첫사랑이 재원이라서 그런가?"

"아, 그건 또 뭔 말이래. 되도 않는 질투 좀 그만해!"

태민이 입술을 비쭉거렸다. 잘생긴 남자니까 입술 비쭉거리는 모습 또한 멋있었지만, 재희는 태민의 뒤통수를 한 대 때리고 싶었다.

사랑에 빠진 정태민은, 사람을 정말 귀찮게 만든다.

"오빠가 생각하기에 아니다 싶은 건 분명하게 말해야 한다고 생각해. 서연이는 올곧고 바른 애지만, 걔도 틀릴 때는 있어. 그런 건 오빠가 바로잡아 줘야지."

"화내면 어쩌지?"

재희는 불안한 눈으로 묻는 태민을 지그시 응시하다가 검지로 문을 가리켰다.

"나가."

*　　*　　*

태민의 우려와 달리, 지적을 당한 서연은 화내지 않았다.

"역시 오빠는 생각이 깊네요."

하고 감탄했을 뿐이었다.

"거기까지는 미처 생각을 못 했어요. 내일 연락해서 얘기를 좀 더 들어 봐야겠어요."

"굳이 그렇게까지 해야 할까? 그럴 의리는 없잖아."

"하지만 작전명 스위트잖아요. 달콤한 거라면 해 보고 싶어요. 게다가 여자분도 만나고 싶어 했다면, 정말 좋은 일 아니겠어요? 내가 너무 오지랖인가?"

"아냐, 그 정도는 괜찮겠지. 손님의 첫사랑 찾아 주기, 괜찮네. 그래서 말인데."

"응?"

"첫사랑이 누구야?"

"……오빠, 정말 집요하네요."

"그래서 싫어?"

"좀 싫어지려고 해요."

"헉!"

충격을 받은 태민을 보고 서연이 까르르 웃었다.

"장난이에요. 내가 어떻게 오빠를 싫어해요. 안 싫어해."

"이것보다 더 집요해도?"

"음. 이것보다 더 집요한 단계도 존재해요?"

"당연하지. 지금은 고작해야 5단계인데."

"10단계까지 있어요?"

"아니, 100단계."

"와, 그건 좀 심하다."

태민이 웃으며 서연의 허리를 감싸 안았다.

"심한 남자라서 미안해. 하지만 네가 너무 사랑스러워서 어쩔 수 없어."

태민의 눈동자에 애정이 가득 담겨 있었다. 그것이 흘러넘쳐 서연의 가슴을 촉촉하게 적셨다.

서연은 손을 올려 태민의 볼 위에 살며시 가져다 댔다. 손바닥에 느껴지는 그의 체온이 달콤했다.

이 얼굴을 참으로 만지고 싶었었다. 만지고 싶어도 참아야만 했던 때가 있었다. 만지고 싶을 때에 마음껏 만질 수 있다는 사실이 좋았다.

"내가 그렇게 사랑스러워요?"

"응, 사랑스러워."

"신기해요."

"뭐가?"

"누군가가 나를 이렇게 봐 주는 게."

"나는 늘 너를 이렇게 볼 거야. 언젠가는 지겨워질걸."

"아니, 그럴 리 없어요."

"그건 두고 봐야 알겠지."

"응, 한번 두고 봐 봐요. 난 매일, 매일 신기해할 거니까."

태민이 서연의 머리카락에 얼굴을 묻었다. 서연은 자그마한 동물 같았다. 자칫 잘못하면 부스러질 것만 같아서, 살며시 안고 있는 것조차 죄스러웠다.

키스를 하고 싶은데, 괜찮을까?

그런 생각을 하다가, 태민은 피식 웃고 말았다. 예전에는 쉽게 할 수 있었던 키스라는 행동이 이토록 조심스러워지다니. 천하의 정태민이 이렇게 될 줄 누가 알았을까.

"간지러워요."

목덜미에 숨결이 닿았는지, 서연이 속삭이듯 말했다. 조심스럽게 내뱉는 서연의 음성이 어쩐지 야릇하게 들려왔다.

'아, 위험해.'

태민은 황급히 서연에게서 떨어졌다. 태민이 갑자기 자신을 밀어내자 서연이 놀란 듯 쳐다봤다.

'안 돼, 안 돼. 그런 눈빛은 반칙이야.'

이 여자는 자기가 얼마나 사랑스러운지 알고나 있을까. 서연이 이 사랑스러움에 대한 자각이 없는 것만 같아 걱정이었다. 아무 남자한테나 이런 눈빛을 보여 주면 안 되는데.

"난 그럼 그만 자러 가야겠다."

이대로 있다가는 위험한 행동을 하게 될 것만 같아, 태민은 빠르게 서연의 방에서 나왔다.

1층으로 내려가다가 준아와 마주쳤다. 화장실에서 나오던 준아는 태민을 보고 놀란 듯 우뚝 멈췄다가 어색하게 고개를 숙였다.

"나한테 뭐 할 말 없어?"

준아의 앞으로 다가가서 물었다. 준아는 고개를 들고 태민을 보더니 다시 고개를 숙였다.

"저기. 아뇨. 아무것도. 저, 안녕히 주무세요."

후다닥 방으로 뛰어 들어가는 준아의 뒷모습을 보며, 태민은 작게 한숨을 내쉬었다.

"하아, 역시 안 되려나?"

* * *

서연은 가게 앞에서 이선우의 명함을 보고 전화를 걸어, 점심을 함께 먹고 싶다고 말했다. 이유를 물어볼 줄 알았던 선우는 곧바로 알겠다고 대답했다. 약속 시간을 정한 후 전화를 끊었다.

다음에 또 전화할 곳이 있었다. 서연은 휴대폰 전화번호부를 열었지만 차마 통화 버튼을 누르지 못했다. 누군가 머리를 꾹 눌러서 고개를 드니, 재원이 서 있었다.

"휴대폰이랑 눈싸움해?"

"재원아! 웬일이야?"

"응, 그냥 좀."

재원이 가게 안쪽을 흘끗 보고는 서연을 향해 싱긋 웃었다.

"놀러 왔어. VIP 회원 등록했거든."

“……친구가 필요해?”

“그런 거 아냐.”

재원이 서연의 머리를 쓰다듬었다.

“넌 왜 여기서 이러고 있어?”

“전화를 걸어야 하는데 걸기 싫어서.”

“누구한테?”

“……아버지.”

“아아.”

재원의 표정도 덩달아 어두워졌다. 서연은 애써 웃었다.

“괜찮아. 대단한 일 때문에 전화하는 것도 아닌데, 뭐.”

“무슨 일 때문인데.”

“최민기 검사님을 소개하려고.”

서연은 그동안 있었던 일을 설명했다. 재원의 눈이 가늘어졌다.

“태민이 형이 질투했겠네.”

“응, 엄청.”

“바보 같아.”

“그러게 말이야.”

“수희는, 일 잘하고 있어?”

“응, 엄청 도움이 돼. 커피도 잘 타고.”

“그래, 다행이다. 그럼 난 들어가…… 아니다. 통화하는 동안 옆에 있어 줄까?”

재원이 조심스럽게 물었다. 서연은 그런 재원을 똑바로 볼 수가 없었다.

이렇게 다정했구나. 왜 전에는 몰랐을까.

친구라는 이름으로, 재원과의 사이에 벽을 놓고 있었다. 태민을 만나기 전에도, 나를 똑바로 봐 주고 걱정해 주는 사람이 있다는 것을 깨닫지 못했다. 만약 이것을 먼저 알았더라면, 나는 이 친구를 사랑하게 되었을까?

이런 생각을 하는 것이 재원에게도, 태민에게도 미안해서 서연은 황급히 입을 열었다.

"괜찮아, 재원아. 앞으로 혼자 마주해야 할 일이 많을 텐데, 벌써부터 누군가에게 기댈 수는 없어. 혼자서 통화해도 돼."

"정말 괜찮겠어?"

"응, 괜찮아."

"알겠어. 그럼 난 들어가 볼게."

"응."

재원이 들어가자마자 용기를 내서 통화 버튼을 눌렀다. 몇 번의 신호음이 들린 후, 홍 사장이 전화를 받았다.

[네, 홍진탁입니다.]

정중한 목소리에 피식 웃음이 나왔다. 다른 사람들 앞에서 홍진탁은 완벽한 남자, 완벽한 아버지였다.

"저, 서연이에요."

[아아, 그래.]

"제 남자 친구 소개시켜 드리는 일 때문에 전화 드렸어요. 아버지, 언제 시간이 괜찮으세요?"

[내일 저녁에 만나지.]

"네, 어디서요?"

[집으로 데리고 와라.]

"네, 그럴게요. 내일 저녁 때 봬요."

그러자, 라는 말도 없이 홍 사장은 전화를 끊었다. 끊긴 전화를 노려보다가, 서연은 휴대폰을 앞치마 주머니에 집어넣고 가게 안으로 들어갔다.

*　　　*　　　*

[재원아, 나 좀 도와줘야겠다.]

태민에게 전화가 걸려 온 건, 어제 늦은 밤이었다.

[나로는 안 될 것 같아. 하지만 너라면 가능할지도.]

태민은 준아에 대해 이야기했다. 여자를 다루는 건 형이 더 잘하지 않느냐고 했더니, 태민이 말했다.

[옛날에는 그랬지. 하지만 지금은 이 일로 서연이가 상처 받을지도 모른다는 생각을 하면 자제를 못 하겠어. 어디까지 선을 그어야 할지 가늠이 안 된다.]

그래서 서연이 참으로 사랑을 받고 있구나, 하고 안도했다.

[게다가 넌 다정하니까 준아가 네 앞에서는 안심할지도 모르지.]

서연에게 도움이 되고 싶었다. 하지만 서연을 괴롭히려는 의도로 가게에 돌아온 준아에게, 어떤 식으로 접근을 해야 좋을지 알 수 없었다. 태민은 서연과 관계된 일에 선을 그을 수 없다고 말했지만, 그건 재원도 마찬가지였다.

커튼이 걷혔다. 준아가 케이크와 차를 가지고 안으로 들어와서 앉았다.

"오빠가 이런 것도 해요?"

준아가 의아한 듯 물었다. 태민에게 그런 이야기를 들어서인지, 준아가 애써 밝은 척하고 있다는 느낌이 들었다.

"응, 뭐. 나도 가끔은 친구가 필요하니까."

"아하하하. 그게 뭐예요. 오빠는 친구 많을 것 같은데."

"그런가? 넌 어때?"

"저요?"

"응. 넌 친구 많아?"

"당연하죠. 딱 봐도 많을 것 같아 보이지 않아요?"

"글쎄."

재원은 작게 한숨을 쉬었다. 아무래도 좋은 마음이 안 생긴다. 서연에게 도움이 되고 싶은데, 상냥한 척 연기를 하기에는 내공이 부족했다.

사람들은 재원을 다정하다고 평가했지만, 그건 싫지 않은 대상을 상대할 때뿐이었다. 싫은 사람에게까지 다정할 수 있을 리 없지.

'태민이 형은 할 수 있었을 텐데. 난 그게 안 된다고.'

이럴 줄 알았으면 하겠다고 하지 말 걸 그랬다. 차라리 홍진탁 사장을 상대하는 게 낫겠다.

"사실은."

그때, 준아가 입을 열었다.

"별로 없어요."

"응?"

"친구요. 사실 별로 없어요."

"……아, 그래?"

"네. 어릴 땐 많았는데 지금은 별로 없어요. 왜인지 모르겠지만 어릴 때 친구들이랑도 하나, 둘 연락이 끊기고……. 대학에서 사귄 애들이랑은 같이 어울리기는 해도 친하다는 생각이 안 들고. 그런 얘기 있잖아요. 어릴 때 만난 친구들이 진짜라고, 성인이 돼서 만난 친구들은 다 가짜라고. 이게 그런 걸까요?"

"그렇진 않을걸. 성인이 돼서도 좋은 친구 만나는 경우 많아. 나만 해도 대학 와서 좋은 사람들 많이 만났고."

"그래요? 그럼 전 왜 이럴까요?"

"정말 몰라?"

"뭘요?"

"친구들이 널 떠나고, 네가 좋은 친구를 만나지 못하는 이유."

준아의 눈동자가 일렁 흔들리더니, 곧 얼굴을 붉히고는 벌떡 일어났다.

"날 비난하려고 부른 거예요? 그런 거면 나갈래요. 희미나 수희 불러 줄게요."

"그래."

준아는 건성으로 대꾸하는 재원을 쏘아보고는, 거칠게 커튼을 젖히고 밖으로 나갔다.

'아이고. 실수했네.'

싫다는 기분을 너무 드러내고 말았다. 노력쯤은 해 봤어야 했던 건데. 태민에게 뭐라고 말해야 하나 고민하며 찻잔을 드는데 커튼이 치워졌다. 희미나 수희일 줄 알았는데, 준아가 다시 들어와서 맞은편에 앉았다.

"이유가 뭔데요? 내 친구들이 날 떠나는 이유."

"너도 잠깐만 생각해 보면 그 이유를 알 텐데. 자존심 때문에 모른다고 생각하고 있는 거 아냐?"

"……."

"남을 멸시하고 질투하고, 남과 자신을 비교하고, 더 나은 부분이 있으면 잘난 체하고, 상대방을 무시하는 말만 하고, 남보다 내가 못한 부분이 있는 것 같으면 어떻게든 상대의 단점을 찾아내려고 하고……."

"그만하세요."

준아가 고개를 숙이고 두 손으로 얼굴을 가렸다.

"그만하세요, 알겠으니까."

"나, 너 싫어."

"나도 방금 오빠가 정말 싫어졌어요."

"아, 그래? 다행이네. 내가 싫어하는 사람이 날 좋아하는 거, 되게 난처하거든."

망했다, 라고, 재원은 생각했다.

이러려던 게 아닌데. 좋은 말을 해서 준아의 마음을 달래 주고, 가게에 돌아온 이유를 캐내야만 했는데. 이래서야 준아가 솔직하게 말해 줄 리가 없다. 정말로 망했다.

더 말해 봐야 상황이 악화될 것 같아서, 재원은 차를 한 모금 마셨다. 평소에는 좋아하는 홍차인데 무슨 맛인지 느껴지지 않았다.

"사실은 홍란희를 만났어요."

준아가 두 손으로 얼굴을 가린 채 말했다. 재원은 움직임을 멈췄다. 섣불리 움직였다가는 준아가 말을 하지 않을 것만 같아서.

준아의 손가락 사이로 괴로운 목소리가 흘러나왔다.

"너무 무서워요. 그런데 이런 얘기를 할 사람이 아무도 없어. 어떻게 해야 할지 모르겠어요. 나 좀 도와주세요, 오빠."

* * *

서연의 동그란 눈을 보고, 선우는 어색하게 미소를 지었다. 토끼 같은 눈으로 빤히 쳐다보는 것이 무척이나 부담스러웠다.

"저, 왜 만나자고 하셨는지……."

선우가 조심스럽게 말문을 열었다.

"이유를 알고 싶어서요. 이제 와서 첫사랑을 찾으시려는 이유."

도발적이라고 느껴질 만큼 단호한 어투에, 선우는 내심 놀랐다. 생긴 건 순해 보이는데, 말투가 의외로 당당했기 때문이다.

"그걸 꼭 말해야 합니까? 그런 이야기까지 해야 할 정도로 친한 사이도 아닌데."

"하지만 이유를 알지 못하면 찾아드릴 수 없어요. 만약 상대방에게 기억하고 싶지 않은 사랑이라면, 그쪽에게 폐가 될지도 모르니까요."

"아아, 그건 그렇죠. 비밀로 할 일이 아니니 말씀은 드릴 수 있지만, 글쎄요. 제가 하는 말이 진실일까요? 어떻게든 찾아내기 위해 거짓말을 할 수도 있는 건데요."

"거짓말 하실 거예요?"

"거짓말 안 할 겁니다. 하지만 이것조차 거짓말일 수도 있죠."

서연이 콧등을 찡그렸다.

"그렇게 따지면 아무 말도 믿을 수 없게 돼요. 일단 말씀해 주세요. 제가 들어 보고 판단할게요."

선우는 망설였다. 잘 알지도 못하는 사람에게 사랑 이야기를 늘어놓고 싶진 않았다. 하지만.

'찾고 싶어.'

그녀를 찾고 싶었다. 시간이 지나면 가실 줄 알았던 그리움이 점점 짙어져서, 이제는 견딜 수 없는 지경에 이르렀다. 그럴 때에 인터넷에서 그 그림을 발견했다. 그걸 보는 순간 그리움이 폭발했다.

사진이 올라온 블로그의 글을 홀린 듯이 읽고, 업무 중인데도 회사를 나와 작전명 스위트라는 가게를 찾았다. 그리고 벽에 걸려 있던 그 그림을 다시 보게 되었다.

"꿈을 꾸는 표정으로 얘기하는 여자였습니다. 내 첫사랑은."

선우는 이야기를 시작했다.

"고등학교 때, 같은 학교를 다녔죠. 점심시간에 친구들이랑 농구를 하다가 고개를 돌리면, 늘 그 애를 볼 수 있었습니다. 그 애는 항상 벤치에 앉아 연습장에 그림을 그리고 있었죠. 고백을 한 건, 수능이 끝난 후였습니다. 우리는 사귀게 되었고, 저는 대학에 입학했죠. 그 애는…… 가난했어요. 등록금이 없어서 대학을 가지 못하고 곧바로 취직을 했습니다."

—상자 속의 양이야, 너는.

"그 애는 어린 왕자를 유독 좋아했는데, 늘 저에게 그렇게 얘기했습니다. 넌 상자 속의 양이라고. 그러면서 가게에 걸린 그림, 그 그림을 그려 줬죠. 어린 왕자가 커다랗고 포근한 양에게 파묻혀 있는 그림. 그래서 전 그 애가 저를 그 양처럼 포근하게 생각하는구나, 라고 막연히 생각했습니다."

그렇게 3년을 사귀었다. 하지만 헤어져야 하는 순간이 왔다. 아버지가 그녀와의 교제를 알게 되었던 것이다.

"아버지는 크게 반대했고, 저는 반항했지만 힘이 없었죠. 떠밀리듯 군대에 가게 되었는데, 어느 날 그 애가 면회를 왔습니다. 이별을 고하면서, 제게 그러더군요."

—어린 왕자가 받아 간 상자 속에는, 정말로 양이 있었을까?

"그제야 알게 됐습니다. 저를 상자 속의 양이라고 했던 의미를."

그때가 떠올랐는지 선우의 눈가가 촉촉해졌다.

"있는지 없는지 알 수 없는 존재. 아마도 없을 가능성이 큰 존재. 저는 그 애에게 그렇게 불안한 존재였던 거겠죠. 처음부터, 마지막까지."

선우가 두 손으로 얼굴을 쓸었다.

"그때 저는 그 애와의 사이를 지킬 힘이 없었습니다. 아버지는 강했고, 저는 약했죠. 전화를 걸었지만 번호가 바뀌었더군요. 군대 제대를 하고 찾아갔지만, 이사를 가서 찾을 수가 없었어요. 그 애는 친구가 별로 없었기 때문에, 친구들에게 물어도 그 애의 소식을 알 수가 없었죠. 그러다가 그 그림을 보게 된 겁니다."

"지금은 그분을 지킬 힘이 있어요?"

"힘이 있는지는 모르겠지만 자신은 있어요. 그 애를 얻기 위해, 내가 손에 쥔 것들을 버릴 자신."

"……."

"그 애가 없는 삶은 텅 비어 있었죠. 전 아버지가 닦아 놓은 길을 따라 어려움 없이 돈을 벌고 승진을 했지만, 그게 즐겁다는 생각을 해 본 적이 없어요. 그 애와 공원 벤치에 나란히 앉아, 손을 꼭 잡고 대화를 나눌 때는 세상을 다 가진 기분이었는데, 지금은……."

선우가 손바닥을 펼쳐 그것을 내려다봤다.

"아무것도 없어요. 돈만 있을 뿐."

"……A그룹 이 사장님의 아드님이시군요, 이선우 씨."

"그래요, 서연 씨. 전에 파티에서 한 번 뵀었죠. 못 알아보셔서 당황했습니다. 제가 그렇게 인상이 약했나 싶어서요."

서연이 미소를 지었다.

"그때는 저도 텅 비어 있었거든요. 아까 전화를 드렸을 때, 한 번에 만나겠다고 하셔서 놀랐어요."

"전 서연 씨가 절 기억해서 만나자고 하시는 줄 알았거든요."

"만약에 그분을 찾았는데, 그분이 결혼을 하셨다면 어떻게 하실 거예요?"

선우의 표정이 어두워졌다.

"그런 생각도 했죠. 어쩌겠어요, 제가 용기 없었던 탓에 잃고 말았으니, 평생 제 자신을 원망하면서 살 수밖에요."

"일단 힘껏 알아보겠습니다. 만약 찾았는데 그분이 만나고 싶어 하지 않으시면……."

"말씀해 주세요. 저도 마음을 정리해야 하니까."

* * *

서연이 선우를 만나고 있을 때.

태민과 재원, 준아는 합숙소의 식당에 앉아 있었다. 모든 것을 고백한 준아는 펑펑 울고 있었고, 태민은 심각한 표정으로 테이블을 톡톡 두드리고 있었다. 그리고 재원은.

'하아. 집에 가고 싶다.'

라는 생각을 하는 중이었다. 못된 소리만 했는데 준아가 모든 것을 털어놓은 이유를 여전히 알 수가 없었다. 역시 여자는 어렵다.

"아무튼 잘 말했어."

태민이 입을 열었다.

"계속 감췄으면 호되게 당할 뻔했어."

"홍란희가 그렇게…… 그렇게 대단해요?"

준아가 코를 훌쩍이며 물었다.

"아니, 나한테."

"네?"

"문종훈, 그 녀석. 내가 고용한 애거든."

준아의 눈이 커졌다.

"네 속셈을 모를 거라고 생각했어? 사람은 그렇게 쉽게 변하지 않아. 작전명 스위트가 아무리 고용 조건이 좋다지만, 자존심 센 네가 굽실거리면서 돌아올 정도는 아니거든. 당연히 의심하게 되지."

준아가 얼굴을 붉혔다.

"왜 다들 나한테만 뭐라고 해? 으허어엉."

한 번 울기 시작하니 창피함이 사라진 모양이다. 준아는 두 남자 앞인데도 콧물까지 흘리며 울었다.

"왜 너한테만 뭐라고 하겠어? 지금 못된 짓 하려는 건 너밖에 없으니까 그렇지. 일 열심히 하는 녀석들한테 뭐라고 할 수는 없잖아."

"그래도! 내 편은 아무도, 으허어어엉, 없어어어엉."

울든 말하든 하나만 했으면 좋겠다고 생각하며, 재원은 준아의 어깨를 툭툭 두드렸다.

"그만 좀 울어. 너 콧물 엄청 흘린다."

"어쩌라고요! 에이 씨!"

준아가 버럭 외치더니 화장실로 뛰어 들어갔다. 코를 팽 푸는 소리가 들린 후 수돗물이 쏟아지는 소리도 들렸다. 세수라도 하는 모양이다.

"형, 문종훈이란 사람, 정말로 고용한 거예요?"

"응. 혹시나 싶어서."

"형, 대체 뭐 하는 사람이에요?"

"뭐가?"

"사람을 그렇게 고용하고. 뒤에 누구 있어요?"

"있으면? 나한테 반해 줄 거야?"

"아, 난 남자 취향은 아니에요. 그나저나 어쩔 생각이에요? 섣불리 홍란희를 건드리면 홍 사장이 가만히 있진 않을 텐데. 홍 사장, 자기 딸 엄청 아끼거든요."

"서연이는…… 서연이는 홍 사장 딸 아닌가?"

"맞긴 한데……."

"이상하지 않아? 홍서연도 홍 사장 딸이야. 그래, 막말로 홍 사장이 현재 부인을 진심으로 사랑했지만, 홍 회장의 반대로 서연이 어머니랑 정략결혼을 했다고 치자. 정략결혼을 한 서연이 어머니를 미워할 수는 있어. 하지만 아무리 그래도 서연이는 자기 피를 물려받은 자식이야. 그런데 어떻게 그렇게 대할 수가 있지?"

"……."

"홍 사장 친딸이 맞긴 한 거야?"

"맞아요. 친딸인 것만은 확실할 거예요."

"그래, 나도 그렇게 생각해. 그렇다면 말이야. 홍 사장은 네가 생각하는 것처럼, 홍란희 일에 나서지 않을지도 몰라."

"그게 무슨……?"

"잘 생각해 봐. 홍 사장은 자기한테 방해가 되는 게 있으면 아무렇지도 않게 죽여. 그것 때문에 최 검사 집안에서도 홍 사장을 주시하고 있는 거고. 그게 과연 정상적인 뇌를 가진 사람이 할 행동일까? 보통 사람은 사람을 죽일 때 망설이게 되는 법이거든."

"……권력의 꼭대기에 있으면……."

"자기 부인까지 죽이지는 않지. 아무리 정략결혼이라도."

"홍 사장이 서연이 어머니를 죽였대요?"

"아마도. 서연이는 그렇게 생각하는 것 같아."

"서연이가…… 근거 없이 그런 생각을 하지는 않을 텐데."

"홍란희 아버지가 사장님 어머니까지 죽였어요? 그럼 나도 죽이면 어떡해요. 으허어어엉!"

언제 세수를 하고 나온 건지, 주방 입구에 서 있던 준아가 또 울음을 터뜨렸다. 재원은 골치가 아팠다.

하, 쟤를 잊고 있었네.

"걱정 마. 당분간 보호해 줄 사람을 붙여 줄 테니까."

태민이 말했다.

"거짓말. 매니저님은 사장님만 보호해 주잖아요. 어허어어엉."

"누가 내가 보호해 주겠대? 보호해 줄 사람을 붙여 준다고."

"누가 날 보호해 줘요? 난 돼지에 성형괴물인데. 으허어어엉."

재원은 정말로 집에 가고 싶어졌다. 태민도 난처한 표정이었다.

그때였다.

달칵—

현관문이 열리고.

"다들 여기 있어요? 나, 이선우 씨 만나고 왔어요."

서연의 밝은 음성이 들려왔다.

"으어어어엉. 사장님."

준아가 귀신처럼 달려들자 서연의 눈이 커졌다.

"준아 씨, 왜 울어요? 무슨 일 있어요?"

"매니저님이랑 재원 오빠가…… 어허어어엉. 미안해요, 사장님. 미안해요. 용서해 주세요. 허어어엉."

펑펑 우는 준아를 감싸 안은 서연이 태민과 재원을 노려봤다.

"두 사람, 무슨 짓을 한 거야?"

오해받을 만한 상황이었다. 재원은 쓴웃음을 지으며 한 손을 올렸다.

"나, 그만 집에 가 볼게."

태민이 절박하게 재원의 팔을 붙잡았다.

"가긴 어딜 가. 서연이 오해 풀고 가."

"그건 형이 할 일이죠. 난 서연이한테 대차게 까였으니까 가 볼래요."

"아니, 못 가."

서연이 단호하게 말하며 식탁 의자를 가리켰다.

"둘 다 가만히 앉아 있어."

*　　*　　*

준아가 훌쩍거리는 동안 태민과 재원이 상황을 설명했다. 이야기를 다 들은 서연이 준아를 가만히 응시했다.

"죄송해요, 사장님. 전 정말…… 죄송해요. 하지만 어쩔 수가 없었어요. 돈도 필요했고, 홍란희가 자꾸 협박을 해서……."

"그걸 남의 탓으로 돌리지 말아요."

서연의 말에 준아의 어깨가 움찔 떨렸다.

"돈을 쓴 것도, 홍란희의 제안을 받아들인 것도 윤준아 씨의 선택이었어요. 거기서 눈을 돌리지 말아요."

준아가 고개를 숙였다.

"나는 윤준아 씨의 돈을 갚아 줄 수는 없어요. 하지만 준아 씨가 가지고 있는 비싼 물건들을 좋은 값에 사 줄 곳은 알려 줄 수 있어요. 거기에 물건들을 팔아서 돈을 갚고, 남은 돈은 일해서 갚도록 해요. 생각처럼 오래 걸리지는 않을 거예요."

"……네, 그럴게요. 그런데!"

준아가 다시 고개를 번쩍 들었다.

"호, 홍란희가 절 죽이려고 하면 어쩌죠?"

그럴 리 없어요, 라고, 말해 줄 수가 없었다. 홍란희 역시 홍진탁의 피를 물려받았다. 란희가 어디까지 할 수 있을지, 서연은 감을 잡을 수가 없었다. 허벅지 위에 놓인 손을 가만히 거머쥐는 서연을 대신해서 태민이 말했다.

"죽일 순 없을 거야. 일이 다 끝날 때까지 보호해 줄 거니까."

"매, 매니저님이요?"

"그럴 리가. 한동안 어디 좀 가 있도록 해. 당장 말해 둘 테니까 짐 싸고."

"어디로 가는 건데요?"

불안한 듯 묻는 준아에게 태민이 씩 웃었다.

"안전 가옥."

한 시간쯤 지나 정장을 입은 남자들이 준아를 데리러 왔다. 준아는 겁에 질린 표정이었지만 결심한 듯 발을 내딛었다. 준아가 차 뒷좌석에 올라 문을 닫기 전, 태민이 허리를 굽혀 안을 들여다봤다.

"윤준아."

"네?"

"나는 널 믿는 게 아니야. 난 사람을 그렇게 쉽게 믿지 않거든."

"……네."

"이 사람들은 널 지키기도 하겠지만 감시역이기도 해. 네 휴대폰은 내가 가지고 있을 거야. 이 모든 것이 끝나면 돌려주지."

"아, 맞다. 저, 매니저님."

"왜?"

"녹음을 해 놨어요."

"녹음?"

"홍란희랑 통화할 때마다 녹음을 해 놨어요. 혹시나 싶어서."

준아가 휴대폰을 태민에게 건넸다.

"저 좀 살려 주세요, 매니저님. 저, 아직 죽기 싫어요."

애원하는 준아에게 태민이 말했다.

"그럼 이 일이 잘 끝나기를 기도해. 네가 죽을 일은 없겠지만, 이 일이 끝날 때까지 네게 자유는 없을 테니까."

자동차가 떠난 후, 서연과 재원은 태민을 돌아봤다.

"왜들 그렇게 뜨겁게 봐?"

싱글싱글 웃으며 묻는 태민에게, 둘은 동시에 물었다.

"오빠는 대체 뭘 하는 사람이에요?"

"형은 대체 정체가 뭐예요?"

*　　*　　*

보고를 하러 온 사람을 내보낸 후, 홍 회장은 눈을 감았다. 서연이 움직이기 시작했다. 서연이 이런 식으로 움직일 줄은 상상도 못했다.

'제 어미의 피를 물려받긴 했구먼.'

—들킬 거예요, 아저씨. 이건 절대로 성공하지 못할 거예요.

서연의 어머니인 성희에게 부탁을 했을 때, 성희는 눈을 똑바로 뜨고 말했다.

—진탁이는 녹록한 상대가 아니에요. 차라리 지금 당장 싹을 잘라 버리는 게 나아요. 핏줄이라고 해서 마음이 약해지시면 안 돼요, 아저씨. 진탁이, 걔는…… 인정하세요. 걔는 사이코패스예요.

인정하고 싶지 않았다. 인정하는 순간, 많은 것을 잃게 될 테니까. 하나 남은 아들까지 잃을 수는 없었다.

—진탁이가 진성이를 죽였어요, 아저씨. 인정하셔야 돼요. 진탁이 걔는 살인자예요. 그리고 힘이 강해질수록 더 끔찍한 짓을 저지를 게 분명해요.

나는 그 사실을 도저히 믿고 싶지 않구나, 부탁이다, 도와다오. 그리 말하며 무릎을 꿇은 홍 회장을 보며, 성희는 울듯이 웃었다.

—그러지 말아요, 아저씨. 전 이 애를, 진성이와 나의 아이를 그런 위험 속에 데려가고 싶지 않아요. 저는 못 해요. 진탁이는 분명 이 애가 자기 애가 아니라는 걸 눈치챌 거예요. 그러면…… 안 돼요, 아저씨. 안 돼요. 이 애를 지옥으로 밀어 넣을 생각이세요?

내가 지켜주마, 라고 말했다.

그러나 지킬 수 없었다. 성희도, 서연도 홍 회장은 지켜내지 못했다.

'욕심만 버렸어도.'

홍 회장은 둘째 아들의 자식을 가진 성희를, 다른 곳에 보내지 않았다. 붙들어 두고 싶었다. 그리고 첫째 아들의 범죄를 밝혀, 기업의 이미지가 떨어지게 하고 싶지도 않았다. 또 출생도 알 수 없는 여자, 김미진을 며느리로 삼고 싶지도 않았다.

너무도 많은 욕심을 부렸고, 너무도 많은 것에서 도망치고 있었다는 것을 뒤늦게 깨달았다.

성희가 죽은 후에도, 진탁의 라이벌이 될 만한 회사의 중역들에게 사고가 생길 때도. 눈을 감고, 귀를 닫고 있었다. 손에 쥔 모든 것을 놓는 한이 있어도, 결단을 내려야만 했다는 걸 너무 늦게 깨달았다.

—진탁이가 정말로 네가 말하는 그, 사이코패스인지 뭔지라면…… 진성의 핏줄이 있다는 걸 알고도 가만히 있을까?

절대로 싫다는 성희에게, 결국은 협박까지 하고 말았다. 이 욕심 때문에. 지독한 이기심 때문에.

—아저씨가 미워요.

성희는 또 울듯이 웃었다.

—정말 미워요, 아저씨.

매일, 매순간, 그렇게 웃는 성희가 홍 회장을 따라다녔다. 원망하듯, 미워하듯, 증오하듯.

무시하고, 또 무시했다. 재양을 버릴 수는 없으니까. 재양의 이름이 흐려지는 것을 볼 수는 없으니까. 이 손에 넣은 것들을 포기할 수는 없으니까.

이게 어떻게 세운 기업인데!

그러다 어느 폭우가 내리치던 날, 텅 빈 집에 홀로 앉아 책을 읽다가 깨달았다.

이 손이 쥐고 있는 것은 아무것도 없다는 것을.

*　　*　　*

가게로 돌아가는 길, 태민이 서연의 손을 조심스럽게 잡았다.

"왜 그렇게 뾰로통해?"

"오빠가 정체를 알려 주지 않으니까요."

"정체랄 것도 없어. 정말로 난 그냥 평범한 백수야. 아, 현재는 바리스타고."

"거짓말쟁이야."

"거짓말 아니야. 다만……."

태민은 어떻게 말할까 고민하는 듯 잠시 말을 멈췄다.

"든든한 백이 있지."

"백이요?"

"아버지가 돌아가시고 날 도와주신 분이 있다고 했지?"

"아, 기억나요."

"그분이 좀…… 그래."

"좀 그런 게 어떤 건데요?"

태민이 눈썹 끝을 늘어뜨렸다.

"그게 좀…… 뭐라고 해야 할까? 그러니까…… 큰손이야."

"큰손?"

"그래. 내 양어머니는 뒷세계의 큰손이야. 그쪽 돈줄을 꽉 잡고 있지."

"아……."

"우리 아버지랑은 소꿉친구셨어. 그래서 아버지가 돌아가신 걸 알고는 찾아와서 날 거둬 주셨지."

"그랬구나."

"실망했어?"

태민의 질문에 서연의 눈이 커졌다.

"실망이요? 왜요?"

"……내 양어머니가 어둠의 사람이라서."

"아뇨. 그렇게 따지자면 우리 아버지는 살인범인걸요."

서연이 웃으며 말하자 태민의 표정도 누그러졌다. 태민이 걸음을 멈추고 서연을 빤히 응시했다.

"왜, 왜 그렇게 봐요?"

"다행이다. 네가 홍진탁 이야기를 하면서도 그렇게 웃을 수 있게 돼서."

그러고 보니, 나 이런 얘기를 아무렇지도 않게 하게 되었구나.

신기했다. 예전에는 그것이 어둡고 무거운 짐이자 족쇄였는데.

태민이 다시 걷기 시작했다.

"어머니는, 아, 그러니까 이건 양어머니를 말하는 거야. 어머니는 재양에 복수를 할 생각 따위는 없다고 하셨어. 재양을 상대할 만한 힘도 없고, 그런 데에 사로잡혀 인생을 낭비하고 싶지 않다고. 과거를 보지 말고 현재를 살아가라고 했지만, 그래도 내가 필요할 땐 도움을 주시지. 고마운 분이야."

"그러네요. 오빠는 든든하겠어요."

"그래, 든든해. 넌 어때?"

"전 뭐, 그냥……."

"뭐야, 홍서연. 이럴 땐 오빠가 있어서 든든해요, 라고 말해야지."

태민이 볼멘소리를 하는 바람에 서연은 웃음을 터뜨렸다.

이 남자, 왜 이렇게 귀엽지?

"네, 그래요. 오빠가 있어서 든든하네요."

"이런 걸 두고 엎드려 절 받기라고 하나?"

"엎드렸을 때 절이라도 받으면 다행이죠. 이 정도로 만족하세요."

"하여간 이 여자는 나를 들었다가 놨다가 한다니까."

태민이 웃으며 서연의 정수리에 가볍게 입을 맞췄다.

그의 손을 잡고 걸으며 장난을 치는 이 현실이, 아직도 꿈처럼 느껴졌다. 언젠가는 이것이 당연한 현실처럼 느껴지는 순간이 올까?

직원들에게는 준아의 집안에 큰일이 생겨서 당분간 나오지 못하게 되었다고 말해 두었다. 직원들은 걱정했지만 의심하는 눈치는 아니었다.

'당연하지. 누가 이런 일이 벌어질 거라고 상상이나 하겠어.'

카운터에 앉아 손님들도 상대하고, 빵 레시피도 보고 있을 때, 민기가 찾아왔다. 민기의 방문에 종업원들의 표정이 굳어졌다. 종업원들은 민기를 기억하고 있었다. 우리 예쁜 사장님을 상대로 결혼 운운한, 이상하고 무례한 아저씨. 그런 아저씨 역할을 계속 하기로 한 건지, 민기가 저벅저벅 다가와 그리 작지 않은 목소리로 말했다.

"서연 씨, 할 일 없으면 나랑 얘기 좀 하죠. 보고 싶어서 왔으니까."

오만한 눈빛과 입가에 묻은 비릿한 미소, 턱을 살짝 든 거만한 자세.

태민과 셋이 있을 때의 모습과는 완전히 달라서, 서연은 내심 민기의 연기력에 감탄했다. 최 검사님은 검사가 아니라 배우가 됐어야 했을지도.

서연은 민기처럼 연기력이 뛰어나지 않았기에, 자기도 모르게 웃으며,

"네, 나갈까요?"

라고 말하고 말았다. 민기와 함께 가게 밖으로 나가는 서연의 모습에, 직원들이 깜짝 놀라 태민을 돌아봤다. 태민은 무심히 두 사람의 뒷모습을 지켜보고 있었다.

"매니저님, 뭐가 어떻게 된 거예요? 사장님이랑 매니저님, 사귀는 사이 아니었어요?"

선명의 질문에 태민이 고개를 끄덕였다.

"그렇지, 사귀는 사이지."

"그런데 왜 이러고 있어요? 이상한 아저씨가 와서 사장님을 데리고 나갔잖아요. 따라가 봐야 하는 거 아니에요?"

이상한 아저씨, 라는 말에 태민이 씩 웃었다.

"그러게, 이상한 아저씨가 데리고 갔으니 따라가 봐야지."

태민이 앞치마를 벗었다.

"내 여자 데리고 올 테니까 기다리고 있어."

서두르지 않고 가게를 나서는 태민을 지켜보던 영진이, 크으, 하고 감탄사를 내뱉었다.

"태민이 형은 잘생겨서, 뭘 해도 그림이다, 야."

*　　*　　*

"넌 또 왜 따라왔냐?"

서연을 위해 조수석의 문을 열어 주던 민기가 인상을 찌푸렸다. 태민이 씩 웃으며 서연 대신 조수석에 쏙 들어가 앉았다.

"우리 귀여운 종업원들이, 이상한 아저씨가 사장님을 데리고 간다면서 구해 달라고 성화였거든."

민기가 피식 웃으며 뒷좌석 문을 열었다.

"이상한 아저씨라고? 내 연기가 끝내주나 보네. 서연 씨, 여기로 타세요."

"최검 연기력은 알아주지."

서연이 뒷좌석에 타고 나서 민기도 따라 타자, 태민이 인상을 찌푸렸다.

"뭐야, 최검. 최검이 왜 거기 앉아? 운전해야지."

"운전은 왜 해? 갈 데도 없는데. 여기서 얘기할 거고, 내가 볼일 있는 사람은 서연 씨고, 서연 씨가 뒷좌석에 앉았으니 나도 여기 앉는 수밖에."

"아, 그건 싫어."

태민이 기어코 뒷좌석으로 오더니 민기를 끌어내고 서연의 옆에 앉았다. 민기는 투덜거리며 태민을 가운데 좌석으로 밀고 뒷좌석에 들어왔다.

가장자리에 서연, 가운데에 태민, 그리고 반대쪽 가장자리에 민기. 뒷좌석에 세 사람이 옹기종기 앉은 상태로 대화가 시작되었다.

"이걸 읽어 보세요, 서연 씨."

서연은 민기가 내민 서류를 받아 들었다. 서연이 서류를 꺼내 읽는 동안, 태민도 서연에게 필요 이상으로 바짝 붙어서 함께 읽었다.

심각한 내용을 읽는 와중인데도, 볼에 닿는 태민의 숨결이 느껴져서 간질간질했다.

"이게 전부…… 아버지가 저지른 짓인가요?"

수십 장의 A4용지에 작은 글씨로 빼곡하게 적힌 범죄들. 그중 몇몇은 서연도 알고 있는 내용이었다.

"증거가 없습니다. 대부분 사고사였죠. 홍진탁에게는 알리바이가 있고요."

"……그럴 거예요. 처리를 해 주는 사람은 따로 있으니까."

"짐작 가는 사람이 있습니까?"

"아버지의 비서 중 한 사람이에요. 최준호."

"최준호라고요?"

"네, 왜 그렇게 놀라세요?"

"아뇨, 그 사람일 리는 없을 거라고 생각했어서."

민기는 혼란스러운 표정이었다.

"어째서요? 아버지와 가장 오랫동안 함께 일한 사람인데, 의심해 볼 법하지 않나요?"

"그렇긴 한데……. 경찰이었거든요, 그 사람."

"네?"

"과거에 경찰이었습니다. 강력계 형사였는데 홍진탁 관련 사건을 수사하던 중에 잘렸습니다. 그 후에 홍진탁의 밑으로 들어간 걸 보고, 전 그 사람 혼자서 독자적으로 수사를 진행 중이라고 생각했습니다. 조만간 접선해서 정보를 얻을 생각이었는데……."

"안 돼요, 검사님."

서연이 절박하게 외쳤다.

"절대로 안 돼요. 그 사람이 모든 걸 도맡아서 했어요. 과거엔 어땠을지 모르겠지만 현재는…… 아버지의 충실한 개예요."

"그렇습니까?"

민기는 믿지 않는 눈치였다.

"그 사람이 실행범이에요, 검사님. 증거가 있어요."

"증거가 있다니……."

"제가 가지고 있어요. 최준호와 아버지가 범죄를 공모하는 현장을 찍은 비디오테이프."

민기의 눈이 커졌다. 태민이 서연의 팔 위에 손을 얹었다.

"그게 정말이야?"

"네, 이번에 본가에 가면 그걸 가지고 나올 거예요."

"그게 본가에 있어?"

"네. 아버지의 둥지에 넣어 뒀어요. 자기 둥지에 그런 게 있을 거라고는 상상도 못 하겠죠. 내일 검사님과 함께 본가에 방문하면, 그걸 빼내 올 생각이에요. 검사님께서 시간을 좀 벌어 주세요."

* * *

민기와의 만남 후, 태민만 가게로 돌아가고 서연은 합숙소로 향했다.

방에 들어가 민기에게 받은 서류를 침대에 펼쳐 두고, 침대 옆에서서 그것을 내려다봤다. 한참 노려보다가 휙 돌아섰더니, 열린 방문에 기대 서 있는 태민이 눈에 들어왔다.

"오빠?"

태민이 옅은 미소를 지으며 팔을 벌렸다. 서연은 달려가 그의 품에 안겼다.

"걱정돼서 왔어."

태민이 서연의 등을 토닥거리며 말했다.

"우리 서연이가 전부 자기 탓이라고, 내가 조금 더 빨리 정신을 차렸으면 좋았을 거라고, 그렇게 자기 탓을 하고 있을까 봐 걱정돼서 왔어."

태민의 단단한 가슴에 얼굴을 묻고 눈을 감았다.

어떻게 알았을까. 그러고 있다는 걸. 이 남자는 어떻게 이렇게 내 마음을 잘 알까?

그러고 보니, 만난 지 얼마 안 됐을 때도 그랬다. 태민은 가게에 일찍 나오는 서연을 보고, 집에 있기 싫은 거냐고 물었다. 아버지와 안 좋은 일이 있어서 표정이 안 좋을 때에 무슨 일이냐고 걱정을 해 주었고, 태민의 다른 여자를 보고 예쁘다고 질투할 때에, 서연이 더 예쁘다고 말해 주었다.

항상 서연의 마음을 읽는 것처럼, 그렇게 서연의 가슴에 포근한 위로를 덮어 주었다.

"네 탓 아니야. 미리 알았어도 할 수 있는 일은 없었어. 섣불리 건드렸으면 너도 위험했을 거야. 아무것도 하지 못한 채로 끝이 났겠지."

태민이 나직한 목소리로 말했다.

"너는 잘해 왔어. 살아남았고, 준비를 했고, 그리고 지금 준비해 왔던 그것들을 내보일 위치에 서게 됐어. 넌 정말."

태민이 서연의 어깨를 잡고 살며시 떼어 낸 후, 허리를 굽혀 서연과 눈을 맞췄다.

"넌 정말 대단한 여자야, 서연아. 그래서 반했어."

태민의 맑은 눈을 똑바로 볼 수가 없어서 눈을 질끈 감았다.

내 아버지가 그의 아버지를 죽였다. 그것은 홍 사장의 죄이지만, 그래도 때때로 죄책감에 가슴이 아렸다. 아버지의 죄를 확인할 때마다, 그를 향한 미안함이 커졌다.

"내가 네 아버지에게 감사하는 게 딱 하나 있다면."

이마에 따스하고 부드러운 것이 닿았다. 태민의 입술이었다.

"널 태어나게 해 줬다는 거야. 내 아버지가 돌아가신 후의 삶은 끔찍했지만, 네가 없는 삶은 더 끔찍해."

태민의 입술이 서연의 눈꺼풀 위를, 콧등을, 뺨을, 그리고 서연의 입술 위를 살며시 눌렀다가 떨어졌다.

"매일 너를 볼 때마다 생각해. 어떻게 이렇게 사랑스러운 존재가 있을 수 있을까. 내가 꿈을 꾸는 건 아닌가. 삶의 괴로움이 지나쳐서, 달콤한 환상을 만들어 낸 게 아닐까."

태민이 엄지로 서연의 눈가를 쓸었다.

"이렇게 만진 후에야, 아아, 현실이구나, 하고 안심을 해. 네 아버지는 아무래도 좋아. 너는 내게 위로고, 안심이고, 평안이야. 그래서."

태민이 서연의 입술 위에 자신의 입술을 겹쳤다. 처음에는 닿기만 했던 입술이 살며시 벌어지며, 서연의 아랫입술을 살짝 빨아들였다. 촉촉한 것이 입안에 들어와 부드럽게 감싸고 핥고 머금었다. 감미로운 타액이 섞여 서연의 몸 안에 녹아들어 갔다.

"그래서 나는 지금 세상에서 제일 행복한 남자야."

입술을 살짝 댄 채로, 태민이 말했다.

"너도 그랬으면 좋겠어."

그제야 서연은 용기를 내서 눈을 떴다. 바로 앞에, 흑진주 같은 눈동자가 있었다. 그 눈동자는 오롯이 서연만을 담고 있었다. 태민의 눈이 가늘어졌다.

"너도 세상에서 가장 행복한 여자였으면 좋겠어."

*　*　*

침대에 누워 잠든 서연을 잠시 내려다보다가, 태민은 방 안에 흩어진 서류를 한 장, 한 장 모았다.

가슴이 아팠다. 서연이 안쓰러워서 심장이 지끈, 지끈 울렸다.

어떤 기분일까. 이런 범죄를 저지른 남자를 아버지로 두었다는 건.

아무리 발버둥 쳐도 벗어날 수 없는 족쇄처럼 발목을 잡아, 평생 그것을 떠올리며 괴로울지도 모르겠다.

이것들은 결코 서연의 죄가 아니었지만, 서연에게는 자신의 죄처럼 느껴질 것이 분명했다. 그것이 슬퍼서, 태민은 자꾸만 한숨을 흘렸다.

'네 탓이 아니야. 너는 아무 잘못도 없어.'

아무리 말해 주어도 깨끗이 털어 낼 수는 없을 것이다.

태민은 서연의 방에서 나와 조용히 문을 닫고, 방문에 기대 서류를 노려봤다. 어두운 눈으로 서류를 응시하던 태민은, 그것을 구겨 버린 후 계단을 내려왔다.

'슬슬 도움을 청해야겠군.'

* * *

태민은 차를 갓길에 세우고 창밖을 노려봤다.

검은 세단이 지나갔다. 선팅된 차라서 안을 볼 수는 없었다.

'누구지?'

아까부터 미행을 당하고 있었다.

'백 여사님 쪽 사람인가? 아니면…… 홍진탁이 보냈나?'

홍진탁이 보냈을 리는 없다. 서연의 남편이 될 민기를 미행한다면 모를까, 태민의 존재를 파악하지는 못했을 것이다.

태민을 미행하던 세단이 사라지고도 한참 후에야, 태민은 다시 차를 몰았다.

* * *

태민을 미행하던 최준호는 갓길에 멈춘 태민의 차를 보고는 쓴웃음을 지었다.

'눈치 빠른 놈.'

홍진탁은 태민을 파악하지 못했지만, 서연을 지켜보던 최준호는 태민에게 무언가 있다는 것을 간파했다. 명문대 컴퓨터공학과를 졸업한 후, IT업계에서 조금 알려진 프리랜서. 주목할 만한 인물은 아니지만 자꾸만 거슬렸다. 태민을 만난 후, 서연이 알껍질을 깨고 나온 듯 달라졌기 때문이다.

'아무래도 내가 생각하는 것보다 더 빨리 상황이 변할지도 모르겠어.'

최준호는 백미러를 확인했다. 역으로 태민에게 미행을 당할지도 모른다는 생각 때문이었는데, 다행히 따라오는 차량은 없었다.

'발을 뺄 때가 됐군.'

홍진탁 아래에 있으면서 온갖 수모를 당했지만, 돈은 벌 만큼 벌었다. 해외로 도피해서 신분을 감추고 살아가기에 충분한 돈을 모았다.

과한 욕심이 화를 부른다는 건, 오래전에 알았다.

'휘말리기 전에, 이 진탕에서 빠져나가야겠어.'

*　*　*

민기는 이미 와서 바에 앉아 백란과 대화를 나누고 있었다. 태민이 옆에 앉자, 민기가 인상을 찌푸렸다.

"왜 이렇게 늦었어?"

"미행을 당했어."

"미행? 누구한테?"

"글쎄. 여사님 쪽 사람은 아니죠?"

태민의 질문에 백란이 피식 웃었다.

"자의식과잉이구나. 너 따위에게 미행을 붙일 리가 없지. 한잔할래?"

"차를 가지고 와서요. 커피 마실게요."

백란이 커피를 타러 안쪽으로 들어간 후, 태민이 중얼거렸다.

"홍진탁이 날 알 리는 없을 텐데."

"조심해야겠는데. 어쩌면 홍진탁이 날 알아보는 중에, 너랑 만나는 걸 알았을지도 몰라."

"홍진탁이 사태의 심각성을 알기는 할까? 서연이를 무시하고 있는 것 같던데."

"그랬을지도 모르지만, 지금 서연 씨는 많이 달라졌잖아. 눈빛부터가 다르니, 홍진탁이 눈치챘을지도 몰라."

"내일 만남이 걱정인데."

"걱정 마. 내가 잘 지킬 테니까."

"그게 더 걱정인데. 최검한테 반하면 어째?"

"정태민이 이렇게 자신감 부족이었나?"

"그러게. 서연이 만난 후엔 내가 너무 부족하다고 느껴지네. 이거 정상인가?"

"정상이지. 네가 부족한 건 사실이니까."

그런 얘기를 하고 있을 때, 백란이 커피를 가지고 돌아왔다. 태민은 커피를 받아 들며 백란에게 말했다.

"여사님, 이제 여사님 도움이 필요합니다."

"이제는 무슨. 지금껏 다 받아 놓고선."

"이제부터는 좀 큰 거라서요."

"그래? 공으로 해 줄 수는 없겠는데. 내가 도와주면, 넌 날 위해 뭘 해 줄 거니?"

"뭐든 해 드릴게요."

태민의 말에 백란은 서늘한 미소를 띠었다.

"그렇다면 K그룹 전무 딸과 결혼해 줄래? 내가 그쪽을 좀 이용해야 할 일이 생겼어."

"죄송합니다, 여사님. 그것만큼은 해 드릴 수가 없습니다."

태민이 단호하게 말하자 백란의 표정이 굳어졌다.

"뭐든 한다고 하지 않았나? 네가 한 말조차 지키지 못하는 한심한 남자였니?"

"사랑하는 여자가 있어요."

"……."

"결혼은 그 여자랑 할 겁니다."

"그래? 그럼 결혼은 됐고, 전무 딸 마음이라도 홀려 놔라. 너 아니면 죽고 못 살게. 너, 그런 거 잘하지?"

"안 돼요, 여사님. 여자들한테 웃음 파는 짓, 관뒀습니다."

백란의 입가에 짓궂은 미소가 떠올랐다가 사라지는 것을, 민기는 똑똑히 목격했다.

'그러면 그렇지.'

백란은 태민에게 곤란한 부탁을 할 사람이 아니었다. 태민이 사랑하는 여자가 생겼는데도 말해 주지 않는 게 서운해서 이러는 게 분명했다.

"지금껏 팔아 온 저렴한 웃음, 이제 와서 조금 더 판다고 큰일 안 나. 아니면 너, 그런 것조차 이해해 주지 못하는 옹졸한 계집을 사랑하게 된 거니?"

"얘기를 하면, 분명 괜찮다고 하겠죠. 자기 가슴이 미어져도 환하게 웃으면서 괜찮다고 할 거예요. 그런 여자거든요. 하지만 전 그 애를 세상에서 가장 행복한 여자로 만들어 주고 싶어요. 그 애 가슴이 아플 짓, 저는 못 해요."

태민이 커피 잔을 내려놓고 일어났다.

"도와주시지 않아도 됩니다. 이쪽 일은 제가 알아서……."

"서운하구나, 태민아."

"네?"

태민의 눈이 커졌다. 지금껏 백란이 태민의 앞에서 약한 모습을 보인 적은 한 번도 없었기 때문이다.

착각이었을까. 백란의 표정이 다시 냉정하게 돌아왔다.

"됐다. 네 깜냥으로 귀한 집안 여식 꼬실 수도 없겠지. 그래서 부탁은 뭐지? 들어나 보자."

"아래에서부터 치고 올라가려고 합니다."

"아래에서부터?"

"네. 홍란희와 홍윤성이 몇 번 범죄를 저지른 적이 있습니다. 특히 홍란희의 경우는."

태민이 사진 한 장을 내밀었다. CCTV에 찍힌 영상을 출력한 사진이었다.

"음주운전으로 인명 사고를 냈습니다. 피해자는 사망했고, 홍진탁은 이 범죄를 덮었지요. 그 후에도 음주운전을 몇 번 한 적이 있지만, 전부 드러나지 않았습니다. 결국 홍진탁이 홍란희의 차를 빼앗아서 운전을 할 수 없게 되었고요."

"홍윤성은?"

"주사가 폭력입니다. 술만 마시면 그때그때 걸리는 사람을 폭행하는데, 그 과정에서 불구가 된 사람이 두 명 있습니다. 한 명은 합의 후에 해외로 떠났고, 다른 한 명은 합의를 하지 않고 고발하겠다고 버티다가 매장 당했습니다."

"죽었니?"

"아니요. 정신병원에 갇혀 있습니다."

"쯧."

백란이 혀를 찼다.

“증언을 듣고 왔습니다. 합의 과정에서 통화 내용을 녹음해 뒀지만, 정신병원에 끌려갈 때 전부 빼앗겼다고 하더군요.”

“그럼 증거가 없구나.”

“홍윤성 건은 그렇습니다만, 목격자들이 상당합니다.”

“홍진탁은 그걸 자기의 이미지에 흠집 내기 위한 라이벌의 모략일 뿐이라고 덮을 힘이 있어. 하지만 홍란희 건은 건드릴 수 있겠구나.”

“네. 이쪽은 합의 과정을 녹음한 파일도 확보했습니다. 홍란희 건이 드러나면 홍윤성 건도 그저 유언비어로만 생각하지 않을 겁니다. 발밑을 흔들어서 대중의 의심을 키우고, 그때 홍진탁 본인의 사건을 드러내려고 합니다.”

“홍진탁 범죄에 대한 증거는?”

“홍서연.”

“홍서연? 홍진탁 막내딸 말이니?”

“네. 서연이가 범죄의 증거를 가지고 있다고 했습니다.”

백란의 눈이 가늘어졌다.

“믿을 수 있겠니?”

태민의 입가에 옅은 미소가 떠올랐다.

“네. 제 자신보다 더.”

*　*　*

'뭐라고 하고 차고로 가야 할까? 잠깐 별채에 다녀온다고 하고 나가면 믿어 주려나? 최 검사님만 놔두고 나와도 되겠지?'

카운터에 앉아서 그런 생각을 하고 있는데, 재희에게 전화가 걸려 왔다.

[서연아, 그 사람 찾았어. 우리 가게에 있어.]

"그 사람?"

[그, 왜 있잖아. 화가 찾아달라면서.]

"아아. 응, 지금 갈게."

어린 왕자를 좋아하는 화가라는 말에 상상되는 건 청초한 이미지, 혼자 앉아 그림을 그리고 있었다는 말에 떠오르는 건 금방이라도 흩어질 듯 가녀린 느낌.

하지만 재희의 가게 의자에 다리를 꼬고 앉아 인상을 찌푸리고 있는 여자는, 재희와 견줄 수 있을 만큼 기가 세 보이는 여자였다.

예쁜 얼굴이지만 선우의 말에서 상상했던 토끼나 강아지 같은 느낌이 아니라 흑표범이 떠올랐다. 허벅지를 드러낸 짧은 청치마와 단추를 세 개나 푼 블라우스 안으로, 레이스 나시티가 보였다.

'와, 되게 섹시하네.'

서연은 그녀의 풍만한 가슴에서 눈을 뗄 수가 없었다.

"최진주 씨야. 어린 왕자 그림 그리신 분."

"안녕하세요."

서연의 인사에 진주도 고개를 숙였다.

"안녕하세요. 그런데 저는 왜 찾으셨는지."

"아, 저는 이런 사람인데요."

서연은 혹시나 해서 가지고 온 작전명 스위트 명함을 내밀었다.

"여기에 찾아오신 손님이 한 분 계셨어요."

서연은 선우와의 일을 설명했다. 첫사랑 이야기를 들으며 촉촉하게 눈을 붉힐 줄 알았는데, 진주의 표정에는 변화가 없었다.

"그래서 한 번 만나 뵈면 어떨까 해서 찾았던 거예요."

"민폐예요, 그거."

진주가 딱 잘라 말했다.

"아, 역시…… 그런가요?"

"그래요. 나, 그놈 만나기 싫어요. 그 자식이 나한테 무슨 짓을 했는지 알아요?"

진주의 험상궂은 표정을 보자 심장이 덜컥 내려앉았다. 설마 선우가 진주에게 해서는 안 될 짓을 한 걸까?

"끔찍할 정도로 다정한 남자였어요, 이선우. 정중하고 상냥하고 배려심도 깊고, 성실하고. 와, 재벌가에도 이런 사람이 있구나, 싶을 정도로 겸소하고 좋은 놈이었어요."

"아……."

"너무너무 좋은 놈이라서 너무너무 사랑했어요. 사랑하니까 믿었고, 믿으니까 이 마음 다 줬죠. 다른 사람 줄 거 남기지 않고 다 줬는데."

진주의 눈가가 빨개졌다.

"못 이기더라고요, 자기 아빠를."

"……."

"난요, 홍서연 씨. 그 사람 참 많이 사랑했어요. 그래서 거침없이 사랑할 수 있었죠. 어려서 그랬겠지만, 그때는 그 사람을 위해 다 버릴 수도 있었어요. 하지만 그 사람은 아니었나 봐요. 뭐, 나보다 손에 쥔 게 많으니 그럴 수 있죠. 재벌가의 자제분이 어련하시겠어요."

진주가 피식 웃었다.

"됐어요, 안 만나고 싶어요. 재벌가 인간들의 수작질에 놀아나기도 싫고, 벌레 취급당하기도 싫어요. 내 가족들과 내 친구들에게 나는, 열심히 살아가는 대단한 사람인데. 그 집 사람들에게 나는 살려고 발버둥치는, 뒤집힌 바퀴벌레예요. 그런 취급, 이제는 당하기 싫어."

곱씹듯 말하는 진주에게, 서연은 아무 말도 할 수 없었다. 서연도 그런 집안에서 자랐기에, 그들의 생각을, 행동을 알 수 있었다. 진주가 어떤 취급을 당했을지, 안 봐도 뻔했다.

"죄송해요. 괜히 심란하게 해 드려서."

서연의 사과에 진주가 오히려 미안하다는 표정을 지었다.

"그런 표정 짓지 마요, 홍서연 씨. 나 마음 약해지려고 하잖아요."

"아뇨, 정말. 죄송해요. 제가 괜히 나서서 상처를 건드린 것 같아요."

서연이 고개를 숙였다.

"알겠어요, 그럼. 사과 받아 줄게요. 그 사람한테는, 날 못 찾았다고 해 주세요. 나, 그 사람한테 이제는 없는 존재이고 싶어요."

"네, 그럴게요."

진주는 가방을 들고 가게를 나갔다. 피규어를 조립하고 있던 재희가 고개를 들었다.

"갔어?"

"응."

"성격 보통 아니다."

"재희 네가 할 소리는 아닌 것 같은데."

재희가 웃었다.

"홍서연, 홍서연. 그런 말도 할 줄 알게 됐어?"

"어휴. 원래 할 말은 하고 살았거든."

서연은 재희의 가게에서 나와 선우에게 전화를 걸었다.

[찾았습니까?]

선우가 다급하게 물었다.

"좋은 소식은 아닐 거예요."

선우는 카페로 찾아가겠다고 말했다.

가게로 돌아가 얼마쯤 기다리자 선우가 방문했다. 이번에도 근사한 정장 차림의 선우는 주목을 받았다. 선우는 서연에게 가볍게 인사를 한 후, 안으로 들어가서 앉았다. 서연은 메뉴판을 들고 선우의 자리로 향했다.

"커피로 하겠습니다."

선우가 메뉴판을 보지도 않고 주문했다. 서연은 메뉴판을 들고 바로 향했다. 태민이 살짝 손짓을 하기에 바 안으로 들어갔다.

"커피래요. 아이스 아메리카노면 될 것 같아요."

"저 사람이 A그룹 사장의 아들이라고 했지?"

"네."

"홍진탁이 건드린 기업 중에 A그룹이 있었어."

이 말이 나올 줄 알았다. 안 그래도 어제 민기가 건네준 보고서에서 그 이름을 발견했을 때 잠시 고민하긴 했었다.

"그건 제가 알아서 할게요."

서연의 말에 태민이 인상을 찡그렸다.

"이용할 수 있는 건 이용해야 돼."

"응, 알아요. 저 못 믿어요, 오빠?"

"믿지, 믿는데. 그래, 알겠어. 우리 사장님이 알아서 잘 하겠지."

태민이 아이스 아메리카노를 쟁반 위에 내려놨다. 그걸 들고 선우에게 돌아갔다. 선우는 어두운 표정으로 창밖을 응시하고 있었다.

—못 이기더라고요, 자기 아빠를.

그 말을 하던 진주의 모습이 선우 위에 겹쳐졌다.

진주의 마음도, 선우의 마음도 이해했다.

서연은 선우의 앞에 커피를 내려놓고 맞은편에 앉았다.

"선우 씨."

선우가 고개를 돌려 서연을 응시했다.

"최진주 씨를 만났어요."

"아, 그래요."

갑자기 선우의 표정이 밝아졌기에, 서연은 당황했다. 왜 만났다는 말 정도에 이렇게 표정이 밝아지는 거지?

"다행입니다. 살아 있긴 했군요. 난 또…… 세상에 없다는 소식인 줄 알고.”

선우가 안도의 한숨을 내쉬며 두 손으로 얼굴을 쓸었다.

아, 그런 거였구나. 죽은 줄 알고 이토록 어두웠던 거구나. 다만 살아 있음에 안도할 만큼, 이 사람은 그녀를 사랑하는구나.

가슴이 아팠다. 나도 사랑을 하기에, 사랑하는 이와 떨어져야만 하는 고통을 알 수 있었다. 나도 사랑을 하기에, 제 아버지를 이기지 못해 자신의 손을 놔 버린 상대에 대한 원망을, 아버지를 이길 수 없어 상대의 손을 놓아야만 했던 괴로움을 알 수 있었다.

서연은 천천히 진주와의 일을 솔직하게 말했다. 의외로 선우의 표정은 담담했다.

“그렇군요.”

“네, 그렇습니다.”

“그럴 줄 알았습니다. 그런 여자였거든요. 그래서 사랑했죠.”

선우가 씩 웃었다.

“살아 있으면 됐습니다. 잘 지내고 있다니 다행입니다.”

“포기……하시는 건가요?”

여기까지 끼어들 이유는 없지만, 그래도 궁금하고 안타까워서 물었다.

“그럴 리가요. 찾았으니까 다시 시작해 봐야지요. 제가 다시 한번 찾아보겠습니다.”

“아…….”

“홍대에서 만날 수 있는 거라면, 매일 홍대에 와서 기다리죠. 그 애와 마주칠 때까지. 우연히 만난 척, 우리는 인연인 척, 그렇게 기다려 봐야죠."

"네, 좋은 결과가 있었으면 좋겠어요."

선우는 일어나지 않고 서연을 빤히 응시했다. 할 말이 남은 것 같아서 서연도 가만히 그의 시선을 받아 냈다.

이윽고 선우가 입을 열었다.

"그날 파티에 서연 씨와 비슷한 또래의 여성분들이 많이 있었죠. 그런데 제가 왜 서연 씨를 한 번에 기억해 냈는지 아십니까?"

생각지도 못한 질문에 서연은 눈을 동그랗게 떴다. 갑자기 그때의 파티 이야기는 왜 꺼내는 걸까?

"촌스러워서요?"

서연이 가볍게 묻자 선우가 웃었다.

"어깨를 펴고 파티장을 누비고 다녀야 하는 사람은 홍서연 씨인데, 홍란희 씨와 홍윤성 씨가 주인이라도 되는 것처럼 누비고 다니더군요."

"……."

"이상하다고 생각했습니다, 주객전도가 된 그 상황이."

"그런가요."

"홍서연 씨는 있는 듯, 없는 듯 구석에 가만히 앉아 계셨죠. 그래서 기억하고 있습니다. 그 이상한 상황을."

뭐라 대답해야 할지 몰라 가만히 앉아 있었다. 선우가 주머니에서 무언가를 꺼내 테이블 위에 올려놨다.

USB였다.

"제 일에 신경을 써 주셨으니, 저도 신경을 한 번 써 보기로 했습니다. 원본입니다. 복사본은 없죠. 보시고 말소를 시키시든, 이용하시든 홍서연 씨가 원하는 대로 하세요."

"이게 뭔데요?"

선우가 일어났다.

"보시면 압니다. 그럼 먼저 실례하겠습니다."

선우가 나간 후에도 서연은 한동안 자리에 앉아, 테이블 위에 올려진 USB를 응시했다.

"서연아."

정신을 차리고 보니 맞은편에 태민이 앉아 있었다.

"이게 뭐야?"

"그러게요. 이게…… 뭘까요?"

"확인해 보면 알겠지."

태민이 USB를 집어 들었다.

"내가 확인해 볼게. 너는 슬슬 나갈 준비해야겠다."

"아, 그래야겠네요. 재희네 가게에 가서 옷 갈아입기로 했어요. 거기서 바로 본가로 갈게요."

"응, 그래. 나도 USB 확인해 볼게."

* * *

서연은 재희의 가게에서 옷을 갈아입고 화장을 한 후에, 데리러 온 민기와 함께 본가로 향했다.

"근사하군요, 서연 씨."

민기의 칭찬에 서연은 볼을 붉혔다.

"제 친구가 워낙 솜씨가 좋아요. 그런데 검사님. 오늘."

서연은 민기에게 선우와 있었던 일을 설명했다.

"USB라. 안 그래도 예전에 그쪽으로 팠던 적이 있습니다. 한때 이선우와 홍윤성의 관계가 굉장히 악화되었다는 소문을 들었거든요. 그래서 찾아가 봤는데 아무 일도 없다고 딱 잘라 말하더군요."

"그럼 USB에는 윤성 오빠에 대한 것이 담겨 있을까요?"

"그럴지도 모르지요. 그랬으면 좋겠군요. 홍란희 쪽은 물증이 준비되어 있는데, 홍윤성 쪽은 물증이라고 할 게 많지가 않아서. 아, 그리고 조만간 어떤 이유를 붙여서든 최준호 조사에 들어갈 예정입니다. 혹시라도 그자가 찾아오면 모르는 척하세요."

"네, 그럴게요."

본가가 보였다. 근육이 뻣뻣하게 긴장했다.

"떨리는군요."

민기가 말했다.

"네?"

"결혼 허락을 받으러 가는 건 처음이라서요."

민기가 웃으며 말했다. 서연의 긴장을 풀어 주기 위해 농담을 한 모양이다. 서연도 민기를 마주 보고 웃었다.

"저도 처음이라서 너무 떨려요. 잘 부탁드려요, 검사님."

"검사님이 아니죠."

"네?"

"우리 곧 결혼할 사이니까, 호칭을 바꿔야 할 것 같은데요. 자기,

라고."

*　　　*　　　*

태민은 몸을 부르르 떨었다.

"뭐지? 뭔가 불길한 예감이 들어."

"뭐가?"

재희가 고개를 돌려 태민을 올려다봤다. 재희는 서연이 너무 걱정돼서 가게 문을 닫고 작전명 스위트에 찾아와 태민과 함께 서연을 기다리는 중이었다.

"최검이 내 여자에게 추파를 던지는 것 같은 느낌이야. 아주 안 좋아."

"놀고 자빠졌네. 이런 상황에서 질투를 하냐?"

재희가 어이없다는 표정을 지었다.

"아무튼 난 이제부터 중요하게 할 일이 있어."

"질투하는 것보다 중요한 일이 있어, 오빠한테?"

재희의 말에 태민이 피식 웃었다.

"물론 질투하는 게 1순위. 두 번째는……."

태민이 주머니에서 USB를 꺼내 재희의 앞에서 흔들었다.

"어때? 같이 볼래?"

*　　　*　　　*

홍진탁의 표정이 어둡다고, 서연은 생각했다. 다른 사람들은 눈치를 못 챈 것 같지만, 어릴 때부터 홍진탁의 안색을 살펴온 서연은 알 수 있었다.

'무슨 일이 있나? 홍란희 사건이 벌써 터졌나?'

하지만 민기는 그 부분에 대해 언질을 주지 않았다.

'아니면 회사에 문제가 생겼나?'

저녁 식사 자리에는 홍진탁과 김미진, 그리고 란희와 윤성. 전부가 모였다. 민기가 들어가자마자 란희는 조소를 흘리며 민기를 위아래로 훑어봤다. 그러다가 서연과 눈이 마주치자 인상을 확 구겼는데, 보는 눈이 있어서인지 악담을 퍼붓지는 않았다.

식사를 하며, 홍진탁은 민기에게 결혼에 대한 질문을 했고, 민기는 성실하게 대답했다. 민기와 태민이 마주 보고 앉아 결혼에 대해 진지하게 논했던 장면이 떠올라, 저도 모르게 미소를 지었다.

"그렇게 좋냐?"

윤성이 작은 목소리로 물었다.

"네?"

"너, 아까부터 계속 실실 웃고 있잖아."

"아, 네. 좋아요."

이렇게까지 좋아하기를 바란 건 아니었는지, 윤성의 표정이 굳었다. 식사를 마치고 후식이 나올 때, 서연이 말했다.

"저, 잠깐 별채에 좀 다녀와도 될까요?"

"별채에?"

"네, 아버지. 별채에 놔두고 온 게 있어서……. 괜찮을까요?"

"그래라."

민기와 눈이 마주쳤다.

'조심하세요.'

민기의 눈동자가 말하고 있었다. 서연은 고개를 끄덕이고 본채에서 나왔다. 우선은 별채에 들어가서 아무 책이나 한 권 뽑아 들었다. 그런 후에 마당으로 나와 주위를 둘러봤다. 인기척은 없었다.

서연은 조용히 차고로 향했다. 차고 안에서 잠들어 있던 폭탄, 그것을 손에 넣어야만 했다. 차가 들어가는 문은 잠겨 있었다. 사람이 드나드는 작은 쪽문의 손잡이에 손을 댔을 때였다.

"너, 뭐하냐?"

어둠 속에서 윤성의 목소리가 들려왔다. 너무 놀라서 펄쩍 뛸 뻔했지만 간신히 참았다.

"아, 오빠."

심장이 벌컥벌컥 뛰었지만, 애써 아무렇지도 않은 척 몸을 돌렸다.

"뭘 그렇게 살금살금 돌아다녀? 네가 아버지 차고엔 왜 들어가?"

"아, 그냥 좀……."

"그냥 좀?"

"민기 씨가 차에 관심이 많아서요. 요새 같이 자동차 얘기를 하다 보니까 저도 좀 관심이 생겨서……."

"민기가 차에 관심이 많다고? 그런가?"

윤성이 의아하다는 듯 중얼거렸다.

"네, 최근에 차 한 대 사주신다고 그랬거든요. 전에 아버지 차 중에 예쁜 걸 봐서, 한 번 보고 싶었어요. 비슷한 걸로 사려고요."

"흐음. 팔자가 폈네. 남자한테 차도 받고."

"그러게 말이에요. 오빠한테 많이 감사하고 있어요. 오빠 덕분에 좋은 사람을 만났어요."

"그래, 맞아. 넌 나한테 감사해야지."

그 말과 동시에, 윤성이 성큼 다가오는가 싶더니 서연의 어깨를 잡아 차고 벽으로 밀어붙였다. 등에 차가운 벽이 닿으며, 숨이 턱 막혀 왔다. 생각지도 못한 일에 서연은 눈을 크게 뜨고 윤성을 올려다봤다.

어둠 속인데도 윤성의 눈동자가 기이한 광채를 내뿜고 있었다. 불현듯 과거의 일이 떠올라 심장이 죄어 왔다.

'숨을.'

강해진 줄 알았는데. 그때와 달라진 줄 알았는데.

'숨을 못 쉬겠어.'

폐가 쪼그라들었다.

'어떡하지?'

숨을 쉬어야 하는데, 아무렇지도 않은 척, 이런 건 괜찮은 척 여유를 부려야 하는데. 그럴 수가 없었다. 몸이 덜덜 떨렸다.

"홍서연."

윤성이 허리를 굽혀 서연의 귓가에 얼굴을 가져다 댔다. 윤성의 숨결이 귓가에 끈끈하게 달라붙었다.

"란희한테 들었는데, 네가 란희한테 못되게 굴었다더라. 그런데 이 오빠는 란희만큼 우리 서연이도 예뻐하거든. 란희한테 못된 짓

한 거 아니지?"

어깨를 잡고 있던 윤성의 손이 팔뚝을 더듬어 내려갔다. 끔찍한 기분이었다. 기절할 것 같았다.

'안 돼, 정신 차려야 돼.'

꼼짝도 못 하는 자신이 한심스러웠다. 달라진 줄 알았는데 아니었다. 그때와 변한 것이 아무것도 없었다.

"그런 짓 하지 마. 최 검사가 예뻐해 준다고 해서, 네가 우리 머리 꼭대기로 기어올라도 되는 건 아니야. 이제 와서 뭐라도 되는 듯 굴고 싶은 모양인데, 관둬. 눈앞에서 잘난 척 알짱거리는 거 재미없거든. 괜히 나대다가 네 엄마 꼴 나기 싫으면."

그 순간 정신이 들었다.

"조용히 숨죽이고 살아, 홍서연. 재양에 욕심 부리지 말고."

"욕심을 부리지 말라는 말은 당신이 할 말이 아닌데."

윤성이 인상을 찌푸렸다.

"뭐?"

"욕심을 부리는 건 내가 아니라 그쪽이잖아."

"너, 지금 무슨!"

서연의 귓가에 얼굴을 대고 있던 윤성이 허리를 펴고 서연을 내려다봤다. 서연의 눈빛을 본 윤성이 움찔했다. 서늘한 분노로 빛나는 서연의 눈동자는, 윤성이 처음 보는 것이었다.

서연은 항상 겁에 질린 토끼 같은 눈동자를 하고 있었다. 하지만 지금 서연의 눈빛은 파랗게 보일 정도로 차가웠다.

"욕심을 부리는 것도 그쪽. 나대는 것도 그쪽. 주제를 모르고 기어오르는 것도 그쪽이야. 알잖아."

"홍서연, 너!"

"내 몸에 손대지 마. 거리에서 굴러먹다 온 티도 내지 말고. 격 떨어지는 짓, 자꾸 해서 재양의 이름에 먹칠하지도 마."

찰싹—

윤성이 서연의 뺨을 내리쳤다.

"너, 미쳤냐? 나한테 죽어 볼래?"

"날 죽이면? 민기 씨가 가만히 있을까?"

"민기? 걔, 내 친구야."

"나랑 결혼할 사람이기도 하지. 우정, 사랑. 민기 씨가 뭘 선택할 것 같아?"

윤성의 눈동자가 흔들렸다.

"지금껏 그쪽이 저지른 범죄들, 아버지가 잘 덮어 줬는지 모르겠지만. 날 건드렸을 땐 달라. 나는 재양 그룹 회장님의 손녀거든. 단 하나뿐인."

윤성의 어깨가 움직였다.

"날 건드리면 그렇게 쉽게 덮어지지 않을 거야. 내가 언제까지고 당신을 불쌍히 여기고 참아 줄 거라고 생각하지 마. 나, 그렇게까지 착하지는 않거든."

"너, 대체……!"

"서연아."

뒤에서 들려오는 민기의 음성에, 윤성이 입을 다물었다. 서연을 발견한 민기가 황급히 달려와, 서연의 어깨를 감쌌다.

"무슨 일 있어? 표정이 왜 그래?"

"아무것도 아니에요. 이야기는 끝났어요?"

"응, 끝났어. 그만 가 보려고."

"그래요, 가요. 인사드릴 기분이 아니에요. 곧바로 가죠."

"그래. 그런데…… 윤성이 너, 우리 서연이한테 무슨 짓 한 건 아니지?"

민기가 매서운 눈으로 윤성을 노려보며 물었다. 윤성은 말문이 막혔다. 멍청하고 자기주장 없이 윤성을 따르기만 했던 민기가 이런 식으로 자신을 노려볼 줄은 꿈에도 생각하지 못했기 때문이다.

민기와 서연이 윤성을 지나쳐 갔다. 윤성의 몸이 모멸감으로 부들부들 떨렸다.

'홍서연, 저 계집애. 가만 안 둬.'

*　　　*　　　*

"괜찮습니까, 서연 씨?"

차에서 민기가 조심스럽게 물었다.

"네, 괜찮아요."

"홍윤성이 몹쓸 짓을 한 건 아니겠지요?"

"네, 아무 짓도 안 했어요."

"그렇다면 다행입니다만."

"웃기더라고요."

"뭐가요?"

"저는 늘 홍윤성이 무서웠어요. 나한테 무슨 짓을 할 것만 같았고, 아버지의 피를 가장 진하게 물려받은 사람일 거라고 생각했거든요. 그런데…… 아니었어요. 겁쟁이네요, 홍윤성. 그저 아버지의 권력에 취해 있는, 그것이 아니면 아무것도 못 하는 겁쟁이."

"……."

"진작 용기를 내 봤다면 좋았을 텐데. 제가 너무 오랫동안 숨죽이고 살아서 더 많은 피해자가 있지 않았나, 하는 생각이 들어요."

"그렇게 생각하실 거 없습니다. 원래 사람은 혼자라고 생각될 때는 아무것도 할 수 없는 법이니까요."

"그런 걸까요?"

"네. 저도 제 뒤에 아버지나 할아버지가 없었더라면, 감히 재양에 승부수를 던져 볼 생각을 하지 못했겠지요. 누구나 자신의 등 뒤를 지켜 줄 방패가 있을 때에 강해지는 겁니다."

"검사님이 적절할 때에 나와 주셔서 다행이었어요. 그런데 찾지 못했어요, 비디오테이프."

"괜찮습니다. 다시 기회가 있겠지요. 태민이한테 연락이 와서 서둘러 나왔습니다. 이선우가 준 USB에 굉장한 게 들어 있다더군요."

"아, 그래요?"

"네. 조금만 있으면 이 지긋지긋한 일들이 끝날 것 같습니다. 어쩌면 재양이 무너질지도 모르겠어요. 괜찮으시겠습니까?"

민기의 걱정스러운 질문에 서연은 빙그레 웃었다.

"전 단 한 번도 재양을 욕심내 본 적이 없어요. 그저 제 발목을 쥐고 있는 재양으로부터 벗어나고 싶었을 뿐이에요."

*　　*　　*

민기가 돌아간 후, 홍진탁은 서재로 들어가 문을 걸어 잠갔다.

어젯밤부터 최준호와 연락이 되지 않았다. 최준호는 오늘 회사에도 나오지 않았다. 그와 알고 지낸 후 무단결근을 하는 것은 이번이 처음이었다.

'뭐지?'

무언가 벌어지고 있다는 불길한 예감이 들었다.

'무슨 일이 벌어지는 거지?'

서연이 변했다. 그리고 최준호가 사라졌다. 이 두 사건 사이에 모종의 관계가 있는 것 같았다.

'아니, 바보 같은 생각이야.'

홍서연은 한 푼도 없이 집에서 쫓겨났다. 최민기 검사와 사귀게 되었지만, 그 집안이 재양을 어떻게 할 힘이 있는 건 아니었다.

대체 홍서연이 무슨 짓을 할 수 있단 말인가.

'하지만…… 뭔가 있다면 싹을 잘라 버리는 게 옳겠지.'

하지만 그 싹을 잘라 줄 최준호가 사라진 지금, 홍진탁은 따로 오른팔을 만들어야 했다.

'우선 사람을 구해야겠어.'

돈 몇 푼 쥐어 주면 무슨 일이든 할 수 있는 사람들이 널리고 널렸다.

'홍서연에게 사람을 붙여 둬야겠군.'

* * *

"이거 말이야."

재희가 팔짱을 끼고 노트북을 노려봤다. 노트북 안에는 화질이 썩 좋지 않은 영상이 멈춰 있었다.

"서연이한테는 안 보여 주는 게 좋을 것 같은데."

"역시 그렇지? 최검한테 바로 넘겨야겠어."

"와, 홍윤성. 완전 미쳤네."

재희는 털썩 주저앉아 두 손으로 머리를 감쌌다.

"저런 거랑 한집에 살았단 말이야? 서연이가 얼마나 무서웠을까?"

"그러게."

"끔찍하다, 진짜."

CCTV 영상이었다. 거기에는 윤성과 몇 명의 남자들이 한 여자를 희롱하는 장면이 찍혀 있었다.

"저 사건, 전에 뉴스에서 봤어. 저기 저 남자들은 다 잡혀 들어갔는데, 왜 홍윤성은 안 잡힌 거지? 남자들이 돈 받고 입을 다문 건가?"

"그렇겠지. 우리나라에서 강간, 들어가 살아 봐야 2, 3년이야. 그만큼 살다 나오는 대가로 평생 못 벌 돈을 쥐여 줬겠지. 인생 포기한 놈들이니 오케이 했을 거고."

"하, 진짜 미쳤다."

재희가 고개를 들어 태민을 올려다봤다.

"오빠, 정말로 안 위험하겠어? 홍란희를 드러내고, 홍윤성까지 드러내면 홍진탁은 가만히 있지 않을 거야. 서연이가 위험해질지도 몰라."

"아니, 그럴 일 없어."

태민이 영상을 껐다.

"서연이가 위험해지는 일은 절대로 없어. 앞으로 한 달."

태민이 USB를 꺼냈다.

"한 달 안에 홍진탁은 무너질 거야. 다만 변수는 홍 회장이야."

"회장님……."

"그자가 홍진탁의 편에 서면 그때는 좀 힘들어질지도 몰라."

"홍 회장님한테 홍진탁은 하나밖에 없는 아들이야. 모르는 척할 리 없어."

"그래, 그래서 좀 걱정되긴 하지만……. 뭐, 그때가 되면 서연이 데리고 외국으로 튀어야지. 외국까지 따라올 리는 없으니까."

* * *

바 문이 열렸다. 백란의 눈이 가늘어졌다.

"누님."

민기는 늘 백란을 '누님'이라고 불렀다. 귀여운 녀석.

"또 뭐니?"

"이거."

민기가 USB를 백란에게 내밀었다.

"또 다른 무기입니다."

"흐응. 나를 아주 열심히들 부려먹는구나. 귀찮은 놈들. 거두는 게 아니었어."

"에이, 귀찮은 건 태민이뿐이죠. 전 아니잖아요."

"넌 살이나 좀 빼라. 적을 안심시키겠다고 살을 찌우는 게 말이나 되니? 차라리 잘생긴 얼굴을 이용하는 편이 더 나을 거다."

"네, 뭐. 슬슬 빼야겠죠. 저도 결혼을 해야 하니."

"여자는 있니?"

"그런 건 아니지만……. 요새 태민이 보고 있으면 저도 연애하고 싶더라고요. 평생 이런 생각 안 들 줄 알았는데."

"흐음."

태민의 이름을 듣자 따뜻함과 동시에 서늘한 바람이 가슴속을 스쳤다. 태민은 백란이 가슴으로 낳은 자식이었다.

태민의 아버지를, 백란은 참으로 사랑했었다. 그러나 백란은 순수하고 다정한 태민의 아버지를 어둠으로 끌어들이고 싶지 않아, 이 마음을 고백하지 않은 채 그의 곁에 머물렀다.

바보 같은 그가 이기적인 여자를 만났을 때, 백란은 그에게서 발길을 끊었다. 그가 홍진탁의 손에 철저히 무너지고 있다는 것을 뒤늦게 알고 나서야 그를 찾았다.

'좀 더 빨리 찾았더라면 구할 수 있었을 텐데.'

그를 똑 닮은 태민을, 백란은 친자식이라고 생각하며 키웠다. 그러나 태민은 백란을 그렇게 생각하지 않는 것 같았다. 단 한 번도 어머니라고 불러 준 적이 없고, 사랑하는 여자가 생겼는데 소개시켜 주지도 않았다.

서운한 마음이 생기는 건 욕심일까?

"태민이가 사랑한다는 아이는, 어떤 아이니?"

뒷조사를 하면 알 수는 있겠지만, 그러고 싶지 않았다. 평범한 어미처럼 태민에게 물어, 태민의 친구에게 물어 알고 싶었다.

"음. 글쎄요. 한마디로 표현하자면 토끼의 탈을 쓴 호랑이."

"토끼의 탈을 쓴 호랑이?"

"예뻐요. 눈도 이렇게 축 처졌고, 동글동글. 볼도 빨갛고. 참 착하게 생겼고, 실제로도 착하고 순해요. 그런데 가끔 호랑이 같은 눈빛을 지어요. 그럴 때면 무섭죠."

"흐응."

"그녀 옆에 있는 태민이는 정태민 같지가 않아요. 얘가 정말 내가 알던 그놈인가 싶을 정도로…… 바보 같아요."

"바보 같다고?"

"네. 바보도 그런 바보가 없죠. 누님도 보시면 알 거예요."

"글쎄다. 볼 날이 올까 싶구나."

백란이 쓸쓸한 목소리로 중얼거렸다.

"제가…… 한 번 데리고 올까요?"

"아니, 됐다. 나 보고 겁나서 태민이랑 헤어질라."

"그럴 일은 없을걸요. 누님을 겁낼 사람도 아니고, 그리고…… 누님. 홍서연이에요."

"응?"

"태민이가 사랑하는 여자, 홍서연 씨예요."

백란의 눈이 커졌다. 태민이 서연을 믿을 만한 여자라고 말할 때만 해도, 뭔가 조금 이상하다는 생각은 했었다. 하지만 태민이 홍진탁의 딸을 사랑할 리 없으니, 그쪽으로는 상상도 하지 않았다.

"홍진탁의 딸이라고?"

"네, 누님."

"우리 태민이가 그 인간의 딸을 사랑한다고? 제 아비를 죽인 놈의 딸을?"

백란의 눈동자에 고요한 분노가 실렸다. 민기는 속으로 한숨을 삼켰다. 이럴 줄 알았다. 백란은 내색하지 않지만, 태민보다 더 홍진탁을 미워하는 것처럼 보일 때가 있었다.

그래서 서연의 존재를 먼저 알아야 한다는 생각이 들었다. 서연도, 태민도 상처가 많아, 이런 일로 또 한 번 상처를 받지 않았으면 했다.

태민은 서연에게 미쳐 있었다. 혹시라도 백란이 서연에게 쓴소리를 하면, 태민은 평소처럼 여유롭게 대응하지 못할 것이다. 그러면 모두가 상처를 받게 된다. 태민을 아끼는 백란까지도.

"누님. 홍서연 씨는 좋은 여자예요. 만약 태민이가 사랑하지 않았더라면, 제가 사랑했을 만큼."

"너야 그럴 수 있지! 너는 홍진탁에게 당한 것이 없으니!"

"누님……."

"하지만 태민이는……! 그 아이는! 너는 이게 말이 된다고 생각하니?"

"말이 안 될 건 없죠. 사람과 사람이 사랑하는 건데."

"민기야!"

"생각해 보세요, 누님. 홍서연 씨가 지금 이 모든 일의 중심이에요. 홍서연 씨가 발 벗고 나섰기에, 누님이 염원하던 복수를 할 수가 있는 거예요. 홍서연 씨가 있으니까 태민이가 마음을 잡은 거고, 홍서연 씨가 있으니까 제가 움직일 수 있는 거예요. 홍서연 씨를 홍진탁의 딸이라고 생각하지 마세요, 누님. 홍서연이에요. 힘들게 버티고 살아온 홍서연."

*　*　*

집으로 돌아가며 민기는 한숨을 내쉬었다.

—빠른 시일 내에 한 번 데리고 와라. 그 아이를 만나보고 나서, 이 모든 일을 진행할지 말지 결정해야겠구나. 태민이한테는 말하지 말고.

이 일들은 백란의 도움이 없이는 불가능했다. 하지만 백란의 눈빛이 심상치 않아, 서연만 데리고 가는 게 망설여졌다.

'하지만 한 번 부딪쳐야 할 일이기는 해. 그리고 어머님은.'

태민은 백란을 어머니라 부르지 않았다. 그래서 민기도 백란을 어머님이라고 부를 수 없었다.

'태민이 어머니야. 태민이가 어떻게 생각한대도, 태민이 어머니

지.’

민기는 결심을 굳히고, 서연에게 전화를 걸었다.

“서연 씨, 내일 저녁 때. 잠시 제게 시간 좀 내주시겠습니까?”

* * *

민기가 돌아가고 나서 백란은 한숨을 내쉬었다. 홍진탁의 딸이라니.

말도 안 된다. 홍진탁의 딸이기에 싫은 게 아니었다. 그 관계는 태민과 서연에게 상처가 될 것이 분명했다. 지금이야 사랑에 눈이 멀어 아무것도 보이지 않으니, 문제가 될 것 없다고 생각할 것이다.

하지만 언젠가는, 사랑이 편안함이 되고, 설렘이 안정감이 되는 그 순간이 오면. 둘 사이에 문제가 생길 것이 뻔했다.

얼마나 그러고 있었을까.

백란의 부하 중 한 명이 바에 들어와 백란에게 접힌 종이를 건네고 나갔다.

[홍진탁이 심부름센터에 일을 의뢰했습니다.]

백란의 입가에 서늘한 미소가 떠올랐다. 홍진탁은 이쪽 세계를 누가 쥐고 있는지 모르고 있었다. 아마 관심도 없을 것이다. 뒷세계를 손에 쥔 사람의 정체 따위. 그 사람이 품은 마음 따위.

‘세상 모든 것이 돈으로 해결될 거라고 생각한 게, 당신의 패배 요인이 될 거야.’

*　　*　　*

태민에게는 말하지 않고 나와 줬으면 좋겠다고, 민기는 말했다. 서연은 거짓말을 하는 것이 내키지 않았지만, 재희를 만나러 가겠다고 하고 가게를 나왔다.

민기는 어느 건물의 지하주차장에서 기다리고 있었다.

똑똑—

차창을 두드리자 민기가 차 문을 열고 나왔다.

"아, 서연 씨. 무리한 부탁을 해서 죄송합니다."

"아니에요. 무슨 일 있어요?"

"그게."

민기는 난처한 듯 미간을 좁히고 바닥을 내려다봤다. 한동안 그러고 있다가 결심한 듯 고개를 들었다.

"만나셔야 할 분이 있어요."

"만나야 할 분이요?"

"네. 아시는지 모르겠지만 태민이 아버지가 돌아가셨을 때 태민이를 거둬 주신 분이 있습니다."

"아, 들었어요."

"그분께서 만나고 싶어 하십니다."

"그런데 왜 태민 오빠한테는 비밀로 해야 하는 거죠?"

"……유쾌하지 않은 만남이 될지도 모르겠습니다."

민기의 표정이 어두워졌다. 대답을 듣지 않아도 이유를 알 수 있었다. 태민을 거둬 준 사람이라면 태민과 홍진탁의 관계를 알고 있을 것이고, 홍진탁의 딸인 서연을 곱게 봐줄 수는 없을 것이다.

"네, 알겠습니다. 데려다주세요."

"괜찮으시겠습니까?"

"네, 제가 넘어야 하는 산이니까요."

차를 타고 이동하며 백란에 대해 들었다.

"백란 누님께선 서연 씨를 만나보고 나서 이번 일을 도와줄지 말지 결정하시겠다고 했습니다."

"아아, 그래요."

"백란 누님 눈 밖에 나면 이번 일은 좀 더 어려워질지도 모르겠습니다."

"그런 건 괜찮아요. 도와주실 힘이 있든 없든, 꼭 만나 뵙고 싶었어요."

"그래요?"

"네. 태민 오빠의 어머님이시잖아요."

"……."

"태민 오빠가 힘들 때 손을 꽉 잡아 주신 분. 태민 오빠한테 이야기를 들었을 때부터, 꼭 한 번 만나 뵙고 말씀드리고 싶었어요. 정말로 감사하다고."

* * *

조용한 일식집의 룸에서, 백란은 서연을 기다리고 있었다.

"데려다주셔서 감사합니다, 검사님."

얇은 장지문 사이로, 재잘거리는 듯한 목소리가 들려왔다.

"정말 괜찮으시겠습니까?"

민기의 걱정스러운 음성에, 백란은 피식 웃었다. 대체 어떤 여자이기에, 저 최민기 검사를 안절부절못하게 만드는 걸까?

"네, 괜찮아요."

"대기하고 있겠습니다."

"어휴. 안 그러셔도 돼요. 바쁘신 분이. 이따 택시 타고 갈게요."

"알겠습니다, 그럼."

백란은 민기가 저리 말해도 대기하고 있을 것이라고 확신했다.

똑똑—

노크 소리가 들렸다.

"저, 들어가도 될까요?"

"들어오세요."

장지문이 열렸다. 서연의 모습에 백란은 헛웃음을 흘리고 말았다. 서연은 동화 속에서 막 튀어나온 것처럼, 연하늘색 프릴 앞치마를 입고 있었다.

"아, 죄송합니다. 가게에서 그대로 나오는 바람에 옷차림을 신경 쓰지 못했습니다."

서연이 고개를 숙였다.

"가게 유니폼인가요?"

"네. 어머님을 만나 뵙는 자리라는 걸 미리 알았으면 멋진 옷으로 갈아입고 왔을 텐데, 죄송해요."

'어머님'이라는 단어가 가슴을 쳤다. 태민에게도, 태민과 친한 민기나 하준에게도 들어보지 못한 '어머님'이라는 호칭을, 홍진탁의 딸이 사용하고 있었다. 기쁜 것인지, 짜증이 나는 것인지 알 수 없는 미묘한 감정이 가슴에 들어찼다.

"앉아요."

백란의 말에 서연이 맞은편에 앉았다.

"나에 대해 들었나요?"

"네, 태민 오빠에게도 최민기 검사님에게도 들었습니다."

"그래요. 저녁은 아직이지요? 뭐 먹겠어요?"

"네, 여기서 제일 맛있는 걸로."

맹랑한 대답에 웃어야 할지 화를 내야 할지 알 수 없었다. 주문을 하고 나서 서연의 얼굴을 가만히 뜯어봤다.

홍진탁의 막내딸 홍서연.

얼굴은 이미 알고 있었다. 하지만 사진으로 봤을 때보다 표정도, 눈빛도 훨씬 좋았다. 이것은 태민을 만나게 되었기 때문일까, 아니면 사진이 이 고고한 눈빛을 오롯이 담지 못했기 때문일까.

간밤에 잠을 이루지 못하고 많은 생각을 했다. 태민이 하필이면 홍진탁의 딸을 사랑하게 된 것을 어찌 받아들여야 할지.

답은 곧바로 나왔다. 그것은 백란이 개입할 문제가 아니었다. 남자가 여자를 사랑하고, 여자가 남자를 사랑하게 되는 것. 나조차 어쩌지 못하는 그 감정에, 단지 은혜를 베풀었다는 이유만으로 끼어들 수는 없었다.

그러니 오늘의 이 자리는 그저 태민이 사랑하는 여자가 어떤 여자인지나 살펴보자는 심정으로 나왔지만.

'홍진탁의 딸.'

그 생각이 머릿속에서 지워지지 않았다. 서연의 눈동자는 올곧고 맑았다. 홍진탁의 딸이라고는 생각할 수 없을 만큼.

딱히 대화를 해 보지 않아도 서연이 얼마나 순수한지 알 수 있었다. 홍진탁의 딸만 아니라면, 우리 태민이 좀 잘 부탁해요, 라는 말이 저절로 나왔을 것이다. 그 증오할 남자의 딸만 아니라면.

요리가 나오기 시작했다. 백란이 먼저 수저를 들었다. 어려운 자리인데도 서연은 잘 먹었다. 오물오물 꼭꼭 씹어서 맛있게 먹는 그 모습이 사랑스러웠다. 태민이 이 아이에게 왜 빠져들었는지 알 것도 같았다.

"어머님."

이윽고 서연이 젓가락을 내려놓았다. 백란은 차갑게 웃었다.

"아가씨는 아까부터 날 어머님이라고 부르는군요. 태민이가 날 어머니라고 하던가요?"

"그렇지는 않지만 그렇게 생각하고 있을 거예요."

"그럴 리가. 그 아이는 날 여사님이라고 불러요."

"태민 오빠는 솔직하지 못한 사람이니까요."

"나는 태민이 어머니가 아니에요, 홍서연 씨."

"제가 미우실 거예요. 저는 홍 사장의 딸이니까. 그런 주제에 태민 오빠와 연애를 하고 있으니까. 그런데도 내색하지 않으시잖아요. 그래서 제게는 어머님으로만 보이세요."

"……."

"제 가족들 중 누구도 저에 대해 궁금해하거나, 제가 사랑하는 사람에 대해 알고 싶어 하지 않아요. 제가 방에 숨어 나오지 않아도 신경을 쓰지 않았고요. 하지만 태민 오빠에게는 어머님이 계셨어요. 그래서 저는 태민 오빠가 부럽고, 어머님께 감사해요."

"태민이가 좋다 하니 반대할 생각은 없어요. 나한테 잘 보이려고 애쓰지 않아도 돼요, 홍서연 씨. 나는 다만 걱정이에요."

"네."

"지금은 사랑하겠죠. 태민이도, 홍서연 씨도. 하지만 시간이 흘러 그 사랑이 당연한 것이 되면, 그때도 지금 같은 마음을 가지고 있을 수 있을까요?"

"물론……."

"사랑에 대해 말하는 게 아니에요. 사랑을 하다 보면 다툼이 생기고, 다투다 보면 감정적이 되어서 상대의 치부를 건드리기도 하죠."

"……."

"언젠가 태민이가 홍서연 씨의 아버지에 대해, 그가 한 짓에 대해 날카롭게 이야기하게 될지도 몰라요. 홍서연 씨는 그 애가 뱉은 말에 심장을 찔리겠죠. 상처가 생기겠지만, 아마도 태민이가 후회하고 사과하면 아물어 가는 것처럼 느껴질 거예요. 하지만 그게 다 아물기 전, 또 다툼이 생기고, 다시 상처가 벌어지고…… 그럴지도 몰라요."

"……."

"태민이도 마찬가지예요. 홍서연 씨가 좋아서 지금은 홍진탁에 대해 크게 생각하지 않을지도 모르지만. 언젠가 홍서연 씨가 잘못을 하거나 태민이를 서운하게 만들었을 때, 홍서연 씨에 대한 미움이 생기지 않겠어요? 홍진탁의 딸 주제에, 우리 아버지를 죽인 남자의 딸 주제에. 그런 생각을 한 번쯤은 하게 되지 않겠어요?"

백란은 서연을 이런 말로 찌르고 싶지 않았다. 그러나 이것은 짚고 넘어가야 할 부분이었다.

서연은 눈을 내리뜨고 있었다. 긴 속눈썹이 눈 아래에 짙은 그늘을 드리웠다. 백란은 가만히 서연의 대답을 기다렸다.

"저도 그걸 고민했었어요. 마음이 늘 똑같지는 않으니까, 언젠가는 그런 날이 올지도 모른다고."

서연이 입을 열었다.

"언젠가는 어머님께서 말씀하신 그런 날이 올지도 몰라요. 하지만."

서연이 눈을 들었다.

"안 올지도 모르죠."

서연의 입가에 옅은 미소가 떠올랐다.

"제가 아버지의 저택에 갇혀서 지낼 때에, 저는 아버지가 무섭고, 홍윤성이 무섭고, 홍란희가 무서웠어요. 제가 조금만 잘못 행동하면 큰일이 생길 것만 같아서, 숨을 죽이고 살았어요. 아무것도 하지 못하고."

갇혀 지냈다고?

백란은 당혹스러웠다. 서연은 홍진탁과 전처의 사이에서 태어난, 홍 회장이 인정하는 재양 그룹의 손녀였다. 그런 서연이 갇혀 지냈다는 것이 이해되지 않았다.

"최근에는 하나하나 알아가고 있어요. 제가 그토록 무서워하던 사람들이 사실은 전혀 무섭지 않은 사람들이라는 거. 제 한마디에 당황하고, 제 한마디에 뒷걸음질을 치는, 그런 사람들이라는 거."

백란이 당황하는 걸 눈치채지 못한 듯, 서연은 담담하게 말을 이었다.

"어머님. 저는 이제 아무것도 해보지 않고 두려워하기는 싫어요. 어머님께서 걱정하시는 그 미래, 올지도, 안 올지도 모른다고 생각해요. 그렇다면 저는 안 온다고 믿고 싶어요. 상처 받을 거란 생각에 몸을 움츠리지 않고, 마음껏 태민 오빠를 사랑하고 싶어요."

백란은 서연을 빤히 응시했다. 서연도 고요한 눈동자로 백란의 시선을 받아들였다.

이윽고 백란이 입을 열었다.

"홍서연 씨, 갇혀서 지냈어요?"

* * *

서연과의 만남을 끝내고 집에 돌아온 백란은, 소파에 앉아 생각에 잠겼다.

—그 집에서 저는 잘 만든 인형이었거든요. 예쁘게 잘 다듬어서 다른 집에 선물로 보낼 인형.

결혼 전 홍진탁이 만나던 여자가 있었지만, 홍 회장의 반대로 정략결혼을 하게 되었다는 건 공공연한 비밀이었다. 그렇게 결혼한 부인과의 사이에서 서연이 태어났고, 몇 년 후 부인이 죽었다. 그 후에 홍진탁은 곧바로 과거에 사귀던 여자를 후처로 데리고 들어왔다. 그 여자와의 사이에서 낳은 자식들도 함께.

'이상해.'

홍진탁이 전처를 싫어할 수는 있었다. 하지만 서연은 홍진탁의 딸이기도 했다. 아무리 전처의 피가 흐른다지만, 자신의 피도 흐르는 서연을 그렇게까지 대우할 필요는 없었다.

'설마.'

오래전에 떠돌다 사라진 소문이 하나 있었다.

'홍진탁의 딸이 아닌가?'

홍 회장에게는 아들이 한 명 더 있었다. 홍 회장의 둘째 아들 홍진성. 홍진성은 술에 취한 채 차를 몰고 고갯길을 달리다가 낭떠러지에서 떨어져 사망했다.

홍 회장이 빠르게 입막음을 시켰지만, 알 만한 사람들은 아는 사건이었다. 당시 홍진성에게는 곧 약혼할 여자가 있다는 소문이 있었다.

'설마, 아니겠지. 아무리 홍 회장이라도, 자기 둘째 아들의 부인이 되었어야 할 여자를 첫째와 결혼시켰을 리 없어.'

그렇게 털어 내려 했지만 한 번 시작된 의심은 쉬이 가시지 않았다. 진득하게 붙은 의심이 점점 커져만 갔다.

'조만간 홍 회장을 만나봐야겠군.'

*　　　*　　　*

[내일 터뜨리마.]

백란이 서연을 만나고 일주일이 지났을 때, 민기는 백란의 연락을 받았다.

그리고 그 날, 최준호의 집을 급습했다. 최준호는 없었다. 대신에 다른 것들이 있었다. 상자 안에 가득한 그것들을 보며, 최민기는 차갑게 웃었다.

'이거, 서연 씨가 굳이 본가에 들어가서 비디오테이프를 꺼내 오지 않아도 되겠는데.'

5장
젖값

보고를 받은 홍 회장은 눈을 감았다.

'때가 되었나.'

내일부터 재양은 무너지기 시작할 것이다.

—아버지, 저 경영은 안 할 거에요. 그림이나 그리면서 살래요. 성희도 오케이 했어요.

밝은 표정으로 말하던 둘째 아들의 모습이 생생하게 떠올랐다. 아무리 떠올리려고 애써도 떠오르지 않던 그 얼굴이, 이제야 눈앞에 그려졌다.

'내가 차마 할 수 없었던 걸, 네가 하는구나. 서연아.'

진탁도, 진성도 아들이었다. 그래서 진탁의 죄를 눈감아 줄 수밖에 없었다. 하나만 남은 아들을 이 손으로 보낼 수는 없었다. 진탁에 대해 들려오는 수많은 보고들을 무시해야만 했다. 그러지 않으면, 남은 것이 하나도 없게 되니까.

너무 늦게 깨달았다. 진성을 잃은 그 순간, 진탁까지 잃었다는 것을. 차라리 그때에 진탁의 죄를 고발했더라면, 진탁이 죗값을 치르고 나오게 했더라면, 지금과는 조금 다를지도 몰랐으리라는 것을. 너무 늦게 깨달았다.

하지만 어찌 말하겠는가. 내 첫째 아들이 둘째 아들을 죽였노라고. 이 재산과 권력에 눈이 멀어, 자기 동생을 죽였노라고.

가슴이 뻐근해졌다.

'서연이에게도 진실을 말해야 하는데.'

진즉에 말했어야 했다. 하지만 토끼처럼 순수한 눈을 보고 있노라면, 말할 용기가 나지 않았다. 용기가 나지 않는다니.

문득 든 생각에 쓴웃음이 나왔다. 이 홍 회장이 용기를 내지 못하다니.

'그럴 수밖에 없지. 서연이는 진성이를 쏙 빼닮았으니.'

서연의 얼굴 안에는 성희가, 그리고 진성이 가득 담겨 있었다. 솔직하고 순수한 눈빛은 진성과 똑같았다. 욕심 없고 남을 잘 믿는 홍진성. 그리고 진성의 마음을 꽉 틀어쥔, 호랑이 같은 유성희.

부모의 좋은 점만 물려받은 그 아이가 홍 회장의 욕심 때문에, 홍 회장의 두려움 때문에 25년이라는 시간을 갇혀서 지냈다.

"회장님."

비서의 목소리에, 홍 회장은 상념에서 벗어났다.

"손님이 찾아오셨습니다. 백란이라고 전해 달라 하셨습니다."

* * *

'이게 어떻게 된 거지?'

신문을 읽던 홍진탁의 눈동자가 흔들렸다.

'재벌가의 갑질'이라는 제목의 기사가 실려 있었다.

홍란희의 음주운전, 그리고 피해자 증언. 홍진탁이 잘 덮어 둬서 절대 수면 위로 올라오지 않을 사건이었다. 그것이 어째서 이렇게 소리 소문 없이 기사에 뜬 걸까?

"아니, 여보. 이게 어떻게 된 거예요? 이거, 오래전의 일이잖아요. 이게 왜 이제 와서…… 잘 덮었다고 하지 않았어요? 문제 될 거 없다고. 우리 란희 어떻게 해? 왜 실명이 실린 거야? 사진까지!"

김미진이 옆에서 시끄럽게 떠들어 댔다. 홍진탁은 그녀의 입을 틀어막고 싶은 걸 꾹 참았다.

휴대폰이 울렸다. 윤성에게 걸려 온 전화였다.

[아버지! 기사 보셨어요?]

"그래."

누구와도 대화하고 싶지 않았다. 생각할 시간이 필요했다. 하지만 내색하지 않고 말했다.

[인터넷도 난리예요. CCTV 영상이랑 피해자와의 통화 내용이 전부 떴어요. 게다가…… 란희가 다른 애들한테 갑질하고 다니는 내

용도 떴고. 이거, 못 덮어요, 아버지. 너무 여기저기 퍼졌어요.]

"끊어라."

홍진탁은 전화를 끊었다. 인터넷에까지 퍼지다니. 빌어먹을 인터넷. 손이 부들부들 떨렸다.

'누가 한 짓이지?'

짚이는 인물이 없었다.

'아니, 최준호가 한 짓인가?'

홍진탁의 오른팔이었던 최준호가 말도 없이 사라졌다. 며칠 전 그의 집을 찾아가 보았지만, 아무것도 찾을 수 없었다.

'서연이가 했을 리는 없어. 그럴 만한 힘도 없고.'

서연에게 붙인 사람은 매일 서연의 일과를 보고했다. 서연은 가게를 운영하고, 제빵 학원에 가서 기술을 배우고 다시 가게로 돌아가서 밤늦게까지 일하다가 집으로 돌아간다고 했다.

특별한 인물과 접선한 적은 없다고, 심부름센터의 사람은 보고를 했다. 심부름센터가 백란의 것이라는 걸 모르는 홍진탁은, 그 보고를 믿었다. 서연에게는 홍진탁의 편을 자기편으로 끌어들일 만한 돈도, 권력도 없으니까.

홍진탁은 선택을 해야만 했다. 무엇을 버리고, 무엇을 얻을지.

고민의 시간은 길지 않았다.

* * *

란희는 잠결에 전화를 받았다.

"응, 아빠. 왜?"

[본가로 건너와라.]

"응? 지금 몇 신데? 나 어제 늦게 자서 좀 더 자야 돼요."

[어서 건너와!]

심상치 않은 목소리에 정신이 번쩍 들었다. 홍진탁이 란희에게 언성을 높인 적은 단 한 번도 없었다.

"알겠어요. 금방 갈게요."

대답을 하고 전화를 끊었다. 휴대폰을 살펴봤더니 부재 중 통화가 몇십 건.

윤성이나 지인들에게 온 전화였다.

'뭐지?'

이상하다는 생각이 들었지만 일단은 나갈 준비를 했다.

늘 그렇듯 곱게 차려입고 풀메이크업까지 한 후에야 집을 나섰다. 택시를 불러 탄 후에야 휴대폰을 꺼냈다. 윤성에게 전화를 걸었지만 받지 않았다.

'뭔 일이야, 대체.'

수십 건의 문자가 와 있었다.

[야, 기사 봤냐?]

[란희, 너 큰일 났어.]

[넌 망했다, 이제.]

평소에는 연락도 하지 않던 지인들의 문자였다. 어딘지 모르게 조롱하는 느낌이 들어 기분이 나빠졌다.

'기사?'

인상을 찌푸리고 인터넷 창을 열었다. 포털에 들어가자마자 메인에 뜬 사진이 눈에 들어왔다. 란희가 환하게 웃고 있는 사진이 실려 있었다. 그리고 제목은.

툭—

휴대폰이 떨어졌다. 다시 주우려고 하는데 손이 덜덜 떨렸다.

'잘못 봤겠지. 잘못 본 거야.'

간신히 휴대폰을 주웠다. 눈물로 뿌옇게 가려진 시야에 기사 제목이 들어왔다.

잘못 본 게 아니었다.

* * *

창문으로 바람이 불어오고 있었다. 머리카락이 간질거려 잠에서 깨어났다.

'어젯밤에 창문을 안 닫고 잤나 보네.'

어젯밤에는 열린 창문 앞에 태민과 나란히 서서 대화를 나눴다. 매일 매일 이야기를 하고, 함께 있는데도 할 이야기가 끊임없이 생긴다는 게 신기했다.

'더 자고 싶다.'

볼을 스치는 바람도, 포근한 이불도 기분이 좋았다. 더 누워 있고 싶다는 유혹을 간신히 떨쳐 내고 침대에서 내려왔다.

1층으로 내려가자마자 밖에서 들어오는 태민과 마주쳤다. 태민은 언제 일어난 건지 벌써 나갈 준비를 끝냈다. 아니, 어쩌면 나갔다가 이제 들어오는 걸지도. 놀란 눈으로 쳐다보는 서연에게, 태민이 신문을 들어 보였다.

"실렸어. 기사."

"아, 그래요?"

신문을 받아 들었다. 복도에 선 채로 신문을 읽었다. 홍란희가 저지른 범죄가 신문에 고스란히 담겨 있었다. 홍란희의 얼굴까지도.

"인터넷도 난리야. 올린 글마다 피해자라는 사람들의 댓글이 달리고 있어. 그중 몇 명이 진짜 피해자일지는 모르겠지만."

"홍윤성은 언제 터뜨릴 거예요?"

"일단 홍진탁이 이 건을 어떻게 마무리 짓는지 확인하고 나서. 그리고 홍 회장 반응도 봐야 하고."

"조만간 불러 갈지도 모르겠어요."

"네가 개입했다는 거, 그쪽에서 알고 있겠지?"

"아버지는 모를지도 몰라요. 하지만 할아버지는…… 글쎄요. 우리의 움직임을 파악하고 계시지 않았을까요?"

"그런데도 일이 이렇게 될 때까지 가만히 있었다는 건, 우리 편이라고 생각해도 되는 걸까?"

"할아버지 생각은 잘 모르겠어요."

다 알고 있다면, 서연이 그 집에 갇혀 있을 때에 진작 손을 썼어야 했다. 하지만 홍 회장은 아무 조치도 취해 주지 않았다. 홍 회장이 무슨 생각을 하는지 도통 알 수가 없었다.

"재양을 거둘 사람은, 현재로써는 아버지뿐이에요. 홍 회장님이 아버지를 버릴 거란 생각이 안 들어요."

"흐음. 그럼 큰일인데. 이 시점에서 홍 회장이 움직이면, 조금 버거울지도 모르겠어."

"하지만…… 질 것 같진 않아요."

서연이 중얼거렸다.

"할아버지가 아버지를 구하고 싶어도, 이미 늦었어요. 결국 할아버지는 아버지를 버릴 거예요. 그리고 아버지는 홍란희를 버릴 거고요."

* * *

홍란희의 눈동자가 흔들렸다. 말문이 막힌 홍란희를 대신해서 김 여사가 빽 외쳤다.

"여보! 그게 무슨 말이에요?"

"란희를 병원에 보내겠다고 말했어."

"여보, 지금 그거…… 란희를 버리겠단 말이에요?"

"버려? 아니, 감춰 두는 거지. 이건 이미 덮을 수가 없어. 란희는 죄를 저질렀고, 이제 그 죗값을 치러야겠지."

홍진탁은 란희에게 마음의 병이 있다고 말하고, 정신병원에 들어가라고 했다. 이 부분에 대해서는 기자회견을 열어 밝히고 사죄하겠노라 말했다. 그렇게 말하는 동안 홍진탁의 얼굴에서는 약간의 후회와 슬픔도 묻어 나오지 않았다. 란희를 향한 홍진탁의 눈에는 아무런 애정도 담겨 있지 않았다.

심장이 뚝, 뚝 떨어지는 소리가 들렸다. 란희는 부릅뜬 눈을 깜빡이지도 못했다.

'뭐지? 뭐야, 이 남자. 내 아빠 맞아? 우리 아빠 맞는 거야?'

몸이 부들부들 떨렸다.

"하지만 아버지, 거기 들어가면 란희 인생은 끝이에요."

윤성이 란희를 보호하고 나섰다.

"지금이라도 기사 내리고 게시글 전부 삭제하고, 연예계 쪽에 사건 좀 터뜨리면 그쪽으로 관심이 쏠리지 않겠어요? 한 달 정도 지나면 다들 기억 못 할 거예요."

"대중은 기억하지 못하겠지만 내 적들은 기억하겠지."

홍진탁이 냉랭하게 말했다.

"이건 언젠가 내 심장에 꽂힐 칼이 될지도 몰라. 란희, 네가 저지른 짓이니 네가 짊어지고 들어가라."

"싫어요!"

란희가 간신히 정신을 차리고 외쳤다.

"싫어요! 절대 싫어! 정신병원이라니! 아빠, 나 아빠 딸이야. 날 정신병원에 보내겠다고? 절대로 싫어. 그러지 마. 나 버리지 마, 아빠. 차라리…… 그래, 아빠. 차라리 서연이 탓으로 돌리는 게 어때? 내가 아니라 서연이가 저지른 짓인데, 기사가 잘못 나왔다고 하면 되잖아. 응?"

"그게 통할 리가 없지. 그리고 그런 짓을 하면…… 회장님이 가만히 있진 않을 거다."

"……아빠."

"내가 여기서 무너질 수는 없다. 내가 무너지면 너희들이 손에 쥐고 있는 것들도 다 빠져나가는 거야. 그러니 란희야, 이번엔 네가 희생해라."

"하지만 아빠…… 나 그런 데서 못 살아. 나 정신병 아냐. 내 정신 멀쩡해. 그런데 거길 어떻게 들어가?"

"잘 대우해 주도록 손은 써 두마."

"아빠! 안 돼, 싫어! 아빠, 이거 대체 누가 한 짓이야? 홍서연이지? 그 계집애가 한 짓이지?"

란희의 외침에 윤성이 인상을 찡그렸다.

"서연이가 이런 걸 할 수 있겠냐? 걔가 뭐가 있다고."

"아빠, 빨리 말해 봐. 이거 누가 한 짓인지 알지? 홍서연이야? 응?"

"걘 아무 관계없다."

"거짓말! 그런데 왜! 왜 홍서연이라고 안 하는 건데? 홍서연 탓으로 돌리면 되잖아!"

절규하는 란희를, 홍진탁은 냉랭하게 응시하다가 돌아섰다.

"병원에서 사람이 올 거다. 네가 정말로 이 집안을 생각한다면, 반항하지 말고 조용히 가도록 해."

"아빠!"

홍진탁은 뒤도 돌아보지 않고 방으로 들어갔다. 란희가 윤성을 돌아봤다.

"오빠, 어떡해? 나 좀 도와줘. 나 싫어. 그런 데 들어가기 싫어. 그런 데서 어떻게 살아? 그냥 사람 한 명 친 거잖아. 실수였어. 내가 알면서도 쳤겠어? 그 사람이 갑자기 튀어나와서 친 거야. 내 잘못 아니잖아. 안 그래?"

"난 모르겠다."

윤성이 슬쩍 뒤로 물러났다.

"아버지가 저렇게 나오시는데 내가 힘이 있겠냐."

"오빠……."

"미안하다, 나중에 찾아갈게."

윤성이 도망치듯 집을 나갔다.

"엄마, 엄마는 나 안 버릴 거지? 응?"

란희가 김 여사에게 매달렸다.

"당연하지, 이것아. 그러게 왜 술을 마셔서는."

"엄마, 나 절대 못 들어가. 그거 끝난 일이잖아. 이거 아무래도 이상해."

"그래. 내가 잘 말해 볼 테니까 일단 좀 쉬고 있어."

김 여사가 란희의 등을 쓸어 주고는 안방으로 들어갔다. 란희는 달려가 안방 문에 귀를 댔다.

김 여사가 하는 말에, 홍진탁은 "안 돼.", "이미 결정했어.", "방법이 없군." 따위의 대답을 하고 있었다. 그 어떤 말도 홍진탁의 마음을 흔들어 놓을 수 없을 것만 같았다.

믿을 수가 없었다. 홍진탁은 아버지였다. 그런데 어떻게.

'홍서연 이 계집애.'

서연이 한 짓이 분명했다. 왜 다들 서연을 의심하지 않는지 모르겠다. 란희는 백을 집어 들고 주방으로 달려갔다.

'가만 안 둬. 죽여 버릴 거야. 절대 나 혼자는 안 죽어.'

가방 안에 과도를 집어넣으며, 홍란희는 이를 으득 갈았다.

*　*　*

란희가 가게에 들어오기 전, 태민이 먼저 란희를 발견하고 밖으로 나갔다. 가게 문을 열려던 란희가 흠칫하며 태민을 올려다봤다.

"오빠……."

"여긴 왜 왔어?"

"오빠랑은 할 말 없어. 홍서연 불러."

"나한테 얘기해. 내가 전해 줄게."

"부르라고!"

"안 불러."

태민이 란희의 품에 있던 백을 슬그머니 가져갔다. 순식간에 벌어진 일이라 란희는 눈을 동그랗게 떴다.

"칼이라도 숨겨 왔어?"

"이, 이리 내!"

"여기서 더 나쁜 짓 하면, 넌 정말로 매장당할걸."

"이리 내라고!"

"내가 한 짓이야."

"뭐?"

"그 기사, 내가 한 짓이라고."

"……말도 안 돼. 오빠가…… 왜?"

"이유는, 글쎄. 여러 가지가 있지. 우선은, 난 없는 소리 안 했어. 그게 진실이잖아. 네가 저지른 짓이고 죗값을 치러야 하는 부분이지."

"나는!"

"내 얘기 안 끝났어. 또 다른 이유는, 네 아버지 때문이야."

"뭐?"

"네 아버지 때문이라고."

"무슨 소리야, 그게?"

"글쎄. 그건 네 아버지에게 물어봐. 물론 대답을 들을 수는 없을 거야. 네 아버지의 기억에는 없을 테니까. 그리고…… 넌 이미 버림받았잖아. 안 그래?"

란희의 눈동자가 일렁 흔들리는가 싶더니, 허물어졌다.

그제야 깨달은 것이다. 도와줄 사람이 아무도 없다는 것을. 아버지가 날 버렸다. 오빠도 버렸고, 아마 어머니도 결국은 아버지의 뜻에 따를 것이다.

누구도 내 편이 아니었다. 이 지옥에서 란희를 건져 줄 사람은 아무도 없었다. 어둠이 스멀스멀 란희의 시야를 가려 갈 때에.

딸랑—

가게 문이 열리고 서연이 나왔다. 의아한 표정으로 나온 서연을 보는 순간, 란희는 달려들었다.

서연의 눈이 커졌다. 란희가 서연의 치맛자락을 잡았기 때문이었다.

"나 좀 도와줘, 서연아."

란희가 떨리는 목소리로 말했다. 붉어진 눈과 코, 하루 사이에 부쩍 초췌해진 얼굴. 이 사람이 내가 아는 그 홍란희가 맞나 싶었다.

"나 좀, 제발, 나 좀 도와줘, 서연아. 넌 할 수 있지? 응? 네가 한 짓이잖아. 그렇지? 미안해. 내가 잘못했어. 얄미워서 그랬어. 내가 가졌어야 했던 것들, 네가 가졌잖아. 우리 엄마가 있어야 하는 자리에, 네 엄마가 있었잖아. 그게 얄미웠어. 그래서 그랬던 거야. 미안해, 그러지 말았어야 했는데. 미안해. 용서해 줘, 제발. 제발 나 좀 도와줘."

란희가 애원했다.

"내가 진짜 잘할게. 이번 한 번만 도와주면 앞으로 정말 잘할게. 너한테 못되게 굴지도 않고, 그래, 옷, 가방. 그거 다 너한테 줄게. 그리고 가게, 회장님이 하라는 그 게임, 난 빠질게. 네 편이 될게. 우리 오빠, 그 가게 약점. 내가 알아. 제발, 서연아."

란희가 고개를 들어 서연을 응시했다.

"나 좀 도와줘. 나, 정신병원 들어가기 싫어."

"아버지가 언니를 버렸군요."

"그래, 버렸어. 날 정신병원에 보내겠대. 네 소원 이뤘어. 나 버림받았어, 서연아. 고소하지? 잘됐구나 싶지? 그러니까 이제 그만해. 그만하고 나 좀 도와줘, 응?"

"나한테는 그럴 힘이 없어요, 언니."

"거짓말하지 마! 네가 한 짓이잖아. 그러니까 덮을 수도 있잖아. 제발 기사 내려 주고, 오보였다고 그렇게 말해 줘. 그러면 되잖아."

"언니는 이런 상황에서도 변함이 없네요."

"변함이 없다니. 나 지금 반성해. 잘못했다고 생각하고 있고. 널 이해해. 네가 얼마나 힘들었는지도 이해하고. 그러니까……."

"언니. 언니가 미안해하고 반성해야 할 상대는 내가 아니라 피해자분과 그 가족분들이에요."

"……."

"언니는 술에 취해 사람을 죽였고, 제대로 사과도 하지 않았어요. 그게 드러난 것뿐, 누군가 덮어씌운 것도 과장한 것도 아니에요. 언니가 한 짓에 대한 대가를 치르고 있는 거예요. 내가 그 집에서 어떻게 살았는지, 언니한테 어떤 취급을 받았는지는 중요한 문제가 아니에요."

"정신병원은 너무하잖아! 난 안 미쳤다고!"

"한 사람의 인생을 망치고, 그 가족의 삶을 지옥으로 밀어 넣고, 반성도 없이 그 일에 대해 웃어 대며 이야기하는 사람은. 글쎄요. 난 그런 사람은 미친 사람이라고 생각하는데요."

"너!"

벌떡 일어난 란희가 손을 올렸다. 하지만 내리치기 전, 태민에게 붙잡혔다.

"더러운 손 치워!"

란희가 빽 외쳤다.

"언니, 난 언니를 도울 힘이 없어요. 그리고 있다 해도 돕지 않을 거고요."

"두고 봐. 너, 내가 이대로 그냥 놔둘지 알아? 난 아빠 딸이야. 그래, 지금 이거 아빠도 어쩔 수 없어서 선택한 일이겠지. 조만간 방법을 찾아서 날 빼내 줄 거야. 내가 거기서 나오면, 제일 먼저 널 찾아올 거야. 알아들어?"

"글쎄요. 그 사람이 과연 언니를 빼내 줄까요?"

"당연하지! 난 딸이니까!"

서연이 피식 웃었다.

"희망이 있는 편이 살아가기 좋겠죠. 그래요, 언니. 그렇게 꿈꾸고 사세요. 나도 그랬거든요. 이런 순간을 늘 꿈꾸면서 살았고, 이룰 수 있었죠. 그런데요, 언니."

서연이 한 걸음 다가왔다.

"언니는 못 이룰 거예요, 그 꿈. 언니의 뒤를 든든히 받쳐 주는 그 거목은 썩었어요. 곧 부러지겠죠. 부러진 거목은 옆에 서 있던 언니를 깔아뭉갤 뿐, 지탱해 주진 못할 거예요."

"너, 무슨 짓을……!"

그때였다.

끼이익—

흰 자동차가 한 대 와서 선 것은. 그 안에서 몇 명의 남자가 내려 다가왔다. 그들은 손에 사진을 들고 있었다. 란희의 사진이었다. 남자들이 란희의 팔을 거칠게 움켜쥐었다.

"이분 맞지? 홍란희. 제대로 확인해."

"맞아요. 진짜로 여기 있었네."

란희가 겁에 질린 표정으로 남자들을 돌아봤다.

"뭐, 뭐야? 너네 뭐야? 나 어디로 데려가?"

"아, 홍 사장님의 연락을 받았습니다. 홍란희 씨, 보호하라고."

"보호?"

란희의 눈이 흰 자동차로 향했다. 아무것도 쓰여 있지 않지만 정신병원에서 온 차가 분명했다.

"곧 가족들을 만나실 수 있을 거예요, 란희 씨. 긴장 푸시고, 잠시 저희랑 같이 가서 가족들 기다려요."

남자가 달래는 듯한 목소리로 말했다.

"이거 놔. 나 안 미쳤어! 누구야? 누가 나 여기 있다고 말했는데? 누가 찔렀어? 응?"

"오빠분이 걱정이 많으시더라고요."

"오빠가!"

"가시죠, 란희 씨. 거기 두 분, 괜찮으세요?"

남자들의 시선이 태민과 서연에게 향했다. 혹시 해코지라도 당하지 않았을까 걱정하는 기색이 역력했다.

"네, 괜찮습니다. 조심해서들 가세요."

"오빠, 나 좀 구해 줘. 제발. 서연아. 나 좀……."

애원하는 란희를, 남자들은 차에 태웠다. 선팅이 되어 있어서 안의 모습이 보이지는 않았지만, 유쾌한 상황이 아니리라는 것을 짐작할 수 있었다.

차가 떠났다. 서연은 두 손을 꽉 쥐고 차가 서 있던 곳을 노려봤다. 란희는 죗값을 치르러 가는 것일 뿐이었고, 그 생각은 여전히 변함이 없었다.

하지만 생각처럼 기분이 좋지는 않았다. 이런 순간이 오면 하늘을 날 것 같은 기분이 들 줄 알았는데. 어깨 위에 태민의 손이 놓였다. 태민은 조심스럽게 서연을 보듬어 안고 말했다.

"잘했어. 괜찮아. 홍란희가 저기에 들어가게 된 건 홍진탁의 선택이야."

“예상했어요, 이러리라는걸. 하지만 란희 언니는 몰랐겠죠. 자기 아빠가 그런 사람이라는걸.”

“알려면 언제든 알 수 있었어. 자기가 편하니까 눈을 가리고 있었던 것뿐이지. 들어가자. 손님들이 구경하고 난리 났다.”

“아!”

그러고 보니 가게 앞이었다. 손님들이 가게 창문에 다닥다닥 붙어, 흥미로운 시선을 보내고 있었다. 서연은 얼굴이 화끈거렸다.

“으아, 어떡하죠?”

“어떡하긴 뭘 어떡해. 넌 잘못한 거 없으니까, 어깨 펴고 고개 들고 예쁘게 웃어야지.”

그래서 서연은 그렇게 했다.

* * *

여식을 사랑하는 마음에 마음이 흔들려, 이성적으로 생각할 수 없었다고, 홍진탁은 기자들에게 말했다. 눈물을 뚝뚝 흘리며 말하는 홍진탁은 진심을 말하는 것처럼 보였다.

홍진탁은 따지자면 미중년이었다. 슈트를 잘 차려입고 딸을 위해 눈물을 흘리며, 고통스러운 고백을 하는 홍진탁은 대중의 마음을 누그러뜨렸다.

물론 홍진탁을 비난하는 사람들이 전부 사라진 것은 아니었다. 하지만 세상에는 많은 사건과 사고가 있었고, 재양 그룹 홍가의 사건은 그런 것들 중 하나에 불과했다.

포털 메인을 차지하던 기사는 일주일도 되지 않아 어느 연예인의 성상납 기사로 바뀌었다. 각 커뮤니티에 몇백 개씩 올라오던 홍란희에 대한 글은, 어느덧 사라졌다.

일주일 만에, 홍란희는 잊혔다. 그 사건이 가슴에 깊이 박혀 있는 사람은 홍진탁과 홍서연, 홍란희, 그리고 피해자의 부모뿐이었다.

*　　*　　*

서연은 입술을 앙 다물고 손에 힘을 줬다.

하얀 짤주머니를 쥔 서연의 손이 바들바들 떨렸다. 옆에서 덩달아 입을 앙 다물고 그 모습을 지켜보던 종업원들은, 서연이 예쁘게 생크림을 짜냈을 때 숨을 토해 냈다.

“와, 긴장되는 순간이었어.”

선명이 가슴을 쓸어내리며 중얼거렸다.

“전 방금 숨이 멎는 줄 알았어요.”

수희가 볼을 발그레 물들이고 말했다.

“오, 그런데 예쁘게 됐다. 이거 진짜로 가게에서 파는 케이크 같아요.”

영진이 케이크를 살펴보며 말했다.

홍란희 사건과는 관계없이 작전명 스위트는 계속해서 운영하고 있었다. 그쪽과 이쪽은 완전히 다른 세계였다.

얼마 전에 가게에 오븐을 들여서, 손님이 많지 않을 때는 주방에 들어가 케이크를 구웠다. 오늘은 생크림 케이크에 도전을 했는데,

생각보다 예쁘게 만들어졌다.

"이제 뭐 하면 돼요?"

의외로 희미가 가장 관심을 보였다. 평소에는 무표정하던 희미가 눈을 반짝반짝 빛내며 서연의 옆에 딱 달라붙어 있었다.

"이제 과일을 살짝 올리면 될 것 같아요. 냉장고에 넣어 뒀다가 이따 저녁 먹고 나서 한 조각씩 먹어요."

"우와, 좋다. 사장님, 내일은 마카롱 만들어 주세요. 그거 맛있더라."

"만들기 좀 어렵긴 한데, 한번 해 볼게요. 그건 연습을 더 해야 할 것 같아."

예쁘게 썰어 놓은 딸기와 오렌지를 케이크 위에 올리다가 톡톡 소리가 나서 고개를 들었더니, 주방 입구에 기대서 있는 태민이 보였다. 눈이 마주치자 태민이 살짝 손짓을 했다. 서연은 앞치마에 손을 닦으며 태민에게 다가갔다.

"사장님, 누가 찾아왔어요."

심장이 덜컥 내려앉은 이유는, 홍 씨 집안사람들 중 한 명일 거란 생각이 들었기 때문이었다.

"누군데요?"

조심스럽게 물었더니 태민이 살짝 미간을 좁혔다.

"홍란희 음주운전 피해자 측의 동생이요."

"아……."

이번에는 다른 의미로 심장이 내려앉았다.

"VIP 자리에 안내해 놨어요. 가서 만나 봐요."

태민이 슬며시 서연의 등을 떠밀었다. 서연은 앞치마를 벗고 침을 꿀꺽 삼켰다.

무슨 말을 해야 할까.

우리 언니가 그런 짓을 해서 미안해요. 미리 알았더라면 좋았을 텐데, 정말 미안해요.

그렇게 사과를 하면 되는 걸까?

떨리는 손으로 조심스럽게 커튼을 걷었다. 교복을 입은 소녀가 앉아 있었다. 서연이 들어가서 맞은편에 앉자, 소녀가 고개를 들었다.

“안녕하세요, 저는…….”

서연이 자신을 소개하려고 하는데, 소녀가 말을 끊었다.

“감사합니다.”

“네?”

“이야기를 들으러 오셨던 검사님께 말씀 들었어요. 여기 사장님께서 그 일을 밝히기 위해 노력하고 계신다고.”

검사님이라는 건 민기를 말하는 것이리라.

“감사해요, 정말로. 인사를 드려야 할 것 같아서 찾아왔어요.”

“아니, 전…….”

“아무도 신경을 써 주지 않았어요. 뺑소니를 당했는데, 고통스러워하다가 죽었는데, 그런데 아무도 우리 오빠를 신경 써 주지 않았어요. 경찰은 우리를 성가셔하고, 인터넷에 글을 올려도 삭제되고…… 엄마는 울고, 아빠는 화내고…… 저는 죽고 싶다는 생각을 하고 있었어요.”

“그래요…….”

"꿈같았어요. 검사님이 찾아와서 수사를 재개하겠다고, 범인이 죗값을 치르게 해 주겠다고 말씀하셨을 때는."

소녀가 고개를 들어 서연과 눈을 맞췄다. 소녀의 눈에서는 눈물이 흐르고 있었다.

"아직도 엄마는 울지만 아빠는 이제 화내지 않아요. 언젠가는 엄마도 울지 않게 되겠죠. 그래서 인사드리고 싶었어요. 정말로 감사해요."

"저도 감사해요."

서연의 말에 소녀가 웃었다.

"언니가 왜 감사해요."

"과거를 바꿀 수 없어서, 과거에 용기를 내지 못한 게 한스러워서, 매일매일 후회하고 있었거든요. 조금 더 빨리 용기를 냈더라면 좋았을 텐데, 하고요. 바꿀 수 없는 과거에 후회하기보다, 이제라도 움직여서 후회하지 않을 미래를 만드는 게 중요하다고 생각하게 됐어요. 이렇게 찾아와 주신 덕분에."

소녀는 어리둥절한 표정이었다. 홍란희가 홍서연의 언니일 거라고는 생각하지 못했기 때문이다.

"나중에 엄마가 울지 않게 되면, 다 같이 가게에 한 번 찾아올게요. 여기, 정말 예뻐요."

소녀의 말에 서연은 빙그레 미소를 지었다.

"네, 꼭 오세요. 기다릴게요."

소녀가 떠나고 난 후에도, 서연은 가만히 그 자리에 앉아 있었다.

얼마나 지났을까. 커튼이 걷히고 선명이 불쑥 얼굴을 들이밀었다.

"사장님."

"네?"

"저녁 먹을 시간이에요. 얼른 저녁 먹고 케이크 먹어요."

"아, 그래요."

서연은 웃으며 커튼 밖으로 나왔다.

*　　*　　*

"회장님이십니까?"

홍 회장은 가만히 홍진탁을 응시했다.

"회장님께서 하신 일입니까?"

"무엇을 말이냐?"

"모르는 척하지 마십시오, 회장님."

"난 정말로 모르겠는데. 뭘 말하는 거지?"

"란희 말입니다. 그거, 회장님이 하신 겁니까?"

"그 아이는 자기가 한 짓에 대한 벌을 받았을 뿐이다."

"실수일 뿐이었습니다. 오래전의 일이고요. 그런데 대체 왜!"

"내가 한 짓이 아니다."

"네?"

"나는 그 일과 관계가 없다고."

홍진탁의 눈이 가늘어졌다. 홍 회장이 거짓말을 하는 게 아닌지 알아보려는 듯. 홍 회장은 가만히 아들의 시선을 받아 냈다.

'정태민 뒤에 백란이 있었다니.'

분노 서린 홍진탁의 시선을 받으며, 홍 회장은 생각에 잠겼다.

게임을 시작한 후, 당연히 세 손주들에게 감시를 붙였다. 란희와 윤성에게 홍진탁이 은밀한 지원을 해 주는 것도, 서연이 무엇을 해야 할지 몰라 고민을 하고 있는 것도 전부 파악하고 있었다.

그리고 어느 날 갑자기 나타난 정태민. 태민을 만난 후, 서연은 움직이기 시작했다. 그리고 놀라울 정도로 빠르게 변화했다. 서연을 둘러싼 무거운 짐을, 태민이 전부 걷어 낸 것처럼, 서연의 시간과 삶이 움직이게 되었다.

어떤 인물인지 궁금해서 조사를 조금 해 보기는 했지만, 명문대 컴퓨터공학과, 현재는 프리랜서. 여자관계 복잡함. 그 정도의 보고를 받았다. 그 뒤에 백란이 있을 줄이야.

아마도 홍진탁은 상상도 못 할 것이다. 한때는 재양과 어깨를 나란히 견주던 어느 조직의 딸이, 서연과 태민의 뒤에 있다는 것을.

재양은 그때보다 더욱 성장했고, 그 조직은 와해되었다. 하지만 뒷세계에서 백란이 가진 힘은 건재했다.

—홍 회장님과는 적이 되고 싶지 않습니다.

며칠 전 찾아온 백란은, 궁금한 것에 대한 대답을 다 들은 후에 말했다.

—손에 쥔 무기가 많습니다. 회장님이 아들의 손을 놓지 않으시면, 저도 타격을 입기는 하겠지만 재양도 무사하진 않을

겁니다. 아들을 버리고 손녀를 잡으세요. 그게 가라앉는 배에서 재앙의 이름이라도 건지는 길일 겁니다.

"회장님이 아니라면 누굽니까? 누가 감히 우리를 건드리는 거죠?"

홍진탁의 목소리에 정신을 차렸다.

"우리가 아니라 너겠지. 나까지 끌어들일 생각하지 마라."

홍 회장이 차갑게 말했다.

"아버지!"

"자식을 키울 때는 매를 들어야지. 잘못을 하면 혼을 내고, 자식 때문에 피해를 입은 사람한테는 사죄를 해야지. 그렇게 덮어 두는 것이 아니었다."

그것은 자신에게 하는 말이었다. 그때에 그렇게 눈과 귀를 가리지 않았더라면, 잃는 것이 두려워 움츠리지 않았더라면, 지금과는 다른 결과가 있었을지도 모른다.

"서연입니까?"

홍진탁이 물었다.

"글쎄다. 나는 이번 일에 대해 아는 것이 없구나."

"서연이군요. 아버지는 절 버리고 그 계집을 택하신 거군요."

"계집이라니. 네 자식이다."

홍진탁이 비릿하게 웃었다.

"글쎄요. 과연 제 자식일까요?"

홍진탁이 일어났다.

"이대로는 안 죽습니다."

"아무도 널 죽이려고 하지는 않을 게다."

홍진탁은 홍 회장을 한 번 노려보고는 회장실을 나갔다.

쾅—

거칠게 문이 닫힌 후, 홍 회장은 눈을 감았다.

이대로는 안 죽을 거라고? 아니, 홍진탁이 할 수 있는 일은 없었다.

홍진탁의 오른팔인 최준호는 사라졌다. 검찰 측에서 찾고 있기는 했지만, 해외로 떠난 지 오래됐으니 찾아내기 힘들 것이다.

'재양도.'

홍 회장은 깊은 한숨을 내쉬었다.

'이제 끝이 나겠군.'

아쉬움은 없었다.

원하는 게 하나 있다면.

—아부지.

둘째 아들인 진성의 미소를, 한 번 더 보고 싶었다.

그리고.

—아버지, 진성이가 이번에 그림으로 상을 받았대요. 기념으로 외식해요.

진탁의 미소도.

*　　*　　*

숨 쉴 틈을 주지 않고 몰아쳐야 한다고, 백란은 말했다. 태민은 점점 발밑이 무너지는 지옥을 보여 주고 싶다고 했지만, 결국은 백란의 뜻에 굴복했다.

질질 끌어서 좋을 것은 없었다. 대중의 관심이 완전히 사라지기 전에, 홍윤성도, 홍진탁도 진창에 끌어들여야만 했다. 그 일을 전해 들은 서연은 "그러세요."라고 대답했지만, 사실은 걸리는 게 하나 있었다.

—이건 절대로 잃어버려선 안 돼.

어머니가 서연의 손에 쥐여 준 비디오테이프.

—이건 언젠가 너의 무기가 될 거야. 그러니까 서연아, 절대로 잃어버리지 마.

그렇게 말하면서, 어머니는 웃었다. 슬프게, 아프게.

'내일이면 끝이에요, 엄마. 내일이면 엄마가 바랐던 그 순간이 올 거예요. 하지만…… 엄마, 미안해. 그 비디오테이프를 가지고 나오지 못했어. 쫓겨날 때, 그것만은 가지고 나왔어야 했는데.'

이성적으로 생각해 보면, 그것은 어차피 공소 시효가 지난 일이었다.

민기가 최준호의 집에서 찾아낸 증거물들은, 서연의 어머니가 목숨을 걸고 준비한 증거보다 확실했다. 홍진탁에게 살인 의뢰를 받은 통화 기록, 두 사람이 만나는 영상, 서류, 입금 목록. 최준호는 처음부터 도망칠 준비를 한 것처럼, 모든 물적 증거를 남겨 두었다. 어머니의 증거를 찾기 위해 굳이 위험을 무릅쓸 필요는 없었다.

"사장님."

선명이 카운터 위에 오렌지 주스가 담긴 잔을 내려놨다.

"저쪽의 남성분께서 보내시는 겁니다."

선명이 바 뒤에 서 있는 태민을 가리키며 말했다. 태민은 허리를 굽히고 바에 팔꿈치를 댄 자세로, 한 손을 슬쩍 흔들었다. 마치 바에서 처음 만나 추파를 던지는 남자인 것처럼.

서연은 웃으며 잔을 슬며시 밀어냈다.

"관심 없다고 전해 주세요."

태민이 충격 받은 표정을 지었다.

"에이, 그러지 마시고요. 저래 봬도 꽤 괜찮은 분이세요."

선명의 말에 서연이 고개를 저었다.

"아뇨, 관심 없어요. 전 바람둥이는 싫어요."

선명은 어쩔 수 없다는 듯 잔을 들고 바로 돌아갔다.

"관심 없으시대요. 바람둥이는 싫대요."

"첫눈에 반했고, 앞으로 쭉 당신만 볼 거라고, 이 눈에 비치는 건 당신뿐이라고 전해 줘."

태민의 말에 선명과 그 옆에 서 있다가 본의 아니게 듣게 된 영진이 오만상을 찌푸렸다. 선명이 두 팔로 몸을 감싸고 바르르 떨었다.

"미쳤어요? 그런 말을 어떻게 해요. 난 못 해요."

"왜 못 해? 가서 해 봐. 하고 나면 별거 아냐."

"아뇨, 못 해요. 내 인생의 오점을 남기고 싶지 않아요. 으아, 저런 말을 어떻게 한대. 으아, 싫다. 으아, 너무 싫어."

선명과 영진은 태민이 전염병이라도 된다는 듯 슬금슬금 떨어졌다. 결국 태민이 잔을 들고 카운터로 향했다. 서연의 손에 잔을 쥐여 준 태민이 물었다.

"무슨 일 있어?"

"네?"

"표정이 안 좋아. 오늘 종일."

"아뇨, 괜찮은데."

"안 괜찮아 보여. 무슨 일인지 말해 줘."

태민이 손가락으로, 서연의 이마에서 머리카락이 되는 부분을 살살 문지르며 말했다.

"아뇨, 그냥. 조금 생각을 하고 있었던 거예요. 집에 아직 비디오테이프가……."

"아아, 그거."

태민이 서연의 말을 끊었다.

"걱정 마. 그거, 오늘 가지고 나올 거니까."

"네?"

"가지고 나올 거야, 네 어머니가 목숨을 걸고 남긴 증거물."

"아……."

왈칵, 눈물을 터뜨릴 뻔했다. 서연은 눈을 크게 떴다가 황급히 고개를 숙였다.

어떻게 이 남자는 이렇게 내 마음을 잘 아는 걸까. 어떻게 이렇게 하나하나 다 기억을 해 주는 걸까.

태민이 살며시 서연의 손가락을 잡았다.

"오늘 최검이랑 그 집에 찾아갈 거야. 최검이 대화하는 동안, 나는 그걸 찾을 거고. 정확한 위치를 알려 줘. 반드시 가지고 나올게. 네 어머니가 남긴 그 증거 역시, 이 모든 순간을 함께할 거야."

* * *

윤성이 저택 앞에서 기다리고 있었다. 민기는 차에서 내리기 전, 태민에게 말했다.

"너는 이유를 붙여서 마당에 남아 있겠다고 하고, 차고에 가서 그걸 찾아. 난 안에 들어가서 얘기하고 있을게."

"응."

태민이 휴대폰으로 시간을 확인했다.

"1시간 후에 홍윤성 사건이 인터넷에 뜰 거야. 극적으로 진행해 봐."

태민의 말에 민기가 피식 웃었다.

"그런 걸 할 줄 알면 검사가 아니라 작가를 했지. 내리자."

윤성이 차로 다가오고 있었다. 민기가 먼저 차에서 내렸고, 그다음에 태민이 내렸다.

"이 시간엔 어쩐 일이야?"

윤성이 의아하다는 듯 물었다. 홍란희 사건 때문인지 안색이 좋지 않았다. 윤성의 시선이 태민에게로 향했다. 어두워서 알아보지 못한 건지 표정엔 별다른 변화가 없었다.

"저 친구는 누구야?"

"내 친구야. 같이 있다가 오는 길이라서."

"아, 그래? 그런데 왜?"

"아버님께 잠깐 드릴 말씀이 있어. 너한테도."

"무슨 일인데 그래? 혹시…… 란희 일 때문에?"

"일단 들어가서 말하자."

민기가 윤성과 함께 저택으로 향했고 태민도 그 뒤를 따랐다.

"저 친구도 같이 들어가는 거냐?"

"아아, 쟤는 마당에서 기다릴 거야."

"누군데 그래?"

"친한 친구."

"너한테 저런 친구가 있었어?"

윤성이 뒤를 흘끗흘끗 쳐다봤다. 만난 적이 있다고는 하지만, 가게 앞에서 잠깐 마주쳤던 게 전부였다. 그런 짧은 만남은 윤성에게 큰 인상을 남기지 못했던 모양이다.

차라리 다행이었다. 이런 곳에서 윤성과 실랑이를 할 틈은 없었다.

윤성과 민기가 안으로 들어갔다. 마당에 남아 있던 태민은 안을 한 번 둘러보고는 조용히 차고로 향했다.

*　　*　　*

소파에 앉았다.

윤성은 아무것도 모르고 란희에 대한 이야기를 꺼냈지만, 홍진탁은 가만히 민기의 얼굴을 응시하고 있었다.

"란희 일은 금방 조용해질 거야. 알잖아, 대중은 개돼지인 거. 어차피 자극적인 소재 몇 개 던져 주면 다 잊을걸. 란희 일 때문에 너한테 피해가 가진 않을 거다."

그것 때문에 서연과 파혼하려고 찾아온 줄 아는 모양이다.

민기는 대답하지 않았다. 민기의 침묵에 윤성이 안절부절못했다. 이 모습을 서연이 봤어야 했는데. 속으로 웃음을 삼키고 있을 때 홍진탁이 입을 열었다.

"무슨 일인가?"

"몇 가지 이슈가 있습니다."

"이슈?"

"네."

민기는 서류를 꺼내 테이블 위에 내려놓았다. 윤성이 집어 들려고 했지만 민기는 그것을 꽉 눌렀다. 윤성이 의아하다는 듯 민기를 돌아봤다.

"왜 그래?"

"홍윤성이 저지른 범죄 7건. 약 40분 후에 인터넷에 뜰 겁니다."

"뭐야, 그게!"

윤성이 벌떡 일어났다.

"너, 지금 뭔 소리를 하는 거야?"

윤성이 악을 썼지만 민기는 홍진탁만 가만히 노려봤다. 얼굴이 벌게져서 날뛰는 윤성과 달리, 홍진탁은 여전히 무표정했다.

"덮을 수는 없을 겁니다. 증거 영상을 확보했으니까요. 피해자들은 합의를 바라지 않습니다. 만나는 것조차 싫다고 하더군요. 그래서 현재 따로 미팅을 할 수 없도록 보호 중에 있습니다. 그리고 내일 오후."

민기는 서류를 홍진탁 앞으로 밀었다. 서류에는 홍진탁이 저지른 범죄가 적혀 있었다. 홍진탁은 서류를 흘끗 내려다봤을 뿐, 그것을 집어 들지는 않았다.

"홍 사장님이 저지른 범죄에 대해 모두가 알게 될 겁니다."

"야, 최민기!"

윤성이 민기의 멱살을 잡아 일으켰다.

"너, 지금 뭔 소리하는 거야? 아버지의 범죄라니!"

그래도 민기는 홍진탁을 가만히 응시했다.

"야! 무시하지 마! 너 지금 뭔 소리 하는 거냐고! 내 말 안 들려?"

윤성이 민기의 멱살을 잡고 흔들었다. 그제야 민기가 윤성에게로 시선을 옮겼다가, 멱살을 잡은 윤성의 손을 떼어 냈다.

"내 말이 안 들린 건 네 쪽인 것 같은데. 말한 대로야. 네가 저지른 범죄, 네 아버지가 저지른 범죄, 이제 그에 대한 대가를 치르게 될 거라고 말하는 거야."

"이 자식이! 말이면 단 줄 알아?"

윤성이 주먹을 쥐고 달려들었지만 민기는 가볍게 피했다.

"대중이 개돼지라고 생각해? 돈이 있으면 언제까지라도 범죄를 저지르고, 없는 사람들을 짓밟으면서 살 수 있을 거라고 생각해? 있는 자들이 살아가는 것처럼, 없는 자들도 살아가는 방식이 있어. 언제까지고 거기에 서 있을 줄 알았겠지만, 아니야. 너도, 네 아버지도 이제는 죗값을 치르게 될 거야."

"너……."

"홍서연인가?"

조용히 있던 홍진탁이 처음으로 입을 열었다.

"아니면 자네가 이걸 위해 홍서연에게 접근한 건가?"

"어느 쪽일 것 같습니까?"

홍진탁이 피식 웃으며 서류를 집어 들고는 팔락거렸다.

"이게 날 무너뜨릴 수 있을 거라고 생각하나?"

민기도 웃었다.

"겁에 질리셨군요. 그게 당신을 무너뜨릴 수 있다는 걸 아니까."

"인터넷에 흘리는 정도로 재양이 무너질 것 같나? 그래, 내 아들이 범죄를 저질렀고, 내가 범죄를 저질렀지. 하지만 그게 어때서? 유명한 연예인 불륜설, 아이돌 스타의 음주운전 몇 건 터뜨리면, 자네가 힘써서 모은 이것들."

홍진탁이 서류를 반으로 찢었다.

"사람들은 기억하지도 못하겠지."

그때였다. 현관문이 열리고 태민이 들어온 것은.

"찾았어."

태민이 비디오테이프를 흔들었다.

홍진탁이 태민을 돌아봤다. 홍진탁과 태민의 시선이 마주쳤다. 민기는 태민이 홍진탁에게 무슨 말이든 할 줄 알았다. 하지만 태민은 곧바로 민기를 보며 말했다.

"가자, 최검."

민기는 윤성을 밀치고 현관문으로 향했다. 뒤늦게 정신을 차린 윤성이 민기의 어깨를 붙잡았다.

"최민기."

"왜?"

"너, 내 친구잖아. 갑자기 왜 이래? 나한테 뭐 기분 나쁜 일이라도 있어? 뭐야, 대체?"

"늘 기분이 나빴어."

"뭐?"

"너랑 친구인 척하는 거, 늘 기분이 나빴다고."

"야, 최민기……."

"친구인 적 없다, 홍윤성."

민기는 윤성의 손을 털어 냈다.

"넌 나한테 그냥 범죄자였을 뿐이야."

돌아가는 길에 민기가 태민에게 물었다.

"넌 왜 아무 말 안 했냐? 홍 사장한테 하고 싶은 말이 많았던 거 아니었어?"

오래된 비디오테이프를 내려다보고 있던 태민이 피식 웃었다.

"할 말이 많았지. 매일 상상했어. 그 인간을 눈앞에 둔 순간을. 비아냥거리고 화를 내고 욕을 하고……. 그렇게 수만 가지를 상상했지만 단 한 번도 기분이 나아진 적이 없었어. 그래서 됐어. 자기보다 못한 사람을 벌레 취급하던 그놈이, 놀라서 흔들리는 모습을 본 걸로 만족해."

* * *

홍진탁은 주먹을 꽉 쥐고, 방금 전까지 민기가 앉아 있던 소파를 노려봤다. 서연이 결혼을 하겠다며 데리고 온 민기가 이런 짓을 벌일 줄은 상상도 못 했다.

대체 어디부터 잘못된 걸까? 홍서연을 이 집에 잡아 뒀어야 했던 걸까?

윤성과 김 여사가 뭐라고 떠들어 댔지만 하나도 들리지 않았다. 홍진탁의 눈앞에는 그저 한 여자의 영상이 떠올라 있었다.

—사람은 언제까지고 자신이 지은 죄로부터 자유로워질 수 없어.

서연과 아주 많이 닮은 눈동자. 한때는 내 동생의 것이었던 여자의 눈동자가 홍진탁을 빤히 응시하고 있었다.

견딜 수 없는 것은 그 눈에 분노도, 조롱도 담기지 않았다는 점이었다. 그 눈동자는 고요한 슬픔과 동정을 띠고, 홍진탁을 응시하고 있었다.

—당신은 절대로 그 죄로부터 벗어나지 못할 거야.

*　*　*

늦은 시간 휴대폰이 울렸다.

홍 회장은 가만히 액정에 뜬 이름을 응시했다.

[손녀]

서연이 먼저 전화를 걸어 온 적은 한 번도 없었다.

끝났구나.

라는 생각이 먼저 들었다. 그 순간 불쑥 찾아온 감정이 슬픔인지, 후회인지, 아니면 안도인지 답을 내릴 수 없었다.

"그래, 서연아."

[늦은 시간에 죄송합니다, 할아버지.]

서연의 목소리는, 전과는 많이 달라져 있었다. 있는 듯 없는 듯 자신을 감추기 위해, 속삭이는 것처럼 내던 목소리가 아니었다.

[메일을 보냈습니다. 영상이 있을 거고요. 그걸 할아버지께서 봐주셨으면 좋겠어요.]

"그래."

[그럼…… 끊을게요.]

전화가 끊겼다. 홍 회장은 노트북을 켜고 메일함을 열었다. 서연에게서 온 메일이 하나 있었다.

제목은 없었지만 내용은 있었다.

[어머니가 남긴 영상이에요. 이건 이번 일에 사용하지 않을 거예요. 하지만 할아버지께서는 봐 주셨으면 했어요.]

크기가 크지 않은 영상이었다.

보고 싶지 않았다. 내가 이렇게나 두려워할 때가 있었던가. 어릴 적 빈손으로 폐지와 빈병을 줍는 것으로부터 시작해, 재양을 이 크기로 키울 때까지. 내가 무언가를 두려워한 적이 있었던가. 영상을 클릭하는 손가락이 떨리는 것을 똑똑히 느꼈다.

영상이 재생되었다. 안방에서 찍은 영상이었다. 숨긴 상태로 찍은 듯 영상 가장자리가 까맸다. 그리고 서연의 어머니인 유성희가 침대에 앉아 있었다.

달칵. 달칵.

자물쇠를 따는 소리가 들렸다. 문이 열리고 홍진탁이 안으로 들어왔다.

"서연이는?"

"자고 있어."

"언제까지 날 가둬 둘 셈이야? 내가 죽을 때까지?"

"그래."

"서연이한테 무슨 짓을 한 건 아니지?"

유성희의 불안한 질문에 홍진탁이 웃었다.

"어린애한테 내가 무슨 짓을 한다는 거야?"

"당신은 어린애한테도 무슨 짓이든 할 수 있는 인간이잖아. 자기 동생도 그런 식으로 죽였으니까."

"하하하하. 상관없잖아. 살아 있어도 도움이 되지 않을 녀석인데. 아, 홍서연 아빠 노릇 정도는 해 줄 수 있었을지도 모르지."

"……."

"모른다고 생각했어? 홍서연 아빠가 내가 아니라는걸. 그날 내가 술에 취해서 널 덮쳤다고 했지? 그래서 널 임신시켰다고. 웃기는 소리 하지 마. 네가 진성이 애를 갖고 있다는 사실, 결혼 전부터 알고 있었거든. 진성이가 말해 줬으니까. 네가 임신한 것 같다고."

"……진성이가 그런 걸 말해 줬다고?"

"그래. 그러니까 내 말 잘 듣고 가만히 숨죽이고 있어. 어차피 넌 곧 죽어. 비쩍비쩍 말라 가는 모습, 서연이한테 보이고 싶지 않잖아. 그러니까 여기 가만히 있으면 죽음의 이유도, 시체도, 그리고 홍서연도. 내가 잘 처리해 줄게."

홍진탁이 싸늘하게 웃고는 방에서 나갔다. 또다시 자물쇠로 문을 잠그는 소리가 들렸다.

유성희는 침대에 가만히 앉아 있다가, 어느 정도 시간이 흐른 후에 비디오를 똑바로 응시했다. 홍 회장은 그 눈동자가 자신을 똑바로 보는 것만 같아 움찔했다.

"갇혔어요, 회장님. 몸의 이상을 너무 늦게 눈치챘어요. 눈치챘을 때부터 혹시나 싶어서 준비한 비디오가 이런 식으로 사용될 줄은 몰랐어요. 제가 선견지명이 있어서 다행이지 않아요?"

그렇게 말하고 유성희는 조금 웃었다. 쓸쓸한 미소였다.

"이 비디오가 회장님 손으로 들어가게 될지, 아니면 홍진탁에게 발견되어서 처분될지, 저는 모르겠어요. 다만 저는 회장님께 말씀드리고 싶은 게 있어요. 그래서 회장님이 반드시 이 영상을 보셨으면 해요."

홍 회장은 주먹을 꽉 쥐었다.

"회장님. 이게 바로 그 결과예요. 회장님이 하나만 남은 아들을 놓치고 싶지 않아 눈을 감고 귀를 닫고 입을 다문 데 대한 결과. 회장님은 진성이를, 나를, 그리고…… 아마도 홍진탁의 손에 희생될 많은 사람들의 목숨을 등에 짊어지고 살아가셔야 할 거예요. 저지른 것은 홍진탁이겠지만, 알면서도 모르는 척 봐준 것은 회장님이에요. 그러니까 회장님도 공범이에요. 회장님. 그 죄책감, 평생 가슴에 안고 살아가세요. 다음엔 서연……."

거기서 영상이 끊겼다. 서연에게 남긴 말을 편집해서 보낸 모양이었다.

홍 회장은 눈을 감았다. 심장에 여러 개의 칼이 꽂혔다. 홍진탁이, 홍진탁의 피해자들이, 그리고 유성희가 꽂은 칼.

홍 회장의 얼굴이 일그러졌다. 주름진 눈가로 눈물이 흘러내렸다.

* * *

몇 번이나 돌려 봤는지 모를 영상을, 서연은 또다시 클릭했다. 그립고 그리웠던 엄마가 화면을 한가득 채우고 있었다.

"다음엔 서연이한테 이야기할 게 있어."

엄마는 그렇게 말했다.

영상을 처음 보았을 때, 엄마의 모습에 심장이 한 번, 갇혀 있는 모습에 심장이 두 번, 그리고 서연의 아버지가 홍진탁이 아니라는 사실에 심장이 완전히 떨어져 내렸다.

내가 잘못 들은 걸까. 그 인간의 딸이고 싶지 않아서, 환상을 만들어 낸 걸까.

그런 생각을 하고 있는데, 엄마가 말했다.

"서연아, 미안해. 네게 이런 지옥을 경험하게 해서 미안해."

엄마는 미소를 지으려고 애쓰고 있었다. 하지만 곧 포기한 듯 고개를 숙이고 흐느꼈다. 안아 주고 싶었다.

엄마, 괜찮아. 난 그 지옥에서 빠져나왔어. 괜찮아. 견딜 만했어. 괜찮아. 정말 괜찮아.

그럴 수가 없어서 가슴이 아팠다.

"회장님이 우리 집안에, 그리고 나에게 많은 도움을 주셨어. 그래서 회장님의 부탁을 거절할 수가 없었어. 그리고 조금은…… 복수하고 싶었어. 아니, 아니야. 난 그냥 복수를 하고 싶었던 거야. 어떻게든 홍진탁이 진성이를, 그러니까 네 아빠를 죽였다는 증거를 찾고 싶었던 거야. 그래서 네가 태어났을 때 얼마나 끔찍할지는 생각하지 못하고, 회장님의 부탁을 받아들인 거야."

그렇게 말한 엄마는 서연의 진짜 아버지가 얼마나 사랑스러운 사람인지, 얼마나 따뜻하고 좋은 사람인지 설명했다.

"살아 있었더라면 널 아주 많이 안아 줬을 거야. 그 사람이 못 해 준 거, 내가 해 주고 싶었는데 나까지 이렇게 됐네. 그래서 미안해,

서연아. 엄마가 언제까지든 네 곁에 있고 싶었는데, 둘이서 아주 많이 행복해지고 싶었는데. 괜한 욕심을 내서 이렇게 되어 버렸어. 복수 따위 잊고, 너랑 같이 도망치면 좋았을 텐데. 미안해."

엄마는 계속해서 미안하다고 했다.

"네가 언젠가 이 영상을 보게 되었으면 좋겠어. 그때는 네가 자유로웠으면 좋겠어. 아주 많이 행복했으면 좋겠어. 너에게 할 이야기가 정말로 많은데, 다 할 수가 없어서 아쉽다. 이럴 줄 알았으면 비디오테이프를 좀 더 많이 챙겨 놓을걸. 사랑해, 서연아. 사랑해."

거기서 영상이 끊겼다. 서연은 다시 돌렸다.

"사랑해, 서연아. 사랑해."

또다시.

"사랑해, 서연아. 사랑해."

또다시.

그렇게 여러 번 영상을 반복해서 트는데, 똑똑, 노크 소리가 들려왔다.

"네. 들어오세요."

보나마나 태민일 것이기에, 서연은 누구냐고 묻지도 않고 말했다.

달칵—

문이 열리고 태민이 들어왔다. 맛있는 냄새와 함께.

서연은 영상에서 눈을 떼고 태민을 돌아봤다. 태민은 코코아와 샌드위치가 담긴 쟁반을 들고 있었다.

"단 걸 먹으면 기분이 좋아진대."

쟁반이 침대 위에 놓였다. 서연은 무릎 위에 올려놨던 노트북을 옆에 내려놨다.

"비디오테이프 찾아다 줘서 고마워요, 오빠."

"별말씀을. 당연히 해야 할 일을 한 것뿐이야."

"나, 그 인간의 딸이 아니었어요."

"응."

"매일 꿈꿨어요. 그 남자의 딸이 아니기를. 오빠의 아버지를 그 남자가 죽였다는 걸 알고 나서는, 더 간절히 바랐어요. 그 인간의 딸이 아니기를. 소망이 이뤄졌는데…… 이상해요."

"뭐가?"

"그 남자의 딸이 아니라는 사실보다…… 엄마한테…… 말해 줄 수가 없어서 슬퍼요. 괜찮다고, 미안해하지 말라고, 나 정말로 괜찮고, 나 이제 많이 행복하다고. 나도 아주 많이 사랑한다고. 그런 말을 할 수가 없어서, 슬퍼."

참고 있던 눈물이 흘러내렸다.

태민이 침대 위로 올라와 서연의 옆에 앉았다. 코코아를 한 모금 마신 태민이 서연의 입술에 가볍게 입을 맞췄다. 짠 눈물에 코코아의 달콤함이 섞였다.

"나도 슬퍼. 딸을 제게 주십시오. 평생 행복하게 해 주겠습니다. 이렇게 말하지 못해서."

태민이 엄지로 서연의 눈물을 닦아 주며 속삭였다.

"이렇게 예쁘고 착한 따님을 낳아 주셔서 정말 감사합니다. 서연이 아니었으면 평생 맛있는 게 뭔지, 재미있는 게 뭔지도 모르고 살아갈 뻔했어요. 서연이가 있어서 행복이 뭔지, 즐거움이 뭔지, 따뜻함이 뭔지, 그리고."

태민이 다시 코코아를 한 모금 머금고 서연에게 입을 맞췄다. 이번에는 조금 길게 이어진 키스. 입안으로 달콤한 코코아가 넘어왔다.

"달콤함이 뭔지도 모르고 살아갈 뻔했어요."

애정이 넘치는 눈동자가 아주 가까운 곳에서 서연을 응시하고 있었다. 그 눈동자를 가득 채운 자신의 모습이 좋았다.

"제가 느낀 이 행복만큼, 서연이도 느끼게 해 줄게요. 이 달콤함, 이 따스함, 서연이와 함께 공유할게요. 이제부터는 마지막 순간까지, 제가 서연이 옆에 있을게요. 어머님이 못 해 주신 것, 아버님이 못 해 주신 것, 제가 다 해 줄게요. 그러니까 어머님, 아버님. 서연이와의 결혼을 허락해 주세요."

태민이 서연의 손에 깍지를 끼웠다.

"결혼해 줘, 서연아."

"……오빠."

"나는 아주 많이 행복해. 그래서 너도 아주 많이 행복하게 해 주고 싶어."

"……."

"지금껏 우린 다른 길을 걸어왔지만, 앞으로는 같이 걸어가고 싶어. 내 손을 잡고 같이 걸어가 줘."

좋아요.

그렇게 말하고 싶은데 목이 메어 목소리가 나오지 않았다. 그래서 서연은 열심히 고개를 끄덕였다. 그 모습에 태민이 웃었고, 태민이 웃는 모습이 좋아 서연도 웃었다.

*　*　*

응접실로 들어오는 홍 회장의 표정을 본 홍진탁은, 자신이 버림받았음을 깨달았다. 홍 회장은 무표정했지만, 그래도 홍진탁은 알 수 있었다. 홍 회장이 자신을 도와주지 않으리라는 것을.

"전 아버지 아들입니다."

벌떡 일어나서 말했다.

"그래, 내 아들이지. 내가 진작 매를 들었어야 했는데, 그러질 못했구나."

"감상에 빠질 때가 아닙니다. 제가 무너지면 재양도 무너집니다. 그 사실들이 드러나면 재양이 무사할 것 같습니까?"

"재양은 아무런 타격도 입지 않을 게다. 늘 그랬듯 재양의 부품 하나가 사라지는 것일 뿐이지."

"아버지!"

"내가 모를 줄 알았느냐? 네가 재양에서 입지를 굳히기 위해 몰래 움직이는 걸, 정말로 몰라서 가만히 있는 줄 알았느냐?"

"……."

"바뀌는 건 아무것도 없다. 너 하나 사라지겠지만, 그 정도로 재양이 흔들리지는 않아."

"다시 한 번 묻겠습니다. 홍서연입니까?"

이글이글 타는 눈빛에, 홍 회장은 작게 한숨을 내쉬었다.

"그래. 내가 하지 못한 것을, 그 아이가 해내는구나. 허나 건드리지 않는 게 좋을 게다. 네 뒤에는 이제 아무도 없지만, 그 아이 뒤에 버티고 선 것이 있으니."

"누굽니까, 그게?"

백란이 홍서연 뒤에 있었다. 하지만 홍 회장은 대답하지 않았다. 타는 눈으로 홍 회장을 노려보던 홍진탁이 벌떡 일어났다.

"제가 이렇게 된 건, 아버지 탓입니다. 아버지가 절 믿어 주고 인정해 줬더라면, 전 이러지 않았을 겁니다. 전 영원히 아버지를 저주할 겁니다."

홍 회장은 더 이상 말하고 싶지 않다는 듯 눈을 감았다.

홍진탁은 회장실 문을 열고 나왔다. 복도에서 마주치는 사람들의 시선이 곱지 않았다. 지금껏 이런 시선을 받아 본 건 처음이었다.

한 시간 전, 윤성이 잡혀갔다. 홍진탁의 변호사는 전화를 받지 않았다. 어제까지만 해도 홍진탁에게 굽실거리던 사람들이 홍진탁을 외면했다.

누구에게도 도움을 청할 수가 없었다. 이 모든 일을 벌인 것이 서연이라는 걸 믿을 수가 없었다. 운전기사까지 사라지는 바람에, 홍진탁이 직접 운전을 해야만 했다.

서연의 가게를 향해 거칠게 운전했다. 분노로 가슴이 끓어 손가락 끝까지 떨렸다. 타오르는 분노에 욕지기가 치밀었다.

"제길!"

운전대를 두 손으로 내리쳤다.

"제길!"

1초라도 빨리 도착해 홍서연의 목줄을 움켜쥐고 싶었다. 제 어미와 똑같은 눈빛을 지닌 그 계집의 숨통을 끊어 놓고 싶었다. 이 손을 직접 사용해 죽인 건 서연의 어머니인 유성희 한 명이었다.

이제 곧 그 딸도 이 손에 죽어 가리라. 어차피 다 잃었으니, 그 계집 한 명 더 죽인다고 달라질 것도 없었다. 눈물을 흘리며 죽어 갈 홍서연을 떠올리자 웃음이 나왔다.

그래서 홍진탁은 웃었고, 신호를 제대로 보지 못했다.

* * *

재양 건설 홍진탁 사장이 도주 중 사고로 중태.

신문 1면을 차지하던 사건은 얼마 지나지 않아, 어느 국회의원의 비리 사건으로 바뀌었다. 재양 그룹에 내려진 저주로 떠들썩했던 인터넷 게시판도 조금씩 다른 사건으로 채워지고 있었다.

서연은 카운터에 앉아 멍하니 손님들을 지켜봤다. 참으로 웃긴 일이었다.

재양 그룹, 홍진탁, 홍윤성, 홍란희.

서연을 지옥에 밀어 넣었던 그곳이, 서연의 전부인 것만 같았던 그 세계가, 사람들에게는 잠깐 동안 재미있는 이야깃거리에 지나지 않았다. 그들의 사건과 관계없이, 사람들은 웃으며, 울며 살아가고 있었다.

'작전명 스위트'는 여전히 잘되고 있었다. 홍 회장이 손을 쓴 건지, 서연이나 작전명 스위트에 대한 이야기는 수면 위로 드러나지 않았다. 몇몇 기자들이 찾아오긴 했지만, 그나마도 이제는 찾아오지 않는다. 서연이 재양 그룹 홍 회장의 손녀라는 걸 알게 된 종업원들이 걱정을 하긴 했지만, 이제는 평범한 일상으로 돌아갔다.

그 사건이 있고 나서 두 달이 지난 지금.

홍진탁은 여전히 의식불명이었다. 의사들의 말로는 뇌가 심하게 다쳐 깨어나지 못할 것이라고 했다. 그리고 어젯밤, 홍 회장이 서연을 불러서 말했다.

생명 유지 장치를 뺄 생각이라고. 홍진탁의 장기를 필요한 사람들에게 기증하려고 한다고. 살아서 지은 죄, 그렇게나마 갚게 할 생각이라고.

그렇게 말하면서 홍 회장은 울었다.

—미안하구나, 서연아. 그래도 내 자식이라, 이리도 가슴이 아프구나.

서연은 가슴이 아프지는 않았다. 하지만 무언가 커다란 구멍이 생긴 것만 같았다. 그 구멍으로 바람이 드나들었지만 걱정되진 않았다. 조만간 사라지리라는 것을 아니까. 행복이 구멍을 채우고도 넘치리라는 것을 믿으니까.

얼마나 그렇게 멍하니 앉아 있었을까. 사람 형체가 눈앞을 가렸다. 천천히 고개를 들자 재원의 얼굴이 보였다. 오랜만에 보는 얼굴이라 가슴이 따뜻해졌다.

"재원아."

"놀아 줘. 심심해."

선명에게 카운터를 맡기고 재원과 함께 구석 테이블로 향했다.

"잘 지냈어?"

재원이 물었다.

"응. 엄청."

"그래. 재희랑 태민이 형이 소식 전해 줬어. 그동안 정신없었지?"

"응. 이제 조금씩 괜찮아지고 있어. 처음엔 전부 꿈같았는데 이제 현실로 한 걸음, 한 걸음 나오게 되는 것 같아."

"다행이다."

"넌 어떻게 지냈어?"

"나야, 뭐. 시험공부하고 졸업 준비하고…… 그러고 있었지. 내일부터 방학이야. 오늘 시험 끝났거든."

"아아. 벌써 그렇게 됐구나."

서연은 창밖을 내다봤다.

"이 가게를 열 준비를 할 때만 해도 초여름이었는데. 벌써 반년이나 지났네."

서연이 중얼거렸다.

"그러게. 반년 동안 내 평생에 벌어질 일이 다 벌어진 것 같아."

재원의 말에 서연이 웃었다.

"너도 그래?"

"응. 한참 짝사랑하던 여자한테 웬 남자가 접근하고, 불안해하고, 질투하고, 그러다가 고백하고, 차이고, 차인 충격에 공부만 하고. 파란만장한 반년이었어.”

“재원아…….”

“그런 표정 짓지 마, 바보야. 나 지금 웃으면서 말하고 있잖아.”

“그건 그렇지만…….”

“좋다. 너랑 이렇게 얘기할 수 있어서. 못 할 줄 알았거든.”

“…….”

“너한테는 허세 부리면서 나 괜찮아, 넌 행복해라, 그렇게 말했지만. 정말 오래 짝사랑했으니까. 그러니까 1년이 지나도, 10년이 지나도 계속 힘들 줄 알았거든. 그런데 시간이 약이라는 말, 정말인가 봐. 이렇게 웃으면서 얘기할 수가 있네.”

재원이 미소 지었다. 여느 때와 다름없는 따뜻하고 다정한 미소였다.

“요새 기분은 좀 어때?”

“잘 모르겠어. 뭔가 뻥 뚫린 기분인데, 조금씩 괜찮아지고는 있어. 아마 내년이면 더 괜찮아지겠지.”

“그래, 경험자로서 말하는 건데, 생각보다 빨리 괜찮아져.”

“응, 그랬으면 좋겠어.”

재원과 그동안 못 했던 이야기를 잔뜩 나눴다. 재원은 원하던 기업에 취직을 했다고 했다. 내년부터는 월급쟁이가 된다며, 첫 월급 받으면 쏘겠다고 말했다.

그런 이야기를 하다 보니 저녁이 되었고, 재희가 찾아왔다. 그렇게 한 명, 두 명, 테이블에 사람이 늘어나고, 한 명, 두 명, 손님들이 돌아갔다. 가게 클로즈를 한 후에는 현영까지 찾아와서, 다 같이 술을 마시러 갔다. 술을 마시고 안주를 먹고. 시끌벅적한 시간을 보내다가 잠시 술집 밖으로 나왔다.

12월의 밤공기는 무척이나 차가웠다. 천천히 거리를 걷다 보니 가게 앞에 도착했다. 불 꺼진 가게를 응시하다가 문을 열고 안으로 들어갔다. 불을 하나만 켜고 테이블에 앉아 눈을 감았다.

오래전, 이 가게가 비어 있었을 때의 정경을 떠올렸다. 홍 회장에게 가게를 받고 처음 이 건물에 왔을 때. 빈 가게 안에 들어와, 그래도 내 가게인 것이 기뻐서 웃었을 때, 이른 아침 가게에 나와 어떤 가게를 만들까 구상할 때. 그리고.

딸랑—

문 열리는 소리가 들렸다.

"계십니까."

귀에 익은 음성에 서연은 눈을 떴다. 태민이 들어오고 있었다.

"아르바이트를 구한다고 해서 찾아왔는데, 잘못 찾아왔나 보네요."

그래, 바로 이 순간. 그가 내 세계에 들어왔을 때.

서연은 일어났다.

"아니요. 제대로 찾아오신 거 맞아요. 아르바이트, 구하고 있어요."

태민이 서연에게 다가왔다.

"그럼 절 아르바이트로 채용해 주세요."

"뭘 잘하시는데요?"

바로 앞에 멈춘 태민을 빤히 올려다보며 물었다. 태민의 눈이 가늘어졌다.

“홍서연을 행복하게 해 주는 거.”

“그거 하나?”

“홍서연을 즐겁게 해 주는 거.”

“그거 두 개?”

“홍서연만 보고. 홍서연을 향해서만 웃고. 홍서연만 안아 주고. 홍서연 이름만 이 입에 담고. 매일 아침 홍서연 옆에서 눈을 뜨고, 매일 밤 홍서연 옆에서 잠을 자고. 가끔은 머리도 말려 주고, 함께 산책도 하고. 잠들기 전 도란도란 대화를 나누고, 휴일에는 소파에 나란히 앉아 TV를 보고. 그리고.”

태민이 주머니에서 반지를 하나 꺼냈다. 이전에 사귀자고 말하면서 끼워 줬던 반지를 빼내고, 그 반지를 서연의 네 번째 손가락에 끼워 주었다.

“평생 함께하고. 어때요?”

왼손 약지에서 알이 굵은 다이아몬드가 찬란하게 빛났다. 하지만 서연은 그것보다 태민의 미소가 더욱 눈부시다고 생각하며 웃었다.

“좋아요. 채용할게요.”

〈完〉

더운 바람이 불어왔다. 꽃놀이를 한 것이 엊그제 같은데, 어느새 더운 여름이 되었다.

7월 초. 조만간 장마가 시작되겠지만, 아직은 시릴 정도로 맑은 하늘과 쨍쨍한 햇빛 때문에 눈이 부셨다.

'작전명 스위트'의 문은 닫혀 있었다. 쉬는 날이니까 당연했다. 수희는 가게 앞에 서서 가만히 닫힌 가게 문을 응시했다.

'난 여기 왜 왔을까?'

쉬는 날에 가게에 아무도 없다는 건 잘 알고 있었다. 수희도 이 가게에서 일한 지, 벌써 1년이 다 되어 가니까. 그런데도 정신을 차려 보니 이 앞에 서 있었다.

뭘 기대하고 온 걸까? 쓴웃음이 흘러나왔다.

지난 1년간의 일이 꿈결 같았다. 친구가 없이, 사람의 시선을 두려워하며 살아가던 수희에게 내밀어진 '작전명 스위트'의 명함. 그 명함을 받아 든 이후, 수희의 삶이 조금씩 변하기 시작했다.

처음에는 가게 안의 종업원들만 상대할 수 있었는데, 가게에서 일을 시작하면서부터는 손님들도 상대하게 되었다. 당연히 손님들 중에는 '진상'이라고 불릴 만한 사람들도 있었다. 이유 없는 그들의 짜증과 불만을 상대하다 보니, 어느새 사람을 무서워하지 않게 되었다. 학교에서도 눈치를 보지 않고 말을 걸게 됐고, 자연스럽게 대화에 끼어들 수도 있었다. 수희의 변화에 가족들이 놀랐지만, 가장 놀란 건 수희 본인이었다.

나도 이런 사람이 될 수 있구나.

변할 기회를 준 재원에게도, 수줍음 많은 수희를 고용해 준 서연에게도 고마웠다.

'하지만.'

정작 중요한 용기를 낼 수가 없다.

'난 안 될 거야, 정말.'

수희는 쓴웃음을 지으며 돌아섰다.

*　　*　　*

재희는 줄자로 꼼꼼히 서연의 사이즈를 쟀다.

"너, 좀 마른 것 같다?"

서연의 허리 사이즈를 재던 재희가 중얼거렸다. 손길이 간지러워

웃음을 참고 있던 서연이 고개를 갸웃했다.

"그래?"

"응. 허리 사이즈가 좀 줄었는데. 너무 말랐어, 지금. 태민 오빠가 너 마음고생 시키는 거 아냐?"

"에이, 그런 거 아냐."

서연이 웃었다.

"그런 거 아니긴. 작년 일만 생각하면 내가 아직도 속이 끓어. 그 오빠가 너, 마음고생 많이 시켰잖아."

"응, 그렇긴 했지."

서연은 고개를 끄덕이며 그때의 일을 떠올렸다.

하지만 잘 기억이 나지 않았다. 고작 1년 전의 일인데 꿈처럼 희미하게만 떠오를 뿐이다.

"태민이 오빠가 전에 그랬다는 게 꿈같아. 지금은 정말 잘해 주거든. 가끔 아침에 커피랑 토스트를 해서 가져다주기도 하고, 머리 감고 나오면 수건으로 잘 말려 주기도 하고."

태민은 서연의 머리를 말려 주는 것이 즐거운 듯했다. 매일 아침 씻고 나오면 욕실 앞에 대기하고 있다가 손을 내밀었다. 서연이 수건을 건네주면, 태민은 씩 웃으며 서연을 돌려세우고 수건으로 머리를 닦아 주었다. 수건을 통해 전해지는 그의 손길이 좋았다. 매일 아침 누리는 건데도 항상 새로웠다.

그렇게 물기를 닦아 주다가 가끔 서연의 뽀얀 목덜미에 쪽, 쪽, 쪽 입을 맞춘다는 이야기는, 물론 재희에게는 하지 않았다. 목덜미에 닿는 그의 뜨거운 입술을 떠올리자, 함께 있는 게 아닌데도 화끈, 얼굴이 붉어졌다.

재희가 볼까 봐 황급히 고개를 돌렸다.

"그래, 그 오빠가 개과천선하긴 했지. 그래도 조심해라, 너. 그 오빤 그냥 생긴 것 자체가 여자들이 좋아할 상이야."

다행히 재희는 서연의 붉어진 얼굴을 보지 못한 것 같았다.

"그나저나 회장님은 어때? 요새도 계속 연락하셔?"

"아니, 이제 나한테는 안 하시는데."

홍진탁 사건이 끝나고 반년이 넘게 흘렀다. 홍진탁 사건은 한 달도 되지 않아 사람들의 기억 속에서 점차 잊혀 갔다. 한때는 대한민국을 떠들썩하게 만드는 이슈였는데, 지금은 '재양'이라고 했을 때 그걸 떠올리는 사람이 많지 않았다.

하지만 서연은 그 일을 똑똑히 기억하고 있었다. 아마 평생 그 일을 잊게 되는 일은 없을 것이다. 서연에게서 자유를 빼앗았던 그들은, 이제 자신들의 자유를 빼앗긴 채 갇혀 있었다. 김미진이 가끔 찾아와서 서연에게 애원하고 화를 내긴 했지만, 이제는 그조차도 하지 않았다.

그리고 두 달 후인 9월. 서연은 결혼을 한다. 재희는 서연의 웨딩드레스를 만들어 주기 위해 사이즈를 재는 중이었다.

"넌 정말로 생각이 없는 거야? 널 괴롭히던 사람들이 그렇게 갖고 싶어 하던 재양이잖아."

재희가 물었다.

올해 초부터 홍 회장은 서연에게 경영을 제대로 배워서 재양을 물려받을 생각이 없느냐고 제안을 해 왔다.

하지만 서연은 그것을 거절했다. 재양처럼 거대한 것은 원하지 않았다. 서연이 원하는 건 그저 작은 가게 하나. 그 가게에서 함께 일하는 사람들과 찾아오는 손님들뿐.

높은 자리에 앉아, 손님들의 얼굴도 보지 못한 채 손짓 하나로 사람들을 부려 먹기는 싫었다.

"그 사람들이 밉고, 싫고. 그런 생각들은 이제 안 들어. 그 사람들은 대가를 치르고 있고, 나는 지금 행복하니까. 재양, 그거 갖게 되면 책임져야 할 게 너무 많아지잖아. 난 그렇게 똑똑하지가 않아서, 내 주변에 있는 사람들 챙기는 것도 벅차."

"어쭈. 아주 언니 같은 소리를 하네? 널 챙기는 건 나거든?"

재희의 말에 서연이 까르르 웃었다.

"응, 맞아. 너한테는 계속 챙김 받고 싶어."

* * *

서연과 재희가 행복한 시간을 보내고 있을 때.

태민은 재양 그룹 본사 회장실에 와 있었다. 회장실의 테이블에는 장기판이 놓여 있고, 태민과 홍 회장은 마주 앉아서 묵묵히 장기를 두는 중이었다.

한참 말없이 장기를 두던 홍 회장이 입을 열었다.

"그래, 생각은 해 보았는가."

"네, 제 생각은 변함이 없습니다."

태민이 단호하게 말했다. 홍 회장이 살짝 미간을 좁혔다.

“어째선가? 자네가 재양을 손에 넣으면, 자네의 복수가 완성되는 것일 텐데.”

태민이 장기판에서 시선을 떼고 홍 회장을 응시했다.

“회장님. 복수는 서연이를 만나, 사랑한다는 것을 깨닫게 되었을 때에 그만뒀습니다. 그런 부정적인 감정을 남긴 채로 서연이 옆에 머물고 싶지는 않거든요.”

“허나.”

“회장님. 몇 번을 말씀하셔도 마찬가지입니다. 저는 경영을 배운 적도, 해 보고 싶다고 생각한 적도 없습니다. 회장님께서 일평생을 바쳐 일구신 재양은, 그걸 소중하게 여기고 잘 이끌어 갈 수 있는 사람에게 맡기는 편이 좋습니다. 그리고 회장님께선.”

태민이 빙그레 웃었다.

“그냥 할아버님으로 남아주세요. 서연이에게도, 제게도.”

“할아버님이라.”

“9월에 서연이랑 결혼식을 올리면, 내년 7, 8월쯤에는 아이를 낳을 겁니다. 회장님께 증손주가 생기는 거지요.”

“그렇게 빨리?”

태민의 당찬 계획에 홍 회장이 어이없다는 표정을 지었다.

“빨리라니요. 저는 당장이라도! 아니, 아닙니다. 회장님 앞에서 할 말은 아니군요. 제가 잠깐 이성을 잃었습니다.”

고개를 젓는 태민을 보며, 홍 회장은 웃음을 터뜨리고 말았다. 제아무리 백란의 아들이라지만, 홍 회장 앞에서 이렇게 편하게 행동하는 사람은 없었다.

서연의 아버지를 대신해서 '내 딸을 줄 수는 없네.'라는 말을 해 보고 싶었는데. 줄 수 없는 이유를 찾을 수가 없었다. 그래서 홍 회장은 그런 말을 하는 대신, 간절한 목소리로 태민에게 말했다.

"한 수만 물러주게. 한 번은 이 할아비가 이겨도 되지 않겠는가."

* * *

수희는 천천히 거리를 걸었다. 예전에는 혼자서 이런 거리를 걷는 건 상상도 못 했다. 하지만 이제는 혼자서도 홍대 거리를 걸을 수 있게 되었다.

삼삼오오 모여서 걷는 사람들이 그리 부럽지 않은 이유는, 수희에게도 그럴 수 있는 친구가 생겼기 때문이리라. 영진도, 선명도, 희미도. 심지어 가게 사장인 서연까지도. 전화를 걸면 곧바로 나와 줄 사람들이었다. 생각만으로도 마음이 따뜻해지는 사람들이 있다는 사실에 행복했다.

그런데도 가슴 한구석, 뻥 뚫린 기분이 드는 이유는 아마도.

"수희야."

뒤에서 귀에 익은 목소리가 들려왔다. 돌아보니, 희미가 있었다.

"뭐해, 여기서?"

"아아, 그냥 좀 걷고 있었어."

"혼자?"

"응. 언니는?"

"난 친구들이랑 놀러 나왔지."

희미의 뒤에 친구로 보이는 사람들이 서 있었다. 수희는 그들을 향해 살짝 고개를 숙였고, 그들도 마주 인사를 해 주었다.

"응, 그럼 즐거운 시간 보내. 내일 봐."

"그래, 너도."

수희는 돌아서서 다시 걷기 시작했다. 그 모습을 물끄러미 응시하던 희미가 친구들에게 말했다.

"미안한데, 나 먼저 좀 가 볼게."

"왜?"

"아니, 그냥. 쟤가 좀 신경 쓰여서."

희미는 투덜거리는 친구들을 놔두고 수희를 향해 빠른 걸음으로 다가가 팔짱을 꼈다. 멍하니 걷던 수희가 깜짝 놀라 희미를 돌아봤다.

"언니. 친구들은?"

"먼저 갔어."

"아, 나 때문에 그런 거면 안 그래도 돼. 나 혼자서도 잘 노는데."

"알아. 그런데 애들이 먼저 가 버렸는데 어떡해? 나랑 놀아 줘."

칭얼거리듯 말하는 희미의 모습에, 수희는 미소를 지었다. 사람들을 만나면서 알게 된 건, 사람들에게는 숨겨진 모습이 있다는 점이었다. 겉보기와는 다른, 아주 가끔 튀어나오는 모습들. 희미는 누가 봐도 어른스러운 이미지이지만, 친한 사람들 앞에서는 애교를 부릴 때가 있었다.

"알겠어, 그럼. 어디 갈까?"

"다른 카페 염탐이나 갈까?"

"응, 그러자."

*　　*　　*

재원은 재희의 가게 앞에 멈춰 섰다.

안에서 "아하하." 웃음소리가 흘러나왔다. 서연의 웃음소리라는 걸, 굳이 들여다보지 않아도 알 수 있었다. 서연이 있을 줄은 몰랐다. 창문으로 가만히 안을 들여다봤더니, 서연과 재희가 화보집을 펼쳐 놓고 들여다보고 있었다. 서연의 얼굴에는 미소가 묻어 있었다.

태민을 만난 후, 서연의 얼굴에서 미소가 사라지는 일은 없었다. 전처럼 어둠이 묻은 미소가 아닌, 깨끗하고 맑은 미소. 그 미소를 보는 게 좋은 한편, 아팠다. 시간이 흐르면 가실 줄 알았던 아픔은 쉬이 사라지지 않았다.

대학 졸업 후 곧바로 취직을 했다. 입사와 동시에 재원에게 관심을 보이는 여자들이 많았지만, 누구 하나 눈에 들어오지 않았다. 다가오는 그들을 자꾸만 서연과 비교하는 자신을 깨닫곤 했다.

여자가 친근하게 다가오면 서연이 떠올라, 여자를 피하게 되었다. 그러다 보니 사원 일부에선 재원이 게이일지도 모른다는 소문이 돌았다. 굳이 정정해 줄 생각은 없었다. 다가오는 여자를 밀어내는 것도 곤욕이니까.

'집에나 가야겠다.'

재희와 저녁을 먹으려고 들렀지만, 서연까지 함께 먹고 싶지는 않았다. 서연이 싫은 게 아니라, 여전히 서연을 향한 감정을 정리하지 못하는 자신이 싫었다. 이 감정이 서연을 얼마나 불편하게 만들지 알면서도, 그걸 씻어 내지 못하는 자신이 싫어서 서연과 함께하고 싶지 않았다.

'나 진짜로 옹졸하구나.'

가게에서 돌아섰지만 이대로 돌아가는 것도 바보 같다는 생각이 들었다. 계속 피할 수는 없는 노릇이었다. 재원은 표정을 갈무리하기 위해 노력했다.

웃자. 평소처럼 웃는 얼굴.

'내가 평소에 어땠더라.'

문득 알 수 없어졌지만 간신히 기억해 내고 미소를 지었다. 가게 문을 열고 들어가자, 서연과 재희가 동시에 재원을 돌아봤다.

"어, 서연이도 있었네."

재원은 몰랐던 척 말했다.

"응, 재원아. 나도 있었어. 잘 다녀왔어? 회사 일 힘들지?"

걱정스럽게 묻는 서연의 모습에 가슴이 뭉클했다.

내 거였다면 좋았을 텐데. 퇴근해서 집에 돌아올 때마다, 평생 자신을 서연이 이렇게 맞이해 주면 좋을 텐데. 그런 마음을 간신히 감췄다.

"회사 일이 다 그렇지, 뭐. 선임이 좀 까칠해서 이것저것 지적하고 야단이야. 경력 좀 쌓은 후에는 나도 프리로 뛰어야겠어. 프리로 뛰게 되면 많은 이용 부탁해."

애써 말하는 재원을, 재희는 빤히 응시했다.

'저 바보.'

재원은 웃고 있지만, 그 미소가 얼마나 간신히 만들어 낸 미소인지 알 수 있었다. 다른 사람들은 모르겠지만, 재희만큼은 알았다. 차라리 모르고 싶었다. 내 소중한 동생이 이토록 간신히 미소를 만들어 낸다는 거, 알아서 좋을 게 하나도 없었다.

"그런데 뭐하고 있었어?"

"드레스 고르고 있었지. 다다음 달이면 결혼식이니까, 이제 슬슬 만들어야 하거든."

"오, 그래? 어디 나도 좀 보자."

재원이 화보를 들여다봤다. 이제는 셋이서 함께 화보를 보게 되었다. 팔락, 팔락 종이를 넘기던 재원이 드레스 중 하나를 가리켰다.

"와, 이거 예쁘다. 서연이한테 잘 어울리겠는데?"

사랑하는 여자의 웨딩드레스를 골라 주는 기분은 어떨까. 재희는 문득 그런 생각이 들었지만, 곧 그 생각을 지웠다.

"그렇지, 이게 예쁘지?"

재희도 마음에 들었던 드레스였다. 하지만 서연은 그렇지 않았는지, 화보집을 넘겨 다른 걸 가리켰다.

"난 아무래도 이게 예쁜 것 같은데."

"그건 안 돼!"

"으아, 그건 아니지!"

화보집에 실린 드레스 중 가장 촌스러운 드레스였다.

"하여간 얘는 내가 옷을 그렇게 만들어서 입혀도 보는 눈이 안 길

러져."

재희가 혀를 찼다.

"그러게. 왜일까? 왜 서연이는 보는 눈이 유독 그럴까."

재원도 고개를 저었다.

"그렇게 별로야? 예뻐 보이는데."

"아니, 너무 별로야. 내 눈을 믿어. 넌 이게 훨씬 잘 어울릴 거야."

"흐웅."

"입술 내밀지 말고."

재희가 손가락으로 서연의 입술을 꾹 누르고 있을 때. 가게 문이 열리고 태민이 들어왔다.

"무슨 얘기들을 그렇게 해?"

재희는 반사적으로 재원의 표정을 살펴봤지만, 재원은 여전히 미소를 짓고 있었다.

"아, 형. 글쎄, 서연이가."

재원은 태민에게 드레스 사건을 설명했다. 태민이 웃었다.

"그래? 난 서연이가 뭘 입든 좋은데."

"그러시겠지. 오빠는 서연이가 촌스럽게 입고 다닐 때부터 눈을 못 뗐으니까."

"그런가? 촌스러웠나?"

"그걸 몰랐단 말이야?"

"응. 예쁘기만 하던데."

태민이 서연의 뒤로 돌아가서, 서연의 허리를 안아 일으켰다.

"뭘 입어도 예뻐. 사실 옛날처럼 입고 다녔으면 좋겠다는 생각까지

들어. 그러면 다른 놈들은 서연이가 얼마나 예쁜지 모를 거 아냐."

태민의 칭찬에, 서연의 얼굴이 붉어졌다. 재희와 재원은 어이없다는 표정으로 두 사람을 보고 있었다. 태민은 상관없다는 듯 서연의 정수리에 가볍게 입을 맞췄다.

"우린 먼저 가 볼게. 신혼집에 넣을 가구 고르러 가야 하거든."

"응, 그래. 얼른 가 버려. 닭살이 너무 돋아서 근지러울 지경이니까."

재희의 말에 태민이 키득키득 웃고는 서연과 함께 가게를 나갔다.

두 사람이 나간 후, 재희는 재원을 올려다봤다. 재원은 닫힌 가게 문을 물끄러미 응시하고 있었고, 그런 자신을 깨닫지도 못하는 것 같았다.

"티 난다."

"어?"

재원이 화들짝 놀라 재희를 돌아봤다. 재희가 함께 있다는 걸 까맣게 잊고 있었던 모양이다.

"너 말이야."

"내가 뭐?"

재원의 입가에 희미한 미소가 떠올랐다. 모르는 사람들은 이 미소를 보고 다정해 보인다고 생각할 것이다. 하지만 재희는 이 미소에 담긴 의미를 알고 있었다.

가슴이 아팠다. 내 동생. 참 착한 녀석인데. 진작 용기를 내지. 서연이 앞에 거대한 벽이 나타나기 전에, 좀 더 빨리 용기를 내서 고백하지.

"아니, 아무것도 아냐."
"싱겁긴. 야, 저녁이나 먹으러 가자. 배고파 죽겠다."

* * *

카페에 앉아서 커피를 시키자마자 희미가 물었다.
"재원이 오빠 때문이지?"
이름만 나왔을 뿐인데도 심장이 덜컥 내려앉았다.
"그렇게 티가 나?"
"응, 엄청. 너, 재원이 오빠 올 때마다 눈이 반짝반짝 빛나거든."
"재원이 오빠도 눈치챘을까?"
"그 오빤 모를 거야. 그 오빠는……."
거기까지 말하고 희미가 입을 다물었다. 하지만 수희는 그 뒤에 이어질 말을 알고 있었다.
그 오빠는 서연이 언니만 보잖아.
쓴웃음을 간신히 삼켰다. 재원은 서연을 사랑한다. 처음 가게에 갔을 때부터 알고 있었다. 서연을 보는 시선이 다른 사람을 볼 때와는 달랐으니까. 알고 있으니까 재원을 좋아하게 되는 일은 없을 줄 알았다. 자꾸만 재원에게 향하는 시선을 거두려고 노력했다.
하지만 마음은 뜻대로 되지 않았다. 교정에서 어느 순간 재원을 찾아 헤매는 자신의 눈동자를 눈치챘다. 재원을 발견하면 떠오르는 미소를, 재원과 인사를 하면 뛰는 심장을. 조금씩 조금씩 자각하기 시작했다. 그러다가 정신을 차리니 재원을 사랑하고 있었다. 재원이 서연을 보듯, 수희도 재원을 보게 되었다.

좋아하지 않았더라면 좋았을 텐데. 그냥 오빠로만, 선배로만 남았더라면 좋았을 텐데.

"재원이 오빠도 서연이 언니를 보면서 그런 생각을 할까?"

질문이 입 밖으로 흘러나왔다.

"어떤 생각?"

"좋아하지 않았더라면, 친구였더라면 좋았을 텐데, 하는 생각."

"하겠지, 아마도."

"재원이 오빠를 좋아하고 싶지 않았어. 그냥 좋은 선배로만 생각하고 싶었는데."

"사람 마음이 마음대로 되나."

"그러게 말이야. 마음대로 되는 거면, 참 좋을 텐데. 재원이 오빠는 서연이 언니한테 고백을 했을까?"

"하지 않았을까? 한때 재원이 오빠랑 서연이 언니랑 조금 어색했을 때가 있었거든. 그때 한 게 아닐까 싶은데."

재원의 이야기를 하는 것뿐인데도 차인 것처럼 가슴이 따끔따끔 아팠다. 커피 한 모금 넘길 수 없는 기분이라서, 어쩐지 서글펐다.

"그래서 가게를 그만둔 걸까?"

"반반이겠지. 재원이 오빠가 이쪽 전공인 것도 아니고. 자기 일을 해야 했으니까 관둔 게 더 클 거야."

"나도 관둘까?"

"응?"

"재원이 오빠를 안 보면 마음이 좀 멀어질지도 모르잖아."

희미가 수희를 빤히 응시하다가 고개를 저었다.

"당장은 좀 멀어질지 모르지만, 나중에 다시 보게 되면 지금이랑 똑같은 마음이 생길걸. 그때 가서 재원이 오빠 옆에 다른 여자가 있으면, 분명 후회할 거야. 나도 한 번 고백해 볼걸. 다른 결과가 있었을지도 모르는데. 그렇게."

"후회, 할까?"

"하지, 당연히. 해도 후회, 안 해도 후회라면, 차라리 해 보고 후회하라는 말이 있잖아. 적어도 미련은 안 남을 거야."

"내가 차인다고 확신하듯이 말한다, 언니는?"

장난치듯 말했더니 희미가 웃었다.

"재원이 오빠 마음은 아직 서연이 언니한테 있어. 지금 고백을 하면 차이는 게 당연하지. 가벼운 마음으로 네 고백을 받아 줄 사람이 아니잖아."

"응, 그렇긴 해."

"차라리 가벼운 남자였다면, 널 만나면서 서연이 언니를 잊어 보려고 하겠지만. 그런 사람 아니니까."

"응, 그런 사람 아니지."

그런 사람이 아니라서 사랑에 빠졌다. 동기들조차 수희의 이름을 모를 때에, 수희를 똑바로 봐 준 사람이라서. 이 이름을 기억해 준 사람이라서. 다정하게 웃어 주고, 마음이 힘든 상황에서도 상냥한 사람이라서.

"두 달 후면 서연이 언니는 태민이 오빠랑 결혼을 해. 결혼을 하고 나면 재원이 오빠도 어쩔 수가 없어지잖아. 힘껏 노력해서 서연이 언니에 대한 마음을 접겠지."

희미가 빨대로 커피를 휘휘 저으며 말했다.

"그전에 널 각인시켜."

"각인?"

"응. 고백을 해. 지금 당장은 받아 주지 않겠지만, 언젠가 서연이 언니에 대한 마음이 접혔을 때 널 떠올리도록. 모든 일에는 때가 있는 거야. 나는 지금이 네가 고백을 할 때라고 봐."

*　　*　　*

"그래서? 고백했어?"

여고생 손님들이 재잘재잘 떠들고 있었다.

"못 했어. 어떡하지? 막상 하려고 하면 말이 안 나와."

"야, 그래도 어제는 진짜 좋은 기회였잖아. 했어야지!"

"입이 안 떨어져. 으앙."

울상을 하고 엎드리는 여고생의 마음을, 수희는 이해할 수 있었다. 입이 안 떨어지겠지, 당연히.

희미와 우연히 만나 재원에 대한 이야기를 하고 나서 한 달이 지났다. 그동안 재원은 가끔 가게에 찾아왔고, 둘이서 대화를 할 기회도 여러 번 있었다. 하지만 도저히 말할 수가 없었다.

"고백이라."

중얼거리는 수희의 어깨에 무거운 것이 얹어졌다. 선명의 얼굴이었다.

"고백? 왜? 드디어 고백하게?"

"어?"

"재원이 형한테 고백하려는 거 아냐?"

수희의 얼굴이 확 달아올랐다.

"뭐야, 오빠도 알고 있었어?"

"뭘? 재원이 형을 향한 네 뜨거운 시선?"

누가 들을까 봐 겁이 났다. 주위를 둘러봤지만 이쪽에 관심을 주는 사람은 아무도 없었다.

카운터와 바에서 서연과 태민의 모습이 안 보이는 걸 보니, 아마도 늘 그렇듯 카운터 뒤에 쭈그리고 앉아 속닥속닥 대화를 나누는 모양이다. 매일 같이 있으면서도, 두 사람은 할 이야기가 참 많은 것 같았다. 부러웠다. 대화가 끊기지 않는 두 사람의 관계가.

"그런 거 아냐."

수희는 간신히 대꾸했다.

"그런 거 아니긴."

"대체 누구누구 아는 거야? 그렇게 티가 나?"

"당연하지. 재원이 형 오면, 너 계속 그쪽을 흘끗거리거든."

"으아. 어떡하지? 그럼 서연이 언니도 눈치챘겠네?"

"그렇지 않을까? 서연이 누나는 의외로 눈치가 빠르니까."

"그럼 어떡해?"

"뭘 어떡해? 어떡하고 말고 할 일이 아니잖아."

"그건 그렇지만."

"오늘 밤에 재원이 형이랑 PC방 가서 밤새 게임하기로 했는데.

너도 같이 갈래?"

"나는 하는 게임 없어."

"꼭 게임을 해야 같이 가냐? 그냥 옆에 앉아 있어. 내가 적당히 자리 피해 줄게."

"어우, 됐어. 안 그래도 돼."

수희는 고개를 휘휘 저었다.

바에서 태민이 불쑥 일어나더니 가게 안을 쭉 둘러봤다. 그쪽을 보는 손님이 없는지 확인하는 것이리라.

아무도 그쪽을 보지 않는다는 걸 확인한 후에, 태민이 서연을 일으켰다. 태민이 서연의 볼에 쪽 입을 맞추자, 서연이 인상을 찌푸리며 태민의 가슴을 가볍게 때렸다. 뭐라 뭐라 하는 걸 보니, 아마도 가게에서 그런 짓 좀 하지 말라고 혼나는 것이리라. 태민이 말썽 피우다가 혼난 강아지처럼 눈썹 끝을 늘어뜨렸다.

귀엽다기보다는 차가운 느낌의 태민이, 서연의 앞에서 쩔쩔 매는 걸 보면 재미있었다. 예전에는 굉장한 바람둥이였다고 들었는데, 지금 태민을 보면 그런 기미가 조금도 없다. 태민의 눈은 항상 서연에게만 향해 있었다.

어떤 기분일까. 사랑하는 남자가 나만 봐 주는 건.

딸랑—

가게 문이 열렸다. 습관적으로 시선을 돌리며,

"어서 오세요."

라고 인사하던 수희는 숨을 멈췄다. 재원이 들어오고 있었다.

시간은 오후 2시. 재원은 회사에 있을 시간이었다.

"재원아."

서연이 재원에게 다가갔다.

"이런 시간에 어쩐 일이야? 잘렸어?"

"야, 야. 무서운 소리 하지 마라. 회사는 아주 잘 다니고 있거든. 오늘 반차 썼어. 재희랑 점심 먹고 잠깐 들렀어."

"아, 나도 부르지."

"안 된대. 드레스 다 만들기 전에는 안 만날 거래."

"얼마나 완성됐대?"

"거의 다 완성했더라. 예쁘던데."

"와, 그래? 얼른 보고 싶다."

"그러게."

대화를 하는 서연과 재원의 모습을 지켜보는 건 즐겁지 않았다. 가슴이 따끔, 따끔, 따끔. 아팠다. 수희는 작게 한숨을 내쉬었다.

"기회야."

선명이 중얼거렸다. 옆에 선명이 있다는 걸 잊고 있었다.

"어?"

"내가 회원 고객 자리로 안내할게. 해치워 버려."

"아니, 대체 뭘 해치우라는 거야?"

"기회를 놓치지 마."

"아니, 저기."

말리려고 했지만 늦었다. 선명이 재원에게 다가가 팔짱을 끼었다.

"형, 오랜만이에요."

"어제도 왔었는데 새삼 뭘 오랜만이라고 하는지 모르겠다. 그런데 팔짱은 좀."

"에이, 반가워서 그렇죠. 자, 안내해 드릴게요."

"아니, 나 지금 갈 건데."

"형. 여기까지 왔는데 한 잔도 안 하고 가시면 섭하죠. 혹시 우리 바리스타님께서 타 주는 커피가 맛없어서 그런 거예요?"

"내 커피는 완벽해."

태민이 투덜거렸다.

"자, 가요. 바리스타님 삐치기 전에."

선명의 억지에 재원은 어쩔 수 없다는 듯 웃고는 선명을 따라갔다. 그 모습에 수희는 발만 동동 굴렀다. 희미가 다가와서 작게 속삭였다.

"기회네."

"아, 언니까지 왜 그래."

"결심이 어렵지, 말하고 나면 정말 별거 아냐. 속 시원할걸."

"그렇겠지. 하지만…… 나중에 재원이 오빠 얼굴을 어떻게 보라고?"

"왜 못 봐? 볼 수 있어. 내 말 믿어."

"언니……."

"마음 단단히 먹어. 너, 지금 안 하면 평생 후회한다."

"오늘만 날도 아니고……."

"네가 기회를 못 잡잖아. 남들이 만들어 줬을 때 감사히 받아."

주문을 받은 선명이 돌아오며 수희를 향해 브이 자를 그렸다. 수희는 그 손가락을 잘 접어 주고 싶었다.

"아이스 아메리카노래요."

태민에게 주문을 넣은 선명이, 수희의 어깨를 툭툭 두드렸다.

"잘해 봐, 쑤희."

"오빠, 두고 봐."

"응, 난 어차피 곧 군대 가거든. 너도 군대나 오든가."

"아, 진짜."

이 가게 종업원들은 왜 이리 오지랖이 넓을까.

수희는 태민이 타 준 커피를 들고 재원이 있는 자리로 향했다. 커튼을 걷고 들어가자, 휴대폰을 보고 있던 재원이 고개를 돌렸다.

시선이 마주치는 순간, 심장이 쿵 내려앉았다. 아마 얼굴도 빨개졌을 거라고, 수희는 생각했다.

"오빠. 커피 왔어요."

"응. 그런데 왜 갑자기 날 이 좌석에 앉힌 거지? 창가 자리에 앉아도 되는데."

"그러게 말이에요."

수희는 맞은편에 앉았다.

"나 혼자 있어도 되니까 가서 일해."

재원의 말에, 수희는 가슴이 아팠다. 짝사랑하는 상대의 말 한마디에 기분이 오르락내리락. 이런 거 정말 싫다.

그래, 확 고백해 버릴까? 그런 후에 차이면 한동안 아프다가 언젠가는 괜찮아질 텐데.

"아뇨, 그냥 있을게요."

"그래, 그럼."

재원이 휴대폰을 내려놨다.

혹시 할 일이 있는데 방해한 걸까? 날 귀찮게 생각하지는 않을까?

오만 가지 생각이 들었다. 가게 일을 하면서 많이 대범해졌다고 생각했는데, 짝사랑하는 사람의 앞에서는 소심해질 수밖에 없었다.

태민도, 서연도 이런 과정을 거쳐서 저런 행복을 얻은 걸까?

"학교는 언제 복학해?"

"다음 학기에는 할 것 같아요."

"그럼 가게는 그만두는 거고?"

"아뇨. 저녁때만 나오려고요. 앞으로 종업원을 종일 타임이랑 오후, 저녁 타임으로 나누기로 했어요."

"아아. 그럴 때가 되긴 했지."

대화를 나눴다. 주제가 없는, 겉도는 대화였다. 재원도, 수희도 각자 진짜로 하고 싶은 말이 있어서 그런 걸지도 모르겠다.

"이제 곧 서연이 결혼식이네."

재원이 중얼거렸다. 아마도 그 말을 하고 싶었던 것이리라. 머릿속 가득 서연 생각으로만 채워져 있을 테니까. 수희가 앞에 있어도, 보이는 건 서연일 테니까.

"날씨 좋았으면 좋겠다."

"오빠를 좋아해요."

"응?"

"오빠. 저요."

왜 이렇게 갑자기 이런 말이 튀어나왔는지 모르겠다. 내가 짝사랑하는 남자가, 다른 여자의 결혼식에 대해 아련하게 중얼거리는 모습을 보고 싶지 않아서일까. 이 남자의 눈동자가 슬프게 물들어 가는 걸 보기 싫어서일까.

이유는 모르겠다. 하지만 마음을 다잡을 틈도 없이, 고백을 해 버리고 말았다.

"저, 오빠를 좋아해요."

재원의 눈동자가 당황한 듯 흔들렸다. 그리고 곧 난처하다는 표정을 지었다. 내 고백을 들은 상대가 난처한 표정을 짓는 것은 슬픈 일이었다. 하지만 수희는 눈을 돌리지 않았다.

"날 좋아한다고?"

"네, 오빠. 좋아해요."

"수희야, 그건."

"알아요. 오빠 마음."

"……."

"오빠가 서연이 언니 좋아하는 거, 아직도 많이 좋아하는 거, 그래서 내 마음 받아 줄 수 없는 거 알아요. 그거 다 아는데, 오빠가 좋아요."

"수희야."

"말하지 않으려고 했는데, 너무 많이 좋아해서…… 말할 수밖에 없었어요. 좋아해요, 오빠."

재원은 한동안 아무 말도 하지 않았다.

침묵이 무거웠다. 수희는 도망치고 싶어졌다. 간신히 앉아 있는 것만으로도 온 힘을 다해야 했다.

이윽고 재원이 입을 열었다.

"고마워. 그래, 난 서연이 좋아해. 이 마음, 언젠가 사라지겠지만 지금은 아냐. 그리고 앞으로 한동안도 아니고. 그래서 네 마음, 받아 줄 수 없어. 미안해."

"……네."

"편한 오빠로 생각해 달라는 말은 안 할게. 그게 얼마나 힘든 일인지 아니까. 하지만 언젠가 네 마음이 정리되면, 그땐 편한 사이로 만날 수 있으면 좋겠다. 내 얼굴 보기 힘들 테니까, 앞으로는 가게 오는 거 자제할게."

"아뇨, 오빠. 그러지 말아 주세요."

"아니, 그럴 거야. 그럼 나중에 보자."

재원이 일어났다. 고백을 거절하는 재원은 냉정하고 차가웠다. 평소의 다정함이 싹 가신 눈으로, 단호하게 이야기하고 나가 버렸다. 아마도 그 편이 상대에게 좋다고 생각했기 때문이리라.

고마웠다.

이렇게 단호하게 거절을 해 주니, 다시 한 번 도전해 봐야겠다는 생각조차 들지 않는다. 게다가 눈물 흘리는 모습을 보이지 않을 수 있었다.

수희는 코를 훌쩍거리며, 손등으로 눈물을 닦았다. 가슴이 찢어질 듯 아팠다.

*　　*　　*

"내일 맑을 거래."

태민이 서연의 머리에 묻은 물기를 닦아 주며 말했다. 결혼식을 하루 앞둔 날 밤이었다.

"다행이에요. 야외 결혼식이라서 걱정했는데."

"그러게 말이야. 이런 걸 두고 하늘도 우리를 축복해 준다고 하는 건가?"

"으으. 그 말은 너무 오글거렸어요."

서연이 부르르 떨며 말하자 태민이 유쾌하게 웃으며 서연의 젖은 머리카락에 입을 맞췄다.

"기분은 좀 어때?"

"좋아요. 난 좋은데, 재희가 좀."

"아아, 재희."

어젯밤 만난 재희는 너무 어린 나이에 시집을 보내는 것 같다고, 적어도 30살까지는 인생을 즐기다가 결혼하는 게 어떻겠느냐고, 세상에 정태민보다 나은 남자 많다고 몇 시간을 떠들어 댔다.

—왜 하필이면! 이런 바람둥이랑!

이제야 서연의 결혼이 실감되는지, 태민을 삿대질하며 외치는 재희에게, 태민은 말했다.

—평생 서연이만 볼 거고, 평생 서연이한테만 잘할게.

하지만 재희는 매몰찼다.

—그 말을 어떻게 믿어? 내가 아주 매의 눈으로 지켜볼 거야. 조금이라도 서연이한테 몹쓸 짓 하면, 당장 데리고 올 거니까 두고 봐!

자기 딸을 시집보내는 아빠처럼 행동하는 재희의 모습을 떠올리자 웃음이 나왔다.

태민이 빗을 가지고 와서 서연의 뒤에 앉아 머리를 빗겨 줬다.

"여자애들은 이런 기분으로 인형 놀이를 하나?"

"내가 인형이에요?"

"인형보다 더 예쁘지."

머리에 닿는 그의 손길이 좋았다. 천천히 머리를 쓸어내리는 손길을 느낄 때마다 이상한 기분이 들곤 했다. 어째서인지 몸이 간질간질해져서 숨을 멈춰야 할 때가 여러 번이었다. 이런 기분을 느낀다는 게 창피해서 간신히 참고 있었지만, 오늘은 결혼 전날이라서 그런 걸까.

유독 이상한 기분이 들었다.

머리카락을 살짝 잡고 빗어 주던 그의 손등이 목덜미에 닿았다. 따뜻한 체온이 느껴지자, 서연이 움찔, 어깨를 움츠렸다.

"왜 그렇게 놀라?"

태민이 놀리듯 말했다.

"아, 안 놀랐어요."

"흐응, 그래?"

이번에는 다른 것이 목덜미에 닿았다. 따뜻하고 부드럽고, 조금은 촉촉한.

그의 입술.

꿀꺽—

허벅지 위에 놓인 손을 꽉 쥐며 침을 삼켰다. 가볍게 입 맞추고 떨어질 줄 알았던 입술이 계속 머물러 있었다. 뜨거운 입술이 고운 살결을 부드럽게 내리누르고 잠깐 떨어졌다가 다시 눌러 왔다. 지분거리는 입술과 함께 그의 숨결이 목덜미를 간질였다.

서연은 숨을 멈췄다.

어떡하지?

기분이 너무 이상하다.

어떡해, 나?

아랫입술을 꽉 깨물어 보았지만 이상한 기분은 사라지지 않았다.

"하아."

그때, 태민이 깊은 한숨을 내뱉었다. 서연의 목덜미에 얼굴을 묻은 태민이 중얼거렸다.

"첫날밤까지는 아무 짓도 안 하려고 했는데 어떡하지?"

태민의 팔이 서연의 허리를 감아, 부드럽게 돌려 침대에 눕혔다.

서연은 눈을 동그랗게 뜨고 태민을 올려다봤다. 평소와 다른 그의 열띤 눈동자에 당황했다. 열기 가득한 태민의 검은 눈동자가 서연을 지그시 응시하고 있었다.

"못 참겠는데, 어쩔까?"

서연에게 묻는다기보다는 태민 자신에게 묻는 질문인 것 같았다. 서연을 팔 안에 가두고 내려다보던 태민이 천천히 상체를 기울였다.

태민의 입술이 서연의 입술 위에 겹쳐졌다. 느리고 부드러운, 그러나 다른 때보다 더 뜨겁게 느껴지는 키스.

그러는 동안에도 서연은 계속 숨을 멈추고 있어서, 질식할지도 모른다는 생각이 들었다.

이윽고 고개를 든 태민이 속삭였다.

"숨 쉬어, 서연아."

그제야 서연은 정신을 차리고 숨을 내뱉었다. 태민의 입가에 옅은 미소가 떠올랐다. 그의 눈이 가늘게 휘어졌다.

"그렇게 긴장돼?"

"네!"

목소리가 너무 크게 튀어나왔다.

"아, 네에. 긴장……돼요."

이번에는 조금 작게 말했다. 태민의 큰 손이 서연의 머리를 쓸어 넘겼다.

"나도."

태민이 서연의 이마에 입을 맞췄다.

"나도 긴장돼."

이마에서 눈썹으로, 볼로, 콧등으로, 그리고 입술로. 그의 입술이 서서히 옮겨졌다. 서연의 입술을 느릿하게 핥으며, 태민은 서연의 허리를 쓰다듬다가 잠옷 안으로 손을 넣었다. 허리에서 느껴지는 그의 손길에, 서연은 저도 모르게 비명을 질렀다.

"으아!"

비명은 맞닿아 있던 그의 입으로 흘러들어 갔다. 키스를 그만둘 줄 알았는데 그의 입술은 떨어지지 않았고, 그의 손은 여전히 서연의 옷 안에 있었다. 천천히 허리를 쓰다듬던 손이 조심스럽게 위로 올라왔다. 한 번도 타인에게 만져진 적 없던 서연의 몸에, 태민의 체온이 낙인처럼 찍혔다.

서연은 호흡이 거칠어지는 걸 느꼈다. 참아 보려고 했지만 쉽지 않았다. 그가 만지는 곳은 상체뿐인데, 어째서인지 온몸이 간질간질했다. 그것은 무척이나 기분 좋은 간지럼이라서, 서연은 두 팔로 그의 목을 끌어안았다. 그것을 허락이라고 여긴 듯, 태민의 움직임이 조금 더 급해졌다.

태민은 입을 맞추며, 서연의 잠옷 상의의 단추를 하나, 하나 풀어 내려갔다.

이윽고 뽀얀 살결이 공기 중에 드러났다. 태민이 입술을 떼고 서연을 내려다봤다. 부끄러워서 몸을 틀었더니, 태민이 미소를 지으며 서연의 이마에 키스를 했다. 그의 달콤한 미소에, 긴장이 조금 풀렸다.

사랑하는 남자와의 시간이었다. 그가 서연을 아프게 할 리는 없었다. 그의 키스는 감미롭고, 그의 손길은 조심스러웠다. 행여나 서연이 깨질까 봐 아주 천천히 섬세하게 움직였다. 그 부드러운 손놀림에 몸이 노곤하게 풀어졌다. 그래서 서연은 태민을 두려움 없이 받아들일 수 있었다.

뜨거운 살이 맞닿은 시간은 평소에 느꼈던 것과 다른 속도로 흘러갔다. 빠른 건지, 느린 건지 알 수 없을 정도로, 서연은 태민과의 시간에 스며들었다. 숨과 숨이 섞이고, 체온과 체온이 섞였다.

"서연아."

이윽고 태민이.

"사랑해."

속삭였을 때.

그 시간 안에서 빛이 흩뿌려졌다.

이른 아침 눈을 떴을 때, 서연은 태민의 품에 안겨 있었다. 그의 살결이 고스란히 느껴져서, 어젯밤의 일이 생생하게 떠올랐다.

언제 잠이 든 걸까?

태민이 사랑한다고 속삭이는 소리를 들었던 것도 같고, 평생 행복하게 해 주겠다는 말을 들었던 것도 같은데, 꿈결처럼 느껴졌다.

"잘 잤어?"

나른한 그의 음성에 고개를 들어 보니, 태민이 미소를 지으며 서연을 보고 있었다.

"언제 일어났어요?"

"아까."

태민이 서연의 머리에 입을 맞췄다. 무슨 말이든 해야 할 것 같은데, 어떤 말을 해야 좋을지 알 수 없었다.

어떡하지? 어떡하지?

첫 경험을 한 날에는 뭐라고 해야 하는 거지?

어제 좋았습니다. 어제는 고마웠습니다.

그렇게 말해야 하나?

왠지 쑥스러워서 그를 제대로 못 보고 안절부절못하는데, 태민이 서연의 머리를 쓰다듬었다.

"같이 씻을까?"

"네?"

"슬슬 나가야 하는데, 같이 씻자고. 내가 씻겨 줄게."

"아, 아니요!"

서연이 버럭 외치며 일어났다가, 알몸이라는 걸 깨닫고는 다시 이불 속으로 들어갔다. 그런 서연을 태민은 귀여워죽겠다는 듯 지켜보고 있었다.

"아니요, 저기. 오빠. 난 혼자 씻는 게 좋아요."

"그래? 내가 씻겨 주고 싶었는데."

"아뇨. 난 성인인걸요. 저기. 저쪽 좀 봐 주세요."

서연이 이불 밖으로 손만 꺼내 반대편을 가리키며 말했다. 태민이 웃으며 시선을 돌린 후에야, 서연은 황급히 일어나 욕실로 들어갔다.

후다닥 도망치는 서연의 발걸음 소리에, 태민은 자꾸만 웃음이 나왔다.

아아. 내가 사랑하는 여자는 왜 이렇게 귀여울까.

* * *

서연과 태민의 결혼식은 화려하지도, 손님이 많지도 않았다. 가까운 지인들만 불러서 진행되었다. 태민의 말대로 두 사람의 사이를 축복하듯 화창한 날이었다.

서연이 신부 대기실에서 기다리는 동안, 태민은 하객을 맞이했다.

"하는구나, 결혼."

민기와 함께 온 하준이 말했다.

"응, 한다, 결혼."

"토끼 씨랑."

"응, 토끼 씨랑."

하준이 태민의 어깨를 툭툭 두드렸다.

"나는 너랑 알고 지내면서 네놈이 결혼이라는 걸 할 줄은 꿈에도 몰랐다. 세상에 절댓값이라는 건 수학에만 존재한다는 걸, 새삼스럽게 깨닫게 됐어."

"그러냐."

"좋냐?"

"좋아 죽겠다, 진짜."

"그래 보인다. 그 바보 같은 웃음 좀 어떻게 하지? 못 봐주겠지, 형?"

하준이 민기에게 물었다. 민기가 씩 웃으며 고개를 끄덕였다.

"응, 진짜 꼴 뵈기 싫다."

"말이 너무 심하……. 들어가 봐. 나 잠깐 좀."

태민이 하준의 어깨너머로 누군가를 발견하고는, 두 사람을 먼저 들여보냈다.

멀찌감치 떨어져서 서 있던 백란은 태민이 달려오는 모습에 당황했다. 조용히 보고 갈 생각이었는데 태민의 눈에 띌 줄이야. 달려온 태민이 백란의 앞에 멈췄다.

“왜 여기 계세요?”

태민이 물었다. 백란은 피식 웃었다.

“내가 거기 모습을 보여 봐야 좋을 게 없지 않니. 가 봐라, 신랑이 자리 비우면 못 쓴다.”

“들어오셔서 축하해 주세요.”

“됐다, 그런 건. 나중에 서연이 데리고…….”

“어머니.”

백란은 자신이 잘못 들은 거라고 생각했다. 너무 듣고 싶어서 환청을 들은 거라고, 그리 생각했다. 하지만 태민은 두 손으로 백란의 손을 꼭 쥐고 말했다.

“제 어머니시잖아요. 제 결혼식에 어머니가 안 계시면 어떻게 합니까. 제가 고아도 아니고.”

백란은 눈을 감았다. 주책맞게도 눈물이 나오려고 했다. 울 일도 아닌데 왜 이러는지.

“그래.”

백란은 간신히 입술을 움직였다.

“내 아들 결혼식, 가까이에서 봐야지. 미우나 고우나 내 아들인데.”

“그러니까요.”

태민이 웃으며 백란의 손을 잡고 식장으로 걸어갔다.

*　　*　　*

정원에 음악이 흐르고 가든파티 분위기의 결혼식이 진행되었다.

서연과 태민이 결혼 서약을 할 때, 재희는 펑펑 울었다.

"서연이가 죽으러 가냐?"

재원의 핀잔에 재희가 끅끅 울음을 참으며 말했다.

"죽으러 가는 거지. 저런 몹쓸 놈이랑 결혼하는데! 으앙. 내 서연이는 좀 더 멋진 남자한테 주고 싶었단 말이야!"

"으이그. 너, 코 나온다."

"시끄러, 신재원. 나한테서 신경 꺼. 저리 가 버려."

엉엉 우는 재희와 같이 앉아 있는 게 창피해서, 재원은 슬그머니 일어났다. 구석으로 가서 두 사람의 모습을 지켜봤다.

서연은 눈부신 미소를 짓고 있었다. 그 미소가 시리도록 예쁜 이유는, 태민이 그 옆에 있기 때문이었다.

'예쁘다, 서연아. 상상 이상으로 예뻐.'

아까 신부 대기실에서 그렇게 말해 주고 싶었는데, 말이 나오지 않았다. 행여나 정리하지 못한 감정이 고스란히 드러날까 봐서. 행복한 결혼식, 서연의 가슴에 걸림돌이 될까 봐서. 그저 서연의 어깨를 두드리며,

"재희가 드레스 하나는 기가 막히게 만들었네."

라고 말했을 뿐이었다.

신랑과 신부가 반지를 나눠 끼고 입맞춤을 할 때에, 저도 모르게

주먹을 꽉 쥐었다.

잘됐다고 생각한다. 두 사람이 행복해서, 서연이 미소 지어서, 참으로 잘됐다고 생각한다. 진심이다. 둘 사이가 어떻게 되었으면 좋겠다는 생각 따윈 절대로 하지 않는다. 그러나 가슴이 따끔따끔 아픈 건 어찌할 도리가 없었다.

그때, 꽉 쥔 주먹 위를 따뜻한 손이 감쌌다. 깜짝 놀라 돌아보니, 수희가 서 있었다. 수희는 입맞춤을 하는 태민과 서연을 응시하고 있었다.

"수희야."

"오빠. 좋아해요."

"수희야, 나는……."

"알아요. 전에 말씀하신 거 다 알아들었어요. 그런데요, 오빠. 그래도 좋아해요."

"……."

"시간은 흘러갈 거예요. 흐르는 시간에 오빠의 그 마음도 서서히 녹아들 거고요. 녹아든 아픔과 미련은 어느새 오빠에게 닿을 수 없는 곳으로 사라지겠죠."

수희가 고개를 돌려 재원을 올려다봤다.

"그렇게 녹아드는 마음에 제 마음을 보태고 싶어요. 제 마음은 계속 계속 커질 테니까, 오빠의 아픔과 미련이 다 소진된 후에도, 제 마음만큼은 남아 있을 거예요. 언젠가 텅 빈 그 마음에 내 마음을 채워 넣고 싶어요."

"……."

"그때가 돼서도 오빠 마음이 내 마음으로 채워지지 않으면, 포기할게요. 하지만 지금은 아니에요."

수희가 다시 태민과 서연을 향해 시선을 돌렸다.

"전 오빠가 생각하는 것보다 집착이 심하거든요. 그러니까 절 떼어 내고 싶으면 힘껏 노력해서 그 마음 다 털어 내고, 다 털어 내도 나한테 마음이 가지 않는다고 거절하세요. 그때, 이 손 놔 드릴게요."

고집스러운 음성과 달리, 재원의 손을 잡은 수희의 손은 덜덜 떨리고 있었다. 힘껏 노력하는 거겠지. 아무렇지도 않게, 용감하게 보이려고.

재원도 오늘 결혼식의 주인공들을 향해 시선을 돌렸다.

두 사람은 손을 잡고 서로를 마주 보며 웃고 있었다.

재원의 입가에도 희미한 미소가 떠올랐다.

* * *

오늘은 태민이 쉬는 날이다.

가끔 태민은 서연과 다른 날에 쉬기도 했는데, 그런 날이 태민은 좋았다. 엘리트 부인을 기다리는 백수 남편 역할이 재미있었던 것이다.

"다녀올게."

서연이 침대에 누워 있는 태민에게 말했다. 태민은 서연의 손목을 잡아 끌어당겼다. 자그마한 서연은 태민의 힘을 이기지 못하고 침대 위에 풀썩 쓰러졌다. 서연에게서 나는 향긋한 냄새가 좋았다.

"오빠, 나 화장도 다 했단 말이야."

서연이 칭얼거렸다. 태민은 웃으며 서연의 머리카락에 입을 맞췄다.

"잘 다녀와, 마누라."

"응, 빈둥거리고 있어요."

서연은 태민의 머리를 살살 어루만져 주고 나서 집을 나갔다.

태민은 침대에 누워서 빈둥거리다가 11시쯤 되었을 때에 일어났다. 부스스한 머리를 쓸어 넘기며 날짜를 확인했다.

10월 5일. 서연과 결혼한 지 올해로 4년째.

꿈같은 시간이 흘러갔고, 4년쯤 되면 이걸 현실이라 받아들이게 될 거라고 생각했는데 아니었다. 태민에게는 서연과 함께 하는 하루하루가 꿈같았다.

텅 빈 가게에서 면접을 보았던 날이 어제의 일처럼 생생했다. 토끼 같은 눈과 통통한 볼, 붉은 입술. 그때에는 내 것이 되리라 생각하지 못했던 것들이, 이제 오롯이 내 것이란 사실에 가슴이 벅찼다.

커피를 한 잔 타서 거실 소파에 앉았다. 휴대폰으로 오늘의 뉴스를 확인하다가 문득 창밖을 응시했다.

하늘이 시리도록 파랬다.

'가을이구나.'

올해 여름에는 재희, 재원과 함께 괌에 다녀왔다. 대기업에 입사한 재원은 휴가를 낼 수 없을 것 같다고 했지만 결국 휴가를 받아냈다. 괌에서 재원은 수희에 대한 이야기를 했다.

—마음이 변하지 않을 줄 알았는데.

그렇게 말하는 재원의 시선은 서연에게 향해 있었다. 서연은 재희와 바다에서 물놀이를 하고 있었다.

—영원히 계속될 줄 알았는데 변하기는 하나 봐요, 형. 그런데 조심스러워요. 수희는 내가 서연이를 좋아했던 걸 알고 있고, 언젠가 그게 문제가 되지 않을까 싶어서요.

재원의 불안한 마음을 이해할 수 있었다. 사람이 누군가를 사랑하게 되면 그만큼 더 조심스러워지고 겁이 많아지는 법이니까.

'그러고 보면 난 참 가벼운 놈이었지. 그런데도 서연이가 날 사랑해 줘서 다행이야.'

재원은 한국에 돌아온 후, 수희와 진지한 대화를 나눠 볼 거라고 했다. 지금쯤이면 결론이 났을 것 같은데, 조만간 재원을 만나 봐야겠다.

'다음 주에는 서연이랑 단풍이나 보러 갈까? 요새 단풍 물들었겠지?'

단풍 기차 여행을 검색하다가 적당한 걸 찾아 예약했다.

쉬는 날이라고는 하지만 집에만 있으려니 심심해서 밖에 나가 보기로 했다. 잠깐 작전명 스위트에 얼굴을 비추고, 마트에 들러 저녁거리를 사 와야겠다.

오늘 저녁은 뭘 해 줄까.

'작전명 스위트'의 직원들은 여러 번 바뀌었다. 보통 휴학생이나 취업 준비생을 고용했는데, 1년쯤 일을 하고 나면 제 할 일을 찾아 떠났다. 작전명 스위트 오픈 당시 일했던 직원은 한 명만 남아 있었다. 선명이었다.

선명은 군대를 제대하고 돌아와 아예 작전명 스위트의 정직원으로 취직을 해 버렸다.

—형님. 절대로 가게가 망하면 안 됩니다. 전 이 가게에 모든 걸 걸었어요!

가게 오픈할 때 돈 한 푼 안 낸 주제에 뭘 걸었다는 건지는 모르겠지만, 태민은 선명이 마음에 들었다. 선명은 일을 잘했고, 손님들에게도 친절했다. 군대에 있는 동안 바리스타 공부를 해서, 얼마 전에는 자격증까지 취득했다. 태민이나 서연이 가게를 비웠을 때 관리하는 사람도 선명이었다.

잠시 가게 밖에 서서 안을 들여다봤더니, 카운터에 앉아 있어야 할 서연이 보이지 않았다.

재희네 가게라도 놀러 간 걸까?

의아하게 생각하며 가게 안으로 들어갔다. 선명은 태민 대신 바 안에서 커피를 만드는 중이었다.

"선명."

태민이 인사를 했지만 선명은 보는 둥 마는 둥 했다.

"바빠?"

가게엔 손님이 그리 많지 않았다.

"아, 네, 뭐. 그렇죠."

선명이 묘하게 거리감 느껴지는 어조로 말했다. 표정이 썩 좋지 않았다.

"뭐야, 무슨 일 있어?"

"아뇨, 그냥요. 오늘 쉬는 날인데 왜 나오셨어요?"

말투가 날카로웠다. 무슨 일이 있는 걸까? 심장이 덜컥 내려앉았다.

"서연이는?"

"뭐, 어디든 계시겠죠. 아까 나가셨어요."

"어디? 서연이한테 무슨 일 있는 거야?"

"에이, 그걸 왜 나한테 물어요. 아무튼 저 일하니까 좀 나가세요."

"야, 너 나한테 너무 차가운 거 아냐?"

장난스럽게 말해 보았지만 선명의 굳은 표정은 풀리지 않았다. 선명을 알아온 4년 동안, 선명이 이런 태도를 보인 건 처음이었기에 걱정스러웠다.

'집에 무슨 일이 있나?'

어쩌면 사적으로 안 좋은 일이 있을지도 모른다는 생각에, 더는 캐묻지 않고 가게를 나왔다.

나오자마자 서연에게 전화를 걸었지만 받지 않았다. 이제 진짜로 걱정이 된다. 태민은 서둘러 재희의 가게로 발을 옮겼다.

재희의 가게는 닫혀 있었다. 태민은 망연자실하게 닫힌 문을 응시했다. 비록 재희가 가게에서 열심히 영업 활동을 하지는 않지만, 가게 문을 닫는 일은 거의 없었다.

선명은 표정이 안 좋고, 서연은 연락이 안 되고, 재희는 가게 문을 닫았고. 도대체 무슨 일인 걸까?

혼란에 빠져 있을 때였다.

"오빠, 여기서 뭐해?"

재희의 까랑까랑한 목소리가 들려왔다. 재희의 목소리가 이렇게나 반가운 날이 올 줄이야! 태민은 감동 받아 울 것 같은 기분으로 돌아섰다.

"재희야!"

"뭐야, 왜 이래? 싫어, 가까이 오지 마."

재희가 몸서리를 쳤다. 평소와 다름없는 재희의 태도에 가슴이 따뜻해졌다.

"서연이는?"

"진짜 어이가 없네. 나 보면 할 말이 '서연이는'밖에 없어?"

"서연이가 가게에 없어. 전화도 안 받고."

"오빠도 참 징그럽다. 서연이도 서연이 생활이 있는 건데, 잠깐 좀 안 보인다고 이게 뭐야? 너무 질척거리면 차일걸."

"후후후후. 그렇게 되기 전에 혼인 신고서를 내 버렸지."

"……아, 진짜 싫은 남자야."

재희가 고개를 절레절레 저었다.

"아무튼 서연이는?"

"우리 집에 있어."

"너네 집? 거긴 왜?"

"그냥 좀. 아무튼 어련히 알아서 가게로 돌아갈 테니까 집착 좀 그만해. 서연이한테도 숨통 트일 시간을 줘야지."

"내가 서연이 숨통을 쥐고 있어?"

"응. 지금 이것만 봐도 그렇잖아. 모처럼 서연이도 정태민 마누라에서 벗어난 시간인데, 그걸 못 참고 가게에 찾아가고. 숨을 쉴 수가 있겠어?"

충격이다!

태민은 서연을 잠시만 안 봐도 그리웠기 때문에, 서연 또한 마찬가지일 거라고 생각해 왔다. 그런데 그게 아니었던 모양이다.

충격을 받은 듯한 태민이 안쓰러웠는지, 재희가 태민의 어깨를 툭툭 두드렸다.

"그래, 알았으면 됐어. 집착 좀 관둬."

"야, 너 말이 심하다? 이럴 땐 위로 좀 해 주면 안 되냐?"

"내가 왜? 나한테서 서연이를 뺏어간 나쁜 놈인데?"

"언제쯤 돼야 괜찮은 놈으로 생각해 줄 거냐?"

"글쎄. 그럴 날이 올까 싶네, 난. 아무튼 가. 나 일해야 돼."

"허구한 날 인형만 만지면서."

"인형이 아니라 피규어야."

"그게 그거지!"

"가, 귀찮게 하지 말고."

재희가 파리를 내쫓는 몸짓을 했다. 태민은 쳇, 혀를 차고는 재희의 가게를 떠났다.

*　　*　　*

태민에게 불려 나온 재원은 부루퉁한 표정이었다.

"어이, 신 대리."

태민이 반갑게 인사하며 다가갔지만 재원의 표정은 여전히 어두웠다.

"형, 저 바빠요."

"잠깐은 시간 낼 수 있잖아. 나 심심해."

태민이 한껏 불쌍한 표정을 지었다. 순간 재원의 눈동자가 흔들렸지만 그건 아주 잠시였고, 태민은 그걸 보지 못했다.

"일하는 시간입니다, 지금. 한가한 형이랑 놀아 줄 시간 없어요."

"나도 바빠."

"그럼 가서 그 바쁜 일 좀 하시든가요. 저 들어갑니다."

돌아서는 재원의 팔을, 태민이 덥석 잡았다.

"왜 이래, 신재원. 넌 날 버리면 안 되지."

"누가 누굴 버립니까. 주운 적도 없는데. 놔주세요."

재원이 차갑게 태민의 손을 뿌리쳤다. 그 태도가 너무나 완고해서, 태민은 다시 재원을 붙들 수가 없었다. 재원은 그대로 돌아보지도 않고 회사 안으로 들어가 버렸다.

뭔가 이상하다고, 태민은 생각했다.

그래, 선명은 집안에 일이 있어서 그럴 수 있다고 치자. 재희는 늘 그래 왔으니까 그럴 수 있고. 하지만 재원만큼은 이래서는 안 됐다.

재원은 타고나기를 다정하고 따뜻하게 태어난 남자였다. 모두가 태민을 버려도 재원만큼은 태민을 버리지 못할 거라고 생각했다.

'뭐지?'

태민은 혼란스러웠다.

오늘은 정말로 이상한 날이다. 다들 작정한 것처럼 태민을 무시하고 차갑게 대하고 멸시한다. 단 한 번도 이런 취급을 받아 본 적이 없기에, 태민은 혼란에 빠질 수밖에 없었다.

'뭐야? 오늘 내 생일인가? 깜짝 파티를 해 주려고 이러는 거야?'

태민의 생일은 두 달 전에 지났고, 케이크의 촛불도 불어서 껐다. 두 달 만에 생일이 돌아올 리는 없다.

'대체 무슨 일이 벌어지는 거야?'

* * *

"이혼."

이라고, 태민이 신뢰해 마지않는 하준이 중얼거렸다.

"뭐!"

버럭 외치는 태민을, 하준이 똑바로 응시했다.

"이제 네놈이 지겨워진 거지. 그럴 때도 됐어. 안 그래, 형?"

"그래, 그럴 때 됐지."

민기가 고개를 끄덕였다.

이리저리 차여 상심이 큰 태민은 사랑하는 친구인 하준과 민기를 불러낸 터였다. 다행히 두 사람이 나와 주긴 했지만, 이 둘에게 위로를 바란 내가 바보멍청이였다. 이 두 사람은 절대로 태민에게 따뜻한 말을 해 주지 않을 사람들이었다는 걸 깜빡했다.

"사실 그렇잖아. 토끼 씨는 예쁘고 사랑스럽고 젊지."

"그래, 예쁘고 사랑스럽고 젊은 데다가 최근에는 옷도 예쁘게 입고 능력도 있어. 게다가 집안도 빵빵하고."

"토끼 씨가 옛날엔 어리고 순진하고 세상 물정을 몰라서, 네놈처럼 가진 건 외모밖에 없는 놈을 사랑할 수 있었겠지만…… 이제는 토끼 씨도 성장했어. 내 옆에 있는 놈팡이에 대해 다시 한 번 생각해 볼 시간을 갖게 된 거지."

"그렇지."

"버릴 때 됐어."

"응, 그럴 때 됐지."

하준과 민기는 가차 없었다.

"하준아. 최검."

태민이 진지하게 두 사람을 불렀다.

"나, 당신들 친구거든?"

"누가 뭐래? 친구지. 그러니까 이럴 때에 냉정하게 평가해 주는 거다."

"이럴 때 달콤한 말을 하는 놈은 진정한 친구가 아니지."

말리는 시누가 더 얄밉다고, 태민은 옆에서 추임새를 넣는 민기를 한 대 때려 주고 싶었다. 하지만 검사를 때릴 수는 없는 노릇. 부들부들 떨리는 주먹을 허벅지 위에 가지런히 올려 두고 말했다.

"서연이가 날 떠날 리 없어."

하준이 피식 웃었다.

“정말로 그렇게 생각하냐? 가만히 잘 생각해 봐. 네놈이 토끼 씨보다 나은 게 뭐야?”

“그건 당연히!”

“그래, 당당하게 말해 봐.”

“키가 크잖아!”

“…….”

“힘도 내가 더 세!”

“……그런 타고난 육체미 말고, 뭐가 있는데?”

“없어! 없는데! 어떡하지?”

“…….”

“어떡해? 서연이가 날 떠나면 어떻게 하냐? 응?”

“하, 슬프다. 옛날에 정태민은 모두에게 추앙받는, 아름다운 남자였는데.”

“그러게 말이다.”

“그 정태민이 이렇게 변할 줄이야. 이놈 따라다니던 여자들이 창피해서 얼굴을 들 수가 없을 거야.”

“맞아. 나도 지금 좀 창피해졌어.”

친구라고 둘 있는 놈들은 인생에 조금도 도움이 되지 않았다. 태민이 이 얄팍한 우정에 대해 고민하고 있을 때, 테이블 위에 올려 둔 하준의 휴대폰이 울렸다. 액정에 [토끼 씨]라고 뜬 걸 보고 태민이 손을 뻗었지만, 하준이 더 빨랐다. 하준은 어두운 표정으로 전화를 받았다.

"웅, 토끼 씨. 웅, 같이 있어. 아, 그래. 그렇구나. 알겠어. 웅. 걱정 마. 그래."

무거운 목소리로 통화를 끝낸 하준이 전화를 끊고는, 태민을 빤히 응시했다. 태민은 심장이 죄어 왔다.

"무슨 일이야? 왜 우리 서연이가 내 전화는 안 받으면서 너한테 전화한 거야? 뭐래? 내가 별로래? 역시 그런 거야?"

"야, 너 지금 진짜 찌질해."

"상관없어. 서연이가 뭐래?"

"일단 가게에서 좀 보재. 거기서 얘기한다고."

"심각한 얘기?"

하준이 민기를 잠깐 돌아봤다. 민기와 눈을 맞춘 후 하준이 다시 태민을 보며 고개를 끄덕였다.

"웅, 심각한 얘기."

가게로 향하는 내내 심장이 콱 죄어 숨을 쉬기 힘들었다.

무슨 일일까. 대체 오늘 무슨 일이 벌어진 걸까.

내가 서연이에게 잘못한 게 있나? 뭔가 안 좋은 말이라도 했던가?

가게로 가는 길이 무척이나 더디게 느껴졌다.

가게 앞에서 차가 섰고, 태민은 안을 살펴볼 겨를도 없이 가게로 달려가 문을 열어젖혔다.

그때.

파앙—!

격렬한 파열음과 함께 무언가가 쏟아져 내렸다. 하늘하늘 쏟아져 내린 것은 종이를 잘라 만든 꽃가루였다.

뭐지?

태민이 무슨 일이 벌어진 건지 몰라 눈을 휘둥그레 뜨고 있는데, 오늘 하루 종일 볼 수 없었던 서연이 걸어와 태민의 손을 잡았다. 서연은 달콤한 미소를 지으며 태민을 올려다봤다.

"며칠 전부터 몸이 좀 안 좋았는데……."

"어디 아파?"

"아니, 그게. 오늘 헛구역질을 하다가 선명이가 혹시나, 라고 해서……. 그래서 재희랑 같이 병원에 다녀왔는데……."

"어디, 어디 아픈 거래? 많이 안 좋대?"

"아니, 그게."

서연의 양쪽 어깨를 붙들고 걱정스레 묻는 태민의 어깨를, 뒤따라 들어온 하준이 톡톡 두드렸다. 돌아보는 태민을 보며 하준이 피식 웃었다. 그리고 어딘가를 가리키며 말했다.

"야, 저거 좀 봐 봐."

그제야 태민은 정신을 차리고 천천히 고개를 돌렸다. 가게에는 오늘 냉정했던 선명과 재원이 웃고 있었고, 수희와 희미, 영진, 준아도 오랜만에 와서 앉아 있었다. 그리고 벽에 걸린 플래카드에는.

[아빠가 된 걸 축하합니다.]

〈외전 完〉